La littérature allemande
dans la collection GF

GOETHE	*Faust I,* traduction de Gérard de Nerval.
—	*Les Souffrances du jeune Werther.*
GRIMM	*Contes* (2 vol.).
HOFFMANN	*Contes fantastiques* (3 vol.).
HÖLDERLIN	*Hymnes. Élégies.*
KAFKA	*Le Procès,* traduction de Bernard Lortholary.
—	*Le Château,* traduction de Bernard Lortholary.
—	*Amerika,* traduction de Bernard Lortholary.
—	*La Métamorphose,* traduction de Bernard Lortholary.
MANN	*Mario et le Magicien*

à paraître

KLEIST	*La Marquise d'O.*
—	*Le Prince de Hombourg.*
RILKE	*Les Cahiers de Malte Laurids Brigge.*

Œuvres de Goethe
dans la même collection

LES SOUFFRANCES DU JEUNE WERTHER.
FAUST I, traduction de Gérard de Nerval.

FAUST
I et II

GOETHE

FAUST
I et II

Traduction de Jean Malaplate

Préface et notes
de Bernard Lortholary

Publié avec le concours
du Centre National des Lettres

FLAMMARION

ISBN 2-08-070630-6

PRÉFACE

LA GENÈSE DU *FAUST* : UNE HISTOIRE ALLEMANDE

« Faust » : ce simple mot, cette syllabe robuste et trapue comme le « poing » qu'elle désigne couramment, est un signe aussi fort, dans l'histoire culturelle des pays allemands, que lorsqu'on dit « Don Quichotte » en terre espagnole ou « Dante » en Italie. L'œuvre de Goethe qui porte ce titre a en Allemagne et en allemand une position stratégique, un statut et une aura analogues à ceux qu'ont dans leurs pays respectifs la *Divine Comédie*, le roman de Cervantès, ou encore le théâtre de Shakespeare pris dans son ensemble.

Quant au personnage de Faust qui lui donne son nom, c'est essentiellement grâce à elle qu'il a passé les frontières et qu'il a rejoint, dans l'imaginaire occidental, le chevalier à la triste figure et le prince de Danemark, et s'est rangé aux côtés de Don Juan ou de Prométhée. Comme eux tous insatisfait et rebelle, Faust est encore plus proche de ces deux derniers, par le défi qui l'oppose à l'autorité divine. Et sa partie, son enjeu, son partenaire sont les plus fascinants qui puissent être : il ne s'agit plus avec lui d'*hybris* ou de péché, mais du sens de la vie et du salut lui-même. Plus de vautour ou de statue du Commandeur : la damnation, le principe même du mal, la pure négation, le diable en personne !

Mais il faut dire aussitôt que cette généralité des questions soulevées et des aspirations évoquées (désir de jouir, faim de savoir, soif de pouvoir), si elle a conféré à Faust une telle universalité, n'a pas empêché qu'il soit aussi érigé en figure typique des temps modernes, ou encore revendiqué comme le héros allemand par excellence...

Le personnage du docteur Faust existait avant Goethe et il a connu après lui encore d'innombrables avatars. C'est pourtant bien le prince des lettres allemandes qui lui a conféré (au prix d'un travail qu'il n'acheva qu'au bout de soixante ans et à la veille de sa mort) les dimensions de beaucoup les plus vastes et les plus significatives. Et inversement, parmi les œuvres de tous genres qu'a produites Goethe au cours de sa longue carrière, *Faust* est à coup sûr à la fois la plus savante et la plus populaire.

C'est pourquoi il est particulièrement heureux que nous disposions ici d'une traduction qui restitue enfin en français ce texte capital en respectant, d'une part, exactement les termes complexes de son très riche contenu intellectuel, et, d'autre part, sa prodigieuse qualité poétique.

⁂

Le personnage de Faust est, aussi bien dans sa réalité historique que dans ses figures fictives, un produit typique de ce début des temps modernes qui voit se constituer en Europe la notion d'individu, et s'articuler le débat inévitable entre la vision du monde qui prévalait dans la chrétienté médiévale et les exigences nouvelles nourries par l'essor de l'économie et des sciences ainsi que par la redécouverte des civilisations antiques. Néanmoins, la charge symbolique de ce personnage ne s'expliquerait qu'incomplètement si l'on négligeait les thèmes plus anciens qui s'y réinvestissent.

Ainsi de l'idée grecque qu'il existe un risque terrible à vouloir se mesurer aux dieux : cette démesure est même le seul comportement humain qui constituât aux yeux des Grecs une faute analogue à ce que sera le péché pour les chrétiens. Titans et Géants en sont l'image mythologique, mais cette *hybris* trouve son champion en Prométhée, auquel Goethe songe à consacrer un drame à l'époque même où il commence à travailler sur Faust.

Mais c'est l'idée judaïque et chrétienne du Mal qui enrichit cette image prométhéenne et permet aux légendes d'intégrer la possibilité donnée à l'homme de faire alliance avec des puissances intermédiaires et maléfiques, afin d'acquérir savoir et pouvoir. A la faveur des contrats qu'il passe ainsi, l'homme peut se perdre et succomber aux forces qu'il prétend utiliser mais il peut aussi les asservir sans se compromettre : c'est la magie bonne ou « blanche » que distinguait déjà saint Augustin. Elle était enseignée dans certaines universités médiévales, de Cracovie à Salamanque. L'idée d'un pacte avec le Malin, permettant à un individu d'acquérir des pouvoirs exceptionnels à un prix terrifiant, surgit ainsi dans la tradition talmudique et, très tôt, dans la tradition chrétienne : avec en particulier la légende de Simon le Mage (qui, dans certaines versions, épouse Hélène de Troie, comme Faust dans la deuxième partie de la tragédie de Goethe), ou celle de Cyprien d'Antioche, ou encore celle de Théophile, sauvé *in extremis* par la vierge Marie.

Les temps nouveaux vont ajouter au moralisme didactique de ces exemples apologétiques le souci moderne du destin individuel. A la fascination trouble qu'inspirait l'hérésie va s'adjoindre une dose sans cesse croissante de curiosité technicienne pour des savoirs et des pouvoirs puisés en dehors des textes chrétiens et des emprises consacrées par l'Eglise. Si l'on se rappelle que les craquements du monde médiéval donnent une impulsion nouvelle à la croyance dans le diable (songeons à l'épisode légendaire de Luther jetant son encrier sur le Malin, dans la chambre de la Wartburg où il traduit la bible !), on comprend que l'imagination populaire fût sollicitée et les clercs eux-mêmes préoccupés par d'innombrables « savants » soupçonnés de détenir des pouvoirs maléfiques.

C'est dans ce monde travaillé d'aspirations nouvelles et d'inquiétudes anciennes que surgit, à la fin du XVe siècle, un certain Faust ou Faustus, dont dès son vivant la légende s'empare, changeant son prénom historique de Georg en Johannes, en attendant que Goethe ne le prénomme Heinrich. C'était un intellectuel, un universitaire, c'était certainement aussi un charlatan. Les arts où il est passé maître sont magiques et divinatoires, sa moralité est douteuse et son existence errante. Il se targue aussi bien de réitérer les miracles du Christ que de restituer dans leur pureté originale les textes grecs ou latins, voire de faire apparaître leurs personnages ! Il fascine des cours princières, subjugue des collèges (en particulier à Heidelberg et à Erfurt, foyers de l'humanisme naissant) et s'attire l'intérêt, voire l'estime, de plusieurs prélats des deux confessions en plein schisme. Il ne cesse d'affirmer bien haut qu'il est lié au diable par un pacte qui lui donne en ce monde tous les pouvoirs, et il est parfois cru des meilleurs esprits de son temps, comme Mélanchthon. De multiples documents relatent les prodiges qu'il accomplit et qui vont de farces dignes de Till l'Espiègle à des prédictions étonnantes et à de stupéfiants miracles. Il provoque, il irrite, il en impose. Il se fait fréquemment expulser, mais il échappe toujours au bûcher et longtemps à la misère. Bien avant sa mort (en 1540), le « nécromant » et

« philosophe » est une figure populaire et mythique, enrichie de multiples traits empruntés à la tradition vulgaire et savante.

D'autres époques de crise seront hantées par l'apprenti sorcier imbécile ou le savant fou, l'homme-machine ou le surhomme, bref par des figures décalées en quelque manière par rapport à l'humanité normale. Tel n'est pas le Faust de la légende, qui apparaît comme un homme pleinement homme et doué de toute sa raison, ni plus, ni moins. (Que ce fût dans la réalité un escroc cynique ou un illuminé délirant, ou quelque combinaison des deux, n'importe guère en l'occurrence.) Et c'est en homme et avec ses moyens humains qu'il parvient à être plus qu'un homme : à savoir en risquant ce qui constitue proprement sa condition d'homme, la possibilité du salut. Le diable en cette affaire n'est que l'instrument d'une opération par laquelle c'est en lui-même que l'homme puise sa surhumanité ! Quel rêve !

C'est en somme, habillé en cauchemar médiéval, un grand rêve fou, et un rêve d'humaniste de la Renaissance. Et les pays allemands vont rêver ce rêve avec fascination, produisant et consommant quantité de livres populaires qui compilent avec un complaisant effarement les hauts faits et la perdition de Faust, le savant impie. Vers la fin du XVIe siècle, le divorce est consommé entre humanisme et protestantisme, que la lutte commune contre Rome et la scolastique avait un moment réunis : la Réforme luthérienne vitupère la Renaissance, son sensualisme et son rationalisme, avec la même hargne qu'elle invective contre le papisme. Faust ne saurait être à ses yeux que le détestable exemple d'une science sans conscience et sans foi, dont l'orgueil spéculatif n'a d'égal que la dépravation morale qui s'ensuit inéluctablement. Ainsi, le *Volksbuch* de Faust, dont la première édition imprimée date de 1587, prétend mettre en garde les bons chrétiens contre les terribles tentations épicuriennes qu'entraîne la curiosité moderne. Faust y paraît moins comme un titan révolté que comme un vicieux que l'enfer a piégé et que son angoisse horrifiée ramènerait à Dieu s'il avait moins d'orgueil. D'innombrables éditions et plusieurs versions remaniées vont ainsi, jusqu'au XVIIIe siècle et à l'enfance de Goethe, jouer sur les prestiges fuligineux du péché de connaissance, sous couvert de le dénoncer et de le combattre.

Il faut attendre l'époque des Lumières pour voir en

Allemagne l'orthodoxie protestante se réconcilier tant bien que mal avec la raison raisonnante et pour que, dans cette nouvelle situation idéologique, le personnage de Faust soit traité autrement qu'en exemple horriblement dissuasif et objet d'anathème. Dès lors, ou bien le savant maudit est haussé au rang d'un esprit moderne qui luttait obscurément en direction de la lumière et qui, à ce titre, mérite le rachat, philosophique et religieux : c'est le projet d'un drame inachevé de Lessing. Ou bien l'on ne conserve du Faust traditionnel que ce qu'il faut de magie et de diableries pour barbouiller de pittoresque féerique des spectacles populaires (sur des théâtres à machines, voire dans les castelets des marionnettistes) et, si Faust y gagne une sorte d'indulgence religieuse, c'est au prix du discrédit esthétique.

Une seule œuvre avant Goethe accorde au personnage à la fois profondeur philosophique et qualité esthétique, mais elle n'est pas allemande. C'est le *Faust* de Christopher Marlowe[1], largement diffusé en Allemagne, comme le théâtre de Shakespeare, par des tournées anglaises. Mais l'immoralisme titanesque de ce Faustus élizabéthain ne laissa en terre allemande — du moins jusqu'à Goethe — que les traces dégradées et dérisoires qui pouvaient accueillir ces formes rudimentaires de théâtre.

De différents récits de colportage consacrés à Faust et de ces spectacles populaires, Goethe a eu connaissance et s'est souvenu quand, jeune admirateur de Shakespeare et élève de Herder, il conçut les projets d'œuvres passionnées où de puissantes individualités pourraient exprimer la sensibilité de la jeune génération antirationaliste dans sa manifestation active, voire activiste — tandis que sa manifestation passive était confiée au personnage de Werther. C'est ainsi qu'au cours de la décennie dite du *Sturm und Drang*, Goethe met en chantier des textes sur Mahomet, Prométhée, César, et qu'il consacre à Götz von Berlichingen, le Chevalier à la main de fer, un drame historique puissant. Mais c'est finalement Faust qui va le retenir, et non seulement pendant cette brève et tumultueuse période de verve juvénile, mais jusqu'à sa mort, soixante ans plus tard.

***

1. Première édition imprimée : 1604.

Aux récits de colportage, le jeune *Stürmer* emprunte l'archaïsme rugueux de leur langue, qu'à la fois il accentue et stylise par l'emploi d'un vers lui-même archaïque et populaire. Chez les marionnettes, il puise — lui qui dira souvent qu'il est un « visuel » — une série d'images colorées et frappantes, et aussi la présence aux côtés de Faust d'un faire-valoir sarcastique : mais au lieu d'un pauvre diable de bouffon, comme il était d'usage, ce va être Méphisto, tout à la fois valet de comédie et prince des ténèbres. Cette première version du *Faust* fait droit au pittoresque moyenâgeux, sans qu'on sache toujours ce que son allure fragmentaire et heurtée doit à l'inachèvement, à un parti pris anticlassique placé sous le patronage de Shakespeare, ou aux aléas de la copie[1]. La scène clé du pacte avec le diable manque.

On voit d'abord le docteur Faust contester la science et chercher dans les arts magiques une vérité qu'elle n'a pu lui apporter. Comme chez Lessing (dont Goethe ne pouvait connaître l'esquisse) Faust pourfend un savoir sclérosé et stérile : mais au lieu que ce soit au nom d'une sorte de rationalisme avant la lettre, c'est au contraire pour condamner le rationalisme triomphant ! La science médiévale contestée là par l'humaniste du XVIe siècle ressemble fort à ces « lumières de la raison », contre lesquelles se révoltait la génération de 1770, en leur opposant « le cœur ». Tout le discours de Faust, à commencer par le fameux monologue qui figurait déjà dans les pièces pour marionnettes et même dans les exordes des récits de colportage, et qui restera l'un des temps forts de l'œuvre définitive, doit ainsi se lire à deux niveaux : Renaissance contre Moyen Age, et *Sturm und Drang* contre Lumières. Il se trouve que les « perruques » rationalistes, comme les appelait la jeune génération contestataire, pouvaient non sans raison (c'est le cas de le dire) se réclamer de l'humanisme né au XVIe siècle. Dès le premier moment de cette première version, le personnage de Faust prend donc en charge une question idéologique des plus importantes et des plus complexes ! Notons que si Werther sera renié, dans sa sensibilité impuissante, stérile et finalement suicidaire, son frère Faust sera en revanche confirmé et

1. Le premier manuscrit de Goethe est perdu, mais on a retrouvé en 1887 une copie qui en avait été faite à Weimar en 1775 par une demoiselle de la cour. C'est cette version qu'on appelle le *« Faust primitif » (Urfaust).*

même « sauvé » par le Goethe de la maturité, et sans que rien soit biffé de son antirationalisme.

Cette exigence d'un savoir autre, mais aussi d'une autre vie, sous-tend les scènes qui suivent ce monologue, et qui se retrouveront dans toutes les rédactions ultérieures. Un savoir qui fasse droit à la vie, et une expérience plus vaste de cette vie même, voilà ce que Faust, contournant la science officielle, cherche dans la magie en évoquant « l'esprit de la terre ». Mais l'illumination mystique qui s'ensuit est plus écrasante qu'éclairante, elle exprime une aspiration qu'elle satisfait moins qu'elle ne l'exacerbe. Suit un dialogue entre Faust et son « famulus » Wagner (son secrétaire et son laborantin), dont la médiocrité zélée de scientiste avant la lettre fait ressortir la puissante insatisfaction du génie. Et c'est encore de la science qu'il s'agit dans la scène suivante, où survient un Méphistophélès surgi l'on ne sait d'où, mais dont la rouerie cynique éclate aussitôt, aux dépens d'un étudiant débutant venu prendre conseil du professeur Faust : le diable se charge de l'éclairer sur la réalité de la science universitaire ! La scène de la taverne d'Auerbach, qui vient ensuite dans le manuscrit, est la trace la plus marquée des facéties démoniaques dont était traditionnellement crédité Faust : c'est Méphisto qui s'en charge ici, et ses tours pendables ne procurent à Faust qu'un piètre amusement. Il a soif d'autres émotions comme d'autres connaissances.

C'est là que Goethe innove et fait suivre ces tableaux décousus, que ne relie entre eux nulle intrigue explicite, par la fameuse « tragédie de Marguerite ». Rien ou presque ne l'annonce dans les sources populaires. En revanche, l'infanticide auquel est réduite la malheureuse était un thème actuel de l'époque, d'autres *Stürmer* l'ont traité au théâtre, et un fait divers de Francfort le rendit présent au jeune juriste Goethe. L'intrigue amoureuse entre Faust et une jeune fille de la petite bourgeoisie vient relayer la problématique de la science et va fournir au *Urfaust* son intrigue, qui restera le nœud de l'action dans les versions ultérieures et dans l'imaginaire populaire. Opéras et films privilégieront cette aventure, que déjà les années 1770 ressentirent comme actuelle et significative. Goethe la raconte en quelques tableaux brefs qui renoncent aux scènes faciles et mélodramatiques pour mettre plus volontiers en lumière l'ambiguïté des sentiments : Faust agit en vulgaire séducteur, mais éprouve un amour sincère ; Marguerite pense en petite bourgeoise, mais vit son don de soi avec une totale générosité. Elle court à sa perte, au crime et à la folie avec un élan de tout l'être et une probité radieuse.

Toujours pas de pacte dans la seconde version (la première à être publiée) d'une œuvre qui reste fragmentaire et décousue : c'est le *Faust, Un fragment* de 1790. Goethe y supprime la fin tragique de l'héroïne et laisse l'intrigue en suspens après sa faute, mais il intercale trois ajouts nous montrant successivement la séduction qu'exerce Méphisto sur Faust, le rajeunissement magique du vieux savant et les remords qui le hantent après la conquête de Marguerite. L'élan titanesque de la première rédaction semble s'assagir, sans pourtant que des perspectives nouvelles donnent encore à ce fragment une véritable unité, ni même une direction bien claire. Il faut attendre 1808 et un long mûrissement auquel concourent Weimar, le voyage en Italie et sans doute l'influence amicale du dramaturge et du philosophe qu'était Schiller, pour que Goethe repense son œuvre et en publie une rédaction accomplie, qui restera la forme définitive de la « Première Partie de la tragédie » : *Faust I*.

⁂

L'histoire de Marguerite est de nouveau menée jusqu'à son terme tragique : les trois scènes finales du *Urfaust* sont rétablies, la dernière étant mise en vers. Elles sont précédées d'une étonnante fantasmagorie, la « Nuit de Walpurgis », sabbat de sorcières où Méphisto entraîne un Faust désemparé et hagard. Mais, outre quelques compléments et déplacements de moindre envergure, l'œuvre définitive se distingue des deux précédentes versions surtout par son début, qui en change ou plutôt en fixe enfin le sens, inscrivant dans la vaste perspective d'un débat universel non seulement la problématique de la connaissance et la tragédie de Marguerite, mais déjà, virtuellement, la future « seconde partie » de l'œuvre.

En effet, le texte ne débute plus désormais directement par le célèbre monologue où Faust doute de la science, mais par trois morceaux en vers réguliers qui constituent une triple introduction. La « Dédicace » s'adresse aux amis disparus et replace l'œuvre qui va suivre dans la perspective biographique de sa longue genèse. Le « Prologue sur le théâtre » est ensuite un débat esthétique entre directeur de théâtre, poète et un acteur comique : y sont évoqués les diverses qualités que le drame va réunir. Mais surtout, un « Prologue au Ciel » définit ensuite le sujet et l'enjeu de l'intrigue : Faust y est investi d'une exemplarité qui, sans nuire à sa stature exceptionnelle, fait de son destin l'image du destin de tout homme, que se disputent Dieu et le diable. Mais l'ironie mise là dans l'utilisation des clichés catholiques dit assez que ce débat lui-même n'est pas seulement celui de quelque « mystère » médiéval : la question transcende les religions positives et touche au problème du salut et du sens de la vie en la plaçant au plus haut niveau de généralité. Il transparaît déjà, dans ce prologue souriant et grave, que le négateur est un instrument de la positivité, et que Faust pourra se sauver. C'est, par rapport au thème du Faust populaire et même à sa relecture rationaliste, le germe d'une réinterprétation révolutionnaire.

Cet élargissement et cette réinterprétation se marquent dans les autres adjonctions qui viennent enrichir encore le début de cette nouvelle rédaction. Ainsi de la suite donnée au grand monologue critique, à l'essai d'évocation magique et à la conversation avec Wagner : la tentation du suicide, surmontée de justesse au son des cloches de Pâques — alors que Faust y perçoit moins le rappel de la résurrection que l'élan de la vie renaissante. L'énergie titanesque oscille là du désespoir à la ferveur, avec une amplitude et une poussée grandioses que seul Marlowe avait partiellement pressenties. La promenade de Pâques aux portes de la ville est ensuite beaucoup plus qu'un intermède pittoresque : la concrétisation sensible de la vie, à la fois nature verdoyante et humanité bigarrée, peuple d'où surgira la pure figure de Marguerite. Enfin et surtout, Goethe introduit là, après avoir abordé son sujet par ses facettes, ce qui en constitue l'argument traditionnellement central : le pacte ! Sous-entendu jusque-là, dans le *Fragment* comme dans l'*Urfaust*, il peut maintenant être exposé : non plus comme péripétie conventionnelle d'une fable vétuste, mais comme le nœud d'une problématique et d'une destinée que le « Prologue au Ciel » a érigées en symbole universel.

Dieu y a consenti, Méphisto a lancé un défi que Faust relève : si le diable est capable de satisfaire sa soif de connaissance et de jouissance, Faust s'avouera vaincu et damné. Mais le « bonheur » susceptible de lui arracher pareil aveu va prendre tant de formes diverses que toujours subsistera la possibilité d'échapper aux termes du terrible contrat en portant les satisfactions entrevues non point au compte du Malin, mais au crédit de l'énergie propre du héros qui lutte contre lui ! Certes, la frontière n'est pas toujours bien distincte entre les expériences que Faust doit à l'assistance du diable et les autres, et l'on a plus d'une fois le sentiment que le tentateur lui-même ne s'y reconnaît pas !

C'est cette incertitude même qui arrache l'œuvre de Goethe au schématisme de la légende, et qui rend possible et même nécessaire une suite de la première tragédie. *Faust I*, une fois mis en perspective par les données du *Prologue* et du pacte, ne pouvait pas ne pas s'ouvrir sur autre chose : au débat sur la connaissance, et à l'expérience incertaine de l'amour, manquait une suite à la mesure des questions posées ou esquissées. C'est ainsi qu'aux stances prébyroniennes et au mélodrame romantique va faire suite une sorte de roman allégorique en vers : le second *Faust*.

***

L'élaboration de la « seconde partie de la tragédie » commence avant même l'achèvement de la première. Dès 1800, Goethe rédige certains passages consacrés à Hélène de Troie, que déjà le magicien de la tradition populaire, dans certaines versions, évoquait et épousait. Mais cette « synthèse du barbare et du noble », pour parler comme Schiller, c'est-à-dire du germanisme médiéval et de l'Antiquité grecque, devra attendre vingt-cinq ans et les instances du fidèle Eckermann pour être remise sur le métier.

Au lieu du bouillonnement tumultueux et visionnaire du *Urfaust*, l'écriture du vieux poète connaît alors l'extrême lenteur d'une distillation subtile et minutieuse où se condensent, en une forme dont l'économie et l'équilibre forcent l'admiration, des décennies de culture classique et universelle. Ce qui deviendra l'acte III de cette seconde tragédie est publié à part en 1827, sous le titre : « Hélène. Phantasmagorie classico-romantique. Interlude au *Faust* ». Et autour de cet acte central, Goethe va consacrer l'essentiel de ses cinq dernières années à achever, au prix d'un travail plus réfléchi sans doute qu'aucun autre dans toute sa carrière, ce qui apparaît bien comme le fruit de toute une vie. Les actes I et II lui prennent près de trois années, le cinquième est achevé au printemps 1831, le quatrième enfin dans l'été qui suit. L'ensemble est publié dès 1832, mais, selon la volonté du vieillard, qui avait scellé le manuscrit, seulement après sa mort.

Avec l'ascension lumineuse qu'évoque le chœur final, tandis que Faust gît sur la scène, se conclut le vaste itinéraire initiatique et symbolique dont le « Prologue au Ciel » avait tracé l'esquisse. Aux étapes que constituaient dans le premier *Faust* le drame du savant et la tragédie amoureuse, la deuxième partie de l'œuvre ajoute des stations situées non plus dans un temps historique concrètement repérable, mais à un niveau qu'il faut qualifier non pas tant d'abstrait que d'universel et de symbolique.

La comparaison entre les « schémas » que se faisait l'auteur à l'avance et les textes finalement rédigés montre d'ailleurs bien ce qui guide son travail : le souci de faire primer la structure symbolique sur l'enchaînement narratif et dramatique. Ainsi, dans son schéma des premiers actes, Goethe prévoit que Faust est amené par Méphisto à la cour de l'empereur et qu'on lui demande là d'évoquer Hélène, si bien qu'il se rend auprès des Mères pour ramener l'ombre de la reine et qu'ensuite il la poursuit dans la nuit de Walpurgis classique, obtient de Perséphone qu'elle la laisse partir, puis revient vivre avec elle sur terre, en Grèce. En réalité, ce scénario est élagué, il n'est plus question de descente aux enfers ; les scènes s'organisent et se disposent en fonction d'oppositions significatives que l'intrigue néglige de motiver au niveau narratif, mais que la stylisation dégage avec une évidence d'un autre ordre : superficialité du grand nombre contre profondeur de l'individu ; Hélène comme comble de la nature et sommet de l'art, d'où la double perspective figurée par Homunculus d'une part — produit de la science — et par Euphorion d'autre part — fruit de l'amour le plus beau. De même, les actes IV et V omettent certains éléments du schéma narratif, comme le geste de l'empereur récompensant Faust par l'attribution de terres impériales — qu'il assèche et met en valeur —, et préfèrent éclairer successivement la problématique du pouvoir politique par des scènes dont l'agencement ne doit rien à la technique du gouvernement et tout à la logique des symboles. De même encore, le dénouement n'a pas à revenir ni sur le pari pris par Méphisto face à Dieu, ni sur le pacte dans sa formulation littérale : la scène des « Ravins dans la Montagne » apporte, en des images concrètes et splendides, non point tant des réponses à des questions que Faust a littéralement dépassées, que des conclusions à l'interrogation qui sous-tend l'ouvrage tout entier.

⁂

Le 13 février 1831, Goethe fait remarquer à son secrétaire que le quatrième acte est « un petit monde qui a une existence propre ». Eckermann lui donne la réplique, avec la docilité clairvoyante qu'on lui connaît : « Il sera donc tout à fait dans le genre du reste ; car au fond la cave d'Auerbach, la cuisine de la sorcière, le Blocksberg, la diète d'Empire, la mascarade, le papier-monnaie, le laboratoire, la nuit de Walpurgis classique et Hélène elle-même, ne sont-ce pas là autant de petits univers dont chacun a une existence propre et qui, refermés sur eux-mêmes, ont bien une action les uns sur les autres, mais n'ont pas grand-chose à voir l'un avec l'autre ? Le poète cherche à exprimer un monde aux multiples aspects et il n'utilise la fable d'un héros célèbre que comme une sorte de cordon continu pour y enfiler ce qui lui plaît. Il n'en va pas autrement de l'*Odyssée* et de *Gil Blas*. » Et Goethe approuve : « Vous avez parfaitement raison ; d'ailleurs, ce qui importe en ce genre de composition, c'est uniquement que les différentes masses soient significatives et bien claires, alors que l'ensemble demeure en tant que tel incommensurable, mais que, pour cette raison même, comme un problème non résolu, il incite sans cesse les gens à le considérer de nouveau. »

On ne saurait mieux dire, et les deux interlocuteurs, bien faits à un dialogue de plusieurs années, se renvoient la balle d'une façon qui rend bien compte de la composition libre et déroutante des deux *Faust*. Pourtant, peut-être leur description méconnaît-elle le ressort secret qui assure l'unité de cette œuvre étrange et qui explique sans doute que, peu jouée en entier et rarement lue intégralement, elle n'en demeure pas moins le monument le plus auguste des lettres allemandes.

Sa cohérence, à la fois évidente et cachée, et le statut paradoxal qu'elle lui vaut, tiennent à la question qu'elle pose explicitement dans le « Prologue », même si par la suite elle semble parfois l'oublier en cours de route, et au sort exceptionnel qui a été fait en Allemagne à cette question.

C'est une question qui hante obscurément l'Occident

médiéval, c'est même, sous la forme collective qui prévaut alors, *la* question obsédante par excellence, celle de la rédemption. Dans les mystères et surtout les romans médiévaux, elle commence dès lors à se préciser en direction de l'individu et de sa destinée personnelle. Quant à la Renaissance surgit l'image et l'idée de l'individu au sens moderne qui a eu cours jusqu'au XXe siècle, un genre nouveau, s'appuyant sur la bourgeoisie et sur l'imprimerie, va prendre en charge le traitement spécifique de la lancinante question du salut individuel. On peut même dire que c'est cette question qui fournit la seule définition satisfaisante de ce genre bâtard et informe qu'est le *roman*.

De Cervantès à Kafka, le roman classique et réaliste est un texte qui rêve et qui pense la destinée d'un individu dans son ensemble (contrairement à d'autres formes narratives) et se pose la question de son sens global, ou final. Certes, ces récits typiques, qui suivent un héros de sa naissance ou de son adolescence jusqu'à la mort qui transforme cette vie en destin, ne posent pas toujours ouvertement la question du salut d'une âme, mais parfois, de façon plus profane, celle du sens de la vie, ou encore de l'épanouissement personnel, ou de l'intégration sociale, etc. Le ressort caché de la machine romanesque n'en est pas moins foncièrement le même et on peut dire que, dans son principe et génétiquement, il est théologique.

Or, il se trouve que, si la Renaissance invente ainsi l'individu et la question aiguë de sa destinée, la Réforme dans le même temps développe des théologies privilégiant la foi aux dépens des œuvres et la grâce au détriment des mérites. La *justification* n'y apparaît pas comme le fruit d'une vie parvenue à son terme et dont on fait le bilan, mais comme un arrêt rendu de toute éternité, dont le chrétien guette les signes plus qu'il n'en peut influencer les attendus impénétrables ou l'inéluctable prononcé. Il s'interroge, dans l'angoisse ou éventuellement dans la confiance, sur une réponse qu'il ignore et ne peut aucunement modifier, quoi qu'il fasse de sa vie. La quête des signes d'élection se substitue donc aux œuvres de justification et, par conséquent, le texte romanesque qui sert à penser la destinée individuelle s'intériorise et tend à se désintéresser de l'affrontement avec le monde.

On a souvent noté la relative pauvreté du roman classique et réaliste dans les pays allemands et tenté d'expliquer ce phénomène par l'histoire sociale et politique. Genre bourgeois par excellence, le roman aurait pâti en Allemagne de l'absence d'une véritable révolution bourgeoise. Le roman allemand serait par là condamné ou réduit à tracer des itinéraires et des démarches reflétant cette situation spécifiquement allemande de l'individu bourgeois surgi avec les temps modernes : retrait dans la pure subjectivité, fuite dans l'art, ou rêve de s'assimiler à la classe nobiliaire. Les trois premiers romans de Goethe correspondent à ces trois « solutions » : *Werther, La Vocation théâtrale de Wilhelm Meister,* et les *Années d'Apprentissage.* Goethe n'est-il pas, comme l'a écrit Thomas Mann, le « représentant » de l'ère bourgeoise ?

Il est permis de se demander si cet « escapisme » des héros de roman et si ce relatif échec du genre romanesque en Allemagne à l'époque où il fleurit dans des pays anglicans, catholiques et orthodoxes n'est pas étroitement lié à l'idéologie religieuse qui a largement prévalu chez les écrivains allemands : celle de la Réforme.

Il n'est pas interdit de penser que la monumentale allégorie lyrico-dramatique du *Faust* est comme un bloc erratique dressé dans ce paysage romanesque spécifiquement allemand que la pensée de la prédestination ou du salut par la foi seule a rendu aride. *Faust* est peut-être le substitut d'un grand roman classique qui était impossible à écrire dans l'ombre portée de ces contemporains du docteur Faust qui eurent nom Luther et Calvin. Son symbolisme donne corps à des rêves d'accomplissement individuel que non seulement la « misère » allemande rendait vains, mais que le protestantisme désamorçait.

Toujours est-il que le fils de patriciens francfortois, protestant d'éducation, mais chrétien fort tiède et sans doute peu disposé à souscrire à des dogmes comme le péché originel ou l'incarnation, n'hésite pas, au grand embarras des interprètes, à recourir, pour évoquer l'histoire du salut de Faust, à des références insistantes au dogme et à la liturgie catholiques, au point de couronner l'ouvrage par des hymnes grandioses plaçant la rédemption du titan sous le signe de la dévotion à la Vierge...

Cette œuvre qui occupa Goethe pendant soixante ans est donc non seulement l'exemple d'une maturation exceptionnellement longue, mais aussi le témoignage extraordinaire de la façon dont le problème universel du salut et du sens de la vie a *dû* être traité dans les circonstances idéologiques propres à l'Allemagne. Ceci explique en partie cela — mais non, sans doute, le prodigieux talent qui éclate dans ces milliers de vers, dont nous sommes heureux d'offrir au public français une version enfin digne de l'original. Nous espérons que nos notes succinctes en faciliteront la compréhension.

Bernard LORTHOLARY.

NOTE DU TRADUCTEUR

Expliquer, justifier cette nouvelle traduction en vers du *Faust* de Goethe qui m'a occupé, aux heures de loisir, durant tant d'années demanderait presque un livre en soi. Ne disposant ici que de quelques lignes, je me bornerai à assurer tout d'abord le lecteur, et surtout le lecteur non germaniste, dont je devine l'inquiétude, que la version que je lui propose est bien une traduction et non quelque paraphrase plus ou moins lointaine du texte goethéen. J'entends par là que malgré les vers — ou grâce à eux — je ne me suis presque jamais éloigné de l'original plus que ne devrait le faire une traduction littéraire en prose. Cela pour le sens. Quant à la forme, j'ai tenté de suivre le poète allemand dans cette variété et cette souplesse inouïes qui le font passer, au long de ce gigantesque poème, à travers tous les mètres et toutes les structures poétiques, en empruntant ou en créant les styles les plus divers, de l'épopée homérique et du miracle médiéval à une anticipation de notre symbolisme voire, en de rares cas, de l'hermétisme mallarméen.

Au-delà même du sens et de cette forme extérieure, j'ai cherché à reproduire, autant que je l'ai pu, la musique proprement goethéenne, faite d'aisance, d'humour, de spontanéité, de fluidité, de vie, afin de rendre aussi transparent que possible l'écran que toute traduction interpose entre le lecteur et la voix, les inflexions personnelles du poète. En bref, je me suis efforcé de conserver au *Faust* chacune des dimensions, entre autres poétique, théâtrale, philosophique et même ésotérique qui en font un des chefs-d'œuvre incontestés de la littérature universelle.

A quelle distance je suis resté de mon but idéal, toutes les imperfections, les compromis auxquels j'ai dû consentir, je n'en ai que trop conscience. Je prie le lecteur de me pardonner à la faveur de l'ensemble tel détail sur lequel il achoppera peut-être.

Je voudrais enfin remercier tous ceux qui se sont penchés sur cette traduction et m'ont aidé ou encouragé d'une manière ou d'une autre. Qu'ils m'excusent, ne pouvant les citer tous, de ne pas mentionner leurs noms. Je ferai toutefois exception pour mon vieux maître strasbourgeois, Albert Fuchs (1896-1983), grand spécialiste de Goethe et du *Faust* qui a consacré de longues heures, dans les toutes dernières années de sa vie, à examiner et commenter, presque vers à vers, la Première Partie de cette traduction et m'a ainsi permis de préciser bon nombre de nuances.

Du reste, je ne considère pas ce travail de perfectionnement comme terminé et serai très reconnaissant aux lecteurs de ce *Faust* des observations et des suggestions qu'ils voudraient bien m'apporter.

J. M.

FAUST

Tragédie

DÉDICACE

Ainsi vous revenez, silhouettes furtives
Qui flattiez autrefois mon incertain regard.
Vais-je à nouveau tenter de vous tenir captives ?
Ce vieux rêve en mon cœur reviendrait-il si tard ?
Mais vous vous approchez ! Demeurez, formes vives
Qui sortez à mes yeux des vapeurs du brouillard.
Sous le souffle enchanté dont votre essaim s'enflamme,
Un élan de jeunesse a fait vibrer mon âme.

Vous portez avec vous l'image d'heureux jours
Et vous ressuscitez plus d'une ombre chérie.
Fable à demi-perdue, échos lointains et sourds,
S'éveillent, en plaintive et douce mélodie,
Les vieilles amitiés, les premières amours,
Les détours imprévus des chemins de la vie,
Avec les noms de ceux qui, frustrés par le sort
De tant de beaux instants, ont sombré dans la mort.

Elles n'entendront pas la suite du poème
Les âmes de jadis pour qui je le chantais.
Le cercle des amis s'est dispersé, de même
Que le premier écho s'est éteint à jamais.
C'est pour des inconnus que je souffre ou que j'aime ;
Quand leur foule applaudit, j'hésite, je ne sais.
De tous ceux que mon chant émouvait à la ronde,
Le peu qui vit encore est épars dans le monde.

Et, longtemps oubliée, une invincible ardeur
Au monde des esprits, si calme et pur, m'entraîne ;
Ma voix module un chant indécis et berceur
Aux sons mal assurés de harpe éolienne.
Un frisson me saisit, le pleur succède au pleur ;
Ce vieux cœur endurci sent la joie et la peine.
Ce que je possédais semble m'avoir quitté
Et ce qui m'avait fui devient réalité.

PRÉLUDE SUR LE THÉÂTRE

LE DIRECTEUR, LE POÈTE, LE COMIQUE

LE DIRECTEUR

Vous deux qui, si souvent, avez pu m'assister
Dans les jours d'ennuis et de peines,
Quel accueil pensez-vous réservé sûr nos scènes
Au spectacle qu'ici nous allons présenter ?
C'est la foule d'abord que je veux contenter
Parce qu'elle est vivante et qu'elle nous fait vivre...
Les planches, les tréteaux sont dûment chevillés.
Tout est prêt. On attend la fête qui va suivre.
Calés dans leurs fauteuils, les yeux écarquillés,
Ils ne demandent plus que d'être émerveillés.
Je sais ce que les gens tiennent pour agréable,
Mais plus embarrassé, je ne le fus jamais :
Ce n'est pas qu'au meilleur ils soient accoutumés,
Hélas, mais ils ont lu, que c'en est effroyable.
Comment faire du neuf, avec grâce et fraîcheur
Et plaire, sans pourtant manquer de profondeur ?
Or, je dois l'avouer, j'aime assez voir la foule
Lorsque son flot gonflé, cernant notre maison,
Sous le choc répété d'une puissante houle
Passe en se bousculant les portes d'Apollon.
J'aime à la voir, le jour, et souvent dès quatre heures,
Vers la caisse en luttant se frayer un chemin
Et s'entre-disputer les places les meilleures
Comme en temps de famine on se bat pour du pain.
Qui peut sur tant de gens produire un tel miracle ?
Seul le Poète ! Ami, fais-le donc aujourd'hui.

LE POÈTE

Non ! ne me parlez pas de ce bruyant spectacle
Au seul aspect duquel mon courage s'enfuit ;

Cachez-moi le public, cette mer en délire
Qui, vers le tourbillon, malgré nous, nous attire.
Conduisez-moi plutôt au calme paradis
Fleuri de pure joie alentour de nos âmes
Où l'amour, l'amitié, ces merveilleux dictames,
Des mains mêmes des dieux sont créés et nourris.

Ah ! ce que notre cœur avait cru voir en rêve
Et ce que notre lèvre a murmuré tout bas,
Ce qu'on chercha longtemps, qu'avec peine on achève,
L'instant, sans y penser, l'écrase sous ses pas.
Peut-être faudra-t-il qu'un siècle entier s'efface
Pour que l'œuvre apparaisse avec sa vérité,
Car ce qui brille est né pour le moment qui passe
Et la perfection pour la postérité.

LE COMIQUE

Oh ! la postérité ! voilà bien notre affaire !
Si c'était elle, ici, qu'il fallait satisfaire,
Qui donc amuserait le monde d'aujourd'hui ?
Va-t-il devoir périr d'ennui ?
Un gaillard bien vivant vaut aussi quelque chose !
Celui dont la parole agréable séduit
Ne se plaindra jamais de son public morose
Mais le voudrait nombreux pour le mieux émouvoir.
Allons, soyez gentil ; montrez votre pouvoir :
L'Imagination avec tout son cortège,
L'Esprit, le Sentiment, la Passion… que sais-je ?
N'oubliez pas surtout qu'on veut rire ce soir !

LE DIRECTEUR

N'oubliez pas non plus d'étaler des merveilles :
Les yeux comptent ici bien plus que les oreilles.
Si vous savez donner assez
Pour éblouir le populaire,
Ne cherchez pas de plus profond mystère :
Vous serez auteur à succès.
La masse ne se prend que par la masse même ;
Dans votre œuvre, chacun veut trouver ce qu'il aime ;
Donnez donc sans compter ! Qu'il y en ait pour tous
Et chacun en sortant sera content de vous.
Vous cherchez un sujet ? Avec une douzaine

Vous aurez épargné votre temps, votre peine,
Et votre pot-pourri, mon cher, réussira.
A quoi bon mettre un tout sur scène ?
Le public aussi bien vous le découpera !

LE POÈTE

Vous ne voyez donc pas que ce serait un crime
Et combien peu l'artiste est fait pour ce métier ?
Je le vois bien : le goût des gâcheurs de mortier
Est passé chez vous en maxime !

LE DIRECTEUR

Oh ! ce reproche-ci ne peut m'atteindre en rien !
L'homme sage, avant d'entreprendre,
Considère son but et choisit son moyen.
Songez que vous avez un bois facile à fendre
Et regardez, mon cher, à qui vont vos travaux :
L'un vient bâillant d'ennui, l'autre au sortir de table,
Le dernier, le plus redoutable,
Nous arrive tout droit de lire les journaux !
On vient chez nous distrait, comme on va dans les fêtes ;
La curiosité hâte seule les pas.
Les dames ont vêtu leurs plus belles toilettes,
Actrices sans cachet, pour montrer leurs appas.
Que rêvez-vous, là-haut, sur vos cimes hautaines
Et quand la salle est comble à qui souriez-vous ?
Regardez-les de près vos généreux mécènes :
Butors, indifférents ! Contemplez-les bien tous :
Celui-là songe au jeu, mais cet autre à la belle
Qui l'attend cette nuit et s'impatientera.
A quoi bon, pauvres fous, vous creuser la cervelle
Et mêler votre Muse à ces affaires-là !
Je vous le dis : donnez toujours et sans limite ;
C'est le meilleur moyen de ne pas s'écarter
Du but. Etonnez-les, car pour les contenter...
Mais quel Dieu, ou plutôt quel démon vous agite ?

LE POÈTE

Va ! pour ce métier-là cherche un autre valet !
Quoi ! le plus haut des droits qu'ait donnés la nature
A l'homme, qu'au poète elle a, seul, révélé,
Il le gaspillerait pour ta caricature !

Comment sait-il toucher les cœurs les plus divers,
Par quoi commande-t-il au monde,
Sinon par la clarté sublime qui l'inonde
Et qui peut dans son âme enfermer l'univers ?
Tandis que la nature, avec monotonie,
Confond sa masse étrange et sa diversité
En une discordante et rude mélodie,
Qui partage le flot d'un réel sans beauté
Pour le faire mouvoir au rythme de la vie ?
Qui, grâce à sa divine et puissante harmonie,
Elève le banal jusqu'à l'éternité,
Ecoute les cœurs lourds mugir dans la tourmente,
Fait rayonner une âme au fond des soirs ardents
Et retomber en pluie aux pieds de son amante
Les plus suaves fleurs des vergers du printemps ?
Qui tresse un rameau vert de laurier, de chêne,
En couronne au mérite, à la distinction,
Unit même les dieux, sinon la force humaine
Que le poète élève à sa perfection ?

LE COMIQUE

Eh, mais ! employez-la, cette ardeur merveilleuse
Et comme une affaire amoureuse
Conduisez votre fiction !
Le hasard nous rapproche, on se plaît, on demeure ;
Chaque jour creuse un lit à notre passion ;
Le bonheur croît toujours ; extase ; sonne l'heure
Des revers, des soucis, de l'éternel tourment
Et, sans y prendre garde, on a fait un roman.
Voilà ce qu'il faut mettre en scène :
Puisez à pleines mains dans l'existence humaine !
Chacun la vit, mais peu la connaissent, au fond ;
Quand vous la saisirez, vous paraîtrez profond.
Mille couleurs, peu de lumière,
Une mer de mensonge, un grain de vérité
Et le potage est apprêté
Qui nourrira la terre entière.
Avide de trouver la révélation,
La fleur de la jeunesse accourt pour vous entendre
Et votre œuvre nourrit de rêve une âme tendre
A la mélancolique imagination.

Arrangez-vous pour tout décrire :
Chacun verra ce qu'il a dans le cœur.
Ils sont tout prêts encore à pleurer et à rire,
A s'enthousiasmer, à se payer d'erreur...
N'espérez pas l'aveu de la maudite engeance
Qui n'attend plus rien du destin,
Mais ceux dont l'avenir est encore incertain,
Vous aurez toujours droit à leur reconnaissance.

LE POÈTE

Eh bien ! fais renaître les temps
Où ma vie était incertaine,
Où sur mes lèvres mille chants
Jaillissaient comme une fontaine,
Où le monde encor se voilait
A mon cœur gonflé de merveilles,
Où je cueillais les fleurs vermeilles
Dont tout l'univers s'étoilait !
Je n'avais rien. Je comptais pour richesse
Mon ardeur pour le vrai, mon goût à me mentir...
Oh ! rends-moi cette ardente ivresse,
Le bonheur poignant, le désir,
La force d'aimer, de haïr !
Rends-moi le temps de ma jeunesse !

LE COMIQUE

La jeunesse, mon bon ami,
Cela peut servir à la guerre
Pour échapper à l'ennemi,
Quand de blondes enfants la cohorte légère
Se dispute ardemment ton cœur,
Lorsque au terme de la carrière
T'attend la palme du vainqueur
Ou dans ces nuits d'ivresse où l'on lève son verre,
Jusqu'au matin chantant en chœur.
Mais sur les cordes de la lyre
Sonner un air délicieux,
Poursuivre un but capricieux
Dans un agréable délire,
C'est votre rôle, vieilles gens.
Surtout ne prenez pas cela pour une offense :
L'âge ne nous fait pas retomber en enfance,
Il nous retrouve encor comme de vrais enfants.

LE DIRECTEUR

A présent, trêve de paroles ;
A la réalisation !
Abandonnez les paraboles
Et montrez-nous de l'action.
Vous parlez d'inspiration,
Un esprit hésitant l'a-t-il jamais saisie ?
Poète est, dites-vous, votre profession ?
Faites donner la poésie !
Vous savez les fortes boissons
Dont le public fait ses délices,
Au travail sans plus de façons,
Remplissez à ras nos calices.
Ce qu'aujourd'hui n'a vu venir
Ne viendra demain davantage,
Mais l'homme actif sait retenir
Tout le possible à son passage
Et quand un premier pas l'engage,
Il doit, bon gré, mal gré, finir.
Du théâtre allemand vous savez les coutumes :
Chacun veut essayer sa force et son savoir.
Aussi, n'épargnez-moi, ce soir,
Ni décors, ni treuils, ni costumes :
La lune et le soleil sont en votre pouvoir ;
Vous pouvez, sans compter, gaspiller les étoiles ;
Il ne nous manque pas de bêtes ni d'oiseaux ;
Nous avons des rochers, des feux, de grandes eaux.
Sans quitter nos portants de toiles,
Parcourez l'orbe entier de l'immense univers
Et faites-nous voguer, en déployant vos voiles,
Du paradis au monde et du monde aux enfers !

PROLOGUE AU CIEL

LE SEIGNEUR, LES PHALANGES CÉLESTES, ENSUITE, MÉPHISTOPHÉLÈS

(Les trois archanges s'avancent)

RAPHAËL

Au chœur des fraternelles sphères
Le soleil résonne sans fin
Et son pas, grondant de tonnerres,
Accomplit l'antique chemin.
Son aspect donne force aux anges
Sans qu'ils en conçoivent le tour.
Les œuvres sublimes, étranges,
Rayonnent comme au premier jour.

GABRIEL

Et d'une vitesse incroyable
Se meut la terre et sa beauté,
Alternant la nuit insondable
Au paradis de la clarté.
La mer jaillit en flots d'écume
Sur le roc dur précipités
Et la mer et le roc qui fume
Au tourbillon sont emportés.

MICHEL

Et tempêtes après tempêtes
Unissant continents aux mers
Tissent, par des chaînes secrètes,
Effets, causes de l'univers.
Des éclairs éblouissants dorent
Ces scènes de destruction.

Seigneur, tes messagers adorent
L'ordre de ta création.

TOUS TROIS

Son aspect donne force aux anges
Dont nul n'a sondé ton amour.
Tes œuvres sublimes, étranges,
Rayonnent comme au premier jour.

MÉPHISTOPHÉLÈS

Puisque une fois encor tu daignes t'approcher
Seigneur, et veux savoir comment va notre engeance,
Moi sur qui ton regard aimait à s'épancher,
Me voici devant toi pour te rendre allégeance.
Pardonne-moi pourtant : j'ignore les grands mots,
Dût tout le paradis se moquer de mon dire
Et tu rirais toi-même, entendant mon pathos,
Si tu savais encor ce que c'est que de rire.
Je ne parlerai pas de sphères, de soleil ;
Je vois l'humanité, sa misère profonde
Et, tel qu'au Premier Jour tu l'avais mis au monde,
Le petit dieu d'en bas à lui-même est pareil.
Sans doute il vivrait mieux sans ta munificence
Qui des clartés du ciel lui donna l'apparence ;
Il la nomme raison mais il s'en sert si mal
Qu'il se ravale au rang du dernier animal.
Il est, quitte à blesser les âmes délicates,
Comme une sauterelle avec ses longues pattes
Qui saute et vole et saute et reprend son refrain.
S'il ne quittait, du moins, l'herbe où vous le créâtes !
Toujours le nez fourré dans un nouveau crottin !

LE SEIGNEUR

N'as-tu rien de mieux à m'apprendre ?
Quand cesserai-je de t'entendre
Te plaindre et tout trouver mauvais ?

MÉPHISTOPHÉLÈS

Seigneur, c'est que leurs maux ne s'arrêtent jamais ;
Les soucis des humains me posent un problème
Et, vrai, je n'ose plus les tourmenter moi-même.

LE SEIGNEUR

Connais-tu Faust ?

MÉPHISTOPHÉLÈS

Le docteur Faust ?

LE SEIGNEUR

Mon serviteur.

MÉPHISTOPHÉLÈS

Sans doute ! Et qui vous sert d'une belle manière !
Qui ne se nourrit pas de terrestre matière
Et que toujours au loin pousse quelque vapeur.
Il est demi-conscient, je crois, de sa folie.
Il voudrait décrocher les étoiles des cieux,
Se gorger des plaisirs les plus délicieux
Et rien, proche ou lointain, de ce qu'offre la vie
Ne satisfait ce cœur dans sa mélancolie.

LE SEIGNEUR

C'est dans l'obscurité qu'il me sert aujourd'hui,
Mais je le conduirai bientôt vers la lumière.
Le jardinier sait bien quand l'arbuste verdit
Que fleurs et fruits, un jour, lui paieront son salaire.

MÉPHISTOPHÉLÈS

Bon ! que pariez-vous ? Je vais, à mon plaisir,
Vous le gagner aussi. Donnez-moi donc licence,
Tout doucement, de vous le pervertir !

LE SEIGNEUR

Soit, tant que durera sa terrestre existence,
Qu'il soit fait selon ton désir.
L'homme erre aussi longtemps qu'il cherche et se tour-
[mente.

MÉPHISTOPHÉLÈS

Grand merci ! Pour les morts, ils n'ont rien qui me tente,
C'est le cadet de mes soucis !
J'aime une chair bien fraîche et du rose à la joue ;

Un cadavre, pour moi, n'est plus que de la boue
Et je suis, là-dessus, chat devant les souris.

LE SEIGNEUR

Fais-en désormais ton affaire.
Détourne cet esprit de sa source première,
Mène-le, si tu peux, en enfer avec toi,
Mais reste confondu s'il te faut reconnaître
Qu'un homme bon, toujours, si troublé qu'il puisse être,
Demeure conscient du chemin le plus droit.

MÉPHISTOPHÉLÈS

Fort bien ! C'est une chose faite.
Mon pari ne me cause pas le moindre émoi.
Si je gagne, je veux triompher à tue-tête !
Qu'il mange la poussière et s'en dise content,
Comme mon vieux cousin, le célèbre Serpent !

LE SEIGNEUR

Même alors, tu pourras t'en donner à ton aise.
A haïr ton pareil je ne suis pas enclin
Et, de tous les esprits négateurs, le Malin
Est celui qui le moins me pèse.
Le courage de l'homme est prompt à s'assagir,
Il aime le repos, la paresse éternelle...
Je lui ai donc donné ce compagnon fidèle,
Le Diable, qui l'agite et le force d'agir.
Mais vous, des Dieux fils véritables,
Jouissez de la vive et prodigue beauté
Et que — le devenir en son activité
Vous enlaçant d'amour aux chaînes adorables —
Votre pensée imprime aux formes impalpables
Sa durable solidité.

(Le ciel se ferme et les archanges se dispersent.)

MÉPHISTOPHÉLÈS *(seul)*.

Je vois de temps en temps le vieux bonhomme et j'aime
A garder avec lui ce pied d'intimité.
Avouez qu'il est bien, pour le Maître Suprême,
De traiter le Diable lui-même
Avec autant d'humanité !

PREMIÈRE PARTIE DE LA TRAGÉDIE

NUIT

(Dans une pièce étroite, de style gothique, à hautes ogives, FAUST, tourmenté, assis à son pupitre.)

FAUST

Ainsi donc, ô philosophie,
Et médecine et droit encor,
Hélas, et toi, théologie,
Je vous ai, d'un ardent effort,
Approfondis toute ma vie
Et je reste là, comme un sot,
Sans avoir avancé d'un mot.
On m'appelle docteur et maître
Et voilà bien dix ans peut-être
Qu'à droite, à gauche, en haut, en bas,
Je mène par le nez ceux qui suivent mes pas
Et vois qu'on ne peut rien connaître.
Comment ce cœur n'éclaterait-il pas ?
Certes, j'en sais plus long que tous ces pauvres êtres,
Maîtres, docteurs, scribes ou prêtres ;
J'ignore le doute et n'ai peur
Ni de l'enfer, ni de son diable...
Mais je suis, pour cela, privé de tout bonheur,
Je cherche vainement quel savoir véritable
Je pourrais enseigner à l'homme misérable
Pour le reconvertir et le rendre meilleur !
Puis je n'ai ni bien, ni fortune,
Ni honneur, ni richesse aucune
Que dans le monde on doit avoir...
Quel chien voudrait d'une pareille vie !

J'ai donc pensé que la magie
Et les esprits et leur pouvoir
Pourraient me révéler quelque secret savoir
Qui ne m'oblige plus, quand la sueur m'inonde,
A proclamer ce que j'ignore en vérité,
Qui m'apprenne ce qu'est le monde
En sa pure réalité
Et, découvrant l'effet et sa cause profonde,
Me délivre des mots et de leur vanité.

Clair de lune, pleine lumière,
Si ta visite d'aujourd'hui
Pouvait être au moins la dernière
Que tu viens rendre à ma misère !
Que de fois, au cœur de la nuit,
J'attendis longtemps ton passage,
Puis sur ces livres, ces papiers,
Triste ami, glissait ton image...
Ah ! je volerais volontiers
Sur les cimes de la montagne
Lorsque ta lueur m'accompagne,
Pour suivre, d'antres en vallons,
Vos jeux, elfes de la prairie,
Me bercer de ta rêverie
Et, me baignant dans tes rayons,
Toute science déposée,
Renaître pur de ta rosée !

Mais toujours ce maudit cachot,
Ce trou de mur, ce recoin d'ombres
Où la belle clarté d'en haut
Vient mourir dans ces vitraux sombres !
Ce tas de volumes poudreux,
Vermoulus, qu'un papier fumeux
Entoure jusqu'à cette ogive,
Boîtes, vieux flacons, instruments,
Bric-à-brac de nos grands-parents !
C'est donc là qu'il faut que je vive !
Et tu cherches pourquoi ton cœur
Etouffe ainsi dans ta poitrine,
Pourquoi cette étrange douleur
Vient glacer en toi toute ardeur !
Loin de la nature divine

Où nous plaça le Créateur,
Tu vis parmi la pourriture,
Les squelettes, la moisissure !

Lève-toi, fuis loin du passé !
Dans ce livre plein de mystère
Que Nostradamus a laissé
Pour nous guider sur cette terre,
Ton chemin se trouve tracé.
On y voit le cours des étoiles ;
Ton âme, échappant à la nuit,
Pourra voguer à pleines voiles,
Esprit qu'éveille un autre esprit,
Cependant qu'en sa sécheresse
Ta raison tente sans succès
D'expliquer ces signes sacrés
Et d'en pénétrer la sagesse.
Esprits qui, dans la nuit, sans doute m'entendez,
Flottant autour de moi, répondez, répondez !

(Il ouvre le livre et aperçoit le signe du macrocosme.)

Oh ! je sens dans toutes mes veines,
Couler à pleins torrents des flammes de bonheur.
Est-ce un Dieu qui traça de ses mains souveraines
Ce signe dont l'aspect sait apaiser mon cœur,
Le remplit de jeunesse et de divine ardeur,
Révèle autour de moi, Nature, ton ouvrage ?
Suis-je un Dieu ? Je me sens entouré de clarté !
Je vois, dans cette pure image,
La Nature incessante en son activité.
Je comprends à présent la parole du Sage :
« Le monde des esprits n'a pas clos ses secrets,
Mais tes sens sont fermés, ton cœur est mort encore !
Disciple, lève-toi ! Va baigner sans regrets
Ta poitrine terrestre aux sources de l'aurore » !

(Il regarde le signe.)

Comme tout s'agite et se meut,
Pénètre tout, s'efforce, veut !
Mouvements des forces célestes,
Glissant, puis reprenant l'essor
En se transmettant les seaux d'or,
Votre aile, avec de tendres gestes,

S'élance du ciel à travers
La terre, emplissant d'ambroisie
Et d'universelle harmonie
De proche en proche l'univers !
Ah ! quelle scène ! hélas, de nul effet suivie !
O Nature infinie, où puis-je te saisir ?
Et vous mamelles, vous, sources de toute vie
Où la terre et le ciel se pendent à loisir,
Où toute poitrine flétrie
Peut venir apaiser sa faim,
Vous coulez, nourrissez... Moi, je languis en vain !

(Il tourne avec humeur les pages du livre et aperçoit le signe de l'Esprit de la Terre.)

Quel effet différent produit sur moi ce signe !
Oui, l'Esprit de la Terre est bien plus près de moi.
Comme d'un vin nouveau que l'on boit à la vigne,
Je brûle. Ma force s'accroît.
De courir les chemins je me sens le courage,
O terre, de porter ton mal et ton bonheur,
D'affronter l'éclair de l'orage
Et de ne pas trembler de peur
Dans les craquements du naufrage.
Un nuage, là-haut, se forme ;
La lune a voilé sa clarté,
La lampe file. Des vapeurs
Montent. Autour de ma tête
S'allument de rouges rayons ;
Un souffle descend de la voûte
Et me saisit de son frisson.
Je te sens, je te sens, Esprit auquel j'aspire,
Planer dans l'ombre autour de moi !
Dévoile-toi,
Voici que mon cœur se déchire,
Que de neuves sensations
Ebranlent tous mes sens de leurs convulsions.
Mon âme est tout entière à ton âme asservie !
Apparais, apparais ! M'en coûtât-il la vie !

(Il saisit le livre et prononce mystérieusement le signe de l'Esprit. Une flamme rougeâtre s'allume et l'Esprit apparaît dans la flamme.)

L'ESPRIT

Qui m'appelle ?

FAUST *(se détournant).*

Effrayante image.

L'ESPRIT

Tu m'as puissamment attiré,
Longtemps à ma sphère aspiré,
A présent…

FAUST

Je ne puis soutenir ton visage.

L'ESPRIT

D'entendre résonner ma voix,
De me contempler face à face,
N'as-tu pas imploré la grâce ?
J'exauce ton puissant désir et tu me vois…
Quelle est cette épouvante immonde,
Surhomme, qui t'étreint ? Où est l'élan du cœur
Qui construisait en lui, qui soulevait un monde,
En emplissait, joyeux, sa poitrine profonde
Et croyait des Esprits égaler la grandeur ?
Es-tu Faust dont la voix, dans un effort suprême,
S'élançant jusqu'à moi m'a soudain réveillé ?
Est-ce toi, de mon souffle à présent balayé,
Que la peur fait trembler jusqu'au fond de toi-même :
Ce vermisseau craintif et recroquevillé ?

FAUST

Spectre pétri de flamme, es-tu si redoutable ?
Oui, c'est moi. Je suis Faust et je suis ton semblable !

L'ESPRIT

Dans l'ouragan de l'action,
Les flots de l'existence,
J'ourdis la trame immense
De la création.
Mer éternelle,
Rives sans port,

Naissance et mort,
Forme changeante
Et vie ardente !
Je tisse sans arrêt sur le métier du temps
De la divinité les vivants vêtements.

FAUST

Toi dont le vaste monde éprouve la puissance,
Esprit industrieux, que je suis près de toi !

L'ESPRIT

Tu es près de l'esprit que ton intelligence
Conçoit, mais non de moi *(il disparaît).*

FAUST *(s'effondrant).*

Pas de toi ? De qui donc ?
Moi qui suis le reflet de la divinité !
Et pas même de toi ?

(On frappe.)

Oh, mort ! mon assistant. Tout mon bonheur s'écroule !
Vous fuyez, apparitions...
Faut-il qu'un sot pédant dissipe ainsi la foule
De vos sublimes visions ?

WAGNER *(en robe de chambre et bonnet de nuit, une lampe à la main).*

FAUST *(se détourne avec humeur).*

WAGNER

Pardonnez-moi, j'entendais déclamer...
Du grec sans doute, une pièce tragique ?
J'aimerais travailler l'art de la rhétorique :
C'est par là que l'on peut conquérir ou charmer,
Et je l'ai bien souvent entendu reconnaître,
Un comédien pourrait en remontrer au prêtre.

FAUST

Oui certes, quand le prêtre est aussi comédien,
Ce qui, de notre temps, ne surprendrait personne.

WAGNER

Mais nous qu'un cabinet de travail emprisonne,
Qui de ce vaste monde, au fond, ne voyons rien
Si ce n'est à travers une lunette, un livre,
Comment le décider, le contraindre à nous suivre ?

FAUST

Si vous ne le sentez, vous essaierez en vain,
Si vous n'avez en vous l'éblouissante flamme
Qui, jaillissant du cœur, persuade, convainc
Et force l'auditeur à vous ouvrir son âme,
Vous pouvez vous asseoir, cuire un pauvre ragoût
Des miettes de festin prises à d'autres tables,
Ranimer en soufflant des cendres misérables,
Les singes, les enfants, si c'est là votre goût,
Viendront vous admirer vous et vos patenôtres,
Mais jamais vous n'aurez accès au cœur des autres
Si ce n'est votre cœur qui leur parle pour vous.

WAGNER

C'est pourtant le pathos qu'on flatte et qu'on encense,
Hélas, je le sens bien, mais la tâche est immense !

FAUST

Pourquoi donc chercher à mentir ?
Ne soyez pas un fol à la tête sonore ;
Le bon sens, la raison qu'en tous lieux on honore,
Est-il tant besoin d'art pour les faire sentir ?
Si vraiment vous avez une cause à défendre,
Manquerez-vous des mots qui vous feront entendre ?
Allez ! tous vos discours luisant de bel esprit
Où l'homme avec orgueil se contemple et s'étonne
Sont plus désespérants qu'un triste vent d'automne
Sifflant dans les brouillards sur le gazon flétri !

WAGNER

Mon Dieu ! que l'art est long et que la vie est brève !
Souvent, dans mes travaux, il me semble sentir
La tête qui me tourne ou le cœur qui me lève.
Que de peine, déjà, pour qui veut acquérir
Les simples instruments pour accéder aux sources

Et nous ne serons pas à moitié de nos courses
Que l'heure fera signe et qu'il faudra mourir.

FAUST

Le parchemin ! Voilà la fontaine apaisante
Où nous irions puiser l'éternelle liqueur ?
Tu n'assouviras pas la soif qui te tourmente
Si la source n'est pas dans le fond de ton cœur.

WAGNER

Pardonnez-moi, c'est une grande jouissance
De se plonger ainsi dans l'esprit des vieux temps,
De voir comme avant nous ont pensé les savants
Et jusqu'où nous avons poussé cette science.

FAUST

Oui, jusqu'au firmament et tout est dépassé !
        Mais, mon ami, les siècles du passé
Sont un livre scellé de sept sceaux qu'on s'entête
A lire et ce qu'on nomme esprit des temps n'est rien
Que le petit esprit de votre historien
        Dans lequel le temps se reflète.
        Un spectacle vraiment piteux !
On lui tourne le dos dès les premières scènes !
Vieux débarras, tonneau plein d'ordures obscènes,
Tout au plus sotte intrigue ou mélodrame affreux
Bourré des bons conseils, des maximes honnêtes
Que l'on fait débiter par les marionnettes !

WAGNER

Mais le monde, le cœur de l'homme et son esprit,
N'en peut-on pas, du moins, connaître quelque chose ?

FAUST

Connaître, assurément ! Oui, voilà ce qu'on dit ;
Mais proclamer le vrai, est-il quelqu'un qui l'ose !
Ceux qui de ce savoir avaient pu s'approcher,
Qui n'ont pas, imprudents, su contenir leur âme,
Au peuple ont dévoilé leur pensée et leur flamme
Ont toujours eu pour prix la croix ou le bûcher.
Mon ami, pardonnez, mais la nuit qui s'avance...
Si vous le voulez bien, nous en resterons là.

WAGNER

J'aurais très volontiers veillé plus que cela
Pour profiter encor de tant de connaissance,
Mais c'est Pâques demain : ne pourrais-je vous voir
Et vous entretenir de mes inquiétudes ?
J'ai toujours consacré tant d'efforts aux études ;
Je sais déjà beaucoup, mais voudrais tout savoir !

(Il sort.)

FAUST *(seul).*

Comment ne perd-il pas à jamais l'espérance
Celui qui se consume en stériles travaux,
Qui creuse avidement vers un trésor immense
Et trouve avec bonheur un nid de vermisseaux !

Quoi ! la voix d'un tel homme en un tel sanctuaire,
Au lieu même où l'Esprit descendit rayonner ?
Et pourtant, cette fois, je dois te pardonner
Ô toi, le plus chétif des enfants de la terre,
Ton appel est venu m'arracher au néant
Qui déjà m'étreignait, dans ma détresse amère
De me sentir un nain aux pieds de ce géant !

Oui, moi, reflet de Dieu, moi qui croyais atteindre
Au miroir éternel de toute vérité,
Moi qui goûtais déjà la céleste clarté
Et que la marque humaine avait cessé d'empreindre,
Moi, plus qu'un Chérubin, dont l'orgueil indompté
Imaginait dicter ses lois à la Nature
Et, comme Dieu, jouir en chaque créature,
Comme ce mot fatal m'a bien précipité !

A m'égaler à toi je ne puis pas prétendre
Et si pour t'évoquer mon pouvoir a suffi,
Je n'ai pu retenir ce que j'avais saisi.
En cet instant divin où j'ai cru te comprendre,
Je me sentais soudain si grand et si petit !
Mais tu m'as rejeté de ta main souveraine
Vers le chaos mouvant de l'existence humaine.
Qui donc m'enseignera ? Où trouver mon chemin ?
Faut-il à notre instinct obéir en esclave ?
Action et souffrance, hélas, sont une entrave
Au cours de notre vie, une ombre sur demain.

Si notre esprit conçoit quelque extase profonde,
Bientôt la pervertit un mélange étranger ;
Dès que nous parvenons jusqu'au bien de ce monde,
Aspirer au meilleur nous devient mensonger.
Les nobles sentiments qui créèrent la vie
Se figent dans un lac boueux de passion.
Oubliant les essors de son aile hardie
Jusqu'à l'éternité, l'imagination
Sous les coups du destin peu à peu se replie.
Le souci vient nicher dans le fond de nos cœurs ;
Il y sème en secret de cruelles douleurs
Et trouble le repos, le plaisir, le courage ;
Toujours un nouveau masque affuble son visage :
C'est la femme ou l'enfant, la terre, la maison,
Ou la flamme ou le flot, le poignard, le poison...
Il sait sans te toucher réveiller tes alarmes
Et ce qu'il ne prend pas reste un sujet de larmes.

Je ne suis pas un Dieu, je l'ai trop bien senti.
Je suis le vermisseau qui rampe sur la terre,
Qui se nourrit un jour en creusant la poussière
Et qu'un seul pas bouscule, écrase, ensevelit !

Poussière également, sur ces hautes murailles,
Ces casiers obscurs surchargés d'instruments,
Ces livres, comme si depuis déjà longtemps
Les mites n'avaient pas rongé ces antiquailles !
Et quand je les lirais, ces volumes poudreux,
Que saurais-je en fermant le dernier sur ma table :
Que l'homme, de tous temps, a vécu misérable,
Que sur mille, l'un d'eux, peut-être, fut heureux !
Que veux-tu, crâne vide, avec ce rire horrible ?
Jadis, comme le mien, ton esprit ébloui,
Cherchant la vérité dans un rêve impossible,
S'est lamentablement égaré dans la nuit.
Vous vous raillez de moi, ridicules figures,
Cylindres, chalumeaux, serpentins et creusets ;
Je vous croyais les clés de sublimes serrures ;
La porte reste close et les verrous posés.
La Nature en plein jour étale son mystère
Sous un voile éclatant que nul ne peut ravir
Et ce que pour jamais elle a voulu nous taire,
Ni pinces, ni leviers ne pourront le saisir.

Vieil attirail poudreux, paternel héritage
Si longtemps conservé, de quoi m'as-tu servi ?
Rouleau de parchemin que la lampe a jauni,
Que n'ai-je tout vendu ? J'aurais été plus sage
Que d'avoir tout gardé sans en tirer parti.
L'héritage qui t'est venu de ton ancêtre,
Il te faut l'acquérir pour le mieux posséder.
Conserver sans besoin, c'est se donner un maître
Et rien, hors du présent, ne peut nous profiter.

Mais pourquoi donc, mes yeux, vers cette fiole brune
Etes-vous attirés comme par un aimant ?
Quelle douce clarté m'inonde en ce moment
Comme un sous-bois rêveur environné de lune ?
Que ma main te soulève avec recueillement,
Chef-d'œuvre du génie humain, liqueur exquise,
Quintessence des sucs où le sommeil se puise
Et des poisons subtils où se cache la mort !
Viens, ton maître aujourd'hui réclame ton effort.
Je te vois et déjà s'apaise ma souffrance,
Je te prends et mon cœur renaît à l'espérance
Et le bouillonnement de mon esprit s'éteint.
Je me sens emporté sur une mer lointaine,
Une vague d'azur me saisit et m'entraîne
Vers un nouveau rivage où naît un frais matin.

Voici qu'un char de feu sur des ailes légères
S'approche. Je suis prêt à m'enfuir d'ici-bas.
Pures activités, aériennes sphères,
Si je monte vers vous, ne me repoussez pas !
Mais ce bonheur divin, cette douce ambroisie,
Toi qu'on traitait de ver, la mériterais-tu ?
Tourne résolument le dos à cette vie ;
Enfonce ce portail où le monde s'appuie
Mais que nul sans terreur n'a jamais abattu.
Il est temps de montrer par des actes suprêmes
Que l'homme ose approcher la majesté de Dieu,
De ne pas reculer devant le sombre lieu
Où nos honteux remords s'emprisonnent eux-mêmes,
De courir sans trembler à l'abîme béant
Où nous attend l'enfer tout hérissé de flamme
Et de franchir ce pas la joie au fond de l'âme,
Fût-ce avec le danger de sombrer au néant !

Coupe de pur cristal, sors de l'écrin antique !
Tu brillais aux banquets que donnaient nos aïeux
Et les plus renfrognés prenaient un air joyeux
Quand l'on te soulevait pour un salut bachique.
Tous ces dessins gravés avec art et splendeur,
Le devoir du buveur de louer ta richesse
Et de vider d'un trait toute ta profondeur
Me font ressouvenir des nuits de ma jeunesse...
Jamais à mon voisin je n'irai plus t'offrir
En chantant tes vertus dans un jour de liesse,
Car ce breuvage épais verse une prompte ivresse.
Toi que j'ai préparé, toi que j'ai su choisir,
Laisse-moi t'élever, le cœur plein d'allégresse,
Offrande solennelle au jour qui va venir !

(Il porte la coupe à ses lèvres.)

SONS DE CLOCHES ET CHŒURS

CHŒUR DES ANGES

Christ ressuscite !
Joie au mortel
Que le cruel,
Que l'éternel
Péché habite !

FAUST

Quel murmure profond, quelle voix irréelle
En ce moment fatal fait reculer ma main ?
L'airain sonne déjà l'aurore solennelle.
Pâques s'éveille-t-il aux lueurs du matin ?
Chœurs, chantez-vous déjà l'hymne consolatrice
Que les anges chantaient dans la nuit du tombeau,
Sur leurs lèvres signe nouveau
D'une alliance rédemptrice ?

CHŒUR DES FEMMES

D'encens, de rose
Nous l'avions embaumé ;
Pour qu'il repose

Nous l'avions enfermé ;
De lin candide
Ses membres revêtus ;
La place est vide,
Nous ne le trouvons plus !

CHŒUR DES ANGES

Christ ressuscite !
Joie au fidèle
De son amour.
Sans démérite,
Son divin zèle
Eclate au jour.

FAUST

O chants aériens, doux et puissant cantique,
Qu'espérez-vous gagner à venir jusqu'à moi ?
Allez clamer ailleurs votre message antique,
Je comprends bien vos mots, mais je n'ai plus la foi,
La foi dont le miracle est fils par excellence.
Sphères où la nouvelle heureuse prit naissance,
Pour m'élever à vous je n'ose faire effort
Et cependant vos voix où parle mon enfance
Vers la vie, à présent, me ramènent encor.
Oh ! vous fondiez sur moi, baisers d'amour célestes,
En ces jours de bonheur et de tranquillité !
Mystère dans la voix des cloches abrité !
Prière, volupté brûlante de tes gestes !
Une force ignorée et pleine de douceur
M'entraînait à travers les forêts, les clairières,
Et, tandis que les pleurs inondaient mes paupières,
Je sentais naître un monde au-dedans de mon cœur.
Alors ce même chant proclamait l'allégresse,
Le réveil de la joie et les jeux du printemps ;
Et voici que l'écho de ces jours de jeunesse
Me retiennent encore en ces derniers instants.
Résonnez, chants divins, résonnez, voix légère ;
Une larme a coulé : je renais à la terre !

CHŒUR DES DISCIPLES

L'enseveli
S'élève vers les cimes,

Immense ici
Et là-haut Dieu sublime,
Touchant du front
Le radieux mystère...
Hélas, et nous souffrons,
Enchaînés à la terre !
Tu fuis, vainqueur,
Et les tiens, pleins d'alarmes,
Versent des larmes,
Maître, sur ton bonheur !

CHŒUR DES ANGES

Christ ressuscite
Des ténèbres prochaines.
Il vous invite
A rejeter vos chaînes.
Vous qui savez le louer jour à jour,
Vous qui tendez aux lèvres fraternelles
Le doux calice où se puise l'amour,
Vous, moissonneurs de moissons éternelles
Et vous, semeurs de joies surnaturelles,
Le Maître est près de vous,
Il est en vous !

DEVANT LA PORTE DE LA VILLE
DES PROMENEURS DE TOUTE ESPÈCE

QUELQUES APPRENTIS

Pourquoi là ?

D'AUTRES

Nous allons au pavillon de chasse.

LES PREMIERS

Mais nous, nous préférons le sentier du moulin.

UN APPRENTI

Pourquoi n'irions-nous pas du côté du bassin ?

UN DEUXIÈME

La route est laide !

LES SECONDS

Et toi ?

UN TROISIÈME

Moi, je suivrai la masse.

UN QUATRIÈME

Montez donc à Burgdorf ! On y trouve à foison
Bière de qualité, les filles les plus belles
Et le choix le meilleur de coups et de querelles.

UN CINQUIÈME

Pour la troisième fois, mon joyeux compagnon,
Tu réclames l'étrille et le cuir te démange ?
L'endroit me fait horreur et j'aimerais qu'on change.

UNE SERVANTE

Près de ces peupliers, on doit le découvrir.

UNE AUTRE

Non, non ! Je veux rentrer sans plus attendre.
Toujours à tes côtés on le voit se tenir,
Il danse avec toi seule, avec toi fait le tendre...
Que m'importe, à moi, ton plaisir !

LA PREMIÈRE

Il ne sera pas seul ! Il m'a bien fait entendre
Qu'aujourd'hui le Frisé devait aussi venir.

UN ÉTUDIANT

Où filent-elles de la sorte ?
Viens, mon vieux, accompagnons-les !
Tabac mordant, bière bien forte
Et soubrette en toilette accorte,
C'est ce qui plaît à mon palais.

FILLE BOURGEOISE

Vraiment, quels êtres lamentables !
Regarde-moi ces beaux garçons :
Quand ils pourraient avoir des filles convenables,
Courir après ces jeannetons !

DEUXIÈME ÉTUDIANT *(au premier).*

Pas si vite ! En voilà derrière
Deux qui ne sont pas mal du tout :
Ma voisine vient la dernière :
Je la trouve fort à mon goût.
Elle vont de leur petit pas de demoiselles,
Mais finiront pourtant par nous prendre avec elles.

PREMIER ÉTUDIANT

Mon vieux, non ! Poser me déplaît.
De ce côté, la chasse est franche !
La main qui samedi brandissait le balai
Saura le mieux aussi te caresser dimanche.

UN BOURGEOIS

Non, il ne me plaît pas, moi, ce nouveau bourgmestre !
Elu depuis moins d'un trimestre,
Il est chaque jour plus tranchant.
Et puis, que fait-il pour la ville ?
Tout empire ! Il faut, à présent,
Etre de plus en plus servile
Et payer deux fois plus qu'avant.

UN MENDIANT

Mes bons messieurs, mes belles dames,
Si bien vêtus, la joue en fleur,
Regardez-moi ! Laissez vos âmes
S'apitoyer sur mon malheur.

Ecoutez mon humble requête :
Heureux celui qui peut donner
Et, dans ce jour que chacun fête,
Que je puisse aussi moissonner.

AUTRE BOURGEOIS

Je ne sais rien de mieux, pour les jours de vacance,
Que de parler de guerre et de sujets guerriers
Lorsque chez les Turcs, par milliers,
Des peuples vont s'ouvrir la panse.
On est à sa terrasse et l'on se fait raison ;
Sur le fleuve on peut voir les beaux bateaux se suivre
Puis on rentre, le soir, content, à la maison,
En bénissant la paix et le bonheur de vivre.

UN TROISIÈME BOURGEOIS

Oui, mon voisin, laissons-les tous
Se fendre hardiment la tête !
Que sens dessus dessous le monde entier se mette,
Si tout reste calme chez nous.

UNE VIEILLE *(aux jeunes bourgeoises).*

Voyez les beaux atours et les belles chairs fraîches !
Qui ne voudrait s'enamourer ?
Mais ne soyez pas si revêches,
Car ce que vous voulez, je puis le procurer.

UNE FILLE BOURGEOISE

Agathe ! Allons-nous-en. Je serais au regret
Qu'on me vît en public avec cette sorcière ;
Mais elle m'a fait voir, la nuit de Saint-André,
Mon futur amoureux en silhouette entière.

L'AUTRE

Et moi le mien, dans le cristal, un jour ;
Il était en soldat avec des camarades.
Mais en vain, dans mes promenades,
Je cherche partout alentour.

DES SOLDATS

A citadelle,
Mur et créneau,
A fille belle
D'humeur rebelle
Donnons l'assaut !
Coup téméraire,
Mais le salaire
Doit être haut.

Que la trompette
Sonne très fort
Joyeuse fête
Ou mauvais sort,
Assaut, tempête,
Vie ou bien mort.
Place ou fillette,
Tu te rendras.
Coup téméraire,
Mais haut salaire !
Partons en guerre
Nous, les soldats.

FAUST ET WAGNER

FAUST

Le fleuve, les ruisseaux ont vu fondre leur glace
Sous le regard magique et tendre du printemps ;
L'espoir et le bonheur renaissent par les champs.
Loin, vers les âpres monts emportant sa menace
Et perdant sa vigueur, a fui le vieil hiver.
Il lance, de là-bas, ses bourrasques de grêle
Qui fouettent vainement le gazon déjà vert ;
Car le soleil partout à sa tâche s'attelle,
Ne souffre plus de blanc et veut tout animer.
Tout s'agite, se meut, tout cherche à se former.
Mais il manque de fleurs encor sur la prairie :
Les hommes en costume en joueront la partie.
Vois, regarde de ces hauteurs,
En te retournant vers la ville :
Sous la sombre porte défile
Une foule aux mille couleurs.
Aujourd'hui chacun s'ensoleille ;
Tel le Seigneur qu'ils ont fêté,
Eux-mêmes ont ressuscité.
Sortis des noirs logis où l'ombre toujours veille,
Des corporations, des ligues d'artisans,
De leurs pignons serrés et de leurs toits pesants,
De la ruelle obscure et de l'étroite ornière,
De la nuit de l'église aux rites oppressants,
Tous les voilà jetés dans la lumière.
Vois, vois ! comme ils vont s'égaillant
Par les jardins et par les plaines ;
Sur le fleuve les barques pleines
Se balancent joyeusement ;
Là, chargé jusqu'au bord, à craindre qu'il ne coule,
S'éloigne le dernier bateau.
Jusque sur les sentiers du plus lointain coteau,
A ses vives couleurs on distingue la foule.
Mais où le peuple est vraiment roi,
C'est là-bas. Entends-tu le tumulte au village ?

Petits ou grands, on rit, on crie et l'on fait rage.
Ici je suis un homme, ici j'en ai le droit.

WAGNER

Se promener, docteur, en votre compagnie,
C'est honneur ensemble et profit,
Mais tout seul en ces lieux je n'irais de ma vie.
De la grossièreté je suis fort ennemi.
Les violons, les cris, le vacarme de quille,
Je ne saurais souffrir ces sons.
On croirait qu'un malin démon les émoustille :
Eux parlent de plaisir, nomment cela chansons !

PAYSANS SOUS LE TILLEUL
DANSE ET CHANTS

Dans sa veste aux vives couleurs,
A son chapeau rubans et fleurs,
Le berger pour la danse
S'apprête. Tout le monde est là,
Sous le tilleul tourne déjà.
Traderira, déri, déra,
Le violon commence.

Le gars se pousse au premier rang,
Bouscule une fille en courant.
« Voyez-moi s'il est bête ! »
Dit la mignonne, sans façon
Se retournant vers le garçon ;
Traderira, déri, déra,
« Veut-il gâcher la fête ? »

La danse va comme le vent,
A droite, à gauche, soulevant
Plus d'un jupon qui vole.
On s'échauffe, on souffle, on rougit,
Puis bras sous bras on s'assagit.
Traderira, déri, déra,
Comme la ronde est folle !

«Tout beau! Ne sois pas si gentil!
Combien ont-ils déjà menti
En parlant mariage!»
Mais tous deux s'en vont seul à seul.
Là-bas, plus loin, sous le tilleul,
Traderira, déri, déra,
Le violon fait rage.

UN VIEUX PAYSAN

Ah! monsieur le Docteur, savant comme vous êtes,
Il est beau, sans nous mépriser,
Qu'on vous voie aujourd'hui vous mêler à ces fêtes
Où le peuple vient s'amuser.
Prenez donc, s'il vous plaît, la cruche la plus belle;
Que sa fraîche boisson non seulement ruisselle
Pour calmer votre soif, mais que, dans ses flancs lourds,
Chaque goutte qu'elle recèle
Ajoute au nombre de vos jours.

FAUST

J'accepte volontiers ce bienfaisant breuvage
Et vous renvoie à tous et salut et merci.

(Le peuple forme un cercle.)

LE VIEUX PAYSAN

Il est bon de vous voir retourner au village
En ces jours de plaisir, vous qui veniez aussi
Dans les jours de malheur nous secourir ici.
Plus d'un est là tout plein de vie
Que votre père a pu sauver,
Arracher à l'épidémie
Déjà prête à nous l'enlever.
Et vous, tout jeune encor, vous aidiez votre père,
Chez les malades le suivant.
Que de morts on portait en terre!
Vous en êtes sorti vivant
Et dans ces heures de misère,
Le Sauveur de là-haut sauva le sauveteur.

TOUS

Salut, longue vie et honneur
A l'illustre homme de science
Et que longtemps encore il nous prête assistance.

FAUST

Prosternez-vous devant Celui
Qui seul enseigne et seul guérit.

(Il poursuit sa route avec Wagner.)

WAGNER

Quel divin sentiment doit te prendre, ô grand homme,
En voyant cette foule ainsi te vénérer !
Heureux qui par ses dons peut ainsi prospérer !
        Le père à son garçon te nomme,
On se presse, on demande et l'on vient t'entourer.
Le violon se tait et le danseur s'arrête,
Les bonnets de voler ; avec empressement,
        Chacun se range poliment.
Peut s'en faut qu'à genoux le peuple ne se mette
        Comme pour le Saint-Sacrement.

FAUST

Viens ! Quelques pas encor. Jusques à cette pierre.
Nous y pourrons en paix reposer un instant.
Que de fois j'y vins seul m'asseoir en méditant !
Que je m'y tourmentai de jeûne et de prière !
        Ferme en ma foi, riche d'espoir,
Sanglotant, suppliant, me prosternant de reste,
Je croyais arracher au Seigneur le pouvoir
        De mettre fin à cette peste.
Les bravos du public me semblent des défis.
        Si tu pouvais voir dans mon âme,
        Ah ! combien le père et le fils
        Ont plutôt mérité le blâme !
Mon père était alors un honnête homme obscur
        Qui méditait à sa manière,
        L'esprit confus et le cœur pur,
        Sur la nature et son mystère.
        Des adeptes à son côté,
Il s'enfermait dans la cuisine noire

Et réduisait, selon les lois d'un vieux grimoire,
Les contraires à l'unité.
Il mariait au lis, dans un bain tiède et pâle,
Un lion rouge, un hardi prétendant ;
Tous deux alors, sur un foyer ardent,
Devaient changer de chambre nuptiale.
Puis les verres se coloraient
Des teintes de la jeune reine.
Ce fut la potion. Les malades mouraient.
Guérissait-on parfois ? Qui s'en mettait en peine !
Ainsi, toujours par monts, par vaux,
Avec nos philtres infernaux,
Nous fûmes pires que la peste.
J'ai versé le poison moi-même à des milliers.
Ils se sont éteints. Moi, je reste
Pour voir louer les hardis meurtriers.

WAGNER

N'y donnez pas tant d'importance.
Un honnête homme en fait assez
S'il exerce avec conscience
Les arts venus des temps passés.
Jeune homme, en honorant ton père,
Tu mériteras sa faveur ;
Adulte, à la science apporte aussi ta pierre,
Ton fils aura destin meilleur.

FAUST

Heureux qui garde l'espérance
De s'arracher un jour à l'océan d'erreur !
Ce qu'il faudrait savoir, c'est là notre ignorance
Et ce que nous savons bien rarement nous sert.
Mais ne gaspillons pas pour quelque vain scrupule
Le trésor de beauté par cet instant offert.
Vois donc étinceler dans leur bel écrin vert
Ces chaumières, aux derniers feux du crépuscule !
Et le soleil descend dans le jour accompli ;
Il fuit pour engendrer mille formes nouvelles.
Ah ! pour l'accompagner que n'ai-je donc des ailes
Qui m'enlèvent bien loin de ce sol avili !
Dans le soir éternel rayonnant sur l'abîme,
A mes pieds le monde s'endort,

Le vallon s'assoupit et s'embrase la cime
Et le ruisseau d'argent se mue en fleuve d'or.
A mon envol divin rien ne fait plus obstacle ;
Par-delà la montagne aux sauvages hauteurs,
A mes yeux, surpris du miracle,
Se découvrent la mer, les golfes enchanteurs.
Mais tandis que le Dieu semble enfin redescendre,
Mû d'un élan nouveau, je cours boire après lui
L'éternelle clarté qu'il va partout répandre.
Le jour est devant moi, derrière moi la nuit.
Sur ma tête, le ciel, sous mes pieds glisse l'onde...
Beau rêve, dont déjà s'éteignent les accords.
Pourquoi faut-il que ne réponde
A l'aile de l'esprit aucune aile du corps !
Mais quel est donc celui que son âme ne jette
Toujours plus loin, plus haut, suivant un instinct sûr,
Lorsque tombe du clair azur
Le cri pressant de l'alouette,
Lorsque plane au-dessus du bois de sapins verts
L'aigle aux voilures étendues
Et qu'à travers plaines et mers,
Regagnant leur pays, passe le vol des grues ?

WAGNER

J'ai parfois mes humeurs aussi,
Mais cet instinct, jamais je ne l'ai ressenti.
Des forêts et des champs assez vite on se lasse ;
Les ailes des oiseaux, volontiers je m'en passe.
Comme les plaisirs de l'esprit
Nous portent, avec plus de grâce,
De livre en livre et d'écrit en écrit !
Même une nuit d'hiver avec bonheur s'écoule
Et la félicité nous réchauffe le cœur ;
Puis, qu'un beau parchemin, là-dessus, se déroule
Et c'est le ciel ouvert, dans toute sa splendeur.

FAUST

D'un seul des deux instincts ton cœur a conscience.
Ah ! de l'autre jamais ne fais la connaissance !
Moi, deux âmes, hélas, habitent dans mon sein
Et chacune voudrait de l'autre se défaire :
L'une, par cent crochets, se suspend à la terre,

L'autre, d'un vol puissant, s'efforce, mais en vain,
De ses nobles aïeux de regagner la sphère.
Oh ! s'il est, dans l'air, des esprits
Dont entre terre et ciel s'exerce la puissance,
Descendez, descendez de vos brillants pourpris,
Ouvrez-moi le chemin d'une neuve existence.
Oui ! qu'un manteau magique fût à moi,
Qui m'emportât au loin, en terres étrangères,
Je le préférerais aux choses les plus chères
Et ne l'échangerais pour le manteau d'un roi !

WAGNER

N'évoque pas la meute bien connue
Qui rôde autour de nous dans les vapeurs du soir,
Qui de mille dangers harcèle, de la nue,
L'homme, sans qu'il puisse la voir.
Voici venir du Nord la mordante cohorte
Aux dents, aux langues de démons,
Les esprits étouffants que l'Orient apporte
Pour se nourrir de nos poumons,
Tandis que le Midi du désert nous envoie
Ceux qui torturent de chaleur.
L'essaim de l'Occident nous réjouit le cœur
Mais bientôt champs et prés et nous-mêmes nous noie.
Ils aiment écouter, mais nuire est leur plaisir ;
Ils aiment nous tromper en feignant d'obéir ;
Comme envoyés du Ciel toujours ils se présentent
Et d'anges ont la voix, mais surtout lorsqu'ils mentent.
Rentrons donc, car le monde a pris un teint blafard ;
L'air fraîchit et voici que monte le brouillard.
Au soir, c'est le logis que notre cœur désire.
Pourquoi t'attardes-tu ? Que cherche ton regard ?
Dans cette obscurité quelque chose t'attire ?

FAUST

Vois-tu, par les guérets, ce chien noir s'agitant ?

WAGNER

Je l'ai vu. Rien en lui ne me semble important.

FAUST

Regarde l'animal ; que te semble-t-il être ?

WAGNER

Ma foi, c'est un barbet qui quête à sa façon
Et cherche à retrouver la trace de son maître.

FAUST

N'as-tu pas remarqué comme en colimaçon
Il tourne autour de nous, se rapprochant sans cesse ?
Et, si je ne me trompe, un tourbillon de feu
Le suit sur son chemin.

WAGNER

Pour moi, je le confesse,
Je vois un barbet noir et rien d'autre en ce lieu.
N'êtes-vous pas leurré par un effet d'optique ?

FAUST

Je le vois décrivant comme un lacet magique
Alentour de nos pieds pour nous entortiller.

WAGNER

Incertain et craintif, il semble sautiller,
Voyant deux inconnus en place de son maître.

FAUST

Le cercle se resserre, il est à nos genoux.

WAGNER

Tu vois, pour un vrai chien on peut le reconnaître,
Point un fantôme. Il grogne et s'étend devant nous.
Il agite la queue et des chiens suit l'usage.

FAUST

Viens avec nous ; allons, ne fais pas le sauvage.

WAGNER

L'animal peut nous amuser :
Tu es immobile, il s'arrête ;
Parle, aussitôt il te fait fête ;
Si tu perds quelque chose, il va le ramasser ;
Il cherchera dans l'eau la canne qu'on y jette.

FAUST

Allons, tu as raison. C'est un chien bien appris
Et qui ne nous vient pas du monde des esprits.

WAGNER

Le chien, avec un bon dressage,
Devient souvent l'ami du sage
Et sans honte tu peux avec lui te lier,
Lui, des étudiants l'excellent écolier.

(Ils passent la porte de la ville.)

CABINET D'ÉTUDE

FAUST *(entrant avec le barbet).*

J'ai quitté les champs et les prés
Couverts de ténèbres. C'est l'heure
Où, prise de frissons sacrés,
S'éveille en nous l'âme meilleure,
Où s'endort tout mauvais instinct
Que l'ardente action suscite,
Où l'amour de l'homme s'agite,
Où naît en nous l'amour divin.

Sois plus sage, barbet, ne rôde pas sans cesse.
Sur le seuil que renifles-tu ?
Derrière le poêle étendu,
Dors, mon meilleur coussin t'invite à la paresse.
Tu nous as réjouis là-haut, chemin faisant,
Par tes bonds et ta course agile,
Sois donc le bienvenu, mais en hôte tranquille,
Lorsque je t'accueille à présent.

Quand, dans notre cellule austère,
La lampe amicale renaît,
Une autre flamme encore éclaire
Notre cœur qui se reconnaît.
La raison retrouve sa place,
L'espoir commence à refleurir,
Des ruisseaux de la vie on recherche la trace,
A la source de vie on voudrait revenir.

Barbet, cesse tes cris ; la musique sacrée
Dont mon âme se sent tout entière entourée
Ne souffre point de bruits si bas.
L'homme, nous le savons, couvre de moqueries
Les choses qu'il ne comprend pas.

Le bien comme le beau, pour lui privés d'appas,
Sont sujets à ses railleries.
Le chien veut-il y joindre aussi ses grogneries ?

Hélas, je ne sens plus, malgré tout mon désir,
La paix couler dans ma poitrine.
Le beau fleuve, pourquoi doit-il sitôt tarir,
Nous laissant la soif qui nous mine ?
Je l'ai bien souvent éprouvé !
Et pourtant à ce mal le remède est trouvé
Dans la clarté surnaturelle.
La révélation espérée ardemment
Ne brille nulle part si divine et si belle
Que dans le Nouveau Testament.
D'en voir l'original, il me revient l'envie
Et, lisant d'un cœur droit cet ouvrage de vie,
De le retransposer dans mon cher allemand.

(Il ouvre un volume et s'installe.)

Il est écrit : « Dans le commencement
Etait le Verbe. » Et déjà je m'arrête.
Le mot mérite-t-il valeur aussi parfaite ?
Non. Je dois traduire autrement
Si l'Esprit veut m'aider de sa faveur insigne.
Il est écrit : « Dans le commencement
Etait le Sens. » Médite cette ligne
Et suspends ta plume un moment.
Est-ce le sens qui crée et qui fait vivre ?
Il faudrait dire qu'au commencement
Etait la Force. Un secret sentiment
S'émeut en moi, m'avertit de poursuivre,
Et j'écris — de l'Esprit m'en vient l'intuition — :
« Dans le commencement existait l'Action. »

Barbet, s'il faut que je partage
Ma chambre avec toi, maintenant
Cesse tes cris, ton aboiement.
Je ne veux à mon voisinage
Point de compagnon si gênant.
L'un de nous doit quitter la place.
C'est avec regret que je passe
Sur le droit d'hospitalité,
Mais la porte est ouverte : à toi la liberté.

Que vois-je ? Etonnante aventure !
Est-ce l'ouvrage de nature ?
Mirage ou bien réalité ?
Mon barbet grandit sans mesure ;
D'un chien, ce n'est plus la stature.
Quel spectre ai-je amené moi-même en ma maison ?
D'un gros hippopotame il a la forme noire,
Avec des yeux de flamme, une horrible mâchoire...
Je vais te mettre à la raison.
Pour cette engeance du démon
Il faut la clé de Salomon.

ESPRITS *(depuis le corridor).*

Un esprit de notre sorte
Est derrière cette porte ;
Comme un renard dans les fers,
Tremble un vieux lynx des enfers.
Que nul n'entre dans la place,
Mais qu'on passe, qu'on repasse,
Qu'on vole en haut et en bas
Pour qu'en cet étroit espace
Le captif ne reste pas.
Si vous savez un remède,
Ne le laissez pas sans aide :
Il a tant su nous servir,
Tant fait pour notre plaisir !

FAUST

Et tout d'abord, pour te combattre,
Voici la formule des Quatre :
Salamandre, va brûler,
Nage, Ondine en ta fontaine,
Sylphe, en l'air tu dois voler,
Toi, Kobold, prends de la peine !
Les éléments,
Leurs mouvements,
Qui ne sait les reconnaître,
Qui ne les a pas appris,
N'est pas le maître
De leurs Esprits.

Pars dans la flamme, Salamandre !
Ondine, coule comme miel !
Et toi Sylphe, va te répandre
Dans les météores du ciel !
Porte ton aide la meilleure,
Incube, dans chaque demeure
Et mets à tout le point final !

Aucun des quatre n'est dans l'animal ;
Il me montre les dents et, calme, me regarde ;
Je ne lui ai fait aucun mal.
Attends, prends garde !
C'est d'un moyen bien plus puissant
Que je vais user à présent.

Si tu es un digne
Suppôt des enfers,
Contemple ce signe !
Dans tout l'univers,
La cohorte sombre
A son seul aspect
Tremble avec respect,
S'efface dans l'ombre.

Tout son dos maintenant de crins durs est orné.
Réprouvé, damné,
Sauras-tu le lire,
Lui qui n'est pas né,
Lui qu'on ne peut dire,
Que tous les cieux ont couronné,
Lui, lâchement assassiné ?

Derrière le poêle, à sa place,
Il s'enfle toujours, triomphant.
Le voilà comme un éléphant
Occupant bientôt tout l'espace.
Voici qu'en brouillard il se fond !
Ne monte pas jusqu'au plafond
Et reviens aux pieds de ton maître !
Je ne menace pas en vain,
Car je puis t'asperger avec le feu divin.
N'attends donc pas de voir paraître
De la triple clarté les éblouissements,
N'attends pas le plus fort de mes enchantements !

MÉPHISTOPHÉLÈS *(paraissant derrière le poêle, vêtu comme un étudiant voyageur, tandis que le brouillard retombe).*

Pourquoi ce bruit? Monsieur peut-il me dire
Ce qu'il veut? Je suis son valet.

FAUST

Voilà donc ce qu'était le noyau du barbet:
Etudiant voyageur! L'affaire me fait rire.

MÉPHISTOPHÉLÈS

A monsieur le savant mon admiration!
Vous m'avez fait suer de façon redoutable.

FAUST

Comment t'appelles-tu?

MÉPHISTOPHÉLÈS

Petite question
Pour qui traite le mot de chose méprisable,
Qui, loin de toute illusion,
S'attache aux profondeurs de l'être.

FAUST

C'est par le nom, Messieurs, qu'on peut vous reconnaître;
Le nom nous dit votre valeur:
Dieu des mouches, Satan, Menteur ou Séducteur.
Qui donc es-tu?

MÉPHISTOPHÉLÈS

De cette force une partie
Qui veut le mal toujours et fait toujours le bien.

FAUST

Explique cette énigme où je ne comprends rien.

MÉPHISTOPHÉLÈS

Je suis l'Esprit qui toujours nie.
A bon droit, car enfin, ce qui va se créant
Ne mérite à coup sûr que d'aller au néant.
Vaudrait-il pas mieux ne rien faire,

Qu'il n'y eût point création ?
Ce que vous appelez péché, destruction,
En bref le Mal, voilà tout juste mon affaire.

FAUST

Tu te dis une part, je te vois unité.

MÉPHISTOPHÉLÈS

Je ne te dis que l'humble vérité.
Quand l'homme, ce petit univers de folie,
Se prend, lui, pour un tout... Je suis une partie
De la part qui fut tout dans le commencement,
Part des Ténèbres, d'où la Lumière est sortie,
Elle qui par orgueil revendique le rang
De sa mère la Nuit, lui dispute l'espace
Et n'y réussit point, pourtant, quoi qu'elle fasse,
Car elle adhère aux corps, ne peut plus en partir,
Jaillit des corps et vient tous les corps embellir.
Un corps l'entrave dans sa route
De sorte — c'est mon vœu — qu'on la verra sans doute
Avec les corps s'anéantir.

FAUST

Je comprends mieux tes dignes tâches :
Ne pouvant pas détruire en grand,
C'est au détail que tu t'attaches.

MÉPHISTOPHÉLÈS

Et je n'en suis pas fort content,
Car ce qui s'oppose au néant,
Le quelque chose, ce sot monde,
Malgré mainte ruse profonde
Je n'en puis pas venir à bout :
Vague, feu, secousse ou tempête,
Terre et mer en dépit de tout
Retrouvent enfin leur assiette.
Quant au peuple maudit d'hommes et d'animaux,
Vainement contre eux je calcule.
Combien j'en ai déjà couché dans leurs tombeaux !
Et toujours un sang frais, un sang nouveau circule
Et tout se reproduit ! C'est à devenir fou :
De l'air, de la terre et de l'onde,

Mille germes naissent partout ;
Humide, sec, froid, chaud, tout se féconde.
Si je n'avais gardé la flamme comme monde,
Je n'aurais, moi, plus rien du tout.

FAUST

A l'éternelle et salutaire
Force de la création,
Tu voudrais opposer le poing froid du démon
Crispé dans sa vaine colère !
O fils étrange du Chaos,
Entreprends donc quelque autre ouvrage.

MÉPHISTOPHÉLÈS

Nous en parlerons davantage
Quand nous nous reverrons bientôt.
Mais, si tu le permets, je voudrais disparaître.

FAUST

Pourquoi le demander ? Je ne te comprends pas.
J'ai pu maintenant te connaître,
Reviens lorsque tu le voudras.
Voici la porte, la fenêtre,
Même la cheminée est à toi, dans ce cas.

MÉPHISTOPHÉLÈS

Je l'avoue, un petit obstacle,
M'empêche de prendre congé :
Là, sur votre seuil, ce pentacle...

FAUST

Mon pentagramme ainsi peut t'affliger ?
Mais dis-moi, fils de la Géhenne,
Comment donc entras-tu si ce signe te gêne ?
Un esprit tel que toi put-il être abusé ?

MÉPHISTOPHÉLÈS

Examine de près : il est mal disposé ;
L'angle qui regarde la porte
Est trop ouvert ; on ne peut le nier.

FAUST

Le hasard aurait fait en sorte
Que tu fusses mon prisonnier
Et j'aurais réussi ce coup sans m'y connaître ?

MÉPHISTOPHÉLÈS

Notre barbet, entrant en bondissant,
N'a rien vu ; mais l'affaire est tout autre à présent.

FAUST

Pourquoi ne pars-tu pas, alors, par la fenêtre ?

MÉPHISTOPHÉLÈS

Spectres ou diables, nous avons pour loi
De ressortir par où nous nous glissâmes :
Esclaves pour sortir quand libres nous entrâmes.

FAUST

Même l'enfer posséderait un droit ?
Fort bien ; l'on pourrait donc conclure un pacte
Avec vous, messeigneurs, en toute sûreté ?

MÉPHISTOPHÉLÈS

De ce qu'on te promet, rien n'est jamais ôté ;
On t'en assurera la jouissance exacte.
Mais le comprendre est assez long.
Nous en discuterons sous peu, je m'y engage.
Sois, en attendant, assez bon
Pour me donner libre passage.

FAUST

Bah ! demeure encore un instant,
Raconte-moi quelque aventure.

MÉPHISTOPHÉLÈS

Lâche-moi donc ! Je reviendrai, je te l'assure,
Et tu pourras questionner tout ton content.

FAUST

Je n'ai point usé de manège,
Tu t'es toi-même pris au piège.
Garde le diable qui le tient,
Car le prendre à nouveau ce n'est pas mince affaire.

MÉPHISTOPHÉLÈS

Soit ! je suis prêt aussi, si cela te convient,
A demeurer pour te distraire.
J'y mets une condition :
C'est de meubler le temps grâce à mes artifices.

FAUST

Bien volontiers, si la représentation
Répond à l'offre de services.

MÉPHISTOPHÉLÈS

Mon bon ami, tes sens vont profiter
Plus pendant cette heure inouïe
Qu'en un an de monotonie.
Ce que mes esprits vont chanter,
Les tableaux qu'ils vont t'apporter,
Ne sont pas vain jeu de magie :
Ils parlent à ton odorat ;
Même ton goût en jouira
Et ton âme en sera ravie.
Point d'autres apprêts ; c'est assez,
Nous sommes tous là. Commencez !

ESPRITS

Voûtes obscures,
Disparaissez,
Entrez, glissez,
O clartés pures,
Azur du jour,
Semant l'amour
Et vous, nuages,
Sombres visages,
A votre tour
Levez vos voiles,
Jeunes étoiles,

Soleils plus doux,
Confondez-vous.
Que de beaux anges,
Formes étranges
Du pur esprit,
Vers nous s'abaissent,
Planent, caressent ;
Bientôt les suit
L'ardeur immense
De l'espérance
Qui nous conduit.
Robes légères,
Rubans flottants,
Couvrez les terres,
Les coins charmants
Où les amants,
L'âme ravie,
Font pour la vie
De doux serments
Sous les charmilles ;
Vignes et vrilles ;
Le raisin mûr
Va dans la cuve
D'un pressoir dur.
Flottez, effluve
Du vin nouveau
Dont le ruisseau
De pierres fines
Fuit à travers
Plaines, collines
Et coteaux verts,
En lacs déploie
Ses clairs réseaux
Où les oiseaux
Boivent la joie
Au suc vermeil,
Volent, agiles,
Vers le soleil,
Les claires îles,
Qui, sous le vent,
Bercent leurs rives
Au flot mouvant,
Où mille vives

Voix de bonheur
Forment un chœur.
Qu'on chante et rie
Sur la prairie
Où les danseurs,
A l'aventure,
Par la nature,
S'en vont rêveurs ;
Les uns s'engagent
Vers les hauteurs
Et d'autres nagent
Au sein des mers
Ou dans les airs,
Tous vers la vie
Faisant effort,
Vers l'heureux sort
Qu'un astre d'or
Réserve encor
A leur envie.

MÉPHISTOPHÉLÈS

Il dort ! Bien, mes enfants, gentils esprits de l'air ;
Vous l'avez enchanté de manière admirable
Et je vous suis obligé du concert.
Tu n'es pas homme encore à retenir le diable.
Bercez-le, trompez-le d'un doux enchantement,
Plongez-le dans la mer du rêve.
Mais il faut de ce seuil que le charme se lève ;
La dent d'un rat pourrait me servir d'instrument.
Je n'aurai pas besoin d'attendre :
L'un d'eux gratte alentour et saura bien m'entendre.

Moi, le Maître et Seigneur des souris et des rats,
Des grenouilles, des poux, des mouches, des punaises,
T'ordonne de sortir, sans faire d'embarras,
Et de ronger ce seuil. Pour te donner tes aises,
Vois, je l'humecte d'huile... Il vient en sautillant !
A l'ouvrage, à présent. La pointe qui me gêne
Est celle que tu vois sur le bord, en avant.
Encore un coup de dent. Plus rien qui me retienne !
Faust, reste dans ton rêve ! A bientôt, maintenant.

FAUST *(se réveillant).*

Faut-il donc qu'une fois encor je sois dupé,
Que se dissipe ainsi cet instant ineffable,
Qu'un rêve m'ait montré le diable
Et qu'un barbet m'ait échappé ?

CABINET D'ÉTUDE

FAUST, MÉPHISTOPHÉLÈS

FAUST

On frappe ? Entrez ! Qui vient me tourmenter ici ?

MÉPHISTOPHÉLÈS

C'est moi.

FAUST

Tu peux entrer !

MÉPHISTOPHÉLÈS

Trois fois je dois l'entendre.

FAUST

Entre donc !

MÉPHISTOPHÉLÈS

Tu me plais ainsi.
Nous pourrons, je crois, nous comprendre ;
Car pour dissiper tes tourments,
Vois ! D'un noble seigneur j'ai pris les vêtements :
Rouge pourpoint où l'or flamboie,
Le mantelet raide de soie,
La plume de coq au chapeau,
Avec cette longue rapière...
Je te conseille de te faire
Sur-le-champ, toi-même, aussi beau,
Afin de parcourir la terre
Et découvrir, à mon côté,
Ce qu'est la vie en liberté.

FAUST

Ah ! qu'importe l'habit si le pesant malaise
De cette étroite vie est là pour me saisir !
Je suis trop vieux déjà pour qu'un vain jeu me plaise,
Trop jeune encor pour être sans désir.
Où donc sont les bonheurs que ce monde me donne ?
Renoncer, toujours renoncer,
Voilà la chanson monotone
Qui toujours à l'oreille sonne,
Que chaque heure vient ressasser.
Dès l'aube, à mon réveil, quelle horreur vient me prendre,
Que de pleurs je voudrais répandre
En songeant que ce jour qui se lève à mes yeux
Ne satisfera pas le moindre de mes vœux,
Qu'il verra dessécher en maussades critiques
Toute espérance de bonheur
Et dissiper en mille soins pratiques
Les inspirations qui naissent de mon cœur.
Et lorsque tombera la nuit,
Mon tourment n'aura point de trêve ;
Je me retournerai, sans repos, sur mon lit,
Harassé par un mauvais rêve.
Le Dieu qui réside en mon sein,
Qui sur mes forces a puissance,
Peut agiter mon âme avec toute licence,
Mais au-dehors il ne peut rien.
Et l'existence m'est une charge infinie
Et j'aspire à la mort et j'abhorre la vie.

MÉPHISTOPHÉLÈS

La mort est rarement un hôte bienvenu.

FAUST

Heureux celui que, dans l'éclat de la victoire,
Elle ceint des lauriers tout sanglants de la gloire,
Qui la reçoit à son insu
Après une danse effrénée
Dans les bras de sa bien-aimée…
Ah ! pourquoi, foudroyé par cet esprit géant,
N'ai-je pas disparu, glissé vers le néant ?

MÉPHISTOPHÉLÈS

N'est-il point cependant certain sombre breuvage
Que quelqu'un que je sais n'a pas bu cette nuit ?

FAUST

On est, apparemment, fervent d'espionnage.

MÉPHISTOPHÉLÈS

Sans être omniscient, je suis assez instruit.

FAUST

Si du noir tourbillon de l'humaine existence
Un doux son de jadis m'a soudain retiré
Et, réveillant en moi les songes de l'enfance,
D'un souvenir heureux un instant m'a leurré,
Je n'en maudis pas moins tout ce qui nous enchaîne
L'âme par les désirs et les illusions
Et vers l'affreux cachot en souriant l'entraîne,
Sous un bandeau d'erreurs, de folles visions !
Maudite soit, d'abord, cette haute importance
Dont veulent se parer nos esprits impuissants ;
Maudit l'aveuglement que jette l'apparence
    Sur les phantasmes de nos sens ;
Maudits soient ces objets qui nous hantent en rêve :
    Gloire, fausse immortalité,
    Ces biens qu'un hasard nous enlève :
    Femmes, enfants, propriété.
Que maudit soit Mammon et toutes ses richesses
    Qui nous pousse aux ardents desseins
    Ou qui, pour flatter nos paresses,
    Dispose sous nous ses coussins.
Maudite de l'amour l'insigne jouissance,
La liqueur de la vigne où tout oubli se boit,
Maudite l'espérance et maudite la foi
Et maudite par-dessus tout la patience.

CHŒUR D'ESPRITS *(invisible)*.

    Hélas, hélas !
    Vois, le beau monde,
    Ta main puissante
    L'a mis à bas ;

Tu l'as détruit,
Il croule, il tombe,
Terrassé par un demi-dieu.
Dans le néant
Nous portons sa ruine
En lamentant
Tant de beauté perdue.
O toi, le plus puissant
Des enfants de la terre,
Eblouissant
Refais-le, pierre à pierre.
Reconstruis-le
Dans ta poitrine.
Alors, peut-être,
Une nouvelle vie
Voudra renaître
En traits plus beaux,
Bientôt suivie
De chants nouveaux.

MÉPHISTOPHÉLÈS

Ce sont là les plus petits
De ma cohorte d'esprits.
Vois, leur sagesse profonde
Te conseille l'action,
Le plaisir, la passion,
La course à travers le monde.
Loin de cet isolement
Où tes sens comme ta sève
S'engourdissent dans un rêve,
Ils t'entraînent doucement.
Cesse donc de jouer de ta mélancolie,
Ce vautour qui ronge ta vie.
Même au plus bas degré de la société,
Ne te sens-tu pas homme avec l'humanité ?
Mais ne crois pas que je travaille
A te jeter dans la canaille.
Sans que je sois des plus huppés,
Si tu voulais, à mes côtés,
Te lancer à travers le monde,
Me voici prêt. Je te seconde
Et suis, à strictement parler,
Ton serviteur et ton valet.

FAUST

Et qu'exigeras-tu de moi pour ton salaire ?

MÉPHISTOPHÉLÈS

N'y pensons pas encor. Ce n'est pas le moment.

FAUST

Non, non ! Le diable est trop égoïste pour faire,
Par amour de Dieu seulement,
Ce qu'il faut pour me satisfaire.
Dis sans fard la condition ;
Un tel valet met le danger dans la maison.

MÉPHISTOPHÉLÈS

A suivre tes désirs ici-bas je m'engage
Et je n'oublierai rien de ce que tu voudras ;
Quand nous nous reverrons près de l'autre rivage,
Alors viendra ton tour et tu m'obéiras !

FAUST

Que m'importe, à moi, l'autre monde !
Renverse les piliers où celui-ci se fonde
Et l'autre, s'il le veut, déploiera ses couleurs.
Ma joie appartient à la terre,
Le soleil d'ici-bas éclaire mes malheurs.
Si je puis oublier ce séjour de douleurs,
Advienne que pourra, je ne m'en trouble guère,
Je n'en veux rien savoir et ne m'informe pas
Si l'au-delà connaît des amours et des haines
Et si, dans ces sombres domaines,
Il existe un haut et un bas.

MÉPHISTOPHÉLÈS

Tu peux te hasarder, si c'est là ta pensée.
Continue hardiment la route commencée :
Tu seras étonné de ce qu'est mon pouvoir
Et je te montrerai ce que nul n'a pu voir.

FAUST

Que peux-tu donner, pauvre diable ?
Jamais l'esprit de l'homme en sa plus haute fin

A-t-il été compris de ton semblable ?
Veux-tu m'offrir des mets n'apaisant pas ma faim,
De l'or rouge qui dans nos mains se dissémine
Comme du vif-argent, un jeu privé de gain,
Ou quelque blonde enfant qui lorgne mon voisin
Quand je la tiens sur ma poitrine ?
Tu peux aussi me promettre l'honneur,
Charme si doux qui si vite s'effeuille,
Des fruits pourris avant qu'on ne les cueille
Et l'arbre toujours vert de l'éternel bonheur ?

MÉPHISTOPHÉLÈS

Ce ne serait pas là chose qui m'embarrasse
Car je ne manque pas de semblables trésors.
Mais un temps vient enfin où le désir s'efface,
Où l'on voudrait jouir à de moindres efforts...

FAUST

Si je m'étends jamais sur un lit de paresse,
Mes désirs apaisés, que c'en soit fait de moi.
Si tu fais, me flattant de ta vaine promesse,
Que mon cœur s'éprenne de soi
Et de la jouissance adore la caresse,
Que vienne alors mon dernier jour ;
J'accepte le pari.

MÉPHISTOPHÉLÈS

C'est dit.

FAUST

Et sans retour.
Si je dis à l'instant qui passe :
Arrête-toi, tu es si beau,
Alors que ta chaîne m'enlace,
Alors que s'ouvre mon tombeau,
Que le glas des morts retentisse,
Que s'achève aussi ton service,
Que l'aiguille retombe à l'heure du trépas
Et que le temps pour moi s'anéantisse.

MÉPHISTOPHÉLÈS

Songes-y bien, car nous, nous ne l'oublierons pas.

FAUST

Je me suis engagé connaissant bien la cause ;
Autant que tu le veux exerce donc ton droit.
Ne suis-je pas valet dès que je me repose ?
Qu'importe que ce soit d'un autre ou bien de toi ?

MÉPHISTOPHÉLÈS

Au banquet des docteurs, je veux aujourd'hui même
Etre ton serviteur et remplir mon devoir...
Un dernier point pourtant, d'une importance extrême :
Il faut un mot d'écrit, si c'est en ton pouvoir.

FAUST

Quoi, tu veux un papier, comme un pédant d'école ?
Ne sais-tu pas ce qu'est un homme et sa parole ?
Et ne suffit-il pas que ma bouche, aujourd'hui,
Engage à tout jamais chaque jour de ma vie ?
Quand l'univers entier par cent torrents s'enfuit,
Tu voudrais qu'un serment me lie ?
Mais cette vanité nous tient si fort au cœur
Que nul n'a le pouvoir de s'en rendre vainqueur.
Ah ! la fidélité, pure et sans artifices,
Qu'on porte dans son sein vaut tous les sacrifices !
Mais un beau parchemin écrit, dûment scellé,
Voilà le spectre vain qui nous fait tous trembler.
Et le mot dans la plume expire,
Une peau nous commande, un vil cachet de cire !
Que veux-tu donc, esprit malin ?
Marbre, métal, papier, vélin ?
Prendrai-je ciseau, style, plume ?
Parle ! je te laisse le choix !

MÉPHISTOPHÉLÈS

Comme en discours oiseux ta colère s'allume
Et fait se déployer ta voix !
Toute feuille fera l'affaire,
Mais il faut la signer d'une goutte de sang.

FAUST

Si cela suffit pour te plaire,
A cette farce je consens.

MÉPHISTOPHÉLÈS

Ah ! le sang est liqueur toute particulière.

FAUST

A présent, n'aie aucune peur
Que je rompe jamais ce pacte.
Te consacrer l'effort de toute ma vigueur,
C'est ma promesse très exacte.
Bien trop haut je m'étais placé ;
C'est à ton rang que je m'arrête.
Le grand Esprit m'a repoussé,
La Nature aussi me rejette,
Le fil de l'idée est brisé ;
Je suis depuis longtemps las de toute science.
Dans l'abîme béant de la concupiscence,
Dans l'ardeur du plaisir, soyons donc apaisé.
Qu'à travers le brouillard épais de la magie
Se suivent les enchantements.
Plongeons dans la rumeur du temps,
Dans le flot grondant de la vie ;
Qu'alors jouissance, douleur,
Succès parfois, parfois malheur
Mêlent leur effet et leur cause.
Un homme d'action jamais ne se repose.

MÉPHISTOPHÉLÈS

Ni mesure, ni but n'est là pour vous tenir ;
Si vous voulez voler de calice en calice,
Happant au vol quelque plaisir,
Que selon vos souhaits le jeu vous réussisse !
Ne soyez pas timide : il suffit de saisir.

FAUST

Comprends bien qu'il n'est pas ici question de joie.
Je me voue au vertige, au délice épuisant,
A la haine amoureuse, au regret bienfaisant.
Du tourment de savoir mon cœur n'est plus la proie ;
Il est prêt à s'ouvrir au flot de la douleur.
Ce qu'à l'humanité le sort aveugle envoie,
Je veux dans mon sein même en éprouver l'ardeur ;
Comme elle, en mon esprit toucher à chaque extrême,

Sentir son mal, son bien sur moi s'appesantir,
Confondre ainsi son être avec mon être même,
Comme elle, enfin, m'anéantir.

MÉPHISTOPHÉLÈS

Crois-m'en, moi qui depuis bien plus d'un millénaire
Mâche ce dur morceau et le remâche en vain !
Jamais l'homme, de son berceau jusqu'à sa bière,
N'a digéré le vieux levain.
Dieu seul atteint pareille cime ;
Il vit dans la clarté sublime ;
Nous autres, il nous a conduits
Dans les ténèbres de l'abîme ;
Vous vous avez besoin et de jours et de nuits.

FAUST

Mais je veux !

MÉPHISTOPHÉLÈS

Oui c'est un beau rêve.
Un point pourtant me fait appréhender :
L'art est long et la vie est brève,
Cela devrait suffire à vous persuader.
En vous associant avec quelque poète,
Il pourra, s'envolant dans ses rêves confus,
Accumuler sur votre tête
Toutes les plus nobles vertus :
D'abord du lion le courage,
Du cerf la vélocité,
Puis de l'Italien le sang vif et sauvage,
Du Nord l'opiniâtreté ;
Il unira, selon les secrets de sa Muse,
La générosité sans doute avec la ruse
Et trouvera moyen que vous puissiez aimer
D'instinct, selon le plan que votre tête ordonne.
J'aimerais bien connaître une telle personne
Et monsieur Microcosme on la pourrait nommer.

FAUST

Qui suis-je donc s'il ne m'est pas possible
De te voir à mon front répandre ta clarté,
Couronne de l'humanité
Que nos efforts prennent pour cible ?

MÉPHISTOPHÉLÈS

Tu es, au fond, ce que tu es.
Coiffe cette perruque à boucles foisonnantes
Ou chausse-toi les pieds de semelles géantes,
Tu restes bien ce que tu es.

FAUST

Je le sens, c'est en vain que j'avais sur ma tête,
Esprit humain, voulu rassembler ton trésor.
Lorsque enfin, lassé, je m'arrête,
Nulle neuve vertu de mon âme ne sort.
Ma taille, d'un cheveu, n'en est pas plus parfaite
Et l'infini, toujours, est aussi loin de moi.

MÉPHISTOPHÉLÈS

Cher monsieur, vous voyez le monde
Comme tout le monde le voit.
Il nous faut adopter sagesse plus profonde
Avant que le bonheur ait fui. C'est vrai, ma foi,
Que tête et pieds et mains et... sont les tiennes.
Mais les choses dont je jouis sur le moment,
Ne puis-je pas les dire miennes,
Quand j'ai six étalons, prétendre hardiment
Que leur force aussi m'appartienne?
Je pars au grand galop, plein du même plaisir
Que si j'avais vingt-quatre jambes pour courir!
Laisse ce vain souci qui te torture;
Courons le monde à l'aventure.
Le gaillard qui se perd en spéculation
Est comme un animal qui tourne sur la lande
En cercles infinis, poussé par le démon,
Quand partout alentour croît la verte provende.

FAUST

Et quand partirons-nous?

MÉPHISTOPHÉLÈS

A présent! Commençons!
Qu'est-ce donc que cette géhenne
Et l'existence qu'on y mène
A t'ennuyer toi-même et ces pauvres garçons?
C'est bon pour ton collègue à la grosse bedaine,

Mais battre ainsi la paille ! Est-ce là des façons ?
Ce que tu sais le mieux, le meilleur de tes rêves,
Tu ne peux même pas le dire à tes élèves !
Tiens ! l'un d'eux, justement, marche dans le couloir.

FAUST

Il ne m'est pas possible de le voir.

MÉPHISTOPHÉLÈS

Ce pauvre enfant depuis longtemps s'impatiente !
Qu'il ne reparte pas sans quelque apaisement.
Passe-moi ton bonnet, ta robe... Je me vante
D'être à ravir sous ce déguisement.

(Il change d'habits.)

Et maintenant, laisse-moi faire.
Un quart d'heure fera l'affaire.
Va pour notre grand tour t'équiper cependant.

(Faust sort.)

MÉPHISTOPHÉLÈS *(sous la longue robe de Faust).*

Méprise science et raison,
De l'homme suprême énergie,
Et laisse-toi, par le démon,
Induire aux œuvres de magie,
Tu seras à moi, sans recours.
Il a reçu du sort un esprit indomptable
Qui le jette en avant, toujours,
Et dont la hâte incontrôlable
Le pousse à survoler les terrestres amours.
Je m'en vais l'entraîner dans une folle vie,
Dans la terne médiocrité ;
Il va bondir, piaffer, s'ennuyer, plein d'envie
Et d'insatiabilité ;
Il verra, consumé de fièvres,
Les mets et les boissons passer devant ses lèvres
Sans jamais pouvoir les saisir,
En vain implorera l'apaisement durable
Et, quand il n'aurait pas donné son âme au diable,
Il n'en devrait pas moins périr.

(Entre un étudiant.)

L'ÉTUDIANT

Je suis ici depuis quelques jours seulement
Et je viens, avec révérence,
Faire en ces lieux la connaissance
D'un homme que chacun cite et respecte tant.

MÉPHISTOPHÉLÈS

Vous me voyez ravi de votre courtoisie ;
Je ne suis qu'un homme entre cent.
Mais voyons, quelle voie avez-vous donc choisie ?

L'ÉTUDIANT

Maître, je vous en prie, occupez-vous de moi :
Je ne manque ni de courage
Ni d'argent et je suis à la fleur de mon âge.
Ma mère me voyait partir avec effroi...
Je veux d'un vrai savoir faire l'apprentissage.

MÉPHISTOPHÉLÈS

Mais, vous êtes ici tout juste au bon endroit.

L'ÉTUDIANT

Franchement, je fuirais si c'était à ma guise.
Entre ces couloirs et ces murs,
Je ne vois rien qui me séduise :
Ces lieux sont froids, étroits et durs ;
Pas d'arbre, de fleur, ni de brise
Et je perds dans la salle, en tombant sur ces bancs,
Et l'ouïe et la vue et, je crois, tous mes sens !

MÉPHISTOPHÉLÈS

Ce n'est qu'affaire d'habitude :
Comme l'enfant qu'on met au sein
D'abord se rebelle et se plaint
Puis tète avec béatitude,
Ainsi vous aurez, à saisir,
Vous, les mamelles de l'étude,
Chaque jour un plus grand plaisir.

L'ÉTUDIANT

J'étreindrais volontiers le sein de la science ;
Eclairez-moi ; par où faut-il que je commence ?

MÉPHISTOPHÉLÈS

Avant d'aller plus loin, dites-moi, toutefois,
De quelle faculté vous avez fait le choix ?

L'ÉTUDIANT

Je voudrais devenir un vrai puits de sagesse,
Connaître les secrets de la terre et du ciel.

MÉPHISTOPHÉLÈS

Vous partez bien : c'est là l'essentiel,
Mais ne vous laissez pas gagner par la paresse !

L'ÉTUDIANT

Je vais m'y mettre avec ténacité
Sans même relever la tête ;
Mais j'aimerais, en vérité,
Avoir un peu de temps de fête
Au moment des beaux jours d'été.

MÉPHISTOPHÉLÈS

Employez bien le temps : il fuit à tire d'aile ;
C'est l'ordre qui nous montre à n'en point gaspiller.
La logique est ainsi ce qu'il faut conseiller.
Mon bon ami, commencez donc par elle !
On vous y serrera l'esprit
Dans des brodequins de torture
Pour qu'il aille droit devant lui
Ainsi qu'il sied à sa nature
Et n'erre plus à l'aventure,
Comme un feu follet dans la nuit.
Vous verrez que la moindre chose
Que vous faisiez sans y songer,
Comme de boire ou de manger,
En quatre temps se décompose,
Car notre machine à penser
Est comme un métier où l'on tisse :
Un coup de pied fait avancer

Plus de mille fils sur leur lice ;
La navette vole et revient ;
Le fil passe, l'on n'en voit rien
Et pour que l'œuvre s'accomplisse
Mille nœuds ne forment qu'un lien.
Alors le philosophe arrive
Et vous expose en un moment
Par sa raison démonstrative
Qu'il n'en pouvait être autrement :
Qu'un étant tel, deux, trois de même,
Devait suivre le quatrième ;
Et si ni un, ni deux n'étaient,
Trois et quatre point ne seraient.
Nul étudiant que cette tâche
Puisse laisser indifférent,
Bien que nul d'entre eux, que je sache,
Se soit jamais fait tisserand.
Quand on veut connaître ou décrire
Un objet quelconque qui vit,
On en ôte d'abord l'esprit ;
On tient alors chaque partie :
Il ne manque plus que la clé.
C'est l'encheiresis naturae,
Comme l'appelle la chimie,
Se moquant d'elle-même, hélas, sans ironie !

L'ÉTUDIANT

Je ne vous suis pas clairement.

MÉPHISTOPHÉLÈS

Tout ira mieux prochainement
Quand, grâce à la philosophie,
Vous saurez tout simplifier
Et doctement classifier.

L'ÉTUDIANT

Je crois sentir, tant j'en suis bête,
Un moulin tourner dans ma tête.

MÉPHISTOPHÉLÈS

Ensuite, avant tout, il vous faut
Vous mettre à la métaphysique,

Ce qui passe notre cerveau,
Fort savamment on vous l'explique;
Pour tout ce qu'il enferme ou non,
Vous apprendrez un joli nom.
Dans ce semestre qui commence
— Cinq heures par jour de présence —
Soyez surtout bien ordonné:
Venez au cours, sans négligence,
Sitôt que la cloche a sonné;
Au préalable, pour mieux suivre,
Vous aurez dû bien travailler,
Le cours du maître étudier,
Afin de mieux vérifier
Qu'il ne dit rien, qui ne soit dans le livre,
Et néanmoins, prenez tout par écrit,
Comme si chaque mot venait du Saint-Esprit!

L'ÉTUDIANT

Pas besoin de me le redire.
Je m'imagine bien que vous avez raison,
Car ce que noir sur blanc l'on aura su transcrire,
On peut le rapporter, tout fier, à la maison!

MÉPHISTOPHÉLÈS

A quelle faculté voulez-vous vous inscrire?

L'ÉTUDIANT

Le droit, je l'avouerai, n'a rien pour me séduire.

MÉPHISTOPHÉLÈS

Je ne saurais vous en vouloir.
Cette science-là, j'en sais la théorie:
Ce sont des lois, des droits sans fin, que l'on peut voir
Se propager comme une épidémie,
Repassant d'âge en âge et d'endroit en endroit.
Le bien s'y fait torture et la raison folie...
Quant au droit qui naquit avec nous à la vie,
On n'en entend jamais dire quoi que ce soit!

L'ÉTUDIANT

Vous redoublez l'ardeur de mon antipathie.

Heureux celui dont vous daignez vous occuper !
J'aurais presque du goût pour la théologie.

MÉPHISTOPHÉLÈS

Je ne voudrais pas vous tromper :
Il est si délicat, dans cette discipline,
D'éviter le chemin où vous seriez perdu,
Tant de poison caché s'est si bien confondu
Avec la pure médecine,
Qu'il vaut mieux s'en tenir, sans s'écarter d'un mot,
A ce que vous dit un seul maître.
C'est, du reste, partout, le mot qu'il faut connaître.
Tenez-y ferme et sans défaut.
C'est cette porte-là qui conduit, dans l'étude,
Au temple de la Certitude.

L'ÉTUDIANT

Mais le mot doit avoir un sens.

MÉPHISTOPHÉLÈS

Certes, mais n'allez pas vous en ronger les sangs !
Lorsque le sens parfois s'efface,
Le mot s'insinue à sa place ;
Grâce à des mots on peut se disputer,
Avec des mots un système inventer,
Croire à des mots est aisé. Pour tout dire,
Pas un seul iota d'un mot ne se retire.

L'ÉTUDIANT

Pardonnez-moi de tant questionner…
Si ce n'était trop vous importuner,
Pourriez-vous sur la médecine,
Dire un petit mot bien senti ?
Trois ans, c'est si vite parti
Et si vaste est le champ sur lequel on s'échine !
Le moindre petit bout d'avis
Vous rend le choix moins redoutable.

MÉPHISTOPHÉLÈS *(à part)*.

Je suis las de mon ton rassis.
Revenons dans la peau du diable !

(haut)

L'esprit de médecine est simple à définir :
Etudiez à fond le grand, le petit monde,
Puis enfin, laissez-le courir
Comme voudra de Dieu la sagesse profonde.
Pourquoi suer et vous démener tant ?
Chacun n'apprend, au fond, que ce qu'il peut apprendre.
L'homme habile est celui qui, saisissant l'instant
Propice, a le cœur d'entreprendre.
Vous n'êtes pas vilain garçon,
Vous ne manquerez pas d'audace.
Croyez en vous et de cette façon
Les autres y croiront en masse !
D'abord, des femmes prenez soin :
Ce sont toujours maux et misères
De cent manières,
Que l'on guérit par un seul point.
En jouant l'homme sans reproche,
Vous les mettrez dans votre poche.
Un titre les persuadera
Que votre art est plus fort que tous les artifices
Et vous aurez accès d'emblée à ces délices
Que tel autre, en trois ans, jamais n'effleurera.
Vous pressez galamment le pouls des belles dames
Et leur pincez la taille avec un air madré
En les dévisageant de vos grands yeux de flammes,
Pour voir si leur corset n'est pas un peu serré.

L'ÉTUDIANT

On voit au moins un but. Je me sens rassuré.

MÉPHISTOPHÉLÈS

Grise, mon cher enfant, est toute théorie
Et vert l'arbre d'or de la vie.

L'ÉTUDIANT

Je crois rêver debout, je vous en fais serment.
Pourrais-je un autre jour revenir un moment
Pour profiter à fond d'une telle sagesse ?

MÉPHISTOPHÉLÈS

Autant que je le puis, vous avez ma promesse.

L'ÉTUDIANT

Je ne peux me résoudre à partir maintenant...
Sur mon album encore inscrivez une ligne,
Que de votre faveur il me reste ce signe.

MÉPHISTOPHÉLÈS

Soit. *(Il écrit et rend l'album.)*

L'ÉTUDIANT *(lisant).*

Eritis sicut Deus scientes bonum et malum

(Il referme respectueusement l'album et prend congé.)

MÉPHISTOPHÉLÈS

Suis donc le vieil avis du Serpent, mon cousin,
Ta ressemblance à Dieu t'inquiétera demain.

FAUST *(entre).*

Où allons-nous ?

MÉPHISTOPHÉLÈS

Au gré de ton envie.
Voyons le petit monde et puis après le grand.
Quel plaisir, quel profit ! Aller toujours courant,
Et suivre en jouisseur les classes de la vie !

FAUST

Malgré ma longue barbe, il me manque pourtant
L'art de me conduire aisément.
L'essai ne tournera pas à mon avantage.
Du monde j'ai trop peu l'usage ;
Devant autrui je suis embarrassé,
Je serai partout déplacé.

MÉPHISTOPHÉLÈS

Tout cela, mon ami, ne peut manquer de suivre ;
Dès que tu crois en toi, tu connais l'art de vivre.

FAUST

Comment sortirons-nous d'ici ?
Où sont chevaux, valet, voiture ?

MÉPHISTOPHÉLÈS

Un manteau déployé suffit
Pour nous porter dans l'air à l'aventure.
Mais, pour accomplir ce grand pas,
De paquets ne t'encombre pas.
Il faut pour s'élever en toute diligence
Un peu d'air flamboyant que je vais apprêter.
Plus nous serons légers, mieux nous pourrons monter.
Tous mes vœux au départ de ta neuve existence.

LA CAVE D'AUERBACH, A LEIPZIG
Beuverie
de joyeux compagnons

FROSCH

Quoi, personne ne boit et personne ne rit ?
Têtes d'enterrement ! Qu'est-ce qui vous arrive ?
Comme paille mouillée on vous trouve aujourd'hui,
Vous qui brûlez toujours à belle flamme vive !

BRANDER

Mais c'est ta faute à toi ! Tu n'as rien apporté,
Pas la moindre bêtise ou brin de saleté !

FROSCH *(lui verse un verre de vin sur la tête).*

Les deux !

BRANDER

Double cochon !

FROSCH

Tu te plains qu'on te suive ?

SIEBEL

A la porte, messieurs, si vous vous querellez !
Allons, chantez en chœur, buvez sec et gueulez !
Ho, hola, ho...

ALTMAYER

Peut-on subir clameurs pareilles ?
Du coton ! L'animal me perce les oreilles !

SIEBEL

La basse ne peut pas vraiment se déployer
Si la voûte en écho ne vient pas l'appuyer.

FROSCH

C'est vrai ! Dehors celui qui met la zizanie !
Oh ! Ah...

ALTMAYER

Ah ! Oh...

FROSCH

Les voix sont bien en harmonie.

(Il chante.)

Ce bon Saint-Empire Romain,
Comment tient-il encore ?...

BRANDER

Quoi ! de la politique ? Au diable le refrain !
Louez Dieu chaque jour que l'Empire Romain
Sans faire appel à vous se gère.
Je crois, moi, que je fais une excellente affaire
En n'étant empereur ni simple chancelier !
Mais il nous faut un chef, n'allons pas l'oublier :
Pourquoi, messieurs, ne pas élire
Un pape ! Savez-vous par quelle qualité
Il doit justifier son accès à l'empire
Et fonder son autorité ?

FROSCH *(chante)*.

Beau rossignol de la ramée,
Va saluer ma bien-aimée...

SIEBEL

Les saluts à l'aimée, on n'en veut vraiment plus !

FROSCH

Pourquoi donc ? A l'aimée et baisers et saluts !

(Il chante.)

Glissez, verrous, car dans la nuit,
Voici l'amant qui vient sans bruit ;
Verrous, retombez à l'aurore...

SIEBEL

Chante la bien-aimée et la rechante encore !
J'en rirai le moment venu.
Elle m'a fait marcher, puis ne m'a plus connu.
Qu'elle ait pour amoureux le gnome des bruyères
Qui lui fera l'amour sur le bord d'un chemin
Et qu'un vieux bouc retour de la nuit des sorcières
Lui bêle « bonne nuit » en passant au matin !
Mais qu'un gaillard de chair et d'os l'aille connaître...
Point de salut à la catin
Sinon d'enfoncer sa fenêtre !

BRANDER *(frappant sur la table).*

Allons ! un peu de calme ! Ecoutez-moi, messieurs ;
Vous avouerez que je sais vivre ;
Nous avons, dans le coin là-bas, des amoureux.
L'usage — et nous allons le suivre —
Est de leur souhaiter bonne nuit de tout cœur ;
Ecoutez ma chanson et reprenez en chœur !

(Il chante.)

Un rat vivait dans sa cachette
Bien nourri de beurre et de lard.
Avec sa panse rondelette,
Comme Luther était gaillard.
La cuisinière l'empoisonne,
Le rat si fort alors frissonne
Que s'il avait l'amour au corps.

CHŒUR

Que s'il avait l'amour au corps.

BRANDER

Il court, il boit à chaque mare,
Il ronge tout dans la maison,
Mais malgré tout ce tintamarre
Ne peut retrouver la raison.
Il bondit, il passe et repasse.

La pauvre bête est aussi lasse
Que lorsqu'on a l'amour au corps.

CHŒUR

Que lorsqu'on a l'amour au corps.

BRANDER

Il arrive dans la cuisine,
Il vient tomber près du foyer,
Il tressaute, agonise et couine.
Mais, bien loin de s'apitoyer,
L'empoisonneuse alors de rire !
Autant en mourant il soupire
Que s'il avait l'amour au corps.

CHŒUR

Que s'il avait l'amour au corps !

SIEBEL

Voyez ces abrutis, le plaisir que leur donne
Ce tour vraiment plein de saveur :
Un pauvre rat qu'on empoisonne !

BRANDER

Les rats auprès de toi sont si fort en faveur ?

ALTMAYER

Eh bien ! mon chauve à ronde panse
A-t-il pas assez pleurniché ?
Dans ce gros rat enflé, je pense
Qu'il voit son portrait tout craché !

(Entrent Faust et Méphistophélès.)

MÉPHISTOPHÉLÈS

C'est en joyeuse compagnie
Que je veux te mener pour commencer ce tour.
Tu verras quelle chose simple que la vie
Et comme ce bon peuple en liesse est chaque jour,
Un brin d'esprit, plaisir honnête,
Et les voilà tournant en rond

Comme après sa queue un chaton.
Ils vont ainsi faisant la fête,
Le cœur léger et sans souci,
Tant qu'ils n'ont pas mal à la tête
Et tant que l'hôte fait crédit.

BRANDER

Ceux-là débarquent de voyage ;
Voyez-moi leurs accoutrements !

FROSCH

C'est vrai. J'aime Leipzig, je l'avoue, à la rage ;
C'est un petit Paris qui vous forme ses gens.

SIEBEL

Que font-ils, selon toi ?

FROSCH

Attends, laisse-moi faire :
Je vais en moins de rien, le temps d'un petit verre,
Tirer les vers du nez de ces bonshommes-là.
Ils sont, je parierais, d'assez bonne famille :
Ils ont l'air dédaigneux et mécontents de tout.

BRANDER

Ah bah ! Sur les marchés vendeurs de pacotille !

ALTMAYER

Peut-être.

FROSCH

Regardez, je leur monte le coup !

MÉPHISTOPHÉLÈS *(à Faust).*

Le peuple ne sent pas le diable
Alors qu'il les tient au collet.

FAUST

Salut à vous, messieurs !

SIEBEL

Vous êtes bien aimable.

(A part, regardant Méphistophélès à la dérobée.)

Pourquoi ce drôle marche-t-il à cloche-pied ?

MÉPHISTOPHÉLÈS

Permettez-vous qu'à votre table
Nous venions aussi nous asseoir ?
A défaut de bon vin qu'on ne peut pas avoir,
Auprès de vous, du moins, laissez-nous nous distraire.

ALTMAYER

Vous êtes, paraît-il, bien durs à satisfaire !

FROSCH

N'êtes-vous point parti de Rippach dans la nuit ?
Vous avez dû souper chez Monsieur Jean, sans doute ?

MÉPHISTOPHÉLÈS

Nous sommes simplement passés devant chez lui.
Mais la dernière fois, nous fîmes halte en route ;
De messieurs ses cousins nous avons bavardé
Et de les saluer il nous a demandé.

(Il s'incline devant Frosch.)

ALTMAYER *(bas)*.

Te voilà pris ! C'est un rusé compère !

FROSCH

Attends, je vais l'avoir si vous me laissez faire !

MÉPHISTOPHÉLÈS

Quand nous sommes entrés, nous entendions, je crois,
Sonner sous cette voûte un chœur de belles voix.
L'écho doit être bon !

FROSCH

Monsieur est virtuose !

MÉPHISTOPHÉLÈS

Non ! J'ai peu de moyens, mais du goût pour la chose.

ALTMAYER

Chantez-nous donc un air !

MÉPHISTOPHÉLÈS

Mais, plus d'un, s'il le faut !

SIEBEL

Et surtout que ce soit un refrain tout nouveau !

MÉPHISTOPHÉLÈS

Ne craignez rien, messieurs ; nous revenons d'Espagne,
Pays où le bon vin de beaux chants s'accompagne.

MÉPHISTOPHÉLÈS *(chante)*.

Il était un monarque,
Une puce il avait...

FROSCH

Une puce ! Ecoutez ! Avez-vous bien compris ?
Il ne faut pas traiter la puce avec mépris !

MÉPHISTOPHÉLÈS *(chante)*.

Il était un monarque,
Une puce il avait,
Une puce de marque
Qu'il affectionnait.
Au tailleur il ordonne
Qu'il mesure avec soin
Pour si noble personne
Culottes et pourpoint.

BRANDER

Dites à l'artisan qu'il prenne les mesures
En maître tailleur accompli
Et que, s'il ne veut pas périr sous les tortures,
La culotte n'ait pas un pli !

MÉPHISTOPHÉLÈS

De velours et de soie
L'insecte fut paré.

D'or son habit flamboie,
Il vous est décoré
Et le voilà ministre
Avec le grand cordon.
Sa famille sinistre
Suit son ascension.

Ces messieurs et ces dames
Souffrent tous à la Cour.
La reine avec ses femmes
Se grattent tout le jour.
Interdit qu'on écrase,
Pas le droit de tiquer !
Moi j'écrase sans phrase
Qui voudrait me piquer.

LE CHŒUR *(hurlant).*

Moi j'écrase sans phrase
Qui voudrait me piquer.

FROSCH

Bravo, bravo, le beau refrain !

SIEBEL

Que chaque puce ait une fin pareille !

BRANDER

Pointez les doigts et saisissez-la bien !

ALTMAYER

Vive la liberté, vive aussi la bouteille !

MÉPHISTOPHÉLÈS

Je boirais volontiers à ton nom, liberté,
Si votre vin était d'une autre qualité.

SIEBEL

Que ceci devant nous ne soit pas répété !

MÉPHISTOPHÉLÈS

Si je ne craignais pas que l'hôte ne proteste,
Je pourrais, de ma cave, à ces dignes seigneurs
Présenter des crus bien meilleurs !

SIEBEL

Apportez, apportez, je me charge du reste.

FROSCH

Si votre vin est bon, nous saurons le priser,
Mais ne m'en offrez pas une pipette seule
Car s'il s'agit d'expertiser,
Je veux en avoir plein la gueule !

ALTMAYER *(bas).*

S'ils ne sont pas du Rhin, d'où ces gens viennent-ils ?

MÉPHISTOPHÉLÈS

Qu'on me trouve un foret !

BRANDER

Que le diable m'emporte !
Vous n'avez pourtant pas les tonneaux à la porte ?

ALTMAYER

L'aubergiste a, là-bas, sa corbeille d'outils...

MÉPHISTOPHÉLÈS *(prend le foret).*

Dites-moi, maintenant, du vin de quelle sorte ?

FROSCH

Qu'entendez-vous par là ? Vous en avez donc tant ?

MÉPHISTOPHÉLÈS

Choisissez votre cru ! Chacun sera content.

ALTMAYER *(à Frosch).*

Ah ! ah ! Monsieur déjà se lèche les babines !

FROSCH

Bon ! si je dois choisir, je prends du vin du Rhin.
La patrie a, pour moi, les choses les plus fines.

(Perçant un trou dans le bord de la table à l'endroit où Frosch est assis.)

MÉPHISTOPHÉLÈS

Un peu de cire ici pour le bouchon. Fort bien.

ALTMAYER

Ah ! je comprends ! ce sont des tours de passe-passe !

MÉPHISTOPHÉLÈS *(à Brander).*

Et vous ?

BRANDER

Moi, du champagne, et bien mousseux, de grâce !

(Méphistophélès perce les trous tandis qu'un autre les bouche avec de la cire.)

BRANDER

Souvent ce que chez soi l'on chercherait en vain,
L'étranger vous l'offre sans peine.
Certe un bon Allemand a les Français en haine,
Mais il boit volontiers leur vin.

SIEBEL *(Méphistophélès s'approchant de lui).*

L'aigre n'a rien pour me séduire :
Donnez-moi de votre plus doux.

MÉPHISTOPHÉLÈS *(perçant).*

Que le tokay coule pour vous.

ALTMAYER

Messieurs, regardez-moi sans rire...
Je le vois bien : vous vous moquez de nous !...

MÉPHISTOPHÉLÈS

Ce serait, je le crains, entreprise hardie

Avec des hôtes de votre condition.
Quelle sorte de vin monsieur a-t-il choisie ?

ALTMAYER

De tous ! Et plus de question !

(Après que tous les trous sont forés et bouchés.)

MÉPHISTOPHÉLÈS *(avec des gestes bizarres).*

La vigne porte du raisin,
Le bouc des cornes sur sa tête ;
Le vin nous met le cœur en fête...
La grappe est faite d'un bois fin,
La table en bois peut bien aussi donner du vin !
Si votre œil sonde la nature,
Et si la foi vous en assure,
Le miracle apparaît enfin !

Retirez les bouchons, remplissez votre verre.

TOUS *(tandis qu'ils retirent les bouchons et reçoivent le vin demandé dans leur verre).*

Oh ! fontaine extraordinaire !

MÉPHISTOPHÉLÈS

Gardez-vous bien, surtout, d'en rien répandre à terre !

(Ils boivent à plusieurs reprises.)

TOUS *(en chantant).*

Buvons, buvons et bambochons
Comme cinq cent mille cochons !

MÉPHISTOPHÉLÈS

Vois comme il est heureux, le peuple en liberté !

FAUST

Partons !

MÉPHISTOPHÉLÈS

Attends un peu, la bestialité
Va se manifester avec toute sa gloire !

SIEBEL *(boit maladroitement, le vin coule à terre et se transforme en flamme).*

A l'aide ! au feu ! L'enfer se déchaîne à présent !

MÉPHISTOPHÉLÈS *(s'adressant à la flamme).*

Allons, apaise-toi, mon suave élément !

(Aux compagnons.)

Ce n'était cette fois qu'un brin de purgatoire.

SIEBEL

Vous allez le payer. Qu'est-ce que cette histoire ?
Savez-vous bien à qui… Attendez un moment !

FROSCH

Si vous recommencez, il pourrait vous en cuire !

ALTMAYER

Je pense qu'on devrait doucement l'éconduire.

SIEBEL

Comment ! Avec ses tours Monsieur vient s'étaler
En diseur de bonne aventure !

MÉPHISTOPHÉLÈS

Suffit, vieux sac à vin !

SIEBEL

Quoi, ce manche à balai,
Par-dessus le marché, nous agonit d'injures !

BRANDER

Les coups vont pleuvoir, gare à toi !

ALTMAYER *(tire un bouchon de la table et le feu jaillit vers lui).*

Au feu ! Je brûle ! A l'incendie !

SIEBEL

C'est donc de la sorcellerie !
Sus ! Le gredin est hors-la-loi !

(Ils tirent leurs couteaux et se jettent sur Méphistophélès.)

MÉPHISTOPHÉLÈS *(avec un geste grave).*

Mirage, une simple oraison
Trouble l'espace et la raison.
Que change à vos yeux l'horizon !

(Ils restent immobiles, surpris, et se regardent.)

ALTMAYER

Oh ! merveilleux pays à mes regards offert.

FROSCH

Un vignoble ! Ai-je la berlue ?

SIEBEL

Là, tout près, ce raisin qui s'étend à ma vue !

BRANDER

Et là, sous ce feuillage vert,
Vois le beau cep, la belle grappe !

(Il saisit Siebel par le nez. Les autres font de même réciproquement et lèvent leur couteau.)

MÉPHISTOPHÉLÈS *(comme plus haut).*

Erreur, ôte-leur ton bandeau
Et que vos yeux voient de nouveau
Comment le diable vous attrape !

(Il disparaît avec Faust. Les compagnons se lâchent l'un l'autre.)

SIEBEL

Quoi !

ALTMAYER

Comment ?

FROSCH

C'était donc ton nez !

BRANDER *(à Siebel)*.

Et c'est le tien que je tenais !

ALTMAYER

On croirait d'un tel coup que la foudre vous frappe !
Avancez une chaise, ou je croule à l'instant.

FROSCH

Non ! Que s'est-il passé ? Je voudrais qu'on m'explique !

SIEBEL

Où est l'homme ? Attendez, s'il tombe sous ma trique,
Il n'en sortira pas vivant.

ALTMAYER

Par cette porte-là, je l'ai vu se sauvant,
A cheval sur une barrique...

(Se tournant vers la table.)

Bon Dieu ! Si tout au moins le vin coulait encor :
J'ai les jambes en plomb...

SIEBEL

Tout n'était que décor
Illusion, fausse apparence !

FROSCH

Mais ce que je buvais, c'était du vin, je pense,
Ou vraiment, je me trompe fort !

BRANDER

Et le coup des raisins, n'était-ce qu'un spectacle ?

ALTMAYER

Qu'on me dise, après ça, qu'il n'est pas de miracle !

CUISINE DE SORCIÈRE

Sur un foyer à même le sol, une grande marmite sur le feu. Dans la vapeur qui s'en dégage, diverses formes apparaissent. Une guenon, près de la marmite, l'écume et l'empêche de déborder. Le singe est assis à côté, avec les petits et se chauffe. Murs et plafonds sont décorés des ustensiles de sorcellerie les plus bizarres.

FAUST, MÉPHISTOPHÉLÈS

FAUST

Je me sens dégoûté de ta sorcellerie !
Me promets-tu que je pourrai guérir
Dans ce tourbillon de folie ?
Me faut-il vraiment recourir
Aux conseils d'une vieille femme
Et, par cette cuisine infâme,
Enlever trente ans à mon corps ?
Malheur à moi si tu n'as pas moyens plus forts !
Déjà, je perds toute espérance !
Quoi ! la nature ou quelque noble esprit
N'ont-ils pas découvert un baume de jouvence ?

MÉPHISTOPHÉLÈS

A présent, tu deviens plus sage, mon ami !
Oui ! pour rajeunir on peut suivre
Un procédé plus naturel ;
C'est un chapitre plein de sel,
Mais qui vient d'un tout autre livre.

FAUST

Dis-le-moi.

MÉPHISTOPHÉLÈS

Mais, sans doute ! un moyen sans argent,
Sorcellerie ou médecine !
Rends-toi bien vite dans un champ,
Laboure, creuse, herse, bine.
Toi-même et ton esprit, tiens-toi
Dans un cercle des plus étroit.
Mange choses simples et bonnes ;
Vis avec le bétail en bétail. Prends le temps
De toi-même fumer le champ que tu moissonnes,
C'est le moyen, si tu m'entends,
De perdre au moins quatre-vingts ans.

FAUST

Je ne saurais. Jamais ce ne fut mon affaire
Que de prendre la bêche en main ;
Vivre à l'étroit ne me vaut rien.

MÉPHISTOPHÉLÈS

Et voilà pourquoi la sorcière !

FAUST

Mais pourquoi cette vieille femme, justement ?
Toi-même, ne peux-tu préparer le breuvage ?

MÉPHISTOPHÉLÈS

Belle occupation vraiment !
Construire mille ponts me ferait moins d'ouvrage.
Il ne suffit pas de savoir,
Patience, il faudrait avoir :
Un calme esprit longtemps en secret s'y applique ;
Le temps à l'élixir en vertu fait gagner.
C'est une chose magnifique,
Mais que le diable ne pratique,
Lui qui sut pourtant l'enseigner.

(Apercevant les animaux.)

Vois cette espèce ravissante !
Le serviteur et la servante !

(Aux animaux.)

La maîtresse des lieux n'est pas à la maison ?

LES ANIMAUX

A l'assemblée
Elle est allée
Par la cheminée envolée !

MÉPHISTOPHÉLÈS

Combien de temps encor prendra son oraison ?

LES ANIMAUX

Autant que nous mettrons à nous chauffer les pattes.

MÉPHISTOPHÉLÈS *(à Faust).*

Dis, comment trouves-tu ces bêtes délicates ?

FAUST

Ignobles !

MÉPHISTOPHÉLÈS

Quant à moi ces sortes de discours
Sont justement de ceux qui m'amusent toujours.

(Aux animaux.)

Dites-moi, bêtes exécrables,
Vous remuez ici quel genre de repas ?

LES ANIMAUX

La soupe aux gueux, aux misérables !

MÉPHISTOPHÉLÈS

En ce cas, le public ne vous manquera pas.

LE SINGE *(s'approchant et flattant Méphistophélès).*

Jette les dés sans barguigner,
Ne sois pas chiche
Et rends-moi riche.
Fais-moi gagner !
Que je devienne,
Ayant d'argent
La poche pleine,
Intelligent.

MÉPHISTOPHÉLÈS

Le singe trouverait le bonheur de sa vie
S'il pouvait seulement mettre à la loterie.

(Cependant les jeunes singes font rouler devant la scène une grande boule avec laquelle ils jouaient.)

LE SINGE

Voici le monde,
Il monte et tombe,
Roule longtemps,
Verre sonore,
Creux au-dedans,
Bientôt brisé ;
Là, là encore,
Tout irisé.
Je suis vivant !
Mon cher enfant,
Ne t'y fie pas,
Il faut mourir !
Boule d'argile,
Boule fragile,
Tombe en éclats.

MÉPHISTOPHÉLÈS

Pourquoi ce crible ?

LE SINGE

Si tu étais un voleur
Tu m'y deviendrais visible.

(Il court vers la guenon et la fait regarder au travers.)

Prends ! Montre-leur !
Vois-tu le voleur ?
Le nommer n'est-il pas possible ?

MÉPHISTOPHÉLÈS *(s'approchant du feu).*

Et là, ce pot ?

LES DEUX SINGES

Le maître sot !
Il ne connaît pas le pot,
Il ignore la marmite !

MÉPHISTOPHÉLÈS

Le grossier animal !

LE SINGE

Viens donc. Assieds-toi vite
Et prends ce goupillon ! Allons, je t'y invite.

(Il force Méphistophélès à s'asseoir.)

FAUST *(qui pendant ce temps s'est tenu devant un miroir, s'en approchant et s'en éloignant tour à tour).*

O divine beauté qui se montre à mes yeux
Dans ce miroir magique ! Amour, prête ton aile,
Conduis-moi d'un bond dans les lieux
Où vit une femme aussi belle !
Hélas, lorsque je veux rapprocher mon regard,
Je ne l'aperçois plus qu'à travers un brouillard.
Pas de plus ravissante image !
Existe-t-il vraiment femme ayant ce visage ?
Les cieux sont rassemblés dans ce corps étendu.
Sur terre un tel trésor serait-il descendu ?

MÉPHISTOPHÉLÈS

Lorsqu'un Dieu s'est, six jours, penché sur le problème
Et, pour finir, se dit bravo lui-même,
Quelque chose de bien doit sans doute en sortir.
En attendant, contemple à ton loisir.
Je puis te dénicher une aussi belle fille.
Heureux celui qui saura la choisir
Et l'amener dans sa famille !

(Faust regarde toujours dans le miroir. Méphistophélès, s'étalant dans le fauteuil et jouant avec le goupillon, continue à parler.)

Comme un roi sur son trône et le sceptre à la main,
Il ne manque plus que la couronne enfin.

(Les animaux, qui se sont livrés jusque-là à toutes sortes de contorsions, apportent à grands cris une couronne à Méphistophélès.)

Ne sois pas méchant !
De sueur, de sang,
Colle la couronne !

(Ils manipulent maladroitement la couronne et la cassent en deux morceaux avec lesquels ils sautent de côté et d'autre.)

C'est fait ! Nous parlons,
Voyons, entendons,
Rimons en personne !

FAUST *(près du miroir).*

J'en deviens fou. Quel tourment est le mien !

MÉPHISTOPHÉLÈS *(montrant les animaux).*

Et moi-même, ma tête à peine se soutient
A voir leurs mines insensées.

LES ANIMAUX

Puis, si tout va bien,
S'il ne manque rien,
Ce sont des pensées.

FAUST *(près du miroir).*

Mon cœur commence à s'enflammer...
Fuyons ; ces lieux sont redoutables.

MÉPHISTOPHÉLÈS *(même jeu).*

Du moins pouvons-nous affirmer
Que ce sont là poètes véritables.

(La marmite que la guenon a négligée commence à déborder ; il se produit une grande flamme qui part dans la cheminée. La sorcière arrive au travers de la flamme en poussant des cris épouvantables.)

LA SORCIÈRE

Aïe ! Aïe ! Aïe ! Aïe ! Qui me fait mal ?
Sotte guenon ! stupide espèce !
On laisse la marmite ! On rôtit sa maîtresse !
Maudit soit l'animal !

(Apercevant Faust et Méphistophélès.)

Qu'est-ce que ça ?
Qui sont ceux-là ?
Venus par où ?
Demandant quoi ?
Le feu, la poix,
Sur vous, partout !

(Elle plonge l'écumoire dans la marmite et asperge de flammes Faust, Méphistophélès et les animaux. Ces derniers pleurnichent.)

MÉPHISTOPHÉLÈS *(retournant le goupillon qu'il tient en main et frappant sur les pots et les verres).*

Cassons, brisons,
Le pot, le verre,
Tout est par terre.
Nous entendons
Plaisanterie
Et sans vergogne
Je bats la mesure, charogne,
A ta charmante mélodie.

(Tandis que la sorcière recule pleine de colère et d'effroi.)

Me reconnaîtras-tu, squelette, épouvantail ?
Reconnaîtras-tu bien ton seigneur et ton maître ?
Ou dois-je, ma parole, en colère me mettre,
T'écraser, toi, tes chats et tout ton attirail ?
N'as-tu plus de respect devant le pourpoint rouge ?
Et là sur mon chapeau, ne vois-tu pas que bouge
Une plume de coq ? Aurais-tu tant de mal
A distinguer les traits de mon visage d'homme ?
Faudra-t-il donc que je me nomme ?

LA SORCIÈRE

Ah ! Seigneur, pardonnez l'accueil un peu brutal,
Mais je n'aperçois pas votre pied de cheval
Et de vos deux corbeaux je ne trouve pas trace.

MÉPHISTOPHÉLÈS

Pour cette fois, je te fais grâce
Et, je l'avoue honnêtement,
Nous ne nous sommes vus depuis un long moment ;
Puis la culture aussi, dont tout le monde s'orne,
Ne pouvait pas laisser le diable de côté ;
Du fantôme nordique il n'a rien subsisté
En fait de queue ou de griffe ou de corne.
Quant à mon pied, je l'ai certes toujours,
Mais dans le monde, il était peu commode.
Tels les jeunes gens de nos jours,
Des faux-mollets j'ai donc suivi la mode.

LA SORCIÈRE

J'en perds le sens et la raison
Seigneur Satan revient dans ma maison !

MÉPHISTOPHÉLÈS

Femme, ce nom ne m'est plus agréable.

LA SORCIÈRE

Bon ! que vous a-t-il fait ?

MÉPHISTOPHÉLÈS

Ce sont antiquités
Inscrites désormais au livre de la Fable.
Le Malin n'est plus là. Les malins sont restés
Et l'homme, pour autant, n'est pas moins misérable.
Dis : Monsieur le Baron. C'est assez bien séant.
Je suis un cavalier de la meilleure sorte.
Tu ne douteras pas de mon très noble sang
Et voilà l'écu que je porte !

(Il fait un geste inconvenant.)

LA SORCIÈRE *(riant à gorge déployée).*

Ah ! Ah ! C'est bien votre façon !
Toujours le vieux coquin qu'on a connu naguère !

MÉPHISTOPHÉLÈS *(à Faust).*

Mon ami, retiens la leçon.
C'est ainsi que l'on traite avec une sorcière.

LA SORCIÈRE

Dites-moi donc, Messieurs, quel est votre désir ?

MÉPHISTOPHÉLÈS

Un verre bien rempli du fameux élixir,
Mais de l'espèce la plus vieille :
Les ans en doublent la vigueur.

LA SORCIÈRE

J'en ai là certaine bouteille
Dont à l'occasion je goûte la liqueur

Et qui n'a plus la moindre puanteur,
Je vais vous en servir, si c'est là votre envie.

(Bas.)

Mais si cet homme en boit sans être préparé,
Vous savez qu'il n'a pas plus d'une heure de vie.

MÉPHISTOPHÉLÈS

Mon bon ami s'en trouvera revigoré
Car il peut, si je l'y convie,
De ta cuisine absorber le plus fort.
Allons ! trace ton cercle et dis ta litanie
Puis remplis son verre à ras bord.

(La sorcière, avec des gestes étranges, trace un cercle et y introduit des objets singuliers ; cependant, les verres se mettent à tinter, la marmite à résonner, formant une musique. Enfin, elle apporte un grand livre, place les singes dans le cercle pour lui servir de pupitre et tenir les flambeaux. Elle fait signe à Faust de s'approcher d'elle.)

FAUST *(à Méphistophélès).*

Où me mène cette aventure,
Ces gestes fous, ces boniments,
Cette ridicule imposture
Que je connais et que je hais depuis longtemps ?

MÉPHISTOPHÉLÈS

Bah ! ce n'est que plaisanterie.
Ne sois donc pas trop sérieux !
C'est comme un médecin jouant sa comédie
Pour que la potion te réconforte mieux.

(Il oblige Faust à pénétrer dans le cercle.)

LA SORCIÈRE
(commence à lire le livre avec beaucoup d'emphase).

Tu dois comprendre :
D'un faire dix
Et puis deux rendre
Et trois aussi :
C'est ta richesse.
Quatre, on le laisse.

Avec cinq, six,
A ma manière,
Fais sept et huit.
L'œuvre est entière.
Neuf devient un,
Dix n'est aucun.
C'est la table de la sorcière.

FAUST

C'est la fièvre, je crois, qui la fait délirer.

MÉPHISTOPHÉLÈS

Longtemps encor cela pourrait durer ;
Je connais la chanson complète ;
Le livre continue ainsi de bout en bout.
J'en ai jadis presque perdu la tête,
Car une absurdité parfaite
Laisse aussi dépourvu le sage que le fou.
Une antique et neuve recette :
L'art, aujourd'hui, comme autrefois,
Par Trois et Un, par Un et Trois
De remplacer le vrai par le mensonge,
De bavarder et d'enseigner parfois
Sans qu'à redire nul ne songe.
L'homme croit, en effet, lorsqu'il entend un mot
Qu'une pensée est là pour le suivre aussitôt.

LA SORCIÈRE *(poursuivant)*.

Haute puissance
De la science
A tout le monde bien cachée,
Tel qui n'y pense,
En récompense,
L'a sans l'avoir cherchée.

FAUST

Que nous dit-elle en sa fureur ?
Ma tête se brise. Il me semble
Ouïr cent mille fous ensemble
S'exerçant à chanter en chœur.

MÉPHISTOPHÉLÈS

Suffit, suffit, excellente sibylle,

Apporte à présent ta boisson
Et remplis, d'une main habile,
Sa coupe jusqu'au bord, sans faire de façon.
Mon ami la boira sans en être malade,
Car c'est un homme de haut grade
Qui n'en est pas à son premier poison.

(La sorcière présente avec mainte cérémonie la boisson dans une coupe ; lorsque Faust porte celle-ci à ses lèvres, une petite flamme s'élève.)

MÉPHISTOPHÉLÈS

Allons, bois ! Ce suc admirable
Va, sans tarder te réjouir le cœur.
Lorsqu'on peut tutoyer le diable,
D'une flammèche on n'a pas peur.

(La sorcière ouvre le cercle. Faust en sort.)

MÉPHISTOPHÉLÈS

En avant, à présent. Il faut de l'exercice.

LA SORCIÈRE

Puisse ce petit coup vous réussir.

MÉPHISTOPHÉLÈS

Si je peux te rendre un service,
La nuit de Walpurgis, songe à m'en avertir.

LA SORCIÈRE

Prenez cette chanson. Il suffit de la dire
Et vous verrez l'effet qu'elle peut procurer.

MÉPHISTOPHÉLÈS *(à Faust).*

Viens vite maintenant. Laisse-moi te conduire.
Il te faut d'abord transpirer
Afin que la vertu dans tout ton corps pénètre ;
Après du goûteras le suave loisir ;
Enfin, pour ton bonheur, je te ferais connaître
Comment de Cupidon nous trouble le plaisir.

FAUST

Que je contemple encor cette femme si belle,
Vite, un instant, dans le miroir.

MÉPHISTOPHÉLÈS

Non ! des femmes bientôt le merveilleux modèle
Vivant, pour toi, se fera voir.

(A part.)

En ayant dans le corps cette liqueur de flamme,
Tu croiras voir Hélène en chaque femme.

RUE

FAUST, MARGUERITE *passant*

FAUST

Me permettez-vous bien, ma belle demoiselle,
De vous offrir ici mon escorte et mon bras ?

MARGUERITE

Je ne suis point demoiselle, ni belle
Et puis rentrer chez moi sans tout cet embarras.

(Elle se dégage et sort.)

FAUST

Par le ciel, quelle belle fille !
Je n'ai jamais rien vu qui touche autant mon cœur :
Si vertueuse, si gentille,
Avec ce petit air moqueur,
Le rose de sa lèvre et l'éclat de sa joue,
Ses regards abaissés sur sa charmante moue ;
Je n'oublierai jamais ce spectacle enchanteur ;
Puis la vivacité de cette repartie,
J'en ai vraiment l'âme ravie.

(Entre Méphistophélès.)

FAUST

Cette fille ! Il s'agit de me la procurer.

MÉPHISTOPHÉLÈS

Bon, laquelle ?

FAUST

Elle était à l'instant sur la place.

MÉPHISTOPHÉLÈS

Elle, là-bas ? Elle vient droit de son curé
Et de tous ses péchés en a reçu la grâce.
Je m'étais mis tout près du confessionnal.
C'est une brave enfant, un bijou d'innocence,
Qui venait là pour rien, n'ayant fait aucun mal,
Sur un être pareil je n'ai nulle puissance.

FAUST

Eh quoi ! n'a-t-elle pas quatorze ans accomplis ?

MÉPHISTOPHÉLÈS

Comme un vrai débauché, mon cher, tu te conduis,
Qui veut pour lui chaque fleurette
Et pense qu'il n'est point de faveur ni d'honneur
Dont il ne fasse la conquête.

FAUST

Merci, Monsieur le beau parleur ;
Ta morale est pour moi, je le crains, trop exacte.
Ainsi, que ce soit clair, au cas
Où cette nuit je n'aurais pas
Cette douce enfant dans mes bras,
A minuit je romps notre pacte.

MÉPHISTOPHÉLÈS

Enfin, tout doit suivre son cours !
Il me faut, au moins, quinze jours
Rien que pour trouver l'ouverture...

FAUST

Sept heures sans souci de rien,
Sans le diable, je saurais bien
Séduire cette créature.

MÉPHISTOPHÉLÈS

On croirait entendre un Français.
Allons ! pas tant d'impatience !
Tout de suite la jouissance,
En amour, ce n'est pas assez.
Le plaisir est, en fin de compte,

Plus grand lorsqu'on a, sur les bords,
Montant, tournant, autour, dehors,
Pétri, bien préparé le corps,
Comme plus d'un roman français nous le raconte.

FAUST

J'ai de l'appétit sans cela.

MÉPHISTOPHÉLÈS

Bien ! Laissons la plaisanterie.
Je vous dis que cette enfant-là
Ne peut se prendre à l'étourdie.
La force n'est d'aucun secours,
La ruse notre seul recours.

FAUST

Donne-moi quelque objet du trésor de cet ange ;
Mène-moi dans sa chambre ou prends dans ce séjour
Un mouchoir qui toucha ce beau sein de sa frange,
Un ruban pour nourrir ma fringale d'amour !

MÉPHISTOPHÉLÈS

Afin que vous ne puissiez dire
Que je n'ai pas souci d'apaiser ce tourment,
Nous n'allons pas perdre un moment :
Dans sa chambre aujourd'hui je m'en vais vous conduire.

FAUST

Je la verrai ? Je l'aurai ?

MÉPHISTOPHÉLÈS

Non !
Elle sera chez la voisine,
Mais vous pourrez tout seul, à cette occasion,
De vos plaisirs futurs humer l'odeur divine.

FAUST

Partons !

MÉPHISTOPHÉLÈS

C'est trop tard à présent.

FAUST

Trouve-moi pour elle un présent.

(Il sort.)

MÉPHISTOPHÉLÈS

Donner, déjà ? Fort bien ! Sa réussite est claire.
Je connais quelques bons endroits
Où furent enterrés maints trésors autrefois.
Allons en faire l'inventaire.

(Il sort.)

LE SOIR.
Une chambrette très propre

MARGUERITE *(nouant et relevant ses tresses).*

Je donnerais bien quelque chose
Pour savoir quel était le monsieur d'aujourd'hui.
Il avait l'air si distingué, si sûr de lui ;
Puis, cela se voyait sur son front, à sa pose,
D'une bonne maison sans doute, pour qu'il ose
Se montrer là-bas si hardi.

(Elle sort.)
(Entrent Méphistophélès, Faust.)

MÉPHISTOPHÉLÈS

Entrez tout doucement. Ne faites pas de bruit.

FAUST *(après quelques instants de silence).*

J'aimerais rester seul. Reviens donc tout à l'heure.

MÉPHISTOPHÉLÈS *(furetant partout).*

Toute fille n'a point tant d'ordre en sa demeure.

(Il sort.)

FAUST

Ah ! sois le bienvenu, crépuscule charmant
Baignant de tes rayons cet humble sanctuaire.
Et toi, cède, mon cœur, à l'amoureux tourment
Qui se nourrit d'espoir, cette rosée amère.
Mais comme tout ici respire ordre et clarté,
Contentement et quiétude !
Dans cette pauvreté que de béatitude,
Dans ce cachot, que de félicité !

(Il se jette sur le fauteuil de cuir, près du lit.)

Reçois-moi dans tes bras, accueille ma présence,
Témoin muet de tant de joie et de souffrance.
Ce trône paternel a dû voir bien souvent
Une troupe d'enfants, à ses pieds, qui se joue.
Mon aimée, à Noël, du bon Jésus rêvant,
Sur la main d'un aïeul qui caresse sa joue
A-t-elle aussi posé ses lèvres, pieusement?
Oui, je sens là l'esprit d'ordre et de plénitude,
Enfant, flotter autour de moi,
Qui, maternellement, t'enseigna l'habitude
De veiller à tout sous ce toit,
De si bien disposer le tapis de la table
Et jusque sous tes pas de ciseler le sable.
Chère, divine main dont les soins précieux
Font de cette chaumière un royaume des cieux.
Et là...

(Il lève le rideau du lit.)

Là, quel frisson de volupté m'enlève!
Oh! je resterais là des heures prosterné,
Car c'est là que Nature, au milieu d'un doux rêve,
A formé cet ange incarné.
C'est là que d'une tiède vie
S'est abreuvé ce tendre sein
Et que, jour après jour, l'œuvre s'est poursuivie
Pour créer ce reflet divin.
Mais toi! Quelle puissance ici t'attire?
Comme tous mes sens sont émus!
Que viens-tu donc chercher? Pourquoi ce cœur soupire?
Ah! Faust, ah! malheureux, je ne te connais plus.
Quel magique parfum monte de cette place?
J'y venais pour chercher le plaisir d'un moment,
Mais un rêve d'amour me soulève, m'enlace...
Sommes-nous le jouet d'un souffle d'air qui passe?
Et qu'elle entre soudainement,
Ah! que tu devrais cher expier ton audace:
Le grand homme serait un tout petit enfant,
Fondu devant ses pieds, pour en baiser la trace.

MÉPHISTOPHÉLÈS *(entrant).*

Vite, je l'aperçois en bas.

FAUST

Oui, partons, pour toujours, je ne reviendrai pas.

MÉPHISTOPHÉLÈS

Voyez cette lourde cassette,
Je l'ai prise je ne sais où…
Plaçons-la dans l'armoire et lorsque la fillette
L'ouvrira, je vous jure, elle en perdra la tête.
J'ai mis dedans plus d'un bijou
Qui séduirait une autre qu'elle ;
Mais une enfant, qui sait ? Le jeu vaut la chandelle.

FAUST

Je ne sais si je dois…

MÉPHISTOPHÉLÈS

Je vous vois hésiter ?
Voudriez-vous garder le trésor pour vous-même ?
Alors, veuillez bien m'éviter
De perdre cette peine extrême
Et tant de temps pour contenter
Votre voluptueux caprice.
Je ne m'attendais pas, vraiment, à l'avarice !
Je me gratte la tête et m'écorche les mains…

(Il place la cassette dans l'armoire et referme la serrure.)

— Vite, éloignons-nous, car c'est elle ! —
Afin de conduire la belle,
Selon vos vœux, dans nos chemins
Et vous, vous regardez les choses
Comme au moment d'entrer dans la salle de cours
Et que Métaphysique et Physique, moroses,
Se tinssent sur le seuil dans leurs plus gris atours.
Allons !

(Ils sortent.)

MARGUERITE *(tenant une lampe).*

Comme il fait lourd ici, comme cet air me pèse !

(Elle ouvre la fenêtre.)

Pourtant, le temps n'est pas bien chaud pour la saison.
Je suis, je ne sais comme et me sens mal à l'aise.
Je voudrais que Maman revînt à la maison.
Un frisson me saisit. Qu'est-ce donc qui m'arrive ?
Je ne suis qu'une femme inquiète et craintive.

(Elle se met à chanter en se déshabillant.)

Un roi de Thulé fut fidèle,
Fidèle jusque dans la mort.
Il avait reçu de sa belle,
Expirante, une coupe d'or.

Rien n'avait pour lui tant de charmes,
A chaque festin s'en servait ;
Ses yeux se remplissaient de larmes
Toutes les fois qu'il y buvait.

Compta chaque ville et village
Lorsque vint le temps de mourir.
Il donna tout son héritage,
La coupe voulut retenir.

A son banquet fit comparaître
Ses chevaliers bardés de fer,
Dans la salle de ses ancêtres,
En son château près de la mer.

Pour sa dernière beuverie,
Il la vida dans un sanglot
Puis jeta la coupe chérie
De la terrasse dans le flot.

Il la vit s'incliner et boire,
S'enfoncer sous la mer sans fin,
Sur ses yeux vint une ombre noire
Et plus jamais n'a bu de vin.

(Elle ouvre l'armoire pour y ranger ses vêtements et aperçoit le coffret à bijoux.)

Comment ce beau coffret peut-il être venu ?
Je suis sûre pourtant d'avoir fermé l'armoire ;
C'est étrange. Et qui sait quel est son contenu ?
Un gage, sûrement ; c'est là toute l'histoire :

Ma mère aura prêté là-dessus quelque argent.
Une petite clé pend près de la serrure...
Je ne fais pas de mal, je suppose, en l'ouvrant.
Qu'est-ce là ! Dieu du ciel ! Etonnante aventure !
Je n'ai jamais rien vu qui pût tant éblouir.
Une comtesse même avec cette parure
Pourrait, aux plus grands jours, se montrer sans rougir.
Si j'essayais la chaîne, entre tant de merveilles ?
A qui cette splendeur peut-elle appartenir ?
(Elle se pare et va devant le miroir.)

Ou si j'avais du moins ces deux boucles d'oreilles :
Voyez comme aussitôt on paraît autrement.
A quoi servent beauté, jeunesse ?
C'est bel et bon pour un moment
Et puis l'on s'en désintéresse.
On sent bien la pitié percer sous la caresse !
L'or est partout,
L'or soutient tout.
Au pauvre, la détresse.

PROMENADE

Faust marche de long en large, plongé dans ses pensées. Méphistophélès avance vers lui.

MÉPHISTOPHÉLÈS

Par l'amour bafoué, par l'enfer et sa flamme !
Ah ! Je voudrais connaître un juron plus affreux...

FAUST

Bon ! Monsieur, semble-t-il, aurait ses états d'âme ?
Je n'ai vu de ma vie un être aussi grincheux.

MÉPHISTOPHÉLÈS

Je me serais, je crois, donné moi-même au diable
Mais me suis souvenu que le diable, c'est moi.

FAUST

Un ressort là-dedans ne tournerait plus droit ?
On dirait un vrai fou. Quelle fureur t'accable ?

MÉPHISTOPHÉLÈS

Pensez-donc ! Les bijoux pour Gretchen apportés,
Un prêtre nous les a, soudain, escamotés.
La mère, ayant considéré l'affaire,
Commence en tapinois à s'effrayer un brin.
C'est que la bonne femme a le nez des plus fin,
Toujours fourré qu'il est dans son livre à prière.
Elle va reniflant le moindre petit rien
Pour savoir si l'objet est profane ou chrétien.
Elle a donc aussitôt compris que la parure
N'était pas chose en soi très sainte ni très pure.
« Bien acquis sans raison, dit-elle, mon enfant,
Nous empoisonne l'âme et nous ronge le sang.
A la Mère de Dieu nous en ferons offrande,

Que la manne du ciel sous nos pas se répande. »
La Marguerite alors prend un air chiffonné :
Se fait-on ce souci pour un cheval donné ?
Est-ce un être sans Dieu, songe encor la pauvrette,
Qui déposa chez nous cette belle cassette ?
La mère fait venir le prêtre à la maison,
Lequel n'eut pas besoin d'une longue oraison.
Il contemple l'objet, l'œil rempli d'indulgence,
Et dit : « Vous agissez en droite conscience.
A qui ses désirs sublima,
La richesse vraie est acquise.
Il n'est point meilleur estomac
Que celui de la Sainte Eglise :
De pays tout entiers elle a su s'engraisser
Sans que jamais cela parût l'embarrasser.
L'Eglise seule ainsi, peut donc, mes bonnes dames,
Digérer sans danger les richesses infâmes. »

FAUST

L'usage est général, je crois,
Il s'étend aux juifs comme aux rois.

MÉPHISTOPHÉLÈS

Il rafle là-dessus chaîne, boucles et broche,
Comme colifichets vous les met dans sa poche ;
Ni plus ni moins merci pour tant d'or étalé
Que pour un sac de noix dont on l'eût régalé ;
Puis leur promet au ciel d'être cent fois payées
Et les laisse, ma foi, des plus édifiées.

FAUST

Et Gretchen ?

MÉPHISTOPHÉLÈS

Elle est là, ne sait ce qu'elle fait,
Ne sait ce qu'elle veut, l'esprit à l'aventure ;
Nuit et jour elle songe à la belle parure,
Plus encore à celui dont elle lui venait.

FAUST

Ce chagrin ressenti par mon amour m'afflige.

Trouve une autre parure et l'apporte à l'instant.
La première, après tout, n'avait rien du prodige.

MÉPHISTOPHÉLÈS

Mais oui ! Pour Monseigneur tout n'est qu'un jeu d'enfant.

FAUST

Démène-toi pour moi ! Travaille !
A la voisine aussi tu dois t'intéresser.
Ne sois pas un diable de paille !
Apporte les nouveaux bijoux, pour commencer.

MÉPHISTOPHÉLÈS

Certes, monsieur, sans nul problème !

(Faust sort.)

Cet amoureux fou sans pareil
Vous tirerait en l'air lune, étoiles, soleil,
Pour divertir celle qu'il aime.

(Il sort.)

LA MAISON DE LA VOISINE

MARTHE *(seule).*

Dieu pardonne à mon homme, en sa bonté profonde,
De m'avoir pu si mal traiter.
Il s'en va brusquement de par le vaste monde,
Me laissant seule ici, sans rien pour subsister.
Je n'ai pourtant rien fait qui puisse lui déplaire
Et vous savez, mon Dieu, si je le chérissais !

(Elle pleure.)

Peut-être qu'il est mort à présent !... Oh, misère...
Et je n'ai même pas un billet de décès !

MARGUERITE *(entrant).*

Madame Marthe !

MARTHE

Eh bien ! quoi donc, ma mignonnette ?

MARGUERITE

J'en suis sur les genoux ! J'ai trouvé de nouveau,
En ouvrant mon armoire, une riche cassette,
Bois d'ébène, bijoux, mais tout en bien plus beau !

MARTHE

Bon ! Ne va surtout pas le redire à ta mère
Pour qu'elle aille aussitôt tout porter au curé !

MARGUERITE

Mais regarde cela, regarde !

MARTHE *(la parant).*

Eh bien ! ma chère !

MARGUERITE

Quel dommage, vraiment ! Jamais je n'oserai
Me faire voir ainsi dans la rue, à l'église...

MARTHE

Viens lorsque tu voudras. Tu pourras, à ta guise,
Te mettre les bijoux ici même, en secret,
Te voir dans le miroir. Cela nous distrairait.
A la première fête ou rencontre pareille,
Peu à peu pour les gens on en dévoilera :
Une chaîne, d'abord ; puis la perle à l'oreille ;
Maman n'en verra rien, ou l'on inventera.

MARGUERITE

Mais qui donc a bien pu porter cette merveille ?
Il y a là-dessous du louche, assurément !

(On frappe.)

Ah, mon Dieu ! Quelqu'un frappe. Et si c'était maman ?

MARTHE *(regardant au rideau).*

Non ! c'est un étranger. Entrez.

MÉPHISTOPHÉLÈS *(entrant).*

Qu'on me pardonne
Le dérangement que je donne...

(Il recule en saluant devant Marguerite.)

C'est Madame Schwerdtlein que je désire voir.

MARTHE

C'est moi-même, Monsieur. Que peut-on me vouloir ?

MÉPHISTOPHÉLÈS *(bas).*

Je vois que vous avez une noble visite,
Je vous connais. Cela suffit.
Mille pardons encore. A présent je vous quitte
Et reviendrai l'après-midi.

MARTHE

Pense donc, mon enfant, que Monsieur se figure...

MARGUERITE

Monsieur est bien trop bon. Je ne suis qu'une enfant,
Rien ici n'est à moi, c'est hasard seulement
Si je porte cette parure.

MÉPHISTOPHÉLÈS

Ce ne sont pas les bijoux simplement,
Mais ce regard perçant, ces formes gracieuses...
Ah ! je suis bien content qu'on me laisse rester.

MARTHE

J'aimerais fort savoir ce qu'on peut m'apporter.

MÉPHISTOPHÉLÈS

Je voudrais que ce fût nouvelles plus heureuses...
Qu'on ne m'en veuille pas d'être leur messager :
Votre mari est mort et vous fait saluer.

MARTHE

Mort ! Ah, le pauvre cœur ! Hélas ! douleur extrême !
Mon pauvre mari, mort ! Ah ! je me meurs moi-même !

MARGUERITE

Madame, au nom du ciel, ne désespérez pas !

MÉPHISTOPHÉLÈS

Ecoutez ce que fut ce douloureux trépas...

MARGUERITE

Je voudrais pour cela n'aimer point de ma vie,
Sachant de quel chagrin une perte est suivie.

MÉPHISTOPHÉLÈS

Douleur succède à joie et puis joie à douleur.

MARTHE

Mais dites-moi comment s'est produit ce malheur.

MÉPHISTOPHÉLÈS

A Padoue il repose en terre,

Près de saint Antoine le Grand.
Pas de lieu plus sacré, pas d'endroit plus décent
Pour servir de couche dernière !

MARTHE

Et n'avez-vous rien d'autre à m'apporter ?

MÉPHISTOPHÉLÈS

Ah, si fait ! Une chaude, une ardente prière
Que vous fassiez, pour lui, trois cents messes chanter.
Du reste, pas un sou !

MARTHE

Quoi, pas une misère,
Une chaîne, un anneau ? Ce que tout ouvrier
Garde au fond de son sac comme relique chère,
Mourant plutôt de faim, préférant mendier ?

MÉPHISTOPHÉLÈS

J'en suis bien désolé, Madame,
Et pourtant il n'a pas gaspillé son argent.
De ses fautes alors il se faisait grand blâme
Et sur tous ses malheurs pleurait amèrement.

MARGUERITE

Pourquoi l'homme, Seigneur, est-il si misérable ?
Assurément pour lui je vais souvent prier.

MÉPHISTOPHÉLÈS

Ne devriez-vous pas bientôt vous marier ?
Vous êtes, mon enfant, une fille adorable.

MARGUERITE

Monsieur, ce n'en est pas encore le moment.

MÉPHISTOPHÉLÈS

Si ce n'est un mari, pourquoi pas un galant ?
Parmi les dons du ciel, est-il rien d'agréable
Comme de refermer ses bras sur un amant ?

MARGUERITE

Du pays ce n'est pas l'usage.

MÉPHISTOPHÉLÈS

Usage ou non, je crois que cela se fait fort !

MARTHE

Mais dites-moi le reste du message !

MÉPHISTOPHÉLÈS

J'étais donc à son lit de mort :
Un peu mieux que fumier, paille à demi-pourrie.
Il mourut en chrétien, regrettant fort sa vie.
« Ah ! disait-il, je ne saurais trop me haïr ;
Ma femme, mon métier, tout quitter pour courir !
Hélas, j'en meurs lorsque j'y pense !
Si j'avais son pardon du moins pour mieux partir ! »

MARTHE *(pleurant)*.

Ah ! le brave homme ! Hélas, en conscience,
J'ai, depuis bien longtemps, pardonné son offense.

MÉPHISTOPHÉLÈS

« Mais Dieu sait qu'elle en fut plus coupable que moi ! »

MARTHE

Il ment ! Mentir ainsi sur le bord de la tombe !

MÉPHISTOPHÉLÈS

A ses derniers instants il divaguait, ma foi ;
Si je me trompe, alors que l'erreur m'en incombe.
« Je n'avais, disait-il, pas le temps de bâiller :
Lui donner des enfants et du pain, travailler
Jour et nuit, c'était là le plus clair de ma charge.
Lorsque je dis du pain, c'est au sens le plus large
Et je n'en pouvais pas manger ma part en paix. »

MARTHE

Aurait-il oublié tant d'amour et de peines
Et de jour et de nuit les tourments que j'avais ?

MÉPHISTOPHÉLÈS

Non ! il songeait à vous dans ses courses lointaines.
Il disait : « Revenant de Malte, je priais
Vraiment du fond du cœur pour mes enfants, ma femme,
Et le ciel généreux nous envoie à l'instant
Un vaisseau marchand turc. Cet hérétique infâme
Emportait à son bord un trésor du Sultan.
La bravoure eut son lot, comme il sied à la guerre,
Et je ne me plains pas de ce que fut le mien. »

MARTHE

Quoi ! Comment ! L'aurait-il quelque part mis sous terre ?

MÉPHISTOPHÉLÈS

Qui sait où tous les vents auront semé son bien !
Car il fut adopté par une aimable fille
Alors qu'il circulait à Naple en étranger
Et cette belle enfant fut pour lui si gentille
Qu'il eut jusqu'à sa mort le loisir d'y songer !

MARTHE

Le gredin, le voleur de sa propre famille !
La misère et la faim n'ont donc pu le changer !

MÉPHISTOPHÉLÈS

Vous voyez que le ciel a puni le coupable.
Pour moi, si j'étais vous, à présent qu'il est mort,
Je porterais le deuil pour le temps convenable,
Puis je me chercherais quelque nouveau trésor.

MARTHE

Ah ! je pourrais longtemps chercher à son image !
Vous ne sauriez trouver compagnon plus joyeux :
Il n'avait que le tort d'aimer trop le voyage,
Les femmes, puis le vin, et puis ces dés affreux !

MÉPHISTOPHÉLÈS

Bah ! Cela pouvait faire un assez bon ménage
Si lui, de son côté, vous en passait autant.
Dans ces conditions, avec vous, à l'instant
J'échange, moi, l'anneau de mariage.

MARTHE

Ah ! je vois que Monsieur s'entend à plaisanter !

MÉPHISTOPHÉLÈS *(à part).*

Il est temps de filer ! Si je ne me dégage,
Elle va prendre au mot le diable et le tenter !

(Haut à Marguerite.)

Et comment va le cœur ?

MARGUERITE

Que Monsieur veut-il dire ?

MÉPHISTOPHÉLÈS *(à part).*

Bonne, innocente enfant ! *(Haut.)* Adieu, je me retire.

MARGUERITE

Adieu, Monsieur !

MARTHE

Monsieur, une minute encor !
J'aimerais bien avoir un certificat comme
A tel jour, en tel lieu mourut mon cher pauvre homme.
J'ai toujours eu de l'ordre et voudrais, même mort,
Qu'on lise un petit mot sur lui dans la gazette.

MÉPHISTOPHÉLÈS

Vérité s'établit par la parole honnête,
Partout, de deux témoins. Je puis vous proposer
D'amener ici même un ami très fidèle ;
J'irai devant le juge avec lui déposer.

MARTHE

Faites-le !

MÉPHISTOPHÉLÈS

Verrons-nous aussi mademoiselle ?
Il a fort voyagé. C'est un charmant garçon,
Près des dames, surtout, un parfait compagnon.

MARGUERITE

Hélas, je rougirais d'une honte profonde !

MÉPHISTOPHÉLÈS

Vous n'avez à rougir devant nul roi du monde.

MARTHE

Eh bien ! dans mon jardin, derrière, dès ce soir,
Nous attendrons, Messieurs, le plaisir de vous voir.

RUE

FAUST, MÉPHISTOPHÉLÈS

FAUST

Alors ! Où en est-on ? Parle ! Peut-on savoir ?

MÉPHISTOPHÉLÈS

Ah, bravo ! J'aime à voir le feu qui vous agite.
Avant longtemps vous aurez Marguerite :
Chez Marthe, la voisine, on la verra ce soir ;
Une femme arrangeante et qu'on dirait choisie
Pour le maquerellage et la sorcellerie.

FAUST

Eh bien ! mais c'est parfait, cela.

MÉPHISTOPHÉLÈS

De nous aussi, l'on veut obtenir quelque chose.

FAUST

Qui demande service à le rendre s'expose.

MÉPHISTOPHÉLÈS

Il nous faut délivrer un bon certificat
Disant que de l'époux la dépouille adorée
Repose dans Padoue, en terre consacrée.

FAUST

Très habile ! Il faut donc d'abord aller là-bas !

MÉPHISTOPHÉLÈS

Sancta simplicitas ! Mais vous n'y songez pas :
Témoignez seulement sans chercher à connaître.

FAUST

Tout ton plan est à l'eau s'il n'est pas d'autre choix.

MÉPHISTOPHÉLÈS

Voyez le petit saint ! On en est là, peut-être ?
Dans votre vie est-ce la seule fois
Que vous aurez porté quelque faux témoignage ?
N'avez-vous pas, sur Dieu, sur l'homme à son image
Et sur le monde entier avec son contenu
Plus d'un dogme tranchant hardiment soutenu,
Tout cela le front haut et la poitrine altière ?
Mais faites preuve ici d'une franchise entière :
La mort du sieur Schwerdtlein ou telle autre matière,
Avouez qu'aussi peu vous en avez connu !

FAUST

Tu n'as jamais été qu'un sophiste exécrable.

MÉPHISTOPHÉLÈS

Tout cela serait bon si l'on ne savait point
Comment demain l'homme honorable,
Pour tromper Marguerite et l'amener au point,
Lui jurera l'amour le plus incomparable.

FAUST

Oui, sans doute, et du fond du cœur.

MÉPHISTOPHÉLÈS

Puis lorsqu'on parlera de foi, d'amour fidèle
Et d'instinct tout puissant et d'ardeur éternelle,
Toujours le cœur sera l'auteur ?

FAUST

Laisse donc ! Oui, bien sûr ! Lorsque je sens mon âme
Qui s'émeut, se trouble, s'enflamme
Et que pour tout cela je cherche en vain un nom,
Que tous mes sens en feu vont sillonnant le monde,
Que j'épuise les mots pour cette passion,
Que brûlé, dévoré d'une ardeur si profonde
Je la dis éternelle, immense, sans seconde,
Tout cela ne serait que le jeu du démon ?

MÉPHISTOPHÉLÈS

Mais je n'en ai pas moins raison !

FAUST

Bon ! Ne m'oblige pas à trop longue harangue
Et laisse là tes beaux discours.
Qui veut le dernier mot et possède une langue,
Il le conservera toujours.
Je suis las de ce bavardage
Et la nécessité te donne l'avantage.

JARDIN

Marguerite au bras de Faust. Marthe et Méphistophélès passent en se promenant.

MARGUERITE

Je le sens bien, c'est pour me ménager
Que jusqu'à moi Monsieur s'abaisse.
On prend ainsi coutume, à beaucoup voyager,
De se gêner par gentillesse.
Je sais trop bien que pour un homme instruit,
Ma conversation n'apporte que l'ennui.

FAUST

Ma joie est plus vive et profonde
Pour un mot, un regard de toi,
Que si l'on déployait pour moi
Toute la sagesse du monde !

(Il lui baise la main.)

MARGUERITE

Non ! Ne vous forcez pas ! Baiser ma main, fi donc !
Elle est si rude, si vilaine,
Elle travaille tant le long de la semaine…
Maman exige trop, aussi, pour la maison.

(Ils passent.)

MARTHE

Et vous, Monsieur, toujours la route, le voyage ?

MÉPHISTOPHÉLÈS

Eh oui ! C'est le métier, c'est le triste devoir…
Souvent pour s'en aller le cœur manque à l'ouvrage
Et l'on quitte à jamais ce qu'on voudrait revoir.

MARTHE

Cela va bien dans la jeunesse
De courir le monde à son gré,
Mais un jour le printemps nous laisse
Et traîner vers la mort, en vieux garçon, sans cesse,
Plus d'un le supporte à regret.

MÉPHISTOPHÉLÈS

Je vois avec horreur, de loin, cette échéance.

MARTHE

Aussi, mon cher Monsieur, pourvoyez-y d'avance.

(Ils passent.)

MARGUERITE

Loin des yeux, dit-on, loin du cœur.
Vous me parlez ainsi par pure courtoisie,
Mais vous avez ailleurs société choisie
Et près de votre esprit le mien est sans valeur.

FAUST

Crois-moi, mon enfant, ce qu'on nomme
Esprit, c'est en réalité
Manque de profondeur chez l'homme
Et souvent pure vanité !

MARGUERITE

Comment cela ?

FAUST

Pourquoi faut-il que l'innocence,
Que la naïveté s'ignorent à ce point ?
Que tous ces dons sacrés, humilité, décence,
Que la nature en nous...

MARGUERITE

Lorsque vous serez loin,
Songez à moi, parfois, un instant, au passage.
Moi, de penser à vous je saurai prendre soin.

FAUST

Vous êtes souvent seule ?

MARGUERITE

Hélas, notre ménage
N'est pas grand, mais il faut toujours y travailler,
Sans servante ranger, cuisiner, balayer,
Coudre, soir et matin courir à quelque affaire
Et ma mère est, pour tout, si dure à satisfaire !
Non pas qu'elle ait besoin de tant se tracasser :
De vivre mieux qu'un autre il nous serait facile
Avec l'argent que Père en mourant put laisser,
La maison, le jardin aux portes de la ville...
Il est vrai qu'aujourd'hui ma vie est plus tranquille :
Mon frère est soldat à présent
Et ma petite sœur est morte.
C'était, pour l'élever, un tracas incessant,
Mais il me serait doux revivre de la sorte,
Tant je chérissais cette enfant.

FAUST

Un ange, comme toi !

MARGUERITE

Elle aussi m'aimait tant !
C'est moi qui lui servis de mère.
Elle naquit après que mon père fut mort
Et nous crûmes aussi perdre ma mère encor,
Tant sa santé devint précaire !
Comment, sans pouvoir se lever,
Nourrir l'enfant et la famille ?
Moi seule, je dus l'élever
De lait et d'eau. C'était ma fille
Qui dans mes bras se blottissait,
Riait, trépignait, grandissait...

FAUST

Quel pur bonheur du ciel tu reçus en partage !

MARGUERITE

Oui, mais il y fallait aussi bien du courage :

J'approchais le berceau, la nuit,
Près de mon lit. Au moindre bruit,
Il fallait que je me réveille
Pour lui donner à boire ou pour la cajoler
Et, si ses cris encor me fatiguaient l'oreille,
Me lever, la porter, chanter, la consoler,
Puis, tôt le lendemain, la lessive éternelle,
Le marché du matin auquel il faut aller…
Aujourd'hui comme hier la même ritournelle !
Ce n'est pas toujours gai, mais on dort mieux la nuit
Et l'on en mange, aussi, de meilleur appétit.

(Ils passent.)

MARTHE

Pauvres femmes ! Vraiment, nous sommes misérables
Et qu'un célibataire est dur à convertir !

MÉPHISTOPHÉLÈS

Mais, je me laisserais, moi, sans nul déplaisir
Endoctriner par vos semblables !

MARTHE

Dites-moi, franchement, avez-vous bien cherché ?
Nulle part votre cœur ne s'est-il attaché ?

MÉPHISTOPHÉLÈS

Je sais ce qu'en dit le proverbe :
« Plus que perle ou trésor superbe,
Mieux vaut posséder ton foyer
Et femme aussi pour t'y choyer. »

MARTHE

Mais vous, ne vous est-il jamais venu l'envie…

MÉPHISTOPHÉLÈS

On m'a partout montré parfaite courtoisie.

MARTHE

Rien, sérieusement, n'a donc pu vous tenter ?

MÉPHISTOPHÉLÈS

Les femmes ne sont pas matière à plaisanter.

MARTHE

Vous ne m'entendez pas !

MÉPHISTOPHÉLÈS

Je m'en sens fort coupable,
Mais je comprends du moins... que vous êtes aimable...

(Ils passent.)

FAUST

Mon petit ange, ainsi tu m'as donc reconnu
Sitôt qu'en ce jardin, ce soir, je suis venu ?

MARGUERITE

Ne l'avez-vous pas vu ? J'ai baissé les paupières.

FAUST

Et tu m'as pardonné ces mauvaises manières,
Au sortir de l'église, ainsi, de t'aborder ?

MARGUERITE

Je me grondais un peu d'une telle aventure.
Sur mon compte jamais nul n'a pu bavarder.
Ah, pensais-je, aurait-il trouvé dans ton allure
Je ne sais quoi de mal, un regard trop hardi,
Qui l'ait encouragé pour te traiter ainsi,
En fille, sans façons ? Mais, le rouge à la joue,
Je sentais là, pour vous, un parti s'émouvoir
Et de ne pas assez vous en vouloir,
Je m'en voulais bien fort, il faut que je l'avoue.

FAUST

Douce amie !

MARGUERITE

Attendez.

(Elle cueille une fleur et en effeuille les pétales.)

FAUST

Qu'est-ce donc ? Un bouquet ?

MARGUERITE

C'est un jeu.

FAUST

Mais encor ?

MARGUERITE

Vous allez vous moquer.

(Elle ôte les pétales en murmurant.)

FAUST

Et que murmures-tu ?

MARGUERITE *(à mi-voix).*

Ne m'aime pas, il m'aime...

FAUST

O pur visage d'ange aux célestes appas...

MARGUERITE *(même jeu).*

M'aime, ne m'aime pas, m'aime, ne m'aime pas.

(Arrachant le dernier pétale, avec une joie charmante.)

Il m'aime !

FAUST

Oui, mon enfant, laisse cette fleur même
Etre pour nous des Dieux un oracle suprême !
Il t'aime, entends-tu bien ? Saisis-tu bien ! Il t'aime !

(Il lui saisit les deux mains.)

MARGUERITE

Je frissonne.

FAUST

Ne tremble pas ! Que ce regard,

Que cette main serrant la tienne
Exprime ici l'inexprimable !
Se donner tout entier, éprouver une joie
Qui doit être éternelle !
Eternelle ! Ah, sa fin serait le désespoir !
Non, non ! qu'elle soit infinie !

(Marguerite lui presse les mains, se dégage et s'enfuit. Il reste un instant perdu dans ses pensées, puis court à sa poursuite.)

MARTHE *(revenant).*

Voilà la nuit qui vient.

MÉPHISTOPHÉLÈS

Oui, nous devons partir.

MARTHE

J'aimerais qu'à rester vous puissiez consentir,
Mais notre ville, hélas, ne le permettrait guère !
Il semble que, chez nous, nul n'ait rien d'autre à faire
Qu'à lorgner, épier chaque pas du voisin...
Quoi qu'on fasse, on devient la cible de l'envie...
Et notre couple ?

MÉPHISTOPHÉLÈS

Envolé, là, par le jardin :
Deux joyeux papillons !

MARTHE

Je crois qu'il l'aime bien.

MÉPHISTOPHÉLÈS

Et qu'elle l'aime aussi. C'est le cours de la vie !

MAISONNETTE DANS UN JARDIN

Marguerite bondit à l'intérieur, se cache derrière la porte, porte le bout des doigts à ses lèvres et regarde par la fente.

MARGUERITE

Il vient !

FAUST *(survenant).*

Ah ! ma friponne, on veut me faire peur !
Je te prends !
(Il l'embrasse.)

MARGUERITE *(l'étreignant et lui rendant son baiser).*

Mon ami, je t'aime, de tout cœur.
(Méphistophélès heurte à la porte.)

FAUST *(frappant du pied).*

Qui va là ?

MÉPHISTOPHÉLÈS

Un ami !

FAUST

Animal !

MÉPHISTOPHÉLÈS

Il est l'heure !

MARTHE *(arrivant).*

Il est tard, en effet.

FAUST

Jusqu'à votre demeure,
Ne puis-je...

MARGUERITE

Non, Maman me... C'est trop pour ce soir.

FAUST

Comment ? Déjà partir ? Adieu !

MARTHE

Messieurs, bonsoir !

MARGUERITE

En espérant bien vite vous revoir.

(Faust et Méphistophélès sortent.)

MARGUERITE

Mon Dieu ! Tout ce que peut savoir un pareil homme !
Je reste là, confuse, devant lui
Et ne peux que répondre oui
A chaque chose qu'il me nomme.
Je ne suis qu'une pauvre, une innocente enfant.
Que trouve-t-il en moi ? Je n'en sais rien vraiment.

(Elle sort.)

FORÊT, CAVERNE

FAUST *(seul).*

Ainsi, sublime Esprit, tu m'as tout donné, tout
De ce que j'implorais et ce n'est pas en vain
Que tu tournas vers moi ta face, dans la flamme.
La Nature devint mon splendide royaume
Et je pus la goûter et je pus en jouir,
Non comme un visiteur qui froidement s'étonne :
Grâce à toi, j'ai pu voir jusqu'au fond de son âme,
Comme on regarderait dans le cœur d'un ami.
Tous les êtres vivants défilent devant moi
Et tu m'apprends comment reconnaître mes frères
Dans le calme des bois ou dans l'air ou dans l'onde.
Quand l'ouragan mugit, fait craquer la forêt,
Qu'un pin géant s'abat, fracassant les rameaux
Et les troncs des voisins écrasés dans la chute,
Qu'un tonnerre étouffé fait trembler la montagne,
Alors tu me conduis à la caverne sûre.
A moi-même tu m'as révélé. Dans mon cœur
Se résolvent enfin tous les profonds mystères
Et lorsque à mes regards monte la claire lune,
Apaisant mes soucis, des parois du rocher,
Des humides taillis, je vois vers moi glisser
Le monde d'autrefois en formes argentines,
De la contemplation calmant la joie sévère.
Ah ! que l'homme jamais n'atteindra le parfait,
Je le sais maintenant. Car avec cette ivresse
Qui me met chaque jour plus près du rang des Dieux,
Tu m'as donné ce compagnon, indispensable
Désormais, même lorsque impertinent et froid,
Il m'abaisse à mes yeux et réduit à néant,
Du souffle de ses mots, les dons que tu m'apportes.
Avec persévérance il attise en mon cœur
Pour cette belle enfant une flamme sauvage

Et je chancelle entre désir et jouissance
Et dans la jouissance implore le désir.

(Entre Méphistophélès.)

MÉPHISTOPHÉLÈS

N'êtes-vous pas lassé d'une telle existence ?
Comment cela peut-il encor vous divertir ?
Il est bon de tâter de chaque jouissance,
Mais il faut savoir repartir.

FAUST

Je voudrais bien que tu pusses mieux faire,
Par un si beau matin, que venir le gâcher.

MÉPHISTOPHÉLÈS

Bien, bien ! Je n'ai plus qu'à me taire
Et nul besoin de te fâcher,
Car un tel compagnon, rude et désagréable,
A le quitter on perd fort peu...
Après que je me donne un mal épouvantable
Pour savoir ce qui plaît ou déplaît à monsieur !

FAUST

Voilà bien le ton convenable !
Il faut dire merci de se voir ennuyer.

MÉPHISTOPHÉLÈS

Comment eusses-tu fait pour mener cette vie
Si je n'étais pas là, mon cher, pour t'appuyer ?
Quoi ! ton âme par moi fut-elle pas guérie
De ce méli-mélo d'imagination ?
Sans moi, n'aurais-tu pas déjà quitté ce monde ?
Et toi, comme un hibou, tu te mets en prison
Dans un trou de rocher, une grotte profonde,
Tu te nourris comme un crapaud
Parmi ces rocs mouillés, sur ces tapis de mousse !
Distraction suave et douce !
Vraiment, le vieux docteur te tient fort à la peau.

FAUST

Tu ne comprends donc pas quelles forces nouvelles
Je puise dans ma course à travers ce désert ?
Mais quoi ! Si le secret t'en était découvert,
Tu serais diable assez pour me dépouiller d'elles.

MÉPHISTOPHÉLÈS

Plaisir surnaturel, en vérité !
La nuit, dans la rosée, étendu sur les cimes,
Embrasser terre et ciel en des élans sublimes,
Se gonfler jusqu'au seuil de la divinité,
Fouiller, le cœur tremblant, les moelles de la terre,
De l'œuvre des six jours porter le grand mystère,
Jouir de Dieu sait quoi dans sa noble fierté,
S'épancher sur le monde en amoureuse ivresse,
Oublier l'être humain pendant ce long moment,
Puis, de l'intuition la céleste caresse,
Pour achever... mieux vaut ne pas dire comment.

FAUST

Fi donc !

MÉPHISTOPHÉLÈS

Vous faites fi de remarques pareilles.
Vous avez bien le droit de vous en offenser :
Il ne faut pas nommer à de chastes oreilles
Ce dont les chastes cœurs ne peuvent se passer.
Bref, je veux accorder à votre fantaisie,
En telle ou telle occasion,
De se leurrer d'illusion,
Mais bien vite on s'en rassasie.
Déjà je te vois harassé
Et bientôt, je crois, terrassé
Par l'angoisse et par la folie.
C'est assez maintenant. Car enfin ton amie
Reste enfermée à la maison,
Plus triste qu'en une prison ;
Tu ne lui sors plus de la tête
Et son amour pour toi va jusqu'à la fureur ;
Toute ton amoureuse ardeur,
Comme un torrent d'avril gonflé par la tempête,
Tu l'as déversée en son cœur,

Et, soudain, ton ruisseau s'arrête !
Au lieu donc de vaguer à travers les forêts,
Ne conviendrait-il pas que Votre Seigneurie
Allât récompenser la pauvre âme transie
Et calmer ses sens éplorés ?
Comme le temps est long depuis votre voyage !
Elle est à sa fenêtre, observant un nuage
Qui passe par-dessus les murs de la cité.
« Si j'étais un oiseau... », voilà ce qu'elle chante ;
Elle est gaie un instant et puis d'humeur méchante,
Pleurant, puis revenant à la tranquillité
Mais toujours l'amour la tourmente.

FAUST

Serpent ! Serpent !

MÉPHISTOPHÉLÈS *(à part)*.

C'est là que le diable t'attend.

FAUST

Ecarte-toi, Maudit. Vade retro, Satan.
Ne viens pas me nommer cette femme adorable,
A mes sens affolés montrer, dans cet instant,
Ce corps si doux, si désirable !

MÉPHISTOPHÉLÈS

Que veux-tu ! A jamais elle te croit parti
Et toi, de jour en jour, ne l'es-tu pas aussi ?

FAUST

Ah ! si loin que je sois, je suis près d'elle encore,
Je ne puis l'oublier, l'effacer de mon cœur ;
Je jalouse déjà, quand sa lèvre l'implore,
Jusqu'au corps même du Seigneur.

MÉPHISTOPHÉLÈS

Je vous jalouse bien, moi-même, entre autres choses,
Pour ce couple jumeau paissant parmi les roses.

FAUST

Fuis, vil entremetteur !

MÉPHISTOPHÉLÈS

Insultez-moi, c'est bon,
Et cependant laissez-moi rire ;
Dieu le premier, quand il créa fille et garçon,
Fit ce noble métier dont on voudrait médire
Et leur offrit l'occasion.
Partons maintenant. Le temps presse.
Plaignez-vous donc de votre sort !
La chambre de votre maîtresse,
Ce n'est quand même pas la mort.

FAUST

Que serait dans ses bras la plus divine ivresse ?
Et quand tu me ferais reposer sur son sein,
En sentirais-je moins le souci qui l'étreint ?
Je suis le fugitif, celui qui va sans cesse,
L'être inhumain, sans toit pour se cacher,
Sans repos, sans but qui l'anime,
Cascade qui, grondant de rocher en rocher,
Se rue avec joie à l'abîme.
Elle, à côté, candide et sans besoin,
Vit dans son champ de l'Alpe, en sa hutte de chaume ;
De son ménage prendre soin,
Voilà son tout petit royaume.
Et moi, moi que Dieu hait, qu'il voit avec mépris,
Fallait-il donc que je m'approche ?
Non content de saisir la roche
Pour la rejeter en débris,
Devais-je ruiner cette candeur sublime ?
Enfer ! il te fallait encor cette victime ?
Soit ! Démon, viens m'aider. Abrège mon tourment.
Que ce qui doit venir advienne
Et que sa destinée, enlacée à la mienne,
S'en aille avec elle au néant.

MÉPHISTOPHÉLÈS

Et l'on bouillonne, on brûle, on sue !
Va, pauvre fou, console-la.
Crois-tu que tout s'arrête là
Quand ton petit esprit n'aperçoit pas d'issue ?
Allons ! du courage avant tout.

D'un diable n'as-tu pas déjà le caractère ?
Et qu'est-il de plus mauvais goût
Qu'un diable lorsqu'il désespère ?

CHAMBRE DE MARGUERITE

Marguerite, au rouet, seule.

Mon cœur est si lourd !
Où es-tu ma paix ?
Partie pour toujours,
Enfuie à jamais.

Lorsqu'il n'est pas là,
C'est pour moi la tombe.
Ah ! quel goût amer
Recouvre le monde !

Et ma pauvre tête
N'a plus sa raison.
Mon esprit s'arrête,
Eclate, se rompt.

Mon cœur est si lourd.
Où es-tu, ma paix ?
Partie pour toujours,
Enfuie à jamais.

J'ouvre ma fenêtre
Pour l'apercevoir,
Jamais je ne sors,
Sinon pour le voir.

Oh ! sa taille altière,
Son pas orgueilleux,
Son divin sourire,
L'éclat de ses yeux,

Magique caresse,
Son langage aisé,
Sa main qui me presse,
Hélas, son baiser !

Mon cœur est si lourd !
Où es-tu, ma paix ?
Partie pour toujours,
Enfuie à jamais.

Mon sein se soulève,
Vers lui veut courir,
Puissé-je le prendre
Et le retenir

Et puis l'embrasser
Tout à mon loisir,
Quand sous ses baisers
Je devrais mourir !

LE JARDIN DE MARTHE

MARGUERITE, FAUST

MARGUERITE

Henri, tu me promets...

FAUST

Si je puis, c'est selon.

MARGUERITE

Dis-moi, que penses-tu de la religion ?
Tu es un homme bon et gentil à l'extrême,
Mais tu n'y portes pas bien grande attention.

FAUST

Laisse donc, mon enfant, tu sens bien que je t'aime.
Je donnerais mon sang pour ceux que j'aime et même
Ma vie et ne voudrais, pour quel prix que ce soit,
A personne enlever son église et sa foi.

MARGUERITE

Cela ne suffit pas, il faut encore y croire.

FAUST

Faut-il ?

MARGUERITE

Si je pouvais ! Quelle douce victoire !
Puis tu n'as de respect pour aucun sacrement.

FAUST

Je les respecte, si !

MARGUERITE

Des lèvres seulement.
Messe, confession, tu n'en suis pas l'usage.
Crois-tu en Dieu ?

FAUST

Mon cœur, qui dirait hardiment :
Je crois en Dieu ? Demande au prêtre, parle au sage,
Leur réponse toujours à l'air d'un persiflage
Pour le questionneur.

MARGUERITE

Ainsi, tu ne crois pas ?

FAUST

Comprends-moi bien, visage aux célestes appas.
Où donc est l'homme
Qui sans trembler Le nomme
Et que nul doute ne poursuit
S'il affirme : je crois en Lui ?
Mais qui donc peut se permettre
De ne pas Le reconnaître
Et dire : je ne crois pas ?
Lui qui tient, dans sa main profonde
Tout, Lui qui gouverne le monde...
Eh quoi ! ne nous contient-Il pas ?
Toi, moi, Lui-même ?
Le firmament là-haut courbe sa voûte ronde
La terre est ferme sous nos pas.
Ne vois-tu pas monter, éternelles amies,
Les étoiles qui nous font signe de là-haut ;
Et ne pouvons-nous pas nous contempler tous deux,
Yeux dans les yeux ?
Et tout ne vient-il pas combler ton cœur, ta tête,
Ne sens-tu pas aussi cet éternel secret,
Frémir autour de toi, invisible et visible ?
Si grand que soit ton cœur, emplis-le de ces dons,
Eprouvant, éperdu, cette joie ineffable,
Alors appelle-la du nom que tu voudras,
Bonheur, cœur, amour, Dieu,
Je n'ai pas, moi, de nom pour ces choses.
Le sentiment est tout.

Le nom n'est qu'un vain bruit, qu'un rideau de fumée,
Qui voile à nos regards tout ce divin éclat.

MARGUERITE

La chose a bon visage ainsi représentée,
Le prêtre aussi dit à peu près cela.
Les mots ne sont, pourtant, pas tout à fait de même.

FAUST

C'est une vérité suprême
Que chacun, sous le ciel, répète à l'unisson.
Pourquoi n'aurais-je pas, moi-même, ma façon ?

MARGUERITE

Cela pourrait aller, à la rigueur extrême,
Et pourtant cela n'est pas bien,
Car, au fond, tu n'es pas chrétien.

FAUST

Chère enfant...

MARGUERITE

Et j'éprouve une peine infinie
Quand je te vois toujours en cette compagnie.

FAUST

Comment ?

MARGUERITE

Cet homme-là qui t'escorte, tu sais,
Du fond de l'âme je le hais.
Non, jamais, jamais rien au monde
N'a laissé dans mon cœur blessure plus profonde
Que cet homme et ses traits hideux.

FAUST

Pour toi, ma douce enfant, il n'est pas dangereux.

MARGUERITE

Mon sang se glace en sa présence.
Pour tous, en général, j'ai de la bienveillance,

Mais tandis que mon cœur se languit de te voir,
Je n'éprouve pour lui qu'horreur et répugnance.
Et d'ailleurs, je le tiens pour un fripon encor.
Pardonne-moi, mon Dieu, si je lui fais du tort.

FAUST

Il faut bien qu'il y ait des gens de toute sorte.

MARGUERITE

Je ne saurais rester près d'hommes comme lui.
Rien qu'à le voir passer la porte,
L'air ironique et méchant, plein d'ennui,
On sent qu'il ne prend part à rien, quoi qu'il arrive.
Sur son front l'on peut voir écrit
Qu'il n'aime pas âme qui vive.
Quand je me blottis dans tes bras,
Je suis si bien au chaud, si libre de tracas!
Sa présence m'emplit d'un horrible malaise.

FAUST

O mon ange, mon ange et son pressentiment!

MARGUERITE

Cela, même, à tel point me pèse
Que, s'il apparaît seulement,
Il me semble, vois-tu, ne plus t'aimer vraiment.
Je ne saurais non plus prier en sa présence
Et mon cœur en éprouve une douleur immense.
Toi-même, Henri, peux-tu n'en rien sentir?

FAUST

C'est une antipathie.

MARGUERITE

Allons, je dois partir.

FAUST

Ne pourrai-je jamais vivre une heure divine,
Tous deux, âme contre âme et poitrine à poitrine?

MARGUERITE

Hélas, si je dormais seule dans la maison,
Je ne pousserais pas cette nuit la serrure,
Mais ma mère n'a pas le sommeil bien profond ;
Si nous étions supris par elle, d'aventure,
J'en mourrais, je crois, dans l'instant.

FAUST

Mon ange, ce n'est pas si terrible pourtant.
Vois ce flacon. Mets-en trois gouttes dans son verre,
Un sommeil naturel pressera sa paupière.

MARGUERITE

Que ne ferais-je pas pour te rendre content !
Es-tu sûr que cela ne pourra pas lui nuire ?

FAUST

Sinon, mon cher amour, voudrais-je t'y conduire ?

MARGUERITE

Ami, quand je te vois, je ne sais pas pourquoi,
Ta volonté l'emporte sur la mienne
Et je n'aurai bientôt plus rien qu'elle n'obtienne,
Ayant déjà tant fait pour toi.

(Elle sort. Entre Méphistophélès.)

MÉPHISTOPHÉLÈS

La brebis n'est plus là ?

FAUST

Toujours l'espionnage !

MÉPHISTOPHÉLÈS

J'ai tout saisi, je crois, de ce doux bavardage
Où monsieur le docteur fut bien endoctriné.
Ah ! l'heureux sort, vraiment, qui vous est destiné !
Les filles tiennent fort à ce qu'un homme vive
Ainsi qu'au bon vieux temps, pieusement borné,
Pensant : s'il cède ici, partout il faut qu'il suive.

FAUST

Et comment verrait-il, un monstre comme toi,
Que cette âme fidèle et purement naïve,
Qui, toute pleine de sa foi,
En attend tout bonheur, souffre une horrible peine
D'imaginer perdu celui qu'elle aime tant?

MÉPHISTOPHÉLÈS

Allons, spirituel et sensuel amant,
C'est par le bout du nez que cet enfant te mène!

FAUST

Va, grotesque avorton, fait de boue et de feu!

MÉPHISTOPHÉLÈS

Et puis, comme elle entend la physiognomonie!
Ma présence la trouble et l'épouvante un peu,
Quoique sans raison définie.
Mon petit masque, là, présage des secrets;
Elle sent que je suis pour le moins un génie
Ou que le Diable même est caché sous mes traits.
Donc, cette nuit...

FAUST

Eh! que t'importe!

MÉPHISTOPHÉLÈS

J'en ai ma joie aussi, d'une autre sorte.

A LA FONTAINE

MARGUERITE ET LISETTE,
PORTANT DES CRUCHES

LISETTE

N'as-tu pas entendu ce qu'on dit de Barbette ?

MARGUERITE

Non, rien. Je vois si peu de monde, tu le sais.

LISETTE

Sibylle me l'a dit comme je le répète ;
Encore une qui s'est laissé tourner la tête.
On prenait de grands airs...

MARGUERITE

Eh bien ?

LISETTE

Ça sent mauvais !
C'est pour deux à présent qu'elle boit, qu'elle mange.

MARGUERITE

Mon Dieu !

LISETTE

Bah ! C'est bien fait. Cela n'a rien d'étrange.
Tu sais comme elle était pendue à ce garçon,
Promenades par-ci, bals par-là, de façon
Qu'elle voulait toujours passer pour la première.
Il la régalait bien : vin doux, petits pâtés...
Que n'imaginait-elle aussi de ses beautés !

D'accepter ses présents elle n'avait pas honte.
Et mamours ! et baisers ! si bien qu'au bout du compte,
La fleurette est partie !

MARGUERITE

Hélas, la pauvre enfant !

LISETTE

Tu ne vas pas encor la plaindre !
Quand nous autres le soir à nos rouets, filant,
Nous restions, car maman savait nous y contraindre,
Mademoiselle était auprès de son amant
Dans quelque allée obscure ou parfois sur le banc
De la porte. Le temps passait comme l'on pense.
Et maintenant il lui faudra,
En chemise, à l'église, avoir sa pénitence.

MARGUERITE

Tout de même, il l'épousera.

LISETTE

Quelque sot ! Un galant d'assez bonne figure
Ne manque pas de champ pour courir l'aventure.
De fait il est parti.

MARGUERITE

Non ? Cela n'est pas beau.

LISETTE

Qu'elle l'épouse encor, les garçons aussitôt
Livreront sa couronne au vent pour qu'il l'emporte
Et nous, nous sèmerons de la paille à sa porte.

(Elle sort.)

MARGUERITE *(rentrant chez elle).*

Comment pouvais-je, avant, sans pitié, clabauder
Lorsqu'une pauvre fille était prise à fauter ?
Pour fustiger d'autrui les péchés et les fautes,
Pas de mots assez forts, de paroles trop hautes,

Que tout me semblait noir ! Mais moi-même, à plaisir,
Je noircissais le cas sans assez le noircir.
Et moi qui me jugeais si sainte, si sublime,
A mon tour, du péché me voici la victime.
Et pourtant, ce qui m'a précipité si bas
Etait si doux, mon Dieu, m'était si cher, hélas !

UNE BASTILLE

Dans une niche de la muraille, image pieuse de la Mater dolorosa. Au-devant, des vases à fleurs.

Marguerite, disposant des fleurs fraîches dans les vases.

Incline,
Dans ta pitié, Mère divine,
Ton beau visage sur mon sort.

Ton cœur percé d'un glaive,
Ton œil noyé se lève
Là-haut, vers ton fils mort

Et, vers le Père,
Ce regard porte ta prière,
Soupir sur votre double sort.

Une souffrance ardente
Me brûle, me tourmente
Tout au-dedans de moi.

Ce qu'un pauvre cœur soupire,
Ce qu'il craint, ce qu'il désire,
Nul ne le sait, sinon toi.

En quelque endroit que j'aille,
Ah ! quel feu me tenaille,
Quel mal me saisit là !

Quand seule je demeure,
Je pleure, pleure, pleure,
Mon cœur vole en éclat.

Les pots à ma fenêtre,
Je les ai mouillés de mes pleurs

Lorsque l'aurore allait paraître
Et que je t'ai cueilli ces fleurs.

A peine la lumière
Du soleil avait lui,
Qu'assise sur mon lit,
Je pleurais ma misère.

Sauve-moi de la honte, épargne-moi la mort !
Incline,
Dans ta pitié, Mère divine,
Ton beau visage sur mon sort.

NUIT

RUE DEVANT LA PORTE DE MARGUERITE

VALENTIN *(Soldat, frère de Marguerite.)*

Souvent, assis dans un banquet
Où chacun se vante et parade,
J'entendais plus d'un camarade
Prendre les femmes pour sujet,
Donner à celle-ci la palme,
Vidant un verre en son honneur;
Moi, j'écoutais le beau parleur,
Appuyé sur les coudes, calme,
Lissant ma barbe et souriant,
Puis à la main prenant mon verre,
Je disais: « Chacun sa manière,
Mais en est-il une approchant,
Dans le pays, ma Marguerite,
Digne de lui présenter l'eau ? »
Tope ! Ding, dong ! Passait le mot...
On criait: « Elle le mérite;
Elle est du sexe l'ornement ! »
Mes loueurs cessaient leur langage.
Ah ! c'est à pleurer maintenant,
S'arracher les cheveux de rage,
Sur les murs se briser le front !
Quolibet, mot fin, raillerie,
Tout coquin peut me faire affront;
A la moindre plaisanterie,
Me voilà couvert de sueur
Ainsi qu'un mauvais débiteur
Et je puis le mettre en bouillie
Mais non le traiter de menteur.
Quelqu'un vient. A ce qu'il me semble,
Ils sont deux qui marchent ensemble.
Si c'est lui qui vient, là-devant,
Il n'en sortira pas vivant.

Faust et Méphistophélès entrent

FAUST

Comme on voit, du vitrail de cette sacristie,
De la lampe éternelle émaner la lueur,
Faible clarté que l'ombre a bientôt amortie,
De même il fait nuit dans mon cœur.

MÉPHISTOPHÉLÈS

Et moi, je suis semblable au petit chat qui rôde
Sur les toits, effleurant chaque mur de son dos,
Je suis ainsi frais et dispos,
Mi-amoureux, mi-voleur en maraude.
C'est que je sens tressaillir dans mon sein
La nuit de Walpurgis à nulle autre pareille.
Elle revient après-demain ;
On sait alors pourquoi l'on veille !

FAUST

Dis-moi, remonte-t-il, ce trésor enterré
Dont j'entrevois là-bas le bel éclat doré ?

MÉPHISTOPHÉLÈS

Tu jouiras bientôt de ce plaisir extrême
De l'amener au jour toi-même.
Si j'en crois le coup d'œil que j'ai jeté dessus,
Il contient force beaux écus.

FAUST

Eh quoi ! pas un anneau, pas la moindre parure
Pour en embellir mon amour ?

MÉPHISTOPHÉLÈS

Il m'a semblé voir, tout autour,
Les perles d'un collier, d'une espèce assez pure.

FAUST

C'est bien. Il m'est fort déplaisant
De venir la voir sans présent.

MÉPHISTOPHÉLÈS

Vous n'allez pas trouver, tout de même, à redire
Pour un plaisir gratuit qui vous tombe en passant ?
Sous le ciel étoilé qui consent à nous luire,
Je vais vous régaler d'un air de ma façon
Et lui déroulerai la morale en chanson
Afin de mieux vous la séduire.

(Il chante, s'accompagnant de la guitare.)

Que fais-tu donc, Catherinette,
A la porte de ton amant ?
Le jour se lève et déjà prête ?
Va seulement,
Fille en entrant
Mais en sortant,
Adieu, fillette !

Prends garde à lui.
Quand tout est dit,
C'est : « Bonne nuit ! »
Ah ! pauvre, pauvre fille !
A nul amant
Ne va donnant
Ton cœur, avant
Qu'au doigt la bague brille.

VALENTIN *(s'avançant).*

Qui viens-tu séduire, exécrable
Preneur de rats, entremetteur ?
Tout d'abord l'instrument au diable,
Au diable ensuite le chanteur !

MÉPHISTOPHÉLÈS

La guitare est en deux. La chose est sans remède.

VALENTIN

Et maintenant, il faut se massacrer.

MÉPHISTOPHÉLÈS *(à Faust).*

Tenez bon, docteur, je vous aide,
Venez près de moi vous serrer.

Bien ! dégainez votre rapière !
Poussez ferme ! Je vais parer.

VALENTIN

Pare ceci !

MÉPHISTOPHÉLÈS

Sans nul problème !

VALENTIN

Et cela !

MÉPHISTOPHÉLÈS

Mais assurément !

VALENTIN

Le diable s'escrime lui-même :
Ma main s'engourdit brusquement !

MÉPHISTOPHÉLÈS *(à Faust).*

Pousse.

VALENTIN *(tombant).*

Ah, malheur !

MÉPHISTOPHÉLÈS

Voilà calmé notre imbécile ;
Mettons-nous vite hors de danger.
Déjà l'on crie au meurtre par la ville.
Je sais, dans la police, assez bien m'arranger ;
Pour affaire de sang, la chose est moins facile.

MARTHE *(à la fenêtre).*

Vite ! sortons.

MARGUERITE *(même jeu).*

Une lumière, là !

MARTHE *(même jeu).*

On crie, on se querelle, on s'insulte, on se bat.

LE PEUPLE

Un mort, ici !

MARTHE *(sortant).*

Les meurtriers ont fui déjà.

MARGUERITE *(sortant).*

Qui donc est là, couché ?

LE PEUPLE

C'est le fils de ta mère.

MARGUERITE

Dieu tout puissant ! Vois ma misère !

VALENTIN

Je meurs. C'est vite dit, ma foi,
Et la chose est plus vite faite.
Femmes, pourquoi pleurer et crier à tue-tête ?
Approchez-vous ! Ecoutez-moi.

(Tous se rassemblent autour de lui.)

Tu es jeune, ma Marguerite,
Tu sais bien mal te débrouiller.
Laisse-moi donc te conseiller
Ce que doit être ta conduite
Et, puisque te voilà putain,
Tâche du moins de l'être bien.

MARGUERITE

Mon frère ! O Dieu ! Que veux-tu dire ?

VALENTIN

Laisse donc Dieu là où il est.
Ce qui fut fait, hélas, est fait
Et cela va devenir pire.
Avec un tu as commencé
En secret, te croyant habile ;
Quand la douzaine aura passé,
Tu seras à toute la ville.

Lorsque d'abord la honte naît,
En secret elle vient au monde ;
On la couvre de nuit profonde,
Volontiers on l'étranglerait.
Puis elle croît, elle est connue,
Au grand jour elle marche nue
Sans en avoir plus de beauté
Et plus laid, même, est son visage,
Plus elle cherche la clarté.
Le temps vient où, sur ton passage,
Tout respectable citoyen
Comme du cadavre d'un chien
S'écartera, vile catin,
Et le cœur te faudra de peine
Quand leurs regards te toiseront.
Plus de bijoux d'or, plus de chaîne.
A l'église, nouvel affront,
De l'autel ils t'écarteront.
Adieu, les beaux cols de dentelle
Pour t'en aller au bal danser !
Honteuse, il faudra te glisser
Dans cette sinistre ruelle
Où l'infirme porte ses pas,
Où le mendiant s'abandonne
Et si Dieu même te pardonne,
Tu seras maudite ici-bas !

MARTHE

A la grâce de Dieu recommandez votre âme !
Pourquoi de calomnie encor vous chargez-vous ?

VALENTIN

Que je puisse rouer de coups
Ton vieux squelette, entremetteuse infâme,
Et je croirais absous jusqu'au dernier péché
Qu'en ce monde on m'ait reproché !

MARGUERITE

Mon frère ! Effroyables alarmes !

VALENTIN

Je te le dis, laisse les larmes ;
C'est en t'écartant de l'honneur

Que tu m'as transpercé le cœur
De la blessure la plus grave.
Le sommeil de la mort m'emporte à Dieu, sans peur,
Comme un soldat et comme un brave.

(Il meurt.)

CATHÉDRALE

PENDANT LE SERVICE, ORGUES ET CHANTS

Marguerite, parmi la foule. Un Esprit Malin derrière elle.

L'ESPRIT MALIN

Ah ! Gretchen, quelle différence
Quand jadis, pleine d'innocence,
Tu t'approchais de cet autel !
Dans le vieux livre fatigué
Tu psalmodiais tes prières,
Moitié par jeu d'enfant,
Moitié Dieu dans ton cœur.
Gretchen,
Qu'est devenue ta tête ?
Et dans ton cœur,
Ah, quel forfait !
Pries-tu pour l'âme de ta mère
Qui, par ta faute, lentement,
S'endormit dans un long martyre ?
Et sur ton seuil, quel est ce sang ?
Là, sous ton cœur,
Quelle présence
Déjà s'émeut et se tourmente
Et te tourmente aussi
D'un noir pressentiment ?

MARGUERITE

Malheur ! malheur !
Ah ! que ne puis-je
Me libérer de ces pensées
Qui me traversent de toute part
Et m'envahissent.

LE CHŒUR

DIES IRÆ, DIES ILLA
SOLVET SÆCLUM IN FAVILLA

(L'orgue joue.)

L'ESPRIT MALIN

Le chagrin t'accable
La trompette sonne,
Les tombes tremblent
Ton pauvre cœur,
De cendre calme
Redevient flamme ;
Pour ton tourment,
Il bat, se brise.

MARGUERITE

Partir d'ici !
Le bruit de l'orgue
M'ôte le souffle,
Les chants m'émeuvent
Jusqu'au plus profond de mon cœur.

LE CHŒUR

JUDEX ERGO CUM SEDEBIT,
QUIDQUID LATET ADPAREBIT,
NIL INULTUM REMANEBIT.

MARGUERITE

Comme j'étouffe !
Tous ces piliers
Qui m'emprisonnent !
Et cette voûte
M'écrase. De l'air !

L'ESPRIT MALIN

Cache-toi ! Le péché, la honte,
Ne sauraient pas rester cachés.
De l'air ? De la lumière ?
Malheur à toi !

LE CHŒUR

QUID SUM MISER TUNC DICTURUS ?
QUEM PATRONUM ROGATURUS,
CUM VIX JUSTUS SIT SECURUS ?

L'ESPRIT MALIN

De toi les saints
Détournent leur visage ;
Les êtres purs
Te refusent leur main.
Malheur !

LE CHŒUR

QUID SUM MISER TUNC DICTURUS ?

MARGUERITE

Voisine ! Votre flacon !

(Elle s'évanouit.)

NUIT DE WALPURGIS
Montagnes du Harz.
(Région de Schierke et Elend)

FAUST, MÉPHISTOPHÉLÈS

MÉPHISTOPHÉLÈS

Un bon manche à balai ferait-il ton affaire ?
Pour moi, j'aimerais fort un bouc des mieux râblés
Qui nous menât au but sans plus amples délais !

FAUST

Aller sur mes deux pieds est ce que je préfère :
Il me suffit de ce bâton.
Raccourcir le chemin… Eh ! qu'y gagnera-t-on ?
Se perdre au labyrinthe des vallées,
Voir les sources échevelées
Tombant du roc qu'on a gravi,
Voilà, sur ces sentiers, tout ce qui me ravit.
Regarde les bouleaux où le printemps s'éveille ;
Même le pin se sent ragaillardi.
N'éprouverions-nous pas une ferveur pareille ?

MÉPHISTOPHÉLÈS

Pour moi, je ne sens rien du tout
De cette tiédeur vernale.
J'ai l'humeur plutôt hivernale
Et j'aimerais mieux voir de la neige partout.
Le disque ensanglanté d'une imparfaite lune
S'élève tristement dans les vapeurs du soir.
Il éclaire si mal qu'on risque, à n'y point voir,
De se rompre le cou mille fois plutôt qu'une !
Permets qu'un feu follet… J'en distingue un qui luit…
Oh ! l'ami, tu t'endors à brûler sans profit.
Viens nous guider là-haut, si je ne t'importune !

LE FEU FOLLET

Par respect, messeigneurs, j'espère parvenir
A contraindre un peu ma nature :
Nous zigzaguons toujours, il faut s'en souvenir.

MÉPHISTOPHÉLÈS

Le drôle fait de l'homme une caricature !
Va droit, au nom du Diable, ou bien, je te le jure,
Je te souffle sans prévenir.

LE FEU FOLLET

Ah ! je reconnais là le Prince de la fête
Et je vais de mon mieux me montrer obligeant ;
Mais tout, dans la montagne, a la folie en tête
Et lorsque un feu follet pour vous guider s'arrête,
Il ne faut pas non plus être trop exigeant !

FAUST, MÉPHISTOPHÉLÈS
ET LE FEU FOLLET
(en chant alterné).

Sphères de rêve et de magie,
Nous vous atteignons à présent.
Toi, guide-nous, car notre envie
Est de parvenir promptement
Au sublime et désert espace.
Un arbre après l'autre s'efface
Tant nous allons comme le vent.
J'aperçois, là-haut, la falaise
Qui semble sur nous se pencher
Et là, ces gros nez de rocher
Ronflent, sifflent tout à leur aise ;
Sur les cailloux et par les prés,
Ruisseaux, torrents, filent tout près.
Brise peut-être ou mélodie ?
Plainte d'amour qui psalmodie,
Voix renaissant des anciens jours,
Et l'écho, légende bénie,
Du temps heureux parle toujours.

Hou, hou ! chou, hou ! Rumeur si proche,
Hiboux, vanneaux et coqs de roche
Veillent-ils tous aux alentours ?
Salamandres dans la broussaille,
Longues pattes, large tripaille ;
On voit les racines-serpents
Hors du roc, du sable, se tordre,
Nouant de bizarres rubans
Pour nous menacer, pour nous mordre
Et lancer vers les voyageurs
Leurs bras tels de longs tentacules
Et ces souris aux cent couleurs
Dont les escadrons minuscules
Sur la bruyère vont sans fin !
Et cet envol de lucioles
Dont les essaims, en rondes folles,
Nous escortent sur le chemin !

Dis-moi donc ! Restons-nous sur place ?
Continuons-nous à marcher ?
Je sens chavirer tout l'espace ;
Ces arbres-ci, là ce rocher
Me font une horrible grimace
Et chaque feu follet qui passe
Paraît croître et multiplier.

MÉPHISTOPHÉLÈS

Tiens le rebord de mon manteau !
A mi-hauteur, de ce coteau,
Vois, de la cime à la campagne,
Mammon flamber dans la montagne.

FAUST

Quelle étrange lueur envahit les vallons
Comme un pâle reflet d'aurore !
Elle se niche aux creux les plus profonds,
Jusqu'au fond de l'abîme on l'aperçoit encore.
Un brouillard monte ici, là courent des vapeurs,
Une nuée ardente émane de la terre,
Se dispersant là-bas, se rejoignant ailleurs

En capricieuse rivière.
Elle serpente un long moment
En cent ruisseaux par la vallée,
Puis, dans cette combe étranglée,
Soudain se morcelle à présent.
Je vois voler des étincelles
En sable d'or autour de moi
Et, regarde, du haut en bas, splendeurs nouvelles,
S'embraser toute la paroi !

MÉPHISTOPHÉLÈS

Seigneur Mammon pour cette fête
Illumine bien son palais.
Le spectacle est assez honnête.
Les bruyants invités approchent. Entends-les !

FAUST

Ah ! quelle bourrasque soudaine
Me secoue à me décrocher ?

MÉPHISTOPHÉLÈS

Etreins les vieilles côtes du rocher,
Qu'à l'abîme elle ne t'entraîne.
Un brouillard étouffe la nuit,
Par la forêt tout craque et bruit ;
Les hiboux volent, s'effarouchent
De voir envahir leur désert,
Et, dans le palais toujours vert,
Les colonnes penchent, se couchent...
Sourds grondements : les troncs robustes se fracassent ;
Grincements de racine au fond de trous béants,
Tandis que s'enchevêtrent, s'embarrassent,
Effroyables, ces corps géants
Et que, sur leur amas de ruines,
Le vent siffle par les ravines.
Des voix au loin, en haut, qui vont se rapprochant...
Partout, de la plaine à la cime,
Toute la montagne s'anime
D'un sauvage et magique chant.

SORCIÈRES EN CHŒUR

Au Brocken montent les sorcières
Par le chaume jauni, par le pré verdoyant ;
L'Assemblée est là-haut, sur les cimes altières
Où trône Seigneur Urian.
Nous allons ! rien ne nous arrête,
Et le bouc pue et la sorcière pète.

VOIX

Et voici la vieille Baubo
Sur une truie, au grand galop.

CHŒUR

Honneur à la noble figure !
La vieille nous précédera :
Mère Baubo sur son cochon réglant l'allure,
Tout notre horde suivra.

VOIX

D'où viens-tu ?

VOIX

D'Ilsenstein où j'ai rendu visite
Au nid d'un vieux hibou qui m'a fait les gros yeux.

VOIX

Au diable, pourquoi donc vas-tu si vite ?

VOIX

Elle m'écorche ! le sang coule, vois ces bleus !

SORCIÈRES

Route longue, route large,
Nous fonçons comme à la charge,
La fourche pique, le balai gratte,
L'enfant étouffe, la mère éclate.

SORCIERS *(demi-chœur).*

Nous marchons comme limaçon
Et les femmes mènent la danse.
Pour voir le diable en sa maison,
La femme a mille pas d'avance.

L'AUTRE DEMI-CHŒUR

Mille pas d'avance ? C'est bon !
Cela ne vaut point qu'on s'excite :
Quand elle irait deux fois plus vite,
L'homme la rattrape d'un bond.

VOIX

Venez, venez, là-bas, de la Mer de Rocaille !

VOIX *(d'en bas).*

Nous aimerions venir. Voyez, on y travaille ;
Nous nous sommes lavés, on ne fait pas plus blanc,
Mais nous restons toujours stériles comme avant.

LES DEUX CHŒURS

Le vent se tait, s'enfuit l'étoile,
La pâle lune aussi se voile,
Le chœur magique des sorciers
Fait, dans l'ouragan de sa course,
Rejaillir, comme d'une source,
Les étincelles par milliers.

VOIX *(d'en bas).*

Halte ! Halte !

VOIX *(d'en haut).*

Qui crie au creux de ce rocher ?

VOIX *(d'en bas).*

Prenez-moi parmi vous ! Laissez-moi m'accrocher,
Car depuis trois cents ans je monte, infatigable,
Hélas, et du sommet je ne puis m'approcher.
J'aimerais tant enfin rejoindre mon semblable !

LES DEUX CHŒURS

Fourches, bâtons, boucs ou balais,
Sont montures de toute sorte.
Celui qui n'a rien qui le porte
En ce jour, se perd à jamais.

DEMI-SORCIÈRE

Je piétine, je tourne en rond,
Les autres ont pris tant d'avance !
Quoi, tant d'ennuis à la maison
Et, même ici, pas plus de chance !

CHŒUR DES SORCIÈRES

D'onguent sorcière doit s'enduire,
Un chiffon pour voile suffit,
Une auge fait un bon navire.
Jamais ne volera qui ne vole aujourd'hui.

LES DEUX CHŒURS

Près de la cime, sur le sol,
Que s'abatte enfin votre vol
Et couvrez toute la prairie
D'un essaim de sorcellerie.

(Ils se posent.)

MÉPHISTOPHÉLÈS

Ça pousse, ça s'écrase et trébuche et clapote
Et ça siffle et bouillonne et s'agite et papote,
Eclaire, crache, pue et brûle en un moment.
Sorcières, c'est bien là votre unique élément !
Reste tout près de moi, car ils vont faire en sorte...
Où donc es-tu ?

FAUST *(de loin).*

Par là !

MÉPHISTOPHÉLÈS

Déjà le flot l'emporte !
Je vais devoir user de mes droits de seigneur.
Place à Maître Voland, place, suave engeance !

Sortons de la cohue. Elle est folle et si dense
Qu'à moi-même elle me fait peur.
Quelque chose là-bas brille avec insistance ;
Je me sens attiré, vois-tu, par ces buissons ;
Allons, viens vite, approche et nous nous y glissons.

FAUST

Esprit contrariant ! Guide incommode et rude !
Allons où tu voudras. Mais quitter son logis
Et monter au Brocken la nuit de Walpurgis
Afin d'y rechercher un peu de solitude !

MÉPHISTOPHÉLÈS

Bon ! vois donc ces couleurs de feu :
Un club joyeux tient sa séance.
On n'est point seul lorsqu'on est peu.

FAUST

Je serais mieux là-haut, je pense ;
Je vois tout flamber, exploser,
Vers le Malin chacun se rue
Et l'on y peut bien supposer
Plus d'une énigme résolue.

MÉPHISTOPHÉLÈS

Et plus d'une autre se poser.
Que le grand monde s'évertue,
Nous, demeurons dans notre coin.
N'a-t-on pas toujours bien pris soin
De découper, au sein du grand, de petits mondes ?
Vois ces jeunes sorcières blondes,
Sans vêtement pour les voiler
Et ces vieilles, qui font fort bien de s'habiller.
Allons, soyez gentil, rien que pour me complaire !
A peu de frais ici nous pourrons nous distraire.
N'entends-je pas aussi comme des instruments ?
Sons maudits ! Mais à leurs grossiers bourdonnements
Il faut s'habituer. Viens donc, moi je m'avance
Et vais te présenter à mainte connaissance.
Qu'en dis-tu, mon ami ? C'est un fort bon endroit,
Regarde ! On ne saurait être moins à l'étroit :
Voilà plus de cent feux qui brillent à la ronde !

On danse, on cause, on aime, on cuisine et l'on boit ;
Est-il rien de meilleur au monde ?

FAUST

A tous ces braves gens pour nous associer,
Vas-tu te présenter comme diable ou sorcier ?

MÉPHISTOPHÉLÈS

Quoique l'incognito soit assez ma manière,
On met pour un gala ses décorations
Et le public ici, faute de Jarretière,
A mon pied de cheval fait ses dévotions.
Vois-tu cet escargot qui traîne sa coquille ?
Son visage palpeur me reconnaît aussi ;
Il a subodoré quelqu'un de la famille
Et je ne saurais pas me déguiser ici.
Allons de flamme en flamme, ami, je t'y invite.
Tu es le prétendant pour qui je sollicite.

(A quelques personnes assises autour de braises qui s'éteignent.)

Mes vieux messieurs, vous n'êtes pas au bon endroit !
J'aimerais mieux vous voir au milieu de la presse,
Parmi les cris, les chants, le bruit de la jeunesse.
On est bien assez seul chez soi.

UN GÉNÉRAL

Les nations sont infidèles,
Oublieuses de nos exploits.
Le peuple est bien comme les belles :
Jeunesse seule a tous les droits.

UN MINISTRE

Puis, c'en est fait de la justice !
Les anciens valaient beaucoup mieux.
Tout était à notre service.
C'était le temps béni des Dieux.

UN PARVENU

On ne fut pas non plus trop bête
Et l'on a su, souvent, un peu trop hasarder,

Mais voici qu'on remet tout cul par-dessus tête
Et surtout ce que nous, nous voudrions garder.

UN AUTEUR

Qui, de nos jours, oserait lire
Un honnête et sage morceau?
Quant au jeune peuple en délire,
Jamais on ne l'a vu si sot.

MÉPHISTOPHÉLÈS *(paraissant soudain très vieux).*

Je ne gravirai plus la montagne magique,
Aussi le Dernier Jour ne peut qu'être prochain
Et puisque le vin tourne au fond de ma barrique,
Le monde tout entier doit entrer en déclin.

SORCIÈRE BROCANTEUSE

Messieurs, ne passez pas si vite,
Profitez de l'occasion.
Ma marchandise a son mérite;
J'ai de tout à profusion.
Rien cependant dans ma boutique,
Sur terre vraiment sans réplique,
Qui n'ait eu son funeste effet
Ni causé quelque bon méfait.
Point de poignard ici dont le sang ne ruisselle,
De calice qui n'ait, la nuit,
Versé dans un corps sain une liqueur mortelle,
Point de bijou qui n'ait séduit
Quelque honnête et gentille femme,
De glaive qui n'ait pas, d'une manière infâme,
Rompu son pacte ou dans le dos frappé sans bruit.

MÉPHISTOPHÉLÈS

Tu comprends mal le cours du temps, cousine,
Ce qui est fait est fait; on n'y peut rien changer.
C'est à la nouveauté, de nos jours, qu'on incline;
Seule la nouveauté nous incite à bouger.

FAUST

En ces lieux, de soi-même on perdrait la mémoire.
Voilà ce que l'on peut appeler une foire!

MÉPHISTOPHÉLÈS

Tout ce peuple là-haut s'en va se déverser.
Tu crois pousser toi-même et tu te fais pousser.

FAUST

Qui passe là ?

MÉPHISTOPHÉLÈS

Regarde bien, regarde !
C'est Lilith.

FAUST

Qui cela ?

MÉPHISTOPHÉLÈS

D'Adam.
C'est la première femme. A ses cheveux prends garde
Ainsi qu'à sa parure. Elle va, paradant,
Mais qu'un jeune homme, alors, près d'elle se hasarde,
Jusqu'à quand devra-t-il subir son ascendant !

FAUST

Vois donc, assises là, la jeune avec la vieille ;
Elles n'en peuvent plus de tant se trémousser.

MÉPHISTOPHÉLÈS

Cette nuit-ci, nul ne sommeille !
Viens, faisons-les encor danser.

FAUST *(dansant avec la jeune).*

En rêve, un jour, je vis l'image
D'un beau pommier et j'aperçus
Deux pommes dans son vert feuillage :
Tout heureux, je montai dessus.

LA BELLE

Ces pommes-là vous font envie
Depuis qu'Adam put en manger
Et, pour ma part, je suis ravie
D'en posséder dans mon verger.

MÉPHISTOPHÉLÈS *(avec la vieille).*

Je fis un rêve plein d'audace :
Je voyais un arbre fourchu
Qui formait comme une...
Très... et qui, pourtant, me plut.

LA VIEILLE

Mes vœux de la meilleure sorte
Au Seigneur au pied de cheval.
S'il possède... qu'il...
Pour... ce... sans rival.

LE PROCTOPHANTASMISTE

Vraiment ! Peuple maudit ! C'est là que nous en sommes !
N'a-t-on pas démontré depuis longtemps déjà
Qu'un esprit sur des pieds jamais ne s'érigea ?
Voilà que vous dansez comme nous autres hommes !

LA BELLE *(dansant).*

Bah ! C'est un fâcheux animal.
Partout, pourtant, on le rencontre.
Ce qu'on danse, par lui doit être reconnu ;
Chaque pas que l'on fait, il faut qu'il le démontre
Ou sinon, c'est un pas nul et non avenu.
Il s'afflige le plus lorsqu'il voit qu'on avance.
Si vous vouliez tourner en rond
Comme en son vieux moulin quand lui mène la danse,
Peut-être il le trouverait bon,
Surtout si vous veniez lui demander licence.

LE PROCTOPHANTASMISTE

Quoi ! Toujours là ? Vraiment, c'est inouï.
Allons, disparaissez ! car la lumière est faite.
Cette engeance d'enfer, il n'est rien qui l'arrête
Et, jusque dans ce siècle où l'on est tant instruit,
Voit-on pas à Tegel des fantômes, la nuit ?
Que de fois n'ai-je pas balayé ces sornettes
Et jamais je n'ai pu rendre les choses nettes !

LA BELLE

Eh ! vous nous ennuyez ! N'allez-vous point cesser ?

LE PROCTOPHANTASMISTE

Esprits, je vous le dis en face,
Despotisme d'esprit est chose qui m'agace
Parce que mon esprit ne peut pas l'exercer.

(On continue à danser.)

Comme un Voyage au fond, considérons ces fêtes
Puisqu'à les empêcher je ne parviendrai pas
Aujourd'hui, mais j'espère, avant mon dernier pas,
Mettre au pas diables et poètes.

MÉPHISTOPHÉLÈS

Il va courir s'asseoir dans un marais.
Il se soulage ainsi car lorsque les sangsues
A son derrière sont pendues,
L'esprit et les esprits lui laissent tous la paix.

(A Faust, qui est sorti de la danse.)

Quoi, tu ne retiens pas la belle
Qui dansait si bien en chantant ?

FAUST

J'ai vu, de sa bouche, sur elle
Une souris rouge sautant.

MÉPHISTOPHÉLÈS

Eh ! qu'importe ! Belle surprise !
Si la souris n'était pas grise...
A l'heure du berger, n'en demande pas tant.

FAUST

Et puis, j'ai vu...

MÉPHISTOPHÉLÈS

Quoi donc ?

FAUST

Méphisto, considère
La pâle et belle enfant qui va, seule, là-bas ;
Elle ne quitte pas ce petit coin de terre,

Quelque chose, en marchant, semble entraver ses pas
Et je dois avouer, j'hésite...
N'est-elle pas tout le portrait de Marguerite ?

MÉPHISTOPHÉLÈS

Laisse. Il est dangereux de la fixer autant.
C'est une illusion, une idole, un néant
Sans vie, et la croiser ne présage que peines ;
Son regard glacera tout ton sang dans tes veines
Et tu te sentiras en pierre te geler.
De Méduse n'as-tu point entendu parler ?

FAUST

Si fait ! Ce sont bien là les regards d'une morte,
Des yeux que n'a point clos la douceur d'une main,
Mais c'est le tendre sein que ma Gretchen m'apporte
Et son beau corps, serré si souvent sur le mien.

MÉPHISTOPHÉLÈS

Allons, crédule fou ! Ce n'est là que magie !
Chacun voit dans ses traits les traits de son amie.

FAUST

Ah ! quelle volupté sublime ! quel tourment !
Je ne puis détacher mon regard de cet être.
Mais quoi ! Sur son beau cou, je crois voir apparaître
Un cordon rouge, étroit, comme unique ornement ;
Il n'est pas plus épais que le dos d'une lame.

MÉPHISTOPHÉLÈS

Tout juste. Je le vois aussi. Car cette femme
Peut, au besoin, porter sa tête sous son bras.
Persée, il t'en souvient, l'avait jetée à bas.
Mais quel penchant toujours vers le rêve t'incline ?
Approche de cette colline :
Le Prater n'est pas mieux hanté.
Si l'on m'a dit la vérité...
En effet : un théâtre est monté là-derrière.
Que donne-t-on ?

SERVIBILIS

On recommence dans l'instant :
Une pièce nouvelle et, de sept, la dernière ;
C'est la coutume ici que d'en donner autant.
On prit un dilettante pour écrire
Ce pur spectacle d'amateurs,
Car des dilettanti sont aussi les acteurs.
Pardonnez-moi, messieurs, vite je me retire :
Moi, je dilettantise en levant le rideau.

MÉPHISTOPHÉLÈS

Vous trouver au Brocken ? Je n'ai rien à redire,
Car c'est exactement la place qu'il vous faut.

SONGE D'UNE NUIT DE WALPURGIS OU NOCES D'OR D'OBÉRON ET DE TITANIA

INTERMÈDE

DIRECTEUR DE THÉÂTRE

Fils de Mieding durs à la peine,
Aujourd'hui, nous nous reposons :
Vieille montagne et frais vallons,
Voilà toute la scène.

HÉRAUT

Les noces ne deviennent d'or
Qu'après, dit-on, cinquante années,
Mais c'est disputes terminées
Que cet or m'est plus cher encor.

OBÉRON

Si vous êtes autour de moi,
Esprits, que votre essaim paraisse !
Aujourd'hui la reine et le roi
Se retrouvent dans l'allégresse.

PUCK

Puck arrive tout de travers,
Aiguisant son pied pour la danse
Et l'on vient de tout l'univers
Avec lui s'ébattre en cadence.

ARIEL

Ariel chante sa chanson,
Voix pure, céleste, irréelle,
Attirant plus d'un sot garçon,
Troublant aussi plus d'une belle.

OBÉRON

Epoux qui voulez vous entendre,
Notre exemple peut le montrer :
Pour que deux s'aiment d'amour tendre,
Il suffit de les séparer.

TITANIA

Femme folle, mari grognon ?
Saisissez-vous d'eux tout de suite ;
Au Midi conduisez-la vite
Et lui vers le Septentrion.

TUTTI DE L'ORCHESTRE *(fortissimo).*

Trompe-de-Mouche avec Nez-de-Moustique
Accompagnés de leurs parents,
Gresset-dans-l'Herbe avec Grillon-des-Champs,
C'est là notre musique.

SOLO

Voyez venir la cornemuse !
C'est une bulle de savon.
Ecoutez-la : son gros nez rond
A nasiller s'amuse.

ESPRIT *(en train de se former).*

Pieds d'araignée et ventre de crapaud,
A l'avorton mettez des ailes, même.
Comme animal ce ne serait pas beau,
Mais cela fait un tout petit poème.

PETIT COUPLE

Un petit pas, puis un grand saut
Par la rosée et l'herbe verte,
Ah ! mon cher, tu t'agites, certe,
Mais ça ne vole pas bien haut.

VOYAGEUR CURIEUX

Plaisanterie ou mascarade,
Dois-je en croire mes yeux ?
Obéron, l'un des plus beaux dieux,
Devant moi qui parade !

ORTHODOXE

Point de queue ou de griffes ! Qu'est-ce ?
Je vois sous son déguisement :
Comme tous les Dieux de la Grèce,
C'est quelque diable, assurément.

ARTISTE NORDIQUE

Tout ce qu'aujourd'hui j'entreprends
N'est qu'ébauche à peine polie ;
Aussi me préparé-je à temps
Pour mon voyage d'Italie.

PURISTE

Mon malheur m'a mené parmi
Leurs bacchanales abhorrées :
De toutes ces sorcières-ci,
Deux seulement qui soient poudrées !

JEUNE SORCIÈRE

La poudre, la chose est connue,
Sert aux vieilles de vêtement.
Moi, mon beau petit corps au vent,
Sur mon bouc je chevauche nue.

MATRONE

Pour nous quereller avec vous
Nous avons trop de courtoisie,
Mais ces corps si beaux et si doux
Seront bientôt viande moisie.

CHEF D'ORCHESTRE

Trompe-de-Mouche et toi, Nez-de-Moustique,
Laissez la fille nue et revenez céans !
Gresset-dans-l'Herbe et toi, Grillon-des-Champs,
En mesure, votre musique !

GIROUETTE *(tournée d'un côté).*

Société faite à souhait,
Charmantes jeunes filles,
Jeunes gens de bonnes familles :
Tout ce monde est parfait.

GIROUETTE *(tournée de l'autre côté)*.

Si je ne vois s'ouvrir la terre
Pour tous les engloutir,
Je vais, la tête la première,
En enfer me rôtir.

XÉNIES

Piquants insectes nous voilà,
Armés de nos pinces tranchantes,
Pour louer, de nos voix touchantes,
Satan, notre petit papa.

HENNINGS

Voyez-moi leurs troupes serrées
Naïvement jaser en chœur !
Diront-elles pas, les sucrées,
Qu'après tout elles ont bon cœur ?

MUSAGÈTE

Dans cet océan de sorcières
Je prends plaisir à me plonger.
Mieux que mes Muses familières
J'aurais grâce à les diriger.

CI-DEVANT GÉNIE DU TEMPS

Suis-moi. L'on va loin, seulement
Lorsque un vrai maître vous anime.
Comme le Parnasse Allemand,
Le Blocksberg a fort large cime.

VOYAGEUR CURIEUX

Oh ! l'homme raide que voilà,
Qui d'un pas fier marche si vite,
Reniflant ci, reniflant là...
— Il flaire un Jésuite.

GRUE

J'aime pêcher en clair bassin
Ou dans l'eau trouble d'une mare.
Ainsi l'homme pieux, l'homme saint
Parfois chez les diables s'égare.

COSMOPOLITE

Pour les vrais dévots, croyez-m'en,
Tout sert de véhicule.
Sur le Blocksberg ils vont, formant
Plus d'un conventicule.

DANSEUR

J'entends venir des chœurs nouveaux,
Un tambour lointain qui résonne…
Non ! seulement, dans les roseaux,
Les butors au cri monotone.

MAÎTRE À DANSER

Regardez-les lever la jambe !
Chacun s'escrime à sa façon.
Bossu, lourdaud se croit ingambe,
Sans souci du qu'en-dira-t-on.

MÉNÉTRIER

Cette canaille-là qui ne sait que haïr
Se serait bientôt étouffée…
La cornemuse ici parvient à les unir,
Comme bêtes jadis sous la lyre d'Orphée.

DOGMATIQUE

Critique ou doute méprisables
Ne me feront jamais plier :
Le Diable est quelque chose, on ne peut le nier,
Sinon d'où nous viendraient les diables ?

IDÉALISTE

Pour une fois la fantaisie
Est un peu trop forte à mon goût.
Si réellement je suis tout,
Aujourd'hui me voilà folie.

RÉALISTE

L'Etre est mon éternel souci,
Mais aujourd'hui c'est pire :
Pour la première fois ici,
Sur mes pieds je chavire.

SURNATURALISTE

Ces lieux sont des plus agréables
Et ces gens bien gentils
Car je puis, à partir des diables,
Conclure aux bons esprits.

SCEPTIQUE

Chassant toute flamme qui tremble
Chacun près d'un trésor se croit,
Mais diable et doute, en allemand, rimant ensemble,
C'est moi qui suis au bon endroit.

CHEF D'ORCHESTRE

Gresset-dans-l'Herbe et toi, Grillon-des-Champs !
Amateurs consternants !
Trompe-de-Mouche et toi, Nez-de-Moustique,
Respectez la musique !

LES HABILES

Sans-souci : le troupeau confus
De gais lurons qui font la fête !
Quand sur les pieds ça ne va plus,
Ma foi, nous marchons sur la tête.

LES INCAPABLES

Ripailles, que vous fûtes belles !
Que de pas nous avons dansés !
Mais aujourd'hui, souliers percés,
Nos pieds nous servent de semelles.

FEUX FOLLETS

Tout juste nés du marécage,
Nous sommes un peu vacillants ;
Mais au bal nous serons, je gage,
Les cavaliers les plus brillants.

ETOILE FILANTE

Là-haut, étincelle superbe,
Je flambais d'un céleste éclat,
Mais j'ai piqué du nez dans l'herbe...
Sur mes pieds qui me remettra ?

LES MASSIFS

Place, donc ! place aux alentours !
Notre troupe d'esprits débouche...
L'herbe tendre ploie et se couche ;
Membres d'esprits sont parfois lourds.

PUCK

Voyez leur balourdise extrême :
On dirait des éléphanteaux.
Aujourd'hui le roi des lourdauds
N'est-ce plus le gros Puck lui-même ?

ARIEL

Accompagnez mon vol léger,
Si la Nature maternelle,
Si l'esprit vous dota d'une aile,
Jusqu'aux roses de mon verger.

ORCHESTRE *(pianissimo).*

Nuage au ciel et brume qui s'efface
Sous un rayon d'en haut qui l'éclaircit ;
Dans les roseaux la brise passe...
Tout s'est évanoui.

UN JOUR TRISTE.
DANS LES CHAMPS

FAUST, MÉPHISTOPHÉLÈS

FAUST

Dans la misère ! Désespérée ! Longtemps errante, pitoyable, sur cette terre et maintenant en prison ! Enfermée dans un cachot, pour y subir d'effroyables tortures, comme une criminelle, cette douce et malheureuse créature. C'en est donc venu là, à ce point... Esprit perfide, être méprisable, m'avoir caché cela ! Reste, reste à rouler tes yeux diaboliques et pervers dans tes orbites ! Reste-là pour me défier par ta présence insoutenable ! Prisonnière ! Dans une misère irréparable ! Livrée aux esprits du mal et à une justice humaine insensible ! Et tu me berces pendant ce temps dans des distractions ignobles, tu me caches ses tourments sans cesse accrus et tu la laisses périr sans secours !

MÉPHISTOPHÉLÈS

Ce n'est pas la première.

FAUST

Chien ! Abominable bête ! Oh ! transforme-le, Esprit infini ! Rends à ce vermisseau la forme de ce chien qui courait la nuit devant moi pour se rouler aux pieds de l'innocent voyageur et se prendre à ses épaules s'il venait à trébucher. Ou rends-lui sa forme de prédilection, qu'il rampe devant moi sur le sable et que je puisse le piétiner, ce réprouvé. Pas la première ! Malheur, malheur qu'aucune âme humaine ne peut comprendre, que plus d'une créature ait pu sombrer dans un tel abîme de misère, que la première n'ait pas suffi, n'ait pas payé pour toutes les autres, en se tordant dans les affres de la mort sous les yeux de Celui qui est le Pardon éternel ! Je me sens torturé dans mes entrailles par la misère d'une seule et tu ricanes tranquillement sur l'infortune de mille autres.

MÉPHISTOPHÉLÈS

Et nous voilà encore une fois au bout de notre imagination, là où votre logique d'homme s'effondre. Pourquoi te joindre à notre compagnie, si tu ne peux t'y habituer. Tu veux voler et tu crains le vertige ? Est-ce nous qui sommes venus te chercher ou le contraire ?

FAUST

Ne grince pas ainsi devant moi de tes dents avides. Tu me dégoûtes. O sublime Esprit qui daignas m'apparaître, qui connais mon cœur et mon âme, pourquoi m'avoir lié à ce honteux compagnon qui se nourrit de malheur et se délecte de toute ruine ?

MÉPHISTOPHÉLÈS

As-tu fini ?

FAUST

Sauve-la ou malheur à toi. Les plus effroyables malédictions sur toi pour tous les millénaires.

MÉPHISTOPHÉLÈS

Je ne puis pas dénouer les liens de la vindicte publique, je ne peux ouvrir ses verrous. Sauve-la ! Et qui donc l'a conduite à sa perte ? Moi ou toi ?

(Faust jette alentour des yeux égarés.)

MÉPHISTOPHÉLÈS

Cherches-tu le tonnerre ? Heureusement qu'il ne vous a pas été donné, misérables mortels ! Anéantir le contradicteur innocent, voilà comme les tyrans savent se tirer d'embarras.

FAUST

Mène-moi là-bas. Il faut la libérer.

MÉPHISTOPHÉLÈS

Et le danger auquel tu t'exposes ? Sais-tu que les poursuites criminelles sont encore engagées contre toi ? Sur la tombe de la victime, des esprits vengeurs planent et guettent le retour du meurtrier.

FAUST

Entendre encore cela de toi ! Mort et massacre de l'univers entier sur toi, horrible monstre. Conduis-moi là-bas, te dis-je, et libère-la.

MÉPHISTOPHÉLÈS

Je te conduirai et écoute ce que je puis faire. Je n'ai pas tout pouvoir au ciel et sur la terre. Je troublerai les sens du geôlier, toi, prends ses clés et libère-la de ta main. Je veille. Les chevaux magiques sont prêts, je vous enlève. Voilà ce que je puis.

FAUST

En route ! Partons.

NUIT. EN PLEINS CHAMPS

FAUST, MÉPHISTOPHÉLÈS, *arrivant au galop sur des chevaux noirs.*

FAUST

Que font donc ces gens autour du gibet ?

MÉPHISTOPHÉLÈS

Qui sait ce qu'ils sont, qui sait ce qu'ils trament ?

FAUST

Ils montent, descendent, se courbent, s'inclinent...

MÉPHISTOPHÉLÈS

Ce sont des sorciers tenant l'assemblée...

FAUST

On les voit semer, bénir...

MÉPHISTOPHÉLÈS

En avant !

PRISON

FAUST *(avec un trousseau de clés et une lampe devant une petite porte de fer).*

Ce frisson de jadis qui me remonte au cœur,
Humanité, c'est tout l'essaim de tes misères.
Elle est là, dans le froid de ces humides pierres
Et son crime ne fut qu'un rêve de bonheur.
Je crains de la revoir, je tremble,
Soudain, nous retrouver ensemble...
Allons ! lorsque j'hésite encor,
Chaque instant de retard est un pas vers la mort.

(Il porte la main sur la serrure. On chante de l'intérieur.)

Ma mère la prostituée,
Oui, c'est elle qui m'a tuée,
Et mon père, le vieux gredin,
De ma chair a fait un festin.
Mais ma sœur, la toute petite,
A ramassé mes os, bien vite,
Les a mis dans un endroit frais.
Et je suis devenue oiseau dans les forêts...
Vole, bel oiseau, vole.

FAUST *(ouvrant).*

La pauvre enfant ne sait que je puis écouter
Sa paille qui se froisse et sa chaîne tinter. *(Il entre.)*

MARGUERITE *(se cachant sur le grabat).*

Malheur ! Malheur ! C'est eux qui viennent. Mort amère !

FAUST *(bas).*

Chut ! Chut ! Je viens t'arracher à tes liens.

MARGUERITE *(se traînant devant lui).*

Tu es un être humain ? Contemple ma misère.

FAUST

Pas de cris, ou tu vas éveiller les gardiens.

(Il prend les chaînes pour les détacher.)

MARGUERITE *(à genoux).*

Bourreau ! Qui t'a donné sur moi cette puissance ?
Venir m'arracher à minuit !
Oh ! prends pitié de moi, laisse-moi l'existence.
N'est-ce pas assez tôt quand le jour aura lui ?

(Elle se lève.)

Regarde ! Je suis jeune. Oh ! oui, bien jeune certe,
Et déjà je devrais mourir ?
Ah ! j'étais belle aussi. Mais ce fut là ma perte.
J'avais un bien-aimé. Puis, il a dû partir.
Ma couronne en lambeaux... chaque fleur dispersée...
Mais pourquoi me saisir aussi brutalement ?
Je n'ai pas pas mérité ta colère insensée.
Laisse-moi ! Je ne t'ai jamais vu seulement.

FAUST

Ah ! comment endurer cet horrible supplice !

MARGUERITE

C'est bien. Je me remets à ta merci.
Mais un moment encore ! Il faut que je nourrisse
L'enfant. Je l'ai bercé, déjà, toute la nuit.
Ils me l'ont pris. C'est pour me faire de la peine.
Ils disent à présent que je l'aurais tué.
C'en est fait pour toujours, toujours de ma gaîté !
On m'a mise en chansons. Les gens sont pleins de haine.
Un vieux conte finit ainsi.
Mais qui donc leur a dit d'appliquer ce récit ?

FAUST *(se jette à ses pieds).*

C'est pour te délivrer de l'infâme géhenne
Que ton ami se jette à tes genoux !

MARGUERITE *(se jetant près de lui).*

Aux pieds des saints patrons, oh ! oui, prosternons-nous.
Vois ! en dessous de cette marche,
Près de cette arche,
L'enfer qui bout !
Et là, debout,
Plein d'une colère effroyable
C'est lui, le diable,
Qui fait ce bruit.

FAUST *(haut).*

Gretchen, Gretchen !

MARGUERITE *(attentive).*

C'était la voix de mon ami.

(Elle bondit sur ses pieds, les chaînes tombent.)

Où est-il ? Oui, c'est lui, c'est bien lui qui m'appelle !
Je suis libre. Et qui donc pourrait me retenir ?
Je vais voler vers lui, courir
Tout contre sa poitrine et me blottir contre elle.
Il a crié « Gretchen ! » du seuil de la prison.
Et parmi tous ces bruits, ces clameurs, ces alarmes
De l'enfer, des démons, leurs rires, leurs vacarmes,
Oui, de sa chère voix j'ai reconnu le son.

FAUST

C'est moi !

MARGUERITE *(le saisissant).*

C'est toi ? Dis-le ! Je veux l'entendre encore.
C'est lui ! c'est lui ! L'horreur du cachot s'évapore.
L'angoisse des fers lourds et froids,
L'ai-je donc vraiment éprouvée ?
C'est toi ! Tu viens pour me sauver. Je suis sauvée !
Nous sortons ! Déjà j'aperçois
La rue où je te vis pour la première fois
Et la tonnelle aussi, je l'ai bien reconnue,
Où Marthe et moi, souvent, attendions ta venue.

FAUST *(la pressant).*

Viens, viens !

MARGUERITE

Ah ! demeure un moment.
Demeurer près de toi, c'est pour moi si charmant.

(Elle le cajole.)

FAUST

Vite, il faut faire diligence,
Ou nous paierons très cher pour notre négligence.

MARGUERITE

Eh quoi ! Tu ne voudrais pas même m'embrasser !
Aurais-tu, loin de moi, désappris le baiser?
Mais au creux de tes bras je sens comme une crainte,
Tes regards et ta voix m'ouvraient le paradis
Lorsque, dans tes baisers, jadis,
Tu m'étouffais de ton étreinte.
Embrasse-moi,
Ou bien c'est moi qui vais t'embrasser, toi.

(Elle l'étreint.)

Malheur ! Tes lèvres sont glacées,
Elles n'ont plus de mots, plus de pensées.
Ton amour s'est-il envolé ?
Ton amour, qui me l'a volé ?

(Elle se détourne de lui.)

FAUST

Viens, suis-moi, mon aimée. Il faut prendre courage.
Je t'aime d'une ardeur dévorante et sauvage,
Mais à présent, suis-moi sans peur.

MARGUERITE *(tournée vers lui).*

C'est donc toi ? Toi vraiment ? La chose est bien certaine ?

FAUST

C'est moi. Viens.

MARGUERITE

Tu défais la chaîne
Et tu me reprends sur ton cœur
Sans haine ?

Comment peux-tu me voir sans être épouvanté
Et sais-tu bien à qui tu rends la liberté ?

FAUST

Viens, viens, déjà la nuit se fait plus claire.

MARGUERITE

Ah ! j'ai tué ma mère
Et mon enfant je l'ai noyé.
N'est-ce pas pour nous deux qu'il était envoyé ?
Aussi pour toi ! C'est toi ! Je crois que c'est un songe.
Donne ta main. C'est vrai. Ce n'est pas un mensonge.
C'est bien ta chère main. Mais quoi ?
Elle est mouillée. Ah ! sèche-toi.
Mais c'est de sang qu'elle est trempée.
Dieu ! Qu'as-tu fait ? Cache l'épée,
Oh ! par pitié, cache l'épée !

FAUST

Que tout cela soit effacé,
Que le passé reste passé.
Viens. Je succombe.

MARGUERITE

Non ! non. Toi, tu dois échapper.
Je vais t'expliquer chaque tombe.
Dès demain, va t'en occuper.
La meilleure place à ma mère.
Juste auprès d'elle, mets mon frère.
Moi, bien à l'écart, dans un coin,
Mais, tout de même, pas trop loin.
Et pour l'enfant, tu dois le mettre
Contre mon corps, sur le sein droit.
Personne d'autre près de moi...
Blotti contre toi, tout mon être
S'emplissait d'un bonheur si doux !
Ah ! tout cela n'est plus pour nous.
Vois, je m'impose à toi, maintenant ; il me semble
Que toi, tu ne veux plus que nous soyons ensemble.
Et c'est toi cependant, toi si tendre, si bon.

FAUST

C'est moi, tu le sens bien. Puisque c'est moi, viens donc !

MARGUERITE

Là-dehors ?

FAUST

Etre libre et renaître à la vie.

MARGUERITE

C'est la tombe au-dehors, la mort qui nous épie,
On marche jusqu'au lit éternel du trépas,
Puis après, plus un pas.
Tu pars ? Te suivre, Henri, je ne le pourrais pas.

FAUST

Tu le peux si tu veux. Vois, la porte est ouverte.

MARGUERITE

Je n'en ai pas le droit. A quoi bon essayer !
Plus d'espoir. Ils m'auront bien vite découverte.
C'est si triste de mendier,
Surtout avec mauvaise conscience,
Si triste de traîner en pays étranger.
Puis, ils me reprendront quand même en leur puissance.

FAUST

Je reste près de toi.

MARGUERITE

Vite, vite, va-t'en !
Sauve ton pauvre enfant.
Le chemin longe la rivière,
Puis un sentier va serpentant
Sous la forêt, vers la clairière ;
A gauche, avançant dans l'étang,
Une planche… Saisis-le vite !
Il veut encor se soulever.
Vois, il s'agite !
Il faut le sauver, le sauver !

FAUST

Un pas et la liberté tout entière
T'attend. Allons, reviens à toi !

MARGUERITE

Traversons la montagne. Allons jusqu'à l'endroit
Où ma mère est assise, là, sur une pierre.
Oh ! je sens le froid sur mon cou !
Oui, ma mère est là-bas, assise sur la pierre.
Sa tête vacille beaucoup,
Elle ne hoche pas, ne fait pas signe même...
Sa tête est lourde. Elle a dormi si, si longtemps
Qu'elle ne ressort plus de ce sommeil suprême...
Ah ! c'était l'heureux temps !
Elle dormait ainsi pour que l'on s'aime.

FAUST

Si tu ne veux pas m'écouter,
Je m'en vais dans mes bras te prendre et t'emporter.

MARGUERITE

Lâche-moi ! Pas de violence !
Ne me regarde pas de cet œil meurtrier.
N'ai-je donc pas tout fait jadis par complaisance
Pour toi ?

FAUST

Le jour blanchit. Mon amour ! Mon amour !

MARGUERITE

Le jour, c'est vrai, mon dernier jour.
Non ! ce n'est pas celui de mes noces qui sonne.
Surtout ne le dis à personne
Que tu étais chez moi, de bon matin.
Ma pauvre couronne...
Hélas, c'est la fin.
Mais nous nous reverrons, je pense,
Ce ne sera pas à la danse.
La foule se presse. Aucun bruit de pas.
Place, rue ou ruelle
Ne la contiennent pas.

La baguette se brise et la cloche m'appelle...
On me prend, on me lie, on me traîne là-haut,
Me voilà donc sur l'échafaud
Et chacun sur son cou sent la lame qui tombe,
La lame qui s'apprête à me trancher le cou.
Le monde est à présent muet comme la tombe !

FAUST

Oh ! pourquoi suis-je né ?

MÉPHISTOPHÉLÈS *(apparaissant au-dehors).*

Tout est perdu ! Debout !
Tout cela, vains regrets, bavardages et rêve.
Mes chevaux sont là, frémissant
De sentir le jour qui se lève.

MARGUERITE

Qu'est-ce qui sort ainsi de terre en se glissant ?
C'est lui, lui ! Vite, renvoie-le.
Que vient-il donc faire au Saint Lieu ?
C'est moi qu'il veut.

FAUST

Mon enfant, tu dois vivre.

MARGUERITE

O tribunal de Dieu, à toi seul je me livre.

MÉPHISTOPHÉLÈS *(à Faust).*

Allons, viens ou sinon je vous laisse tous deux.

MARGUERITE

Père, je suis à toi ! Sauve-moi, toi, sans eux.
Anges du ciel, sainte cohorte,
Faites cercle alentour et soyez mon escorte.
Henri, tu me remplis d'horreur, d'effroi.

MÉPHISTOPHÉLÈS

Elle est jugée.

VOIX *(d'en haut).*

Elle est sauvée.

MÉPHISTOPHÉLÈS *(à Faust).*

Allons, suis-moi.

(Il disparaît avec Faust.)

VOIX *(de l'intérieur, s'affaiblissant en écho).*

Henri, Henri !

FAUST

Deuxième partie de la tragédie,
en cinq actes

ACTE I

PAYSAGE AGRÉABLE

FAUST *(étendu sur un gazon fleuri, fatigué, agité, cherchant le sommeil. C'est le crépuscule).*

Une ronde d'esprits, petites créatures gracieuses, vole dans les airs.

ARIEL *(chant accompagné de harpes éoliennes).*

Quand l'averse printanière
Des fleurs jonche le gazon,
Qu'à tous les fils de la terre
Sourit la verte moisson,
Les Elfes, troupe impalpable,
Volent, aident de leur mieux,
Et, qu'il soit juste ou coupable,
Ils plaignent le malheureux.

Vous dont l'essaim léger entoure cette tête,
Fidèles à la loi des Elfes, accourez !
Apaisez dans ce cœur la terrible tempête
Et du brûlant remords adoucissez les traits.
Les pauses de la nuit comportent quatre veilles ;
Emplissez-les bientôt de suave bonté,
Placez ces frais coussins sous son front qui sommeille,
Baignez-le de rosée e. .pruntée au Léthé ;
La nuit leur redonnant leur souplesse première,
Ses membres engourdis reprendront leur pouvoir ;
Elfes, accomplissez votre plus beau devoir
En le ressuscitant à la sainte lumière.

CHŒUR *(voix isolées, à deux, à plusieurs, alternant ou s'unissant).*

Lorsque la tiédeur des brises
Couvre le vert reposoir,
Faites, odeurs, brumes grises,
Sur lui descendre le soir.
Bercez, paisibles, légères,
Comme un enfant ce cœur lourd ;
Pour délasser ses paupières,
Fermez les portes du jour.

Déjà la nuit amoncelle
Les étoiles, sœur à sœur,
Grand flambeau, faible étincelle,
Lointaine ou proche lueur,
Reflet au miroir des grèves,
Eclair là-haut dans la nuit,
Au pur bonheur de ses rêves
Une pleine lune luit.

Et déjà l'heure s'avance,
Bonheur, malheur emporté...
Pour guérir, prends confiance
Dans le jour ressuscité.
Verts vallons, molle colline,
Qu'ombrage un épais buisson,
En vagues d'argent s'incline
La semence à la moisson...

Cueille tes vœux à mains pleines
Dans l'or flambant du soleil ;
Rejette, fragiles chaînes,
L'enveloppe du sommeil.
N'attends pas ! La foule hésite,
N'ose aller à son désir...
Tu peux tout, âme d'élite
Qui sais comprendre et saisir.

ARIEL

Ecoutez ! écoutez des Heures la tempête !
Aux oreilles de l'âme, en musique secrète,
Déjà d'un jour nouveau la naissance s'apprête,

S'écartent en grinçant les portes du rocher
Et le char de Phœbus en grondant va marcher ;
Quel fracas de lumière sonne !
Trompettes, clairons ! A leur bruit
L'œil cligne, l'oreille s'étonne,
Comment entendre l'inouï ?
Aux corolles des fleurs courez chercher asile,
Plus bas, plus loin, plus loin toujours,
Dans les rocs, sous les bois, pour y vivre tranquille ;
S'il vous atteint, vous voilà sourds.

(Un fracas formidable annonce l'approche du soleil.)

FAUST

Un sang plus frais vient battre aux veines de la vie
En saluant l'aube éthérée avec douceur ;
Ton œuvre, cette nuit, Terre, s'est poursuivie,
Tu respires sous moi d'une neuve vigueur
Et la joie alentour à ruisseler commence ;
A mon âme tu rends le courage et l'ardeur
De m'élancer vers vous, cimes de l'existence.
Le monde s'est ouvert dès les premiers rayons ;
Mille chants dans les bois disent sa renaissance ;
La nappe du brouillard recouvrant les vallons
S'éclaircit lentement sous la clarté sublime.
Branches, rameaux, tirés de leurs rêves profonds,
Surgissent, rafraîchis, du vaporeux abîme ;
Couleurs après couleurs émergent du fond gris,
Feuille ou fleur d'une perle hésitante s'anime
Et tout, autour de moi, devient un paradis.

Levons les yeux ! Les pics géants de la montagne
Annoncent le grand jour au monde encor surpris ;
L'éternelle clarté d'abord les accompagne
Avant de s'abaisser jusqu'à notre univers.
Puis son éclat nouveau va baigner la campagne,
A mi-pente des monts dessinant les prés verts.
Peu à peu jusqu'au sol la voilà descendue,
Elle arrive et, je dois, voilant mes yeux ouverts,
Me détourner du jour qui me blesse la vue.

Ainsi quand l'espérance ardente a pu grandir,
A ses vœux les plus hauts se pense parvenue,

Que s'ouvre à deux battants la porte du désir,
Pour mieux nous accabler, des sources souterraines
On voit soudainement des flots de feu jaillir,
Les torches de la vie, en flammes inhumaines
S'embrasent dans nos mains au lieu de s'allumer.
Cette fournaise immense, est-ce amours, est-ce haines ?
Joie ou douleur, lequel va mieux nous consumer ?
Et l'on cherche, à nouveau se tournant vers la terre,
Un voile juvénile afin de s'enfermer.

Eh bien ! que le soleil demeure en arrière !
La cascade en rumeur que l'on voit s'épancher,
Je la contemple avec une allégresse entière
Lorsque, de chute en chute et de roc en rocher,
En mille et mille cours son torrent se divise
Et bien haut dans les airs l'écume va cracher.
Avec quelle splendeur, de ce flot qui se brise,
Jaillit l'arc irisé, là fixe, ici changeant,
Parfois dessein précis, là fuyant sous la brise,
Vapeur dans un frisson léger se dégageant !
C'est l'homme et son effort que l'arc personnifie.
Songes-y bien, penseur qui vas l'interrogeant :
Ce reflet coloré n'est autre que la vie.

SALLE DU TRÔNE DANS LE PALAIS IMPÉRIAL

CONSEIL DE L'ÉTAT ATTENDANT L'EMPEREUR

Trompettes

(Entrent des courtisans de toutes sortes, magnifiquement vêtus. L'Empereur arrive à son trône; à sa droite l'astrologue.)

L'EMPEREUR

Vous, mes féaux et mes amés, salut,
Venus de loin ou bien du voisinage...
A mes côtés je vois le Sage
Mais le Fou, qu'est-il devenu?

UN JEUNE NOBLE

De ton manteau comme il suivait la traîne,
Il a roulé dans l'escalier soudain.
On emporta cette grosse bedaine.
Ivre ou bien mort, ma foi, l'on n'en sait rien.

SECOND DAMOISEAU

Tout aussitôt, plein d'une étrange audace,
Voici qu'un autre en occupe la place,
Fort bien vêtu, mais si bizarrement
Qu'il va partout jetant l'étonnement.
En le voyant à la porte, les gardes
Ont, devant lui, croisé leurs hallebardes.
Le téméraire est ici, cependant.

MÉPHISTOPHÉLÈS *(s'agenouillant auprès du trône).*

Qui est maudit et bienvenu toujours?
Que chérit-on et que pourtant l'on chasse?

A quoi, sans cesse, a-t-on porté secours
Mais qu'on insulte, au besoin qu'on menace ?
Qui ne dois-tu point évoquer ?
Quel est le nom qu'à prononcer l'on aime
Qui près du trône est venu s'embusquer ?
Qui donc s'était banni lui-même ?

L'EMPEREUR

Epargne aujourd'hui tes paroles,
Point trop d'énigmes en ces lieux.
Amuse ces messieurs avec tes fariboles,
Mais pour moi résous-les. Je m'en trouverai mieux.
Mon vieux fou, je le crains, s'est donné trop d'espace.
Viens donc à mes côtés pour en prendre la place.

(Méphistophélès monte et s'installe à la gauche de l'Empereur.)

MURMURES DE LA FOULE

Un nouveau fou... — Nouveau tourment.
Arrivant d'où ? — Venu comment ?
L'ancien est tombé — Mais celui-là gaspille.
L'autre était un tonneau — Maintenant, une aiguille.

L'EMPEREUR

Salut donc à vous tous, amés, féaux, amis,
Venus de loin comme du voisinage !
Nous sommes assemblés sous un faste présage
Car bonheur et succès là-haut nous sont promis.
Mais dites-moi pourquoi, dans ces belles journées
Où, toutes tâches terminées,
De barbes de coton nos figures ornées,
Déjà du carnaval nous goûtions le plaisir,
Vous voulez qu'un Conseil se tienne,
Que nous reprenions notre chaîne ?
S'il le faut, qu'il soit fait selon votre désir.

LE CHANCELIER

La vertu la plus haute, auréole suprême,
Pare le front de l'empereur ;
Lui seul peut l'exercer dans toute sa rigueur ;
J'ai nommé : la Justice. Et ce que chaque homme aime,

Ce qu'il souhaite, veut, ne peut abandonner,
Au peuple l'empereur lui seul peut le donner.
Mais à l'esprit humain que sert l'intelligence,
A nos cœurs la bonté, à nos bras la vaillance,
Si partout dans l'État, d'une fièvre agité,
Le mal se reproduit en mal illimité ?
Celui dont le regard depuis ce palais plonge
Dans l'Empire infini croit voir un mauvais songe
Où l'horreur en tous lieux va répandre l'horreur,
Où l'illégalité fait la loi par terreur,
Où l'on croit vivre enfin dans un monde d'erreur.
Tel vole un bœuf, tel une femme,
Croix, flambeaux, vases de l'autel...
Fier, impuni, le criminel
Jouit longtemps de l'acte infâme.
Les plaignants vont au tribunal,
Le juge y trône en son prétoire,
L'émeute gronde, vague noire,
Elle croît, vacarme infernal.
Qui s'assure un appui complice
Vit dans la fraude sans regret,
Mais « coupable » est l'unique arrêt
Si l'innocence est seule en lice.
Le monde veut se déchirer,
Tout détruire, tout dénigrer.
Comment le sens de la justice,
Pourrait-il croître et prospérer ?
On voit l'homme de bonne vie
Au corrupteur se réunir,
Le juge, impuissant à punir,
Au criminel bientôt s'allie...
Je te peins un bien noir décor :
Il faudrait l'assombrir encor.

(Après une pause.)

Des résolutions sont donc inéluctables.
Quand tous nuisent à tous, quand tous sont misérables,
Même la majesté disparaît à son tour.

LE CHEF DES ARMÉES

Quels cris, en ces temps de misère !
On tue et l'on meurt chaque jour.

Le bourgeois dans ses murs se terre,
Le chevalier sur son rocher,
Tous unis pour ne rien lâcher,
Tenter de survivre à la guerre.
Le mercenaire, impatient,
Réclame sa solde, tempête
Et, si nous ne lui devions tant,
Prendrait la poudre d'escampette.
Qui voudrait les discipliner,
Autant un nid de guêpes prendre !
Ce pays qu'ils devaient défendre,
Ils ne font que le ruiner.
On laisse sévir cette peste,
La moitié du monde est à bas
Et le peu de rois qui nous reste
Pensent que tout ceci ne les concerne pas.

LE TRÉSORIER

Les confédérés déguerpissent,
Les subsides, pourtant votés,
Comme eau dans les tuyaux tarissent.
Dans tes Etats illimités
A qui vont les propriétés ?
Partout un parvenu s'impose,
Veut vivre libre sur son bien ;
Est-il empiètement qu'il n'ose ?
Nous avons concédé des droits sur tant de choses
Qu'il ne nous reste pas le moindre droit sur rien.
Quant aux partis, comme ils s'appellent,
Qui donc s'y fierait en ce jour ?
Qu'ils se caressent, se querellent,
La haine est fausse et faux l'amour.
Guelfes, Gibelins, tout se terre,
Se cache pour se reposer
Et chacun a bien trop à faire
Pour aux autres s'intéresser.
Les portes d'or restent rigides,
Chacun veut gratter, entasser
Et nos caisses demeurent vides.

LE MARÉCHAL

Et moi, que d'ennuis à mon tour !
Chaque jour le mot d'ordre est à l'économie

Et pourtant, tristesse infinie,
La dépense croît chaque jour.
Les cuisiniers, du moins, n'ont pas grand-chose à craindre :
Cerfs, lièvres, chevreuils, sangliers,
Dindes, canards et poules par milliers,
Pour les prestations, on ne saurait se plaindre,
Cela rentre encore assez bien,
Mais on manque toujours de vin.
Jadis dans le cellier, barrique après barrique,
S'alignaient meilleurs crus, millésimes de choix ;
Mais, hélas, ces messieurs, dans leur soif homérique,
Sont parvenus à tout vider, je crois.
La ville doit fournir du vin supplémentaire,
Chacun prend son pichet, son hanap, son cratère,
Voilà tout mon banquet sous la table à la fois.
Et moi, je dois payer. Chacun veut son salaire.
Puis, le juif ne m'épargne guère.
D'anticipations sans cesse il vient marquer
Le revenu de l'an bien avant qu'il commence,
Les porcs n'ont plus le temps de s'arrondir la panse ;
Jusqu'aux coussins du lit qu'il faut hypothéquer
Et l'on sert sur la table un pain mangé d'avance.

L'EMPEREUR
(à Méphistophélès, après quelques instants de réflexion).

Et toi, bouffon, dis-moi, sais-tu quelque malheur ?

MÉPHISTOPHÉLÈS

Moi, nullement, à voir partout cette splendeur
Autour de toi, des tiens... Qui n'aurait confiance
Lorsque la majesté gouverne avec vigueur,
Que contre tout danger est prête la défense
Et que le bon vouloir que la raison conduit
Par une activité multiple se traduit ?
D'où nous viendraient ténèbres ou désastres
Lorsque en nos cieux brillent semblables astres ?

MURMURES

C'est un malin... Celui-là s'y entend...
Tant que ça dure... Il se pousse en mentant...
Moi je sais bien... Ce qu'il en est...
Eh bien ! quoi donc ?... Quelque projet...

MÉPHISTOPHÉLÈS

Où ne manque-t-il pas quelque chose en ce monde ?
Pour l'un, ceci, cela pour l'autre, ici, l'argent.
Je ne prétendrai pas qu'à nos pieds il abonde.
Mais que ne peut trouver le Sage diligent ?
Au cœur de la montagne, en un mur, sous la pierre,
L'or existe, en monnaie ou bien non monnayé ;
Vous me demanderez qui pourra l'en extraire ?
La Nature et l'Esprit d'un homme bien doué.

LE CHANCELIER

La Nature, l'Esprit... paroles non chrétiennes
Et pour cela l'athée à la flamme est voué.
La Nature au Péché, l'Esprit au Diable tiennent
Et je vois entre eux deux le Doute renfermé,
Ainsi que leur enfant bâtard et mal formé.
Point de cela chez nous. Dans notre vieil Empire,
Deux races seulement ont le droit de se dire
Du trône les dignes piliers :
Le saint clergé, les chevaliers.
Ils résistent à tout orage,
Et l'Eglise et l'Etat leur sont remis en gage.
Si la résistance apparaît,
C'est dans l'esprit confus d'un vain peuple égaré,
Chez le sorcier, chez l'hérétique,
Pourrissant la cité, le pays d'alentour,
Eux qu'avec ton rire cynique
Tu prétends introduire en fraude à cette Cour ;
Car vos cœurs pourris se ressemblent
Et ces gens-là toujours avec le Fou s'assemblent.

MÉPHISTOPHÉLÈS

Savants hommes, vraiment je vous reconnais là :
Ce qui n'est pas touché par vous reste à distance,
Pas saisi de vos sens toujours vous manquera,
Point calculé par vous n'a pas droit d'existence,
Non pesé par vos mains n'a pas de consistance,
Non monnayé par vous sans valeur restera.

L'EMPEREUR

Rien de ce beau discours ne règle le problème.
Que vient faire à présent ton sermon de carême ?

Je suis las du quand, du comment.
L'argent manque. Parfait. Eh bien ! procures-en.

MÉPHISTOPHÉLÈS

Je créerai ce que vous voulez et davantage ;
C'est facile et pourtant c'est un pénible ouvrage ;
Il est là, mais pour l'obtenir
Qui saura l'art d'y parvenir ?
Songez-y : dans ces temps de terreur et de guerre,
Lorsque des flots humains ont inondé la terre,
Tel ou tel, en sentant la tempête approcher,
Prit ses biens les plus chers, eut soin de les cacher.
Il en allait ainsi dès la puissante Rome,
Plus tard, hier encor, jusqu'à nos jours en somme.
Tout cela dans le sol demeure enseveli.
Le sol est à César. Ces trésors sont à lui.

LE TRÉSORIER

Ma foi, pour un bouffon, il raisonne fort juste :
De l'Empereur toujours ce fut le droit auguste.

LE CHANCELIER

Le Satan veut vous prendre avec ses lacets d'or ;
Je sens dans tout cela quelque louche ressort.

LE MARÉCHAL

S'il rend à cette Cour un semblable service,
Je m'accommoderai d'un soupçon d'injustice.

GÉNÉRALISSIME

Le fou, malin, promet ce dont chacun veut bien.
Le soldat ne s'enquiert jamais d'où cela vient.

MÉPHISTOPHÉLÈS

Et si vous vous croyez trompés par moi, peut-être,
Ici notre astrologue est homme à tout connaître.
Cercle après cercle, il sait le décan, la maison...
Parle et dis si le ciel ne me donne raison.

MURMURES

Ce sont deux fripons... Vendant à même aune...
Le fou, le rêveur... Si proches du trône...

Histoire éternelle… et vieille chanson…
Le sage discourt… souffle le bouffon.

L'ASTROLOGUE *(parle et Méphistophélès souffle).*

Le Soleil même est d'or, richesse pure,
Solde et faveur c'est le don de Mercure,
Vénus en vous sait éveiller l'espoir
En vous clignant de l'œil matin et soir,
La Lune rêve avec chaste décence,
Mars sans frapper vous tient en sa puissance
Et Jupiter est le plus radieux ;
Saturne est grand, mais loin, petit aux yeux,
De son métal nous faisons piètre estime,
Son poids est lourd mais sa valeur minime.
Lune et Soleil se rejoignant tous deux,
L'or et l'argent, tout le monde est heureux.
Plus rien alors que l'on ne se procure :
Palais, jardin, beau visage, parure.
Le grand savant pourra donner à tous,
Lui qui peut plus qu'aucun de nous !

L'EMPEREUR

J'entends deux fois chaque mot qu'il profère
Et cependant il ne me convainc guère.

MURMURES

Qu'est-ce que signifie… Vieille plaisanterie…
Almanach prophétique… Ou recette alchimique…
On l'a dit bien souvent… Ce n'était que du vent…
Et si même il survient… On découvre un vaurien.

MÉPHISTOPHÉLÈS

Voilà mes bonnes gens qui s'étonnent encore ;
La grande découverte est pour eux vain espoir ;
L'un rêve haut de mandragore,
L'autre nous parle du chien noir.
Mais à quoi sert que l'un plaisante
Et que l'autre crie au sorcier
S'il se sent chatouiller la plante
Ou trébucher soudain le pied ?

Vous tous, vous percevez l'effet des grands mystères
Dont Nature partout gouverne l'action ;
Or voici, remontant des plus profondes sphères,
Comme un signe de vie, une émanation.
Si brusquement, en vous chaque membre tressaille,
Qu'un frisson inquiet vous saisisse d'abord,
Qu'alors chacun creuse, pioche, travaille,
Là gît le lièvre, le trésor.

MURMURES

Mon pied comme du plomb me pèse...
Dans le bras je sens un malaise...
Ça me démange au gros orteil...
Moi, dans tout le dos c'est pareil...
De tels signes sont l'évidence
Que les trésors ici gisent en abondance.

L'EMPEREUR

Vite ! Tu n'échapperas pas :
Fais la preuve de tes mensonges,
Montre-nous sur-le-champ tes cavernes de songes.
Je mets épée et sceptre à bas
Et vais, de cette main suprême,
Si tu n'as pas menti, résoudre le problème,
Si tu mens, t'envoyer en enfer par moi-même.

MÉPHISTOPHÉLÈS

Je saurais seul, je crois, en trouver le chemin.
Mais comment assez dire, enfin,
Combien dorment partout de ces trésors sans maître ?
Le paysan qui trace son sillon
Voit soudain sous la motte un pot d'or apparaître
Et ce mur qu'il grattait pour trouver du salpêtre,
Voici, pour son bonheur ou son effroi peut-être,
Qu'en tombe un rouleau d'or dans sa main en haillon.
Combien faut-il faire sauter de voûtes,
Par quels souterrains, quelles routes
Un vrai chercheur doit se risquer
Jusqu'aux confins de l'autre monde
Avant de pouvoir démasquer
La caverne antique et profonde
Où s'aligne enfin le trésor :

Hanaps, assiettes et plats d'or,
Coupes dans le rubis creusées,
Prêtes pour être utilisées,
Car auprès d'elles dort un ancien nectar.
Mais — croyez-en l'homme de l'art —
Sous les douves de bois pourries,
Le tartre au vin fit un tonneau.
Oui ! c'est non seulement l'or et les pierreries,
Mais de ces nobles vins vieillis dans leur caveau
Qu'enveloppe la nuit de ses voiles funèbres.
Le sage creuse ainsi d'un effort incessant.
Comprendre au jour, c'est jeu d'enfant,
Mais les mystères sont habitants des ténèbres.

L'EMPEREUR

Je te laisse l'obscur. Qu'est-ce donc qu'il produit ?
Il faut de la lumière aux choses méritoires.
Qui connaît le fripon dans une sombre nuit ?
Tous les chats y sont gris, toutes les vaches noires.
Ces pots de là-dessous, tout pleins d'un or si lourd,
Apporte une charrue, amène-les au jour.

MÉPHISTOPHÉLÈS

Prends la bêche, la pioche et creuse donc toi-même.
Le travail de la terre est la grandeur suprême.
C'est tout un troupeau de veaux d'or
Qui va jaillir du sol sous ton effort.
Tu pourras, d'un cœur fier et d'une âme charmée,
Te parer et parer aussi ta bien-aimée.
La pierre, avec l'éclat de sa riche clarté,
Rehausse la beauté comme la majesté.

L'EMPEREUR

Allons, vite, à l'instant ! Pourquoi tarder encore ?

L'ASTROLOGUE *(comme ci-dessus)*.

Modère ce désir, Seigneur, qui te dévore.
Laisse d'abord la fête et les jeux se passer.
Dans la distraction, rien ne peut avancer.
Retrouvons la rigueur avec la pénitence ;
Par le haut, sur le bas méritons la puissance.
Qui veut le bien doit par le bien édifier ;

Du plaisir ? Que son sang s'assagisse et s'épure ;
Du vin ? Qu'en son pressoir tombe la grappe mûre ;
Un miracle ? Sa foi doit se fortifier.

L'EMPEREUR

Soit ! consacrons ce temps à la réjouissance ;
Puis le Mercredi Saint réparera le mal.
Pour l'instant, célébrons avec toute licence,
Comme il sied, le sauvage et joyeux Carnaval.

(Trompettes. Exeunt.)

MÉPHISTOPHÉLÈS

La façon dont la chance au mérite s'engage,
Jamais les fous n'en sauront le secret.
Quand bien même ils l'auraient, cette Pierre du Sage,
Qu'à la Pierre le Sage encore manquerait.

VASTE SALLE
AVEC APPARTEMENTS
CONTIGUS DÉCORÉS ET AMÉNAGÉS
POUR LA MASCARADE

LE HÉRAUT

Ne vous figurez pas rester en Allemagne
Avec danses de morts, de diables et de fous :
Une fête joyeuse ici s'ouvre pour vous.
L'empereur, quand pour Rome il se mit en campagne
 Et les monts des Alpes franchit,
Ce fut pour vos plaisirs comme pour son profit :
 Du Saint-Siège pour sa personne
C'est le droit au pouvoir qu'il fut solliciter
 Mais, allant chercher la couronne,
C'est la marotte aussi qu'il sut nous rapporter.
 Pour nous tous, quelle renaissance !
 L'homme habile, expérimenté,
 S'en coiffe avec pleine licence
Et, d'un fou fieffé revêtant l'apparence,
Est sage là-dessous en toute liberté.
Mais nos gens, à présent, arrivent, se rejoignent,
Ils marchent deux par deux, hésitent ou s'éloignent,
 Chœurs après chœurs surgissent de partout,
Et l'on entre et l'on sort en troupes infinies...
 Cependant, à la fin de tout,
 Le monde et ses cent mille comédies
 Ne forme plus qu'un seul grand fou.

JARDINIÈRES *(chant accompagné par des mandolines).*

A vous plaire toujours enclines,
Ce soir, dans notre vêtement
Nous suivons, jeunes Florentines,
L'usage de cour allemand.

Nous portons dans nos boucles noires
Cent fleurs, symboles de gaieté,
Fils de soie et rubans de moires
Ont ici leur utilité.

Car nous tenons pour haut service,
Pour fort louable assurément
Que nos fleurs, brillant artifice,
Fleurissent tout le long de l'an.

Papillotes en symétrie.
Par centaines l'on colora ;
Que de chacune l'on se rie,
L'ensemble vous attirera.

Fort galamment nous nous parâmes,
Jardinières, mais non sans fard,
Car le naturel chez les femmes
Est très proche parent de l'art.

HÉRAUT

Montrez-nous ces riches corbeilles
Que sur la tête vous portez
Et ces bras chargés de merveilles ;
Mais vous, à loisir, choisissez.
Vite, qu'un jardin s'improvise
Par les charmilles, les sentiers !
Marchandes comme marchandise
Méritent que vous vous hâtiez.

JARDINIÈRES

Achetez en ces lieux de rêve,
Mais surtout ne marchandez rien.
Que chacun, d'une phrase brève,
Nous dise ce qui lui revient.

BRANCHE D'OLIVIER AVEC FRUIT

Des fleurs je ne suis envieuse,
Loin de moi l'humeur querelleuse ;
Cela ne me convint jamais.
Du pays je suis la richesse,
Mais aussi la sûre promesse

Pour tous d'une éternelle paix.
J'espère orner, dans cette fête,
Dignement quelque belle tête.

COURONNE D'ÉPIS DORÉS

Les dons de Cérès à ravir
Embellissent votre figure ;
Que ce qui peut le mieux servir
Soit aussi charmante parure.

COURONNE DE FANTAISIE

Comme des mauves, mille fleurs
Sortent de la mousse, ô miracle.
Nature n'a point ces couleurs.
La mode donne un tel spectacle.

BOUQUET DE FANTAISIE

Dire de mon nom le secret,
Théophraste ne l'oserait.
Pourrai-je tous vous satisfaire ?
A ceux, du moins, j'espère plaire
A qui je conviendrai le mieux,
Qui, me mêlant à leurs cheveux,
Près de leur cœur aussi, par grâce,
Voudront me garder une place.

PROVOCATION

Que selon la mode du jour
Fleurissent mille fantaisies,
Formes étranges, tour à tour,
Que la nature n'a choisies :
Tige verte ou clochette d'or
Qui de l'essaim des boucles sort.

BOUTONS DE ROSES

Pour nous, attendons en cachette
L'heureux qui nous découvrira.
Au moment où l'été s'apprête,
Bouton de rose fleurira.
Qui n'aimerait cette allégresse ?
L'espoir, l'effet de la promesse

Chez Flore domptent en vainqueurs
Les yeux, les esprits et les cœurs.

(Parmi des berceaux de verdure, les jardinières disposent gracieusement leur marchandise.)

JARDINIERS *(chant accompagné de théorbes).*

Pour parer votre chevelure,
Voyez partout les fleurs jaillir !
Les fruits sont d'une autre nature :
On les goûte pour en jouir.

Reines-claudes, pêches, cerises,
Nos teints bruns les offrent aux yeux.
Achetez ! De leurs chairs exquises
Langue et palais jugeront mieux.

Venez, appréciez vous-mêmes
Nos fruits bien mûrs, leurs reflets d'or.
Les roses veulent des poèmes,
Mais pour les pommes, on les mord.

Qu'on accepte notre présence
Auprès de vos jeunes essaims,
Et nous dresserons l'abondance
De nos trésors, en bons voisins.

Sous cette joyeuse guirlande
Alentour des berceaux fleuris,
On trouve tout à la demande :
Boutons et fleurs, feuilles et fruits.

(Au milieu de chants alternés accompagnés de guitares et de théorbes, les deux chœurs continuent à dresser leurs marchandises et à les offrir.)

MÈRE ET FILLE

Enfant, lorsqu'au jour tu vins,
Sous ton bonnet de dentelle
Contemplant tes traits si fins
Et ton petit corps si frêle,
Je te vis, dès ce moment,
Promise au Prince Charmant,
D'un riche, épouse fidèle.

Las ! bien des ans sont passés
Sans accomplir la promesse.
Des prétendants empressés
Le flot s'est tari sans cesse.
Vive, avec l'un tu dansais,
Du coude un autre agaçais,
Signe discret de tendresse.

Nous reçûmes volontiers ;
Fête après fête fut vaine ;
Gages et petits papiers
Ont aussi perdu leur peine.
Les fous sont lâchés enfin,
Mignonne, ouvre-leur ton sein,
Que l'un d'eux s'y prenne.

Des compagnes, jeunes et belles, se joignent à elles et l'on entend leur bavardage familier. Des pêcheurs et des oiseleurs entrent, portant des filets, des hameçons, des pièges à glu et autres engins; ils se mêlent avec les belles enfants. Leurs efforts réciproques pour s'attirer, s'attraper, s'échapper et se retenir donnent lieu aux plus charmants dialogues.

DES BÛCHERONS *(entrent, impétueux et sans façons).*

Au large, faites place !
Il nous faut de l'espace ;

Lorsque nous abattons
Les arbres, tout résonne
Et quand nous les portons,
Gare aux coups que l'on donne !
Mais en notre faveur
Qu'à ce point l'on s'attache :
Si, rustres pleins d'ardeur,
Nous n'allions à la tâche,
Comment les délicats
Feraient-ils dans la vie ?
Toute leur ironie
Serait vaine en ce cas.
Tel est notre mérite :
Vous gèleriez bien vite
Ni nous ne suions pas.

DES PAILLASSES *(maladroits, presque lourdauds).*

Soyez les imbéciles,
Tous nés le dos voûté.
Jamais nous, les habiles,
Nous n'avons rien porté ;
Aussi bien nos marottes,
Nos vestes, nos culottes,
Sont léger vêtement.
Toujours mines béates,
Nous courons hardiment,
Les pieds dans nos savates,
Par foires et marchés,
Badauds que rien n'arrête
Et par tout raccrochés,
Caquetant à tue-tête
Pour nous interpeller,
Et puis prompts à filer,
Anguilles, dans la foule,
Unis, nous bondissons,
Nous nous réjouissons ;
Ainsi le temps s'écoule.
Dites-en bien ou mal,
Cela nous est égal.

DES PARASITES *(flatteurs et avides).*

Braves porteurs de bois
Aux rustiques manières,

Vous charbonniers, leurs frères,
Nous vous donnons nos voix.
Sans vous nulle courbette
Ou nul signe de tête
Ne servirait, je crois,
Nulle phrase éloquente,
Nul mot à double entente
Soufflant le froid, le chaud,
Juste au moment qu'il faut.
Vît-on soudain descendre,
Par le ciel envoyé,
Du feu tel un brasier,
Comment pourrait-il prendre
Sans charbon à revendre,
Sans bûches au foyer ?
Là tout cuit et mitonne
Et mijote et bouillonne.
L'authentique gourmet,
Pique-assiette au fin nez,
Sent l'odeur délectable
Du rôti, du poisson ;
Cela l'inspire à table
Pour flatter le patron.

IVROGNE *(inconscient)*.

Aujourd'hui, point d'humeur quinteuse !
Je me sens gai comme un pinson ;
Bonne farce ou chanson joyeuse,
J'apporte de tout à foison.
Je bois, je bois, je bois sans crainte.
Trinquez ! Ding, ding ! le verre tinte !
Tiens, toi là-bas, viens donc, mon vieux !
Trinquez, on se sentira mieux.

Ma femme m'a cherché querelle
Sur les couleurs de mon habit,
M'a traité de polichinelle...
Un gaillard de mon acabit !
Mais je bois et rebois sans crainte.
Ding, ding ! Que notre verre tinte !
Polichinelles, à nous deux !
Trinquons, nous nous sentirons mieux.

Vous dites que je suis en faute
Quand j'ai trouvé mon paradis ?
C'est l'hôtesse, si ce n'est l'hôte,
La fille, enfin, qui fait crédit.
Je bois toujours, je bois sans crainte !
Vous autres, que le verre tinte !
Chacun pour tous et tous heureux
Et tout, je crois, ira bien mieux.

Qu'importe où je vais me distraire !
Qu'importe si je bois de tout !
Laissez-moi là couché par terre
Puisque je ne tiens plus debout.

CHŒUR

Tous, mes frères, buvons sans crainte.
Trinquez, que votre verre tinte !
Sur le banc tenez-vous joyeux,
Car sous la table on n'est pas mieux.

Le héraut annonce des poètes divers : poètes de la nature, poètes de cour et de chevalerie, poètes tendres et enthousiastes. Dans la cohue des rivaux de toute sorte, aucun ne laisse la parole à l'autre. L'un d'eux passe furtivement en prononçant ces quelques paroles.

SATIRIQUE

Je suis poète et savez-vous
Ce qu'il me plairait d'entreprendre ?
De dire et de chanter à tous
Ce que nul n'aimerait entendre.

Les poètes de la Nuit et les poètes des tombeaux se font excuser car ils sont précisément plongés dans une conversation des plus intéressantes avec un vampire fraîchement éclos, ce qui permettrait peut-être la naissance d'un nouveau genre poétique ; le héraut doit s'incliner et fait venir à leur place la mythologie grecque qui, même sous un masque moderne, ne perd ni son caractère ni son charme.

LES GRÂCES

AGLAIA

Nous apportons la grâce dans la vie ;
Que la bonté de grâce soit suivie.

HÉGÉMONE

Et grâce aussi lorsque vous recevez.
Quelle douceur auront les dons rêvés !

EUPHROSYNE

Et tout au long de la simple existence,
Grâce surtout dans la reconnaissance.

LES PARQUES

ATROPOS

Moi, la plus vieille, pour filer
A cette fête on me convie.
Il faut bien songer, travailler
A ce tendre fil de la vie :

Afin qu'il soit souple pour vous,
Il faut qu'un lin pur je choisisse,
Pour qu'il soit mince, égal et doux,
Qu'un doigt ingénieux le lisse.

A la danse ou dans le plaisir
Ne vous montrez pas trop vorace :
Ce fil ne peut tout soutenir.
Prenez donc garde qu'il ne casse.

CLOTHO

Savez-vous qu'on m'a confié
Les ciseaux afin que j'y veille ?
On n'était guère édifié
Du procédé de notre vieille.

Elle gardait tel vain lambeau,
Longtemps, à l'air, à la lumière.
Mais d'un coup jetait au tombeau
Une espérance des plus chère.

Moi-même, en les utilisant,
J'ai fait mainte erreur de jeunesse,
Mais aujourd'hui, m'assagissant,
Au fond de l'écrin je les laisse.

Heureuse de me reposer
En ces lieux amis je demeure ;
Profitez-en pour abuser
De la liberté de cette heure.

LACHESIS

Pour moi, la seule raisonnable,
C'est l'ordre qu'on m'attribua ;
Mon fuseau, bien qu'infatigable,
Jamais ne se précipita.

Les fils, sortant de la quenouille,
Suivent leur chemin différent ;
Jamais nul d'entre eux ne s'embrouille,
Ils s'enroulent rang après rang.

A la moindre erreur, dans ma place,
Le monde tremblerait bientôt.
Que l'heure tourne, l'an s'efface,
Puis au tisserand l'écheveau.

LE HÉRAUT

Vous ne sauriez nommer ces déesses nouvelles,
Quand les textes anciens vous seraient bien connus.
A les voir, ces auteurs d'innombrables querelles,
Vous les appelleriez des hôtes bienvenus.

On ne le croirait pas, mais ce sont les Furies,
Belles, pleines de grâce et toutes jeunes d'ans ;
Vous apprendrez, si vous les traitez en amies,
Que ces colombes-là mordent à belles dents.

Sournoises qu'elles soient, en ce jour d'aujourd'hui
Où les premiers venus de leurs vices se louent,
Ne voulant pas, d'ailleurs, pour anges qu'on les prît,
Universels fléaux sans crainte elles s'avouent.

LES FURIES

ALECTO

Vains avertissements ! Vous vous fierez en nous ;
Belles, jeunes, nous sommes chattes caressantes,
Et qui jouit d'une maîtresse parmi vous,
En le flattant par nos paroles incessantes,

Yeux dans les yeux, nous le convaincrons de ceci :
Qu'à tel autre que lui la belle a fait un signe,
Qu'elle est sotte, bossue, et qu'elle boite aussi,
Et — s'il est fiancé — de lui qu'elle est indigne.

Puis nous harcèlerons la promise à son tour,
Disant qu'à telle fille aussi celui qu'elle aime
Aura mal parlé d'elle et c'était à tel jour...
On se réconcilie ; on y pense quand même.

MÉGÈRE

Tout cela n'est que jeu, car lorsqu'ils sont unis
Vient mon tour. Je sais l'art, dans toutes les demeures,
De gâcher le bonheur en tourments infinis,
Car l'homme est inconstant, inconstantes les heures.

Nul ne serre en ses bras l'être ardemment aimé
Qui ne sente un désir plus ardent, qui surpasse
L'ancien bonheur par l'habitude transformé
Il fuit loin du soleil, veut réchauffer la glace.

J'use de ces moyens avec dextérité,
Amenant sur mes pas le fidèle Asmodée
Qui sème au bon moment chaque funeste idée...
Par couples je détruis ainsi l'humanité.

TISIPHONE

J'aiguise ou mêle, au lieu de langue alerte,
Contre le traître, ou poison ou poignard.
Aimer autrui, c'est déjà, tôt ou tard,
Au plus profond de soi porter sa perte.

Aux beaux instants de douceur infinie
Bientôt vont bave et bile succéder
Et c'est en vain qu'on voudrait marchander :
Qui fit la faute, il faudra qu'il l'expie.

Devant les rocs j'irai pour les poursuivre :
« Nul pardon pour cette engeance ! » Aussitôt
— Ecoutez-le ! — « Vengeance », dit l'écho.
Celui qui change n'a pas droit de vivre.

LE HÉRAUT

Je vous en prie, écartez-vous de quelques pas ;
Ce qui vient à présent ne vous ressemble pas.
Voyez quelle montagne imposante s'avance !
Des tapis de couleur ornent son flanc immense,
Longues défenses, trompe analogue aux serpents,
Mystère dont je puis vous révéler le sens.
Une mignonne femme assise sur sa tête
Le guide sans effort d'une frêle baguette ;
Une autre est là, debout, pleine de majesté
M'éblouissant au sein d'un cercle de clarté.
A leur côté, deux nobles dames enchaînées,
L'une joyeuse et l'autre triste, sont traînées.
L'une se pense libre et l'autre le voudrait.
Que chacune à présent nous dise ce qu'elle est.

LA PEUR

Lampes, flambeaux, torches fumeuses,
Trouant la nuit de leur lueur ;
Entre ces figures trompeuses,
Je suis enchaînée, oh ! malheur !

Allez-vous-en, rieurs risibles !
Votre ricanement me nuit :
Mes ennemis les plus terribles
Me pourchassent tous cette nuit.

Tel ami devient adversaire ;
Sous son masque, j'ai déjà vu.
L'autre de moi veut se défaire
Mais s'enfuit, étant reconnu.

Que j'aimerais changer de place,
M'enfuir par le monde au hasard !
Là-bas aussi la mort menace :
Je vis entre horreur et brouillard.

L'ESPÉRANCE

Salut à vous, mes sœurs chéries,
Vous qu'en ces jours de féeries
Séduisit le déguisement,
Mais qui reprendrez sûrement
Toutes, demain, votre visage,
Car si la lueur des flambeaux
N'est pas trop à notre avantage,
Nous pourrons, en des jours plus beaux,
En compagnie, ou solitaires
Aller à notre bon plaisir,
Libres, par les campagnes claires,
Agir ou flâner à loisir,
Mener une douce existence,
Ayant de tout en abondance
Et chacune, hôte bienvenu,
Entrer partout à l'aventure,
Car le meilleur, la chose est sûre,
Peut quelque part être obtenu.

LA SAGESSE

Deux de nos ennemis jurés,
Espérance et Peur, enchaînées,
Par moi loin de vous sont menées.
Place donc ! Soyez rassurés.

Surmonté de sa tour, je guide
Ce vivant colosse, à vos yeux,
Qui, sur les sentiers montueux,
Avance de son pas placide.

Sur la plate-forme, là-haut
Cette déesse aux larges ailes
Prompte, pour des tâches nouvelles
A voler partout où il faut,

Qu'environnent splendeur et gloire,
Qui rayonne de tout côté,
Cette déesse est la Victoire,
Régnant sur toute activité.

ZOÏLO-THERSITE

Oh ! oh ! J'arrive au bon moment !
Je vous insulte tous crûment,
Mais tout d'abord ma bête noire,
Là-haut : madame la Victoire
Avec ses deux ailes, qui croit
Qu'elle est un aigle de plein droit
Et qu'en tous lieux qu'elle s'arrête,
Peuple et pays sont sa conquête.
Moi, tout succès, fait glorieux,
Me rend aussitôt furieux.
Le haut en bas, devant derrière,
Le droit tordu, le bas en haut,
Cela seul, par toute la terre,
Me réconforte comme il faut.

LE HÉRAUT

Eh bien ! canaille, maître-sot,
Un coup de ma bonne baguette
Va te faire rentrer la tête.
Mon double nain en un instant
S'est fait boule, tas dégoûtant,
Puis devient œuf, étrange chose !
Qui se gonfle, qui s'enfle, explose...
Et deux jumeaux en sont sortis :
Couleuvre avec chauve-souris,
L'une dans la poussière immonde,
L'autre voletant au plafond ;
Puis toutes deux dehors s'en vont...
Je ne voudrais pour rien au monde
Etre en tiers dans ce qu'elles font.

BAVARDAGES

— Vite, déjà là-bas l'on danse.
— Non, merci ! Je ne reste pas.
— Sens-tu la diabolique engeance
Qui nous prend dans ses entrelacs ?
— Dans mes cheveux, cela me frôle...
— Au pied, quelque chose de drôle...
— Personne, pourtant, n'est touché...
— Mais tout le plaisir est gâché.
— La peur tourne toutes les têtes.
— C'est bien ce que voulaient ces bêtes !

LE HÉRAUT

Depuis que dans les mascarades
De héraut j'assume l'emploi,
A la porte je fais la loi
Pour éviter coups, bousculades
Et faire que tout marche droit.
Mais je crains que par les fenêtres
Ne surgissent d'étranges êtres,
Spectres, esprits de l'air léger,
Dont je ne puis vous protéger.
Déjà le nain m'a paru louche
Et cette masse qui débouche
Là-bas, n'est-ce pas un danger ?
Le sens exact de ces symboles,
Il conviendrait que mes paroles
Parvinssent à vous l'indiquer
Mais, ne sachant comment l'entendre,
Comment pourrais-je l'expliquer !
A travers la presse survient
Un char au quadruple attelage ;
Vers nous il se fraye un passage
Sans déranger la foule en rien.
Je n'aperçois nulle panique...
Là-bas, dans le lointain encor
Scintillent mille étoiles d'or,
Lueurs de lanterne magique ;
Le char vient comme l'ouragan,
Faites place ! J'en suis tremblant !

L'ENFANT-GUIDE

Halte-là, mes coursiers, et reployez votre aile,
Obéissez au frein que vous sentez.
Lorsque je vous retiens, retenez votre zèle,
Lorsque je me déchaîne, au grand galop partez...
Honneur d'abord à cette place !
Voyez s'y rassembler en masse
Le cercle des admirateurs.
Héraut, à l'œuvre ! A ta manière,
Avant que loin de vous nous nous donnions carrière,
Décris-nous, nomme-nous à tous les spectateurs.
Chacun de nous est une allégorie,
Nous connaître est donc ta partie.

LE HÉRAUT

Je ne puis te nommer, te décrire plutôt.

L'ENFANT-GUIDE

Va !

LE HÉRAUT

J'avouerai d'abord que tu es jeune et beau,
Adolescent encor, mais les femmes, je pense,
Aimeraient fort te voir achever ta croissance.
Tu me parais galant plein d'avenir
Et séducteur ayant de qui tenir.

L'ENFANT-GUIDE

Ceci n'est point mal, continue
Et de l'énigme bienvenue
Découvre le mot pour finir.

LE HÉRAUT

L'éclair des yeux noirs, les boucles d'ébène
Qu'orne un cercle d'or, bijou précieux,
Puis ce vêtement, coulant, gracieux,
De l'épaule au pied t'effleurant à peine,
A franges de pourpre et clinquant joyeux...
Certes l'on pourrait pour fille te prendre,
Mais elles, déjà, t'ouvriraient leur cœur
Et, soit pour le pire ou pour le meilleur,
Sachant l'ABC, voudraient te l'apprendre.

L'ENFANT-GUIDE

Et celui-là, magnifique entre tous,
Qui sur le char trône avec assurance ?

LE HÉRAUT

Quelque monarque riche et doux...
Celui qu'il favorise est l'élu de la chance ;
Plus besoin de se démener ;
Son regard aussitôt fait régner l'abondance
Et le plaisir divin qu'il éprouve à donner
Vaut la possession avec la jouissance.

L'ENFANT-GUIDE

Ce n'est là qu'un commencement ;
Décris-le bien exactement.

LE HÉRAUT

La dignité, la peindre est impossible ;
Mais ce visage de pleine lune paisible,
Cette bouche charnue et cette joue en fleur
Sous le riche turban prodiguant sa couleur,
Ce vêtement à plis dans lequel il repose...
Que dirai-je de la majesté de sa pose ?
D'un souverain je crois reconnaître le port.

L'ENFANT-GUIDE

C'est Plutus, Dieu de la Richesse,
En grande pompe à venir il s'empresse
Car le noble Empereur le désire très fort.

LE HÉRAUT

Et toi-même, dis-nous ce que personnifie...

L'ENFANT-GUIDE

Je suis la Prodigalité, la Poésie,
Le poète qui se parfait
En prodiguant son bien le plus secret.
Ma richesse, d'ailleurs, est incommensurable
Et je m'estime au moins à l'égal de Plutus :
J'anime et fais briller ses fêtes et sa table
Et donne encore, alors que lui n'a plus.

LE HÉRAUT

Te vanter te sied à merveille,
Mais fais-nous voir ce que tu peux.

L'ENFANT-GUIDE

Je fais claquer mes doigts. Voyez comme s'éveille
A l'entour de mon char tout un éclat joyeux :
Des colliers de perles surgissent,
Boucles et broches d'or jaillissent,
Bagues aux précieux joyaux,
Peignes, couronnes sans défauts,
Puis ces flammèches à la ronde,
Cherchant quelque chose à brûler.

LE HÉRAUT

On voit se ruer tout le monde
Autour du donateur, jusqu'à le bousculer.
Il fait valser les bijoux comme en rêve
Et la foule happe sans trêve...
Mais, nouvelle farce à présent,
Tel se démenait, saisissant,
Qu'on voit mal payé de sa peine :
Soudain s'envole son présent.
Le collier de perles s'égrène...
Dans le creux de sa main grouillent des hannetons !
Quand le pauvre fou les rejette,
Les voilà bourdonnant tout autour de sa tête.
Cet autre, au lieu de millions,
N'attrape que gais papillons...
Le fripon promet d'abondance
Mais ne donne que l'apparence.

L'ENFANT-GUIDE

Pour annoncer les masques, tu le peux,
Mais découvrir l'Etre sous la surface
N'est pas ce qu'un héraut de cour fera le mieux ;
Il y faut un regard plus perspicace.
Je me garde pourtant de quereller.
Toi seul, mon souverain, je veux t'interpeller.

(Se tournant vers Plutus.)

Ne m'as-tu pas donné le quadruple attelage
Plus impétueux que l'orage ?
Je le conduis selon que tu veux le guider
Et suis où tu veux bien me demander.
Quoi ! n'ai-je pas souvent sur une aile hardie
Conquis pour toi la palme du vainqueur,
Pour toi livré bataille avec ardeur
Sans jamais perdre la partie ?
Le laurier dont ton front est aujourd'hui pressé,
N'est-ce pas mon esprit, ma main qui l'ont tressé ?

PLUTUS

Puisqu'il te faut mon témoignage :
Je reconnais en toi l'esprit de mon esprit,
Toujours selon mes vœux accomplissant l'ouvrage,
Plus riche que moi-même, ainsi que tu l'as dit.
J'estime plus que tout, dans ma reconnaissance,
Ce rameau vert qui vient de toi.
Qu'enfin cette parole à tous dise ma foi :
« En toi, fils bien-aimé, j'ai mis ma complaisance. »

L'ENFANT-GUIDE

De ma main le plus beau présent
Partout dans la foule ruisselle :
Cette flammèche qui sur les fronts va luisant
Et dont j'allumai l'étincelle.
De l'un à l'autre sautillant,
Se maintenant ici, là s'enfuyant ;
Bien rarement elle flambe et s'élève,
Mais luit et se dissipe comme un rêve
Et sur beaucoup, avant d'être vraiment,
Elle s'éteint, elle meurt tristement.

BAVARDAGE DE FEMMES

Voyez, là-haut, sur le quadrige,
C'est quelque charlatan, vous dis-je.
Et Polichinelle accroupi
Qui derrière lui s'est tapi,
Que la soif ou la faim tourmente,
Qu'on pincerait sans qu'il le sente !

L'EFFLANQUÉ

Loin de moi, femelles infâmes !
Pour vous, je ne vaux rien de bon.
Quant au foyer régnaient les femmes,
Avaritia fut mon nom.
Tout allait bien dans la maison :
Coffre, écrin, je faisais en sorte
Que tout y rentre et rien n'en sorte.
C'était un vice, disait-on...
Mais dans ces dernières années
Les femmes se sont détournées
De l'épargne, ayant beaucoup plus
De désirs que de bons écus.
Les maris en perdent la tête ;
C'est, chaque jour, nouvelle dette.
Ce que de côté l'on a mis
Passe en toilette, en bons amis ;
On mange et l'on boit plus encore,
De galants le boudoir est plein.
Moi, que la soif de l'or dévore,
Je suis l'Avare, au masculin.

LA MENEUSE DES FEMMES

Dragon, sur ses dragons qu'il lésine à son aise.
Tout n'est, ici, qu'illusion et vain éclat.
Si c'est pour exciter nos maris, qu'il se taise
Car ils sont bien assez pénibles sans cela.

LES FEMMES EN MASSE

— L'épouvantail ! Giflez-le ! Qu'on le batte !
— Cet échalas ose nous menacer ?
— Nous aurions peur de le voir grimacer ?
— Tous ces dragons ne sont que carton-pâte.
— Hardi ! Venez de près le caresser.

LE HÉRAUT

Par mon bâton, point de désordre...
Mais nul besoin de mon secours :
Les monstres hideux, prêts à mordre,
A leur colère donnent cours ;
Leurs ailes, double paire, ouvertes en bataille,
Gueules crachant le feu dans un cercle d'écaille,

Ils s'avancent rapidement ;
La foule fuit, la place est nette en un moment.

(Plutus descend du char.)

LE HÉRAUT

Il descend — quelle majesté ! —
Fait signe, les dragons l'entendent
Et du char le coffre descendent ;
L'or avec l'avare est porté
Devant ses pieds, sans nul obstacle ;
Tout s'est fait comme par miracle.

PLUTUS *(à l'enfant-guide).*

Te voici délivré de ce poids accablant,
Libre de t'envoler, tout joyeux, vers ta sphère.
Elle n'est pas ici. Confus, mêlé, troublant,
Notre entourage fou ne peut te satisfaire.
Où ton œil clair jouit de la pure clarté,
Où tu trouves en toi, loin de l'inquiétude,
Paix, repos, où l'on sert le bien seul, la beauté,
Va, pour créer un monde, entrer en solitude.

L'ENFANT-GUIDE

Si comme ambassadeur je me crois compétent,
Je t'aime bien aussi, mon plus proche parent.
Où tu vas, c'est toujours abondance et largesse,
Mais où je suis, chacun sent croître sa richesse
Et l'on en voit plus d'un entre nous trébucher :
Est-ce vers toi, vers moi qu'il doit plutôt pencher ?
Les tiens ont du loisir et du temps pour le rêve,
Mais celui qui me suit doit travailler sans trêve ;
Mon labeur en secret n'est jamais accompli :
Que je respire à peine et me voilà trahi.
Adieu, puisque tu veux que mon bonheur m'entraîne,
Mais un murmure, un mot suffit pour que je vienne.

(Il part comme il était venu.)

PLUTUS

C'est l'heure ! Mes trésors, à présent, je les livre !
J'approche des verrous la verge du héraut.
Tout s'ouvre. Contemplez dans les chaudrons de cuivre

Ce sang d'or qui s'écoule et bouillonne aussitôt :
Couronnes, chaîne, anneaux, bijoux qu'on voit paraître,
Le flot va les atteindre et les fondre peut-être.

CLAMEURS ALTERNÉES DE LA FOULE

— Regardez ! Oh, riche fontaine !
Jusqu'au bord cette caisse est pleine.
— Déjà fondent les vases d'or,
Les rouleaux monnayés encor !
— Partout les ducats rebondissent !
Comme mon cœur en est ému.
— Mes secrets désirs s'accomplissent !
Tout sur le sol s'est répandu.
— Servez-vous, puisqu'on n'est pas chiche,
En se baissant on devient riche.
— Et nous, plus que la foudre prompts,
Du coffre nous nous emparons.

LE HÉRAUT

Quels fous ! Voyez-moi l'algarade !
Simple farce de mascarade !
C'est, pour ce soir, ce qui convient.
D'or ou d'argent nulle espérance !
Pour vous, en pareille occurrence,
Des jetons sont encor trop bien.
Lourdauds ! Toute aimable apparence,
De vérité, pour vous, ne se distingue plus ?
La vérité ? Pour ce que vous en faites !
Vous vous ruez sur tout rêve confus.
Plutus masqué, dieu de ces fêtes,
Expulse-moi ce peuple obtus.

PLUTUS

C'est de l'emploi pour ta baguette.
Un bref instant qu'on me la prête.
Je la plonge en l'ardent bouillon...
A présent, masques, gare à elle !
Elle crépite, elle étincelle
Et de ce flamboyant bâton
Ceux qui demeurent à portée
Vont être rôtis sans façon.
Bon ! Je commence ma tournée.

CRIS ET BOUSCULADE

— Malheur ! Ah ! c'en est fait de nous !
— Sauve qui peut ! Enfuyez-vous !
— Holà, derrière ! qu'on recule !
— La chaleur m'étouffe, me brûle !
— Quel poids a ce bâton de feu !
— Nous sommes tous perdus sous peu !
— Arrière, mascarade folle !
— Arrière donc, foule frivole !
— Ah ! des ailes, que je m'envole !

PLUTUS

Voilà leur cercle repoussé
Sans que nul, je crois, soit blessé.
Craignant la menace,
La foule fait place.
J'en donne confirmation
Par cet invisible cordon.

LE HÉRAUT

Vraiment, quel admirable ouvrage !
J'en rends grâce à ta force sage.

PLUTUS

Noble ami, soyons patients,
Je crains bien d'autres mouvements.

L'AVARE

Enfin, l'on peut donc à sa guise
Lorgner ce cercle, gentiment !
Pour le spectacle ou pour la friandise
Les femmes sont toujours devant.
La beauté met le cœur en fête ;
Or je ne suis pas si rouillé
Que je ne veuille encore aller conter fleurette
Et surtout aujourd'hui qu'il ne faut rien payer.
Mais comme au sein d'une foule pareille
Les mots n'arrivent pas, distincts, à chaque oreille,
Ce que je voudrais exprimer
Je vais tenter de le mimer.
Ici ne suffit pas la main, le pied, le geste ;

Je dois imaginer quelque autre farce encor.
Comme une molle argile, allons, pétrissons l'or
Car ce métal en tout se transforme de reste.

LE HÉRAUT

Le maigre fou prépare un tour…
Ce famélique a de l'humour ?
Il a pétri tout l'or en boule,
Cela s'amollit sous ses doigts,
Mais qu'il le presse, qu'il le roule,
Rien de clair n'en sort toutefois.
Voilà qu'aux femmes il s'adresse…
Cris et clameurs, on fuit partout
Avec des gestes de dégoût !
Le gueux, pour le mal plein d'adresse,
Entend, je le crains, à plaisir
Aux bonnes mœurs contrevenir.
Je ne puis sans rien dire accepter son audace.
Mon sceptre donc, que je le chasse !

PLUTUS

Il ne se doute pas de ce qui nous menace.
Laisse-le se livrer à l'excentricité.
Car bientôt les bouffons devront céder la place :
Forte est la loi, plus forte est la nécessité.

VACARME ET CHANTS

La sauvage armée à la fois
Descend des cimes, sort des bois,
Avance sans que rien l'arrête,
A leur Grand Pan faisant la fête,
Ils savent ce qu'on ne sait pas,
Remplissent tout de leurs ébats.

PLUTUS

Vous et votre Grand Pan je sais bien qui vous êtes.
Ensemble vous avez risqué bien des conquêtes.
Je sais parfaitement ce dont on ne sait rien
Et vous ouvre ce cercle étroit, comme il convient.
Qu'un sort heureux veuille bien les conduire !
Le plus étrange ici peut se produire :

Ils ne savent pas où ils vont,
N'ont pris nulle précaution.

CHANT SAUVAGE

Gens bien vêtus, paillettes vides,
Voilà les durs, les gros rustauds ;
En bonds ardents, courses rapides,
Ils arrivent, forts et brutaux.

FAUNES

Les faunes joyeux
Que la danse enchaîne,
Couronnes de chêne
Dans leurs noirs cheveux,
Cette pointe d'oreille sauvage
Qui de leurs boucles sort,
Ce nez camus, ce large visage,
Aux femmes tout cela plaît fort ;
Quand leur lourde patte s'avance,
La plus belle la prend pour la danse.

SATYRE

Le satyre s'en vient, bondissant,
Pied de chèvre et mollet s'effaçant ;
Il doit être maigre et puissant
Car, semblable au chamois sur les cimes,
Il se plaît à sonder les abîmes ;
Dans l'air libre, assouvi, triomphant,
Il méprise homme, femme et enfant
Qui, plongés dans leur brume et leur suie,
S'imaginent jouir de la vie,
Quand ce monde où nul bruit ne parvient
A lui seul, tout là-haut, appartient.

GNOMES

Voici, trottinant, la troupe légère
Des petits, n'aimant pas marcher en rang,
En habits moussus, portant lampe claire,
Ils vont d'un pas vif en se bousculant,
Chacun courant seul aux tâches urgentes,
C'est un grouillement de fourmis luisantes,
Pleins d'empressement et s'affairant tous
De tous les côtés, sens dessus dessous.

Des bons lutins nous sommes proches
Qu'on dit chirurgiens des roches,
Car les montagnes nous saignons ;
Les métaux que nous atteignons
Nous y puisons à pleine veine
En poussant le cri du mineur :
« Bonne chance ! » C'est le bonheur
Qu'on souhaite à la race humaine.
Par cet or qu'au jour nous sortons,
Pourtant vol ou vice prospère
Et par le fer nous permettons
Aux orgueilleux crimes ou guerre.
Mépris des trois commandements
Conduit à rejeter les autres.
Ces fautes ne sont pas les nôtres :
Comme nous soyez patients.

GÉANTS

On les appelle hommes sauvages,
Dans le Harz ils sont bien connus,
Géants naturellement nus,
Ils arrivent dans nos parages,
A la main droite un tronc de pin,
A la taille rude ceinture,
Grossier tablier de verdure,
Gardes qu'un pape voudrait bien.

CHŒUR DE NYMPHES *(entourant le Grand Pan).*

Le voici maintenant.
C'est lui, le Tout du Monde,
Qui se montre à la ronde
Sous les traits du Grand Pan.
Que votre troupe riante l'enlace
Et que la danse folâtre l'embrasse.
Etant bienveillant, sérieux,
Il désire qu'on soit joyeux.
Sous la grande voûte azurée
Il veille d'une âme assurée.
Mais vers lui chantent les ruisseaux,
Les brises, tendrement, lui parlent de repos ;
Qu'à midi le soleil l'invite,
Plus une feuille ne s'agite ;

Dans l'air calmé montent, des fleurs,
De suaves, fraîches odeurs.
Plus une Nymphe, alors, n'a droit de fantaisie :
Où qu'elle soit, le sommeil l'a saisie.
Mais que soudain résonne sa voix
Inattendue et puissante à la fois,
Mer en tumulte, éclair de la foudre,
Nul ne sait plus à quoi se résoudre :
La plus brave armée en désordre s'enfuit
Et le héros tremble, entendant ce bruit.
Ainsi donc, honneur à qui le mérite,
Vive Celui qui, tous, en ces lieux nous invite.

DÉPUTATION DES GNOMES *(au Grand Pan).*

La riche veine métallique
Dont les vallons cachent le cours,
Seule la baguette magique
Peut en révéler les détours.

Nous bâtissons en troglodytes
Nos voûtes, tandis qu'au-dehors,
Au jour libre et pur, sans limites,
Toi tu prodigues les trésors.

C'est une source merveilleuse
Que nous venons de découvrir
Et qui donnera, généreuse,
Ce que l'on doutait d'obtenir.

Pour qu'elle tienne sa promesse,
Seigneur, sous ta garde prends-la :
Entre tes mains toute richesse
Au monde entier profitera.

PLUTUS *(au héraut).*

Il nous faut à présent garder notre sang-froid
Et ce qui doit venir, l'affronter sans effroi.
Pour toi, tu sus toujours demeurer impassible.
Tu vas voir arriver quelque chose d'horrible.
Le monde et l'avenir voudront nier ce mal,
Mais toi, consigne-le dans ton procès-verbal.

LE HÉRAUT *(reprenant la baguette que Plutus tient à la main).*

Le Grand Pan est conduit en personne
Par les Nains vers la source de feu.
Une flamme s'élève et bouillonne,
Puis retombe au fond du sombre lieu
Et la gueule sinistre frissonne,
Mais déjà se renflamme et revit.
Le Grand Pan se tient là, l'air ravi,
Admirant ce brasier d'où déferle
Alentour une écume de perle.
Ce miracle, doit-il s'y fier ?
Il se penche pour vérifier.
Dans les flammes, sa barbe qui glisse...
A qui donc est ce menton bien lisse ?
Il le cache aux regards, de sa main...
Quel désastre se produit soudain !
Le feu pris à la barbe chemine,
Embrasant front, couronne, poitrine.
Le plaisir se transforme en douleur ;
On accourt pour parer au malheur,
Mais le feu ne respecte personne ;
Plus on tape, on étouffe, on tamponne,
Plus la flamme s'attise, grandit...
Prisonnier du fléau, c'est ici
Tout un groupe de masques qui brûle !

Mais qu'entends-je ! Une rumeur circule,
On murmure à l'oreille ce bruit...
A jamais malencontreuse nuit !
Quel désastre nous as-tu produit ?
La nouvelle qui va se répandre
Au matin, nul ne voudrait l'entendre.
De partout j'en perçois la clameur :
« La victime serait l'empereur. »
Vérité que n'es-tu d'autre sorte !
L'empereur brûle avec son escorte.
Maudits ceux qui l'ont pris avec eux,
Affublés de rameaux résineux,
Pour venir, avec chants et vacarmes,
Provoquer tant de deuils et de larmes.
O, jeunesse, jeunesse, quand donc
Sauras-tu mesurer ta licence ?

O grandeur, jamais quelque raison
Ne tempérera donc ta puissance ?

Les flammes ont gagné la forêt,
Montent vers le plafond décoré
De caissons. Leurs langues vont l'atteindre.
Un total incendie est à craindre.
Plus grand deuil ne saurait se rêver !
Je ne sais qui pourrait nous sauver.
Beau palais, une nuit va te prendre
Et demain tu seras tas de cendre.

PLUTUS

Assez de terreur à présent
Et place au secours bienfaisant !
Frappe, baguette sainte et bonne,
Que la terre tremble et résonne ;
Vous, espaces vastes et doux,
D'un frais parfum emplissez-vous.
Approchez, formes pluvieuses,
Brumes et vapeurs orageuses,
Couvrez ce tumulte de feu ;
Ruisselez, friselez, nuages,
Glissez et bruissez, ombrages,
Que chacun souffle, éteigne, arrange,
Qu'en éclair de chaleur se change
De cette flamme le vain jeu.
Des esprits plane la menace :
La magie est donc à sa place.

JARDIN DE PLAISANCE

SOLEIL DU MATIN

L'empereur, des courtisans, Faust, Méphistophélès, vêtu de façon peu voyante, selon l'usage ; ces deux derniers à genoux.

FAUST

Pardonnes-tu, Seigneur, ce mirage de flamme ?

L'EMPEREUR

Ce sont là, justement, les jeux que je réclame.
Dans cette sphère ardente où j'étais enfermé,
Je me suis cru, soudain, en Pluton transformé.
La nuit et les charbons composaient une couche
Rocheuse qui brûlait. Par l'une ou l'autre bouche
Mille flammes dans l'air grondaient en tournoyant,
Crépitaient, s'unissaient en dôme flamboyant
Et leurs langues dressaient une ultime coupole
Qui, tour à tour, se crée à nos yeux, puis s'envole.
A travers l'entrelacs des colonnes de feux,
J'apercevais de loin, comme un flot qui s'écoule,
Marcher les nations en files, vaste foule
Qui me rendait hommage en cercle spacieux.
Ma cour aussi passait et l'on eût pu me prendre
Pour prince souverain d'un peuple salamandre.

MÉPHISTOPHÉLÈS

Ne l'es-tu pas, Seigneur, puisque chaque élément
Est à Ta Majesté soumis aveuglément ?
Déjà tu vis du feu la prompte obéissance ;
Jette-toi dans la mer au fort de sa démence ;
Prenant pied sur le sol plein de perles du fond,
Tu verras se bâtir un bel espace rond ;
Les vagues d'un vert-clair qu'un trait de pourpre frange

Te font, splendeur mobile, une demeure étrange
Dont les murs même sont de vrais tableaux vivants,
Grouillant de prompts éclairs, de joyeux mouvements ;
Les merveilles des mers que la lumière attire
S'élancent, sans entrer, vers ce magique empire :
Des dragons vont jouant, couverts d'écailles d'or,
Le requin veut happer, tu ris de son effort.
Tu ne saurais, malgré la cour qui t'environne,
Imaginer combien cette foule foisonne.
Puis tu ne perdras rien d'une aimable douceur ;
Vers ce charmant séjour d'éternelle fraîcheur,
Curieuses, viendront les jeunes Néréides,
Sœurs des poissons, comme eux lascives et timides ;
De plus sages aussi. Thétis l'apprend enfin,
Offre au nouveau Pélée et sa lèvre et sa main.
A siéger sur l'Olympe alors elle t'invite...

L'EMPEREUR

Des espaces du ciel, ma foi, je te tiens quitte :
On s'élève assez tôt jusqu'à ce trône-là.

MÉPHISTOPHÉLÈS

Et la terre, Ta Majesté Suprême l'a déjà.

L'EMPEREUR

Pour te conduire ici, dis-moi quel vent docile
Te fit venir tout droit des Mille et Une Nuits ?
Comme Schéhérazade à présent sois fertile,
Je te promets faveur autant que je le puis.
Sois prêt pour ces moments — fréquents — où votre monde
Quotidien m'emplit d'une haine profonde.

LE MARÉCHAL *(entrant rapidement).*

Je n'eusse jamais cru, Très Haute Majesté,
Pouvoir un jour clamer telle félicité
Que celle dont la jouissance
Vient me combler en ta présence !
Tous nos comptes sont dénoués,
Les usuriers amadoués,
C'est fait de ma triste misère
Et c'est le paradis sur terre.

LE CHEF DE L'ARMÉE *(suivant en hâte).*

La solde en acompte est payée,
Toute l'armée est rengagée,
Le lansquenet est généreux,
L'hôte et les filles sont heureux.

L'EMPEREUR

Comme s'ouvre votre poitrine !
Votre visage s'illumine !
Comme chacun court, satisfait !

LE TRÉSORIER *(qui paraît aussi).*

Interroge donc ceux par qui cela fut fait.

FAUST

Il sied au Chancelier de présenter l'affaire.

LE CHANCELIER *(approchant lentement).*

Sur mes vieux jours, voici que le bonheur m'éclaire.
Ecoutez, regardez l'écrit lourd de destin
Qui fait que tout nos maux se sont changés en bien.

(Il lit.)

« Il est fait assavoir à toutes les personnes
Que le billet ci-joint vaudra mille couronnes
Dont il est consigné, pour sûre caution,
Tous les biens enfouis dans le sol de l'Empire
Et d'ores et déjà l'on eut soin de prescrire
Que l'échange en soit fait sitôt extraction. »

L'EMPEREUR

Je pressens un forfait, quelque noire imposture !
Qui donc de l'empereur a feint la signature ?
On n'aurait pas puni cet outrage à la loi ?

LE TRÉSORIER

C'est toi-même qui l'as signé. Rappelle-toi !
Cette nuit, du grand Pan tu portais le costume.
Le chancelier et nous vînmes : « D'un trait de plume,
T'avons-nous dit alors, contente ton désir,
Fais le bonheur du peuple avec ton bon plaisir. »

Tu signas de ta main et, dans cette nuit même,
D'habiles artisans, en diligence extrême,
Ont tout multiplié. Pour que tous soient contents,
Nous tirons sans délai chaque catégorie,
Dix, vingt, cinquante, cent, bref toute la série.
Vous n'imaginez pas quel bonheur pour les gens !
Voyez votre cité, quasi morte naguère :
Tout revit, tout jouit, s'agite à la lumière
Et ton nom que le monde a toujours vénéré
Jamais d'un œil plus doux ne fut considéré.
L'alphabet devient même une trop longue ligne
Car chacun désormais est heureux par ce signe.

L'EMPEREUR

Et mon peuple vraiment prend cela pour de l'or ?
Et l'armée et la Cour s'en satisfont encor ?
Bien que j'en sois surpris, il me faut bien l'admettre.

LE MARÉCHAL

Tout ce papier s'enfuit dès qu'on le voit paraître,
En un clin d'œil il est au bout de l'univers ;
Les banquiers, les changeurs tiennent guichets ouverts :
En or, argent, selon que le client le veuille,
On y paye — au rabais il est vrai — chaque feuille ;
On va de là chez le boucher, le boulanger,
La moitié du pays ne songe qu'à manger,
L'autre à se pavaner en beaux habits de fêtes,
Le mercier vend son drap, le tailleur coud sans fin,
Les « Vive l'Empereur » fusent avec le vin,
Partout broches, rôtis et cliquetis d'assiettes.

MÉPHISTOPHÉLÈS

Tel qui dans les jardins va tout seul s'égarer
Voit la beauté, qui sut savamment se parer.
Sous les plumes de paon un œil noir se devine...
Mais elle nous sourit, le papier la fascine.
Plus besoin d'éloquence et de mots enchanteurs
Pour procurer d'amour les suprêmes faveurs
Et plus besoin non plus de cassette ou de bourse :
Ce papier aisément va terminer sa course
Avec les billets doux contre le sein charmant.
Le prêtre en son bréviaire en glisse pieusement

Et, pour être plus leste à courir l'aventure,
Le soldat a tôt fait d'alléger sa ceinture.
Ce Grand Œuvre, pardon, Sublime Majesté,
De le montrer ici par le petit côté.

FAUST

La masse de trésors qui dort sans qu'on le sache,
Qui partout dans le sol de tes Etats se cache,
Ne sert à rien. L'esprit le plus audacieux
Devant cette richesse est sans voix et sans yeux.
L'imagination, sur son aile légère,
Malgré tous ses efforts demeure en arrière.
Mais des esprits dignes de voir l'immensité
Ont une foi sans borne envers l'illimité.

MÉPHISTOPHÉLÈS

Au lieu de perles, d'or, un tel papier nous aide
A compter aisément tout ce que l'on possède.
Plus besoin d'échanger, de marchander en vain,
On s'enivre, à son gré, d'amour ou de bon vin.
Si l'on veut du métal, on en trouve à la banque
Et l'on ira creuser si, là-même, on en manque.
La chaîne ou le hanap aux enchères sont mis
Et voilà nos billets aussitôt amortis,
Confondant le douteur qui nous raillait peut-être.
Ce sont eux qu'on emploie, eux seuls qu'on veut connaître
Et dans tous les Etats d'Empire, désormais,
Or, papier et bijoux ne manqueront jamais.

L'EMPEREUR

Cette prospérité dont l'Empire profite
Veut une récompense analogue au mérite.
Qu'il vous soit confié le sous-sol et, dès lors,
Vous serez les gardiens suprêmes des trésors.
Vous savez le secret des immenses richesses :
On creusera selon vos volontés expresses.
Maîtres de nos trésors en association,
Remplissez votre grande et digne fonction
Où le monde d'en bas en heureuse harmonie
Pourra collaborer avec celui d'en haut.

LE TRÉSORIER

Un sorcier pour collègue est bien ce qu'il me faut.
Qu'à l'avenir, jamais rien ne nous dissocie.

(Il sort avec Faust.)

L'EMPEREUR

Si je vous donne à tous de l'argent que voilà,
Que chacun dise au moins comment il l'emploiera.

UN PAGE *(recevant sa part).*

Je vivrai sans souci, joyeux, d'humeur sereine.

UN AUTRE *(même jeu).*

J'offre à ma bien-aimée une bague, une chaîne.

UN CHAMBELLAN *(prenant).*

Je boirai désormais du vin deux fois meilleur.

UN AUTRE *(même jeu).*

Dans ma poche les dés frétillent de bonheur.

UN HOBEREAU *(avec sérieux).*

Sur mes champs, mon château, plus d'hypothèque alors.

UN AUTRE *(même jeu).*

Un trésor ? Je le joins à mes autres trésors.

L'EMPEREUR

J'espérais vous donner du cœur pour entreprendre ;
Qui vous connaît, ceci ne doit pas le surprendre.
Je vois que cent trésors prodigués à vos pieds
Ne vous changeront pas de ce que vous étiez.

LE FOU *(survenant).*

Et moi, j'en veux aussi des faveurs qu'on partage.

L'EMPEREUR

Toi, si tu vis encor, vite tu les boiras.

LE FOU

Ces magiques billets, je ne les comprends pas.

L'EMPEREUR

C'est que tu n'en ferais qu'un fort mauvais usage.

LE FOU

Bon ! Il en tombe encor ; dois-je les prendre, ou bien...

L'EMPEREUR

Ramasse. C'est à toi que tout cela revient.
(Il sort.)

LE FOU

J'aurais donc dans les mains, moi, cinq mille couronnes ?

MÉPHISTOPHÉLÈS

Outre à deux pieds, te voilà donc ressuscité ?

LE FOU

Chances que j'eus souvent ! mais jamais aussi bonnes.

MÉPHISTOPHÉLÈS

Te voilà transpirant sous ta félicité.

LE FOU

Voyons : cela vaut-il de l'argent véritable ?

MÉPHISTOPHÉLÈS

Pour payer les plaisirs du ventre, de la table.

LE FOU

Et je puis acheter champ, bétail et maison ?

MÉPHISTOPHÉLÈS

Bien sûr, en les payant selon que de raison.

LE FOU

Château, forêt, chasse et vivier dans la rivière ?

MÉPHISTOPHÉLÈS

J'aimerais fort te voir en seigneur de ta terre.

LE FOU

Dès ce soir, sur mon bien je me gobergerai.

MÉPHISTOPHÉLÈS

L'esprit de notre fou, qui donc en douterait ?

GALERIE SOMBRE

FAUST, MÉPHISTOPHÉLÈS

MÉPHISTOPHÉLÈS

Pourquoi m'attires-tu dans ce corridor sombre ?
N'avons-nous point là-bas de quoi nous égayer
Et parmi cette cour, cette foule sans nombre,
Occasion de rire et de mystifier ?

FAUST

Ne me répète pas la chanson trop connue
Dont tu veux toujours m'abuser.
Je vois bien qu'à présent ton allée et venue
N'est qu'un moyen de t'excuser.
Pour moi, je tiens à voir ma promesse tenue ;
Maréchal, chambellan me harcèlent de cris ;
L'empereur, sur l'heure, réclame
Que je fasse apparaître Hélène avec Pâris ;
Le modèle de l'homme et celui de la femme,
Il les veut contempler devant lui, clairement.
Vite, au travail ! Je dois remplir l'engagement.

MÉPHISTOPHÉLÈS

Mais c'était insensé ! Promettre à la légère !

FAUST

Mon cher, tu n'as point réfléchi
Où nous conduisait ton affaire.
Nous l'avons d'abord enrichi,
Maintenant, il faut le distraire.

MÉPHISTOPHÉLÈS

Tu t'imagines, toi, que tout peut s'arranger.
Mais nous nous attaquons à très forte partie.

Le domaine où tu vas m'est des plus étranger ;
Tu t'endettes toujours sans en voir la sortie.
Crois-moi : faire apparaître Hélène est bien plus fort
Qu'un spectre de papier qui vaut des florins d'or.
Esprits fuligineux et sorcières mutines,
Gnomes goîtreux aussi, j'en ai pour t'obliger,
Mais nos diablesses, cher, sans être à négliger,
Pourraient malaisément passer pour héroïnes.

FAUST

L'éternelle chanson va donc recommencer ?
C'est toujours avec toi la même incertitude.
Créer partout l'obstacle est ta vieille habitude
Et j'aurais chaque fois à te récompenser !
Le temps d'un tournemain, tu la fais apparaître.
Je sais que tu le peux sans tout cet embarras.

MÉPHISTOPHÉLÈS

Ce peuple de païens ne me concerne pas ;
Il a son propre enfer que je ne puis connaître.
Mais je sais un moyen.

FAUST

Dis-le donc sans regret.

MÉPHISTOPHÉLÈS

A contrecœur je te révèle un grand secret.
Des déesses, bien loin, trônent en solitude...
Point d'espace alentour et de temps moins encor ;
Parler d'elles déjà semble incommode et rude :
Les Mères !

FAUST *(avec effroi)*.

Mères ?

MÉPHISTOPHÉLÈS

Oui. Cela t'émeut si fort ?

FAUST

Mères, Mères, ce mot étrangement résonne.

MÉPHISTOPHÉLÈS

La chose est rare aussi. Ces déesses, vois-tu,
Nul mortel jusqu'ici n'en a rien entendu
Et jusque dans l'enfer ne les nomme personne.
Veux-tu plonger, sans fin, vers leurs lointains séjours ?
Car c'est ta faute à toi s'il nous faut leur secours.

FAUST

La route, dis-la-moi !

MÉPHISTOPHÉLÈS

Point de route. L'immense...
Un lieu vague où nul pas n'a jamais pénétré,
Impénétrable, inexorable... Es-tu donc prêt ?
Point de serrures, là, de verrous ; on avance
De solitude en solitude repoussé.
Solitude, désert, sais-tu bien ce que c'est ?

FAUST

Epargne ces discours dont je ne sais que faire !
Je crois sentir ici l'antre de la sorcière,
Revenir en un temps depuis longtemps passé.
Ne m'a-t-il pas fallu courir le monde aride,
Etudier le vide et l'enseigner, le vide,
Puis lorsque j'exprimais ce que j'avais compris,
La contradiction s'élevant à grands cris,
N'ai-je pas, poursuivi par la haine stupide,
Solitudes, déserts, recherché vos abris ;
Pour ne point vivre abandonné, seul, misérable,
N'ai-je pas dû vendre à la fin mon âme au diable ?

MÉPHISTOPHÉLÈS

A la nage eusses-tu traversé l'océan
Et vu l'immensité, ce n'est pas le néant.
Vague après vague encore apparaît à ta vue,
Tu crains la profondeur qui menace, inconnue,
Mais tu vois, surgissant de ces abîmes verts,
La troupe des dauphins sur le calme des mers,
Des nuages passant, lune, soleil, étoiles...
Mais le vide éternel n'a plus rien sous ses voiles,
Aucun bruit ne résonne en écho de tes pas,
Point non plus de sol ferme où tu reposeras.

FAUST

On croirait le premier de tous les mystagogues
Trompant un néophyte avec ses apologues,
Mais à rebours : tu veux au vide m'envoyer
Pour qu'art et force en moi puissent se déployer.
Comme au chat de la fable, en somme, tu m'enseignes
A retirer du feu, pour toi seul, les châtaignes.
Soit ! Nous voulons savoir et j'irai jusqu'au bout.
J'espère en ton Néant pouvoir trouver le Tout.

MÉPHISTOPHÉLÈS

Bien ! Je te congratule avant qu'on ne se quitte
Et vois que tu connais ton diable maintenant.
Tiens, prends-moi cette clé.

FAUST

Quoi ! chose aussi petite !

MÉPHISTOPHÉLÈS

Prends-la sans la juger aussi sévèrement.

FAUST

Elle croît dans ma main, elle éclaire, étincelle...

MÉPHISTOPHÉLÈS

Juge de quel pouvoir on dispose avec elle.
L'endroit mystérieux, elle le trouvera,
Chez les Mères, enfin, elle te mènera.

FAUST

Les Mères ! Quel frisson de nouveau vient me prendre !
Qu'est-ce donc que ce mot que je tremble d'entendre ?

MÉPHISTOPHÉLÈS

Quoi ! Par un mot nouveau je te vois retenu ?
Voudrais-tu n'écouter que le déjà connu ?
Est-il objet si singulier qu'il te dérange,
Toi qui, depuis toujours, hantes le plus étrange ?

FAUST

Mais être indifférent n'est pas ce que je veux.
Ce qui fait frissonner, c'est le meilleur de l'homme :
Qu'importe alors les noms dont le monde le nomme !
Il sent, du fond du cœur, le grand, le monstrueux.

MÉPHISTOPHÉLÈS

Descends donc ! Je pourrais aussi bien dire : monte !
C'est tout un dans ce cas. Fuis bien loin du créé,
Au royaume infini des images sans compte.
Jouis de voir les formes mortes du passé,
Nuages dans le ciel, se suivre en vol rapide.
Tiens la clé loin du corps, pour te servir de guide.

FAUST *(avec enthousiasme)*.

Je sens, en la serrant, des forces me venir,
Pour le grand œuvre aussi mon cœur s'épanouir.

MÉPHISTOPHÉLÈS

C'est un trépied ardent qui te fera connaître
Que tu es parvenu jusqu'au tréfonds de l'être.
Les Mères paraîtront alors à sa clarté,
Assises ou debout, marchant en liberté,
Formes se transformant au gré de leur nature,
De l'éternelle cause entretien éternel,
Avec l'image aussi de toute créature.
Invisible à leurs yeux — pour elles n'est réel
Que l'idéal — tu vas, t'armant d'ardeur nouvelle,
Car le danger est grand, marcher droit au trépied,
Le toucher de ta clé.

FAUST *fait un geste énergique avec la clé.*

MÉPHISTOPHÉLÈS *(le regardant)*.

Comme cela. Parfait !
Il te suivra dès lors en serviteur fidèle.
Remonte posément, de bonheur éperdu,
Et reviens avec lui sans qu'elles ne t'aient vu.
Tu pourras évoquer, par son pouvoir antique,
Héroïne ou héros de leur nuit fantastique.
Tu seras le premier qui l'ait jamais osé,
Cet acte audacieux, et l'ait réalisé.

Puis, ensuite, en usant d'un procédé magique,
Le nuage d'encens en Dieux se changera.

FAUST

Et maintenant ?

MÉPHISTOPHÉLÈS

Descends par un effort suprême,
Frappe d'abord du pied et remonte de même.

FAUST *frappe du pied et s'enfonce.*

MÉPHISTOPHÉLÈS

J'espère que la clé pour son bien agira
Et je suis curieux de voir s'il reviendra.

SALLES BRILLAMMENT ILLUMINÉES

EMPEREUR ET PRINCES. COUR EN MOUVEMENT

LE CHAMBELLAN *(à Méphistophélès).*

Vous nous devez encor la scène des Esprits.
Le souverain l'exige. Il faudrait vous y mettre.

LE MARÉCHAL

L'Empereur à l'instant veut les voir apparaître.
Pour lèse-majesté tout retard serait pris.

MÉPHISTOPHÉLÈS

Mon compagnon connaît bien son affaire,
Il n'est parti que pour tout préparer,
Il travaille en secret pour mieux vous satisfaire
Mais cela doit l'accaparer
Car trésor ou beauté ne montrent leurs visages
Qu'à l'art le plus profond, l'art magique des Sages.

LE MARÉCHAL

Les arts dont vous usez nous importent fort peu.
Que ce soit prêt, c'est tout, car l'Empereur le veut.

UNE BLONDE *(à Méphistophélès).*

Un petit mot, monsieur ! J'ai le visage lisse,
Mais pendant tout l'été, c'est un affreux supplice :
Il se couvre de mille taches de rousseur.
Comment de mon teint blanc retrouver la douceur ?

MÉPHISTOPHÉLÈS

Bien dommage en effet qu'une joue aussi claire
Se diapre au mois de mai comme peau de panthère.

Frai de grenouille et langues de crapaud mêlés,
Distillés avec soin au plus plein de la lune
Puis passés en onguent quand décroît sa fortune,
Revienne le printemps, les points s'en sont allés.

UNE BRUNE

La foule vous harcèle et réclame votre aide.
Moi, pour un pied gelé je demande un remède.
Pour marcher, pour danser, c'est un constant tracas;
Et même en saluant, ma révérence est laide.

MÉPHISTOPHÉLÈS

Permettez que du pied je vous assène un coup?

LA BRUNE

Bon! Chez les amoureux cela se fait beaucoup.

MÉPHISTOPHÉLÈS

Enfant, mon coup de pied, c'est la vertu suprême:
Semblable sur semblable, et quel que soit le cas:
Le pied guérit le pied, tous les membres de même.
Approchez! Attention, ne me le rendez pas.

LA BRUNE *(criant).*

Aïe, aïe! Ce coup brutal m'a tout endolorie,
Un sabot de cheval!

MÉPHISTOPHÉLÈS

Mais il vous a guérie.
Tu pourras désormais danser avec plaisir
Et faire à ton ami du pied tout à loisir.

UNE DAME *(se frayant un chemin).*

Laissez-moi donc passer! Ma souffrance est cruelle
Et ravage mon cœur de tourments odieux.
Hier encore, il vivait d'un regard de mes yeux;
Il me tourne le dos, ne parle qu'avec elle.

MÉPHISTOPHÉLÈS

Le cas est grave; écoute donc:
Approche doucement de lui; quand tu le frôles,

Marque d'un trait de ce charbon,
Selon que tu pourras, manteau, manches, épaules ;
Son cœur d'un doux remords sentira l'aiguillon.
Avale le charbon dès après qu'il le touche
Sans une goutte d'eau ni de vin dans ta bouche.
Cette nuit, à ta porte, il implore pardon.

LA DAME

Ce n'est pas du poison ?

MÉPHISTOPHÉLÈS *(indigné).*

Du respect, je vous prie !
Un tel charbon, bien loin vous en iriez chercher ;
Il nous vient tout droit d'un bûcher
Dont nous attisions mieux naguère l'incendie.

UN PAGE

J'aime, mais l'on me dit que je ne suis pas mûr.

MÉPHISTOPHÉLÈS *(à part).*

Je ne sais vraiment plus où donner de la tête.

(Au page.)

Miser sur l'âge tendre est un pari peu sûr ;
De moins jeunes sauront goûter votre conquête.

(D'autres se pressent.)

Il en arrive encor ! Quelle calamité !
Je vais devoir, je crois, dire la vérité.
C'est le pire moyen, mais la détresse est grande.
Mères, Mères, relâchez Faust, qu'on nous le rende !

(Il regarde alentour.)

Dans la salle déjà les flambeaux sont voilés,
Voilà toute la cour qui s'émeut et s'avance
Par les longs corridors, avec noble élégance ;
Ils défilent, depuis le fin fond du palais,
Se rassemblent dans cette pièce colossale
Qui les contient à peine. Aux murs, de beaux tapis.
Et d'armures encor, tout autour de la salle,
Niches et coins sont bien garnis.
De magie en ces lieux aisément on se passe :
D'eux-mêmes les Esprits vont y trouver leur place.

SALLE DES CHEVALIERS
Éclairage tamisé

L'Empereur et sa Cour sont entrés.

LE HÉRAUT

Je sens mon vieux métier d'annonceur des spectacles
Gêné par ces Esprits complotant leurs miracles ;
On tenterait en vain d'appliquer la raison
Pour débrouiller ces faits pleins de confusion.
Les chaises, les fauteuils sont rangés. Juste en face
Du mur, à l'Empereur on a fait prendre place ;
Mainte tapisserie est là pour dérouler
Les combats du vieux temps qu'il aime à contempler.
Les bancs vont jusqu'au bout de la salle profonde
Et Bon Ami, pour l'heure sombre des Esprits,
S'est, près de Bonne Amie, aimablement assis.
Chacun a su trouver une place où se mettre,
Tout est prêt. Les esprits n'ont donc plus qu'à paraître.

(Trompettes.)

L'ASTROLOGUE

Que le drame ait son cours, tel est le bon plaisir
Du Prince. Que les murs consentent à s'ouvrir !
Point d'obstacle ; en ces lieux commande la magie.
Plus de tapis, roulés comme par l'incendie,
La muraille se fend, pivote et, dans l'instant,
Un théâtre profond se révèle à la vue,
Baigné d'une lueur singulière, inconnue,
Et j'escalade aussi l'avant-scène, à présent.

MÉPHISTOPHÉLÈS *(surgissant par le trou du souffleur).*

J'espère ici de tous un accueil favorable ;
Souffler, n'est-ce point là l'éloquence du diable ?

(A l'Astrologue.)

Des astres tu connais le rythme ; c'est pourquoi
Mon murmure n'aura pas de secret pour toi.

L'ASTROLOGUE

Et voici que, poussé d'une force magique,
Apparaît devant nous, massif, un temple antique.
Les colonnes y sont en grande quantité,
Rappelant par Atlas le monde supporté.
Pour soutenir ce poids, c'est bien assez, je pense :
Deux, déjà, soutiendraient un édifice immense.

L'ARCHITECTE

C'est l'antique, cela ? Je ne le louerai point.
On devrait le nommer le lourd, l'intolérable.
Le brutal est dit noble et grand le misérable.
J'aime un mince pilier qui tend toujours plus loin ;
Au zénith ogival l'esprit se fortifie :
C'est l'édifice au fond qui le mieux édifie.

L'ASTROLOGUE

Au don de l'heure astrale accordez le respect ;
Qu'un moment la raison le cède à la magie
Et laissons librement, de sujet à sujet,
Voler la merveilleuse et folle fantaisie.
Ce que voulut chacun de vous, que cela soit.
C'est impossible, aussi c'est bien digne de foi.

(Faust monte du côté opposé de l'avant-scène.)

L'ASTROLOGUE

Comme un prêtre vêtu, lauré, l'homme sublime
Achève ce qu'il a vaillamment commencé ;
Sur ses pas un trépied remonte de l'abîme ;
Je crois sentir l'encens dans sa coupe placé ;
A bénir le grand œuvre à présent il s'emploie,
L'instant qui vient ne peut porter que de la joie.

FAUST *(sur un ton grandiloquent).*

En votre nom, Mères, vous qui trônez
Seules dans l'Eternel, l'étendue infinie,
Ensemble cependant et vous environnez

Des images de vie, actives, mais sans vie ;
Ce qui fut une fois dans l'éclat temporel
Se meut encor là-bas et veut être éternel ;
Vous le répartissez, puissance souveraine,
Vers la tente du jour, la voûte de la nuit,
Là, formes que la vie en son sillage entraîne,
Là, fantômes qu'un Mage audacieux produit.
Il va vous faire voir, richesse sans pareille,
Ce que vous souhaitez : merveille sur merveille.

L'ASTROLOGUE

A peine a-t-il touché la coupe de la clé,
Qu'un brouillard vaporeux envahit tout l'espace,
Il s'insinue, il rampe, il va de place en place,
Etendu, réparti, divisé, rassemblé ;
Mais voyez des Esprits un chef-d'œuvre magique :
Comme ils viennent et vont, ils font une musique ;
De sons aériens naît un je-ne-sais-quoi,
Tout devient mélodie aux lieux où l'on les voit,
Le triglyphe s'émeut, le fût de la colonne,
Le temple tout entier, je crois, chante, résonne
Et, d'un voile léger de brume qui descend,
Sort, sur le même rythme, un bel adolescent.
Nommerai-je celui que l'on voit apparaître ?
Le gracieux Pâris, qui ne le peut connaître ?

(Pâris apparaît.)

UNE DAME

Oh ! le sublime éclat de la jeunesse en fleur !

UNE DEUXIÈME

Oui, frais comme une pêche et de même saveur !

UNE TROISIÈME

Lèvre au dessin charmant, qui se gonfle, bien lisse.

UNE QUATRIÈME

Tu boirais volontiers à semblable calice ?

UNE CINQUIÈME

Il est assez gentil, un peu lourd, selon moi.

UNE SIXIÈME

Il pourrait en effet se montrer plus adroit.

UN CHEVALIER

C'est du garçon berger qu'il a pris la figure.
D'un prince ou de la Cour il n'a point la tournure.

UN AUTRE

A demi-nu, ma foi, ce jeune homme est fort beau,
Mais on voudrait le voir équipé comme il faut.

UNE DAME

Le voilà qui s'assied, suave, tout aimable.

LE CHEVALIER

Reposer sur son sein vous serait agréable ?

UNE AUTRE DAME

Mollement sur sa tête il a plié le bras.

LE CHAMBELLAN

Quelle grossièreté ! Je ne permettrai pas...

LA DAME

Vous, les messieurs, partout vous trouvez à redire.

LE CHAMBELLAN

Quoi ! devant l'Empereur, le chenapan s'étire ?

LA DAME

C'est un rôle qu'il joue. Il se croit seul ici.

LE CHAMBELLAN

Tout doit être courtois et le spectacle aussi.

LA DAME

Le gracieux enfant est touché d'un doux somme.

LE CHAMBELLAN

Il va ronfler. Parfait ! Fort naturel en somme.

UNE JEUNE DAME *(ravie).*

Quel arôme se mêle aux vapeurs de l'encens
Qui rafraîchit mon cœur et trouble tous mes sens ?

UNE DAME *(plus âgée).*

Il est vrai. Ce parfum, j'en ai l'âme saisie ;
Il émane de lui.

UNE DAME *(plus âgée encore).*

C'est la divine fleur
D'adolescence, en lui devenant ambroisie,
Et dont l'air alentour a répandu l'odeur !

(Hélène s'avance.)

MÉPHISTOPHÉLÈS

La voici donc ? ma foi, je ne craindrais rien d'elle.
Elle ne me dit rien, bien qu'elle soit fort belle.

L'ASTROLOGUE

Vraiment, je n'ai plus rien à faire cette fois !
Je l'avoue humblement : je demeure sans voix.
La beauté vient. Langues de feu resteraient vaines...
On a depuis toujours mis en chants la beauté,
Mais qui la voit, la folie entre dans ses veines
Et qui la posséda fut trop haut exalté.

FAUST

Ai-je encore des yeux ? Comme, en mon âme ardente,
La source de beauté coule, surabondante !
Ma course d'épouvante a ce couronnement.
Le monde était pour moi néant impénétrable ;
Depuis mon sacerdoce il me semble, à présent,
Digne de mon désir, bien fondé, perdurable ;
Que le souffle de vie en moi meure et m'accable
Si, loin de toi, je puis être ressuscité.
La forme dont jadis le rêve nostalgique
Put m'emplir de bonheur en ce miroir magique
N'était qu'un vague écho d'une telle beauté.
C'est à toi que je veux donner mon énergie,
La quintessence aussi de toute passion,
A toi désir, amour, culte divin, folie...

MÉPHISTOPHÉLÈS *(depuis le trou du souffleur).*

Restez dans votre rôle et contenez-vous donc.

UNE DAME *(âgée).*

Grande, superbe, mais trop petite de tête.

UNE DAME *(plus jeune).*

Regardez-moi le pied ! Peut-on trouver plus lourd ?

UN DIPLOMATE

Des princesses comme elle, on en voit à la Cour
Et, de la tête aux pieds, je la trouve parfaite.

UN COURTISAN

Elle approche, coquette et tendre, du dormeur.

LA DAME

Laide auprès d'une image aussi jeune, aussi pure !

UN POÈTE

Il est comme embrasé des feux de sa splendeur.

LA DAME

Diane ! Endymion ! Tout comme une peinture !

LE MÊME

C'est très juste. On dirait la déesse, ma foi,
Qui s'incline vers lui pour boire son haleine...
L'heureux homme ! Un baiser ! Ah, la mesure est pleine !

UNE DUÈGNE

Quoi ! devant tous les gens ? Extravagante scène.

FAUST

Effroyable faveur à ce garçon !

MÉPHISTOPHÉLÈS

Tais-toi !
Laisse donc le fantôme agir selon sa loi.

LE COURTISAN

Elle s'éloigne à pas légers ; il se réveille.

LA DAME

Mais elle se retourne. Ah ! je l'avais prévu.

LE COURTISAN

Il s'étonne, il croit vivre un rêve, s'émerveille...

LA DAME

Elle ne fait que voir ce qu'elle a déjà vu.

LE COURTISAN

Et voilà que vers lui, noblement, elle avance.

LA DAME

Je vois bien qu'elle est prête à le mystifier ;
Tous les hommes sont sots dans cette circonstance ;
Ne croit-il pas aussi qu'il sera le premier ?

LE CHEVALIER

Ne me la gâtez pas ! Majestueuse grâce !

LA DAME

La courtisane ! N'est-ce pas du dernier laid ?

UN PAGE

Je voudrais volontiers me trouver à sa place.

LE COURTISAN

Qui n'aimerait se prendre à semblable filet ?

LA DAME

Le bijou par des mains nombreuses a roulé
Et la dorure en est, elle aussi, défraîchie.

UNE AUTRE

Dès sa dixième année elle était affranchie.

LE CHEVALIER

Chacun choisit le mieux qui peut se présenter;
Je saurais de ces restes-là me contenter.

UN SAVANT

Je la vois nettement et cependant m'étonne,
Car nous devons douter que ce soit bien la bonne.
La présence exagère tout pour notre esprit;
Quant à moi, je m'en tiens seulement à l'écrit.
Or j'ai lu quelque part qu'elle remplit de joie
Particulièrement tous les barbons de Troie
Et cela, semble-t-il, s'applique bien ici
Puisque, malgré mon âge, elle me plaît aussi.

L'ASTROLOGUE

En héros résolu se transforme l'enfant!
Il l'enlace et la pauvre à peine se défend;
De son bras vigoureux, il l'arrache à la terre.
Va-t-il donc l'enlever?

FAUST

Insensé, téméraire
Oses-tu... C'en est trop! Ne m'as-tu pas compris?

MÉPHISTOPHÉLÈS

Mais c'est toi qui le fais, ce spectacle d'esprits!

L'ASTROLOGUE

Un seul mot. Après cette scène,
J'appellerai la pièce: «Enlèvement d'Hélène».

FAUST

Enlèvement? Et moi ne suis-je ici pour rien?
Et n'ai-je pas encor cette clé dans ma main,
Elle qui m'a conduit par des chemins si rudes
Jusqu'aux derniers confins des âpres solitudes?
Ici je reprends pied dans la réalité
Et, contre les Esprits l'esprit ayant lutté
Pourra du double Empire acquérir le domaine.
Ah! si loin qu'elle fût, elle devient prochaine;
Je la sauve, et voilà qu'elle est doublement mienne.

Mères ! Mères ! Je l'ose. Il faut me l'accorder
Et qui l'a reconnue, il la doit posséder.

L'ASTROLOGUE

Faust, Faust, que fais-tu donc ! Mais avec violence
Il la saisit. La forme perd de sa substance...
Vers le jeune homme encore il retourne la clé,
Le touche... En un instant, ah ! tout s'est envolé.

(Explosion. Faust gît à terre. Les esprits se dissipent en vapeur.)

MÉPHISTOPHÉLÈS *(prenant Faust sur ses épaules)*.

Vous voilà donc content ! A la fin, même au diable,
Se charger de tels fous peut être dommageable.

Ténèbres, tumulte.

ACTE II

CHAMBRE GOTHIQUE ÉTROITE AVEC DE HAUTES OGIVES
(celle de Faust autrefois), inchangée.

MÉPHISTOPHÉLÈS *(sortant de derrière un rideau; lorsqu'il le soulève et regarde en arrière, on aperçoit Faust allongé sur un lit à la vieille mode).*

Repose donc ici, malheureux, toi qu'enchaîne
Un lien d'amour qu'on ne peut désunir.
Celui que paralyse Hélène
A la raison pourra mal revenir.

(Regardant autour de lui.)

Que je regarde ici, là, partout dans la salle,
Rien n'a changé, tout est comme autrefois:
La couleur des vitraux est peut-être plus sale,
L'araignée a sans doute acquis de nouveaux droits,
Le papier a jauni, l'encre aussi s'est figée,
Mais tout est là: la plume, encor sur le bureau
Par qui l'âme de Faust fut au diable engagée.
Oui, j'aperçois, séchant au fond de son tuyau,
Cette goutte de sang que j'avais exigée;
Pièce unique, je crois, qui ferait le bonheur
Du plus grand collectionneur.
Au même vieux crochet pend la vieille pelisse
Qui me fait souvenir de ce grotesque cours
Dont j'amusais jadis ce garçon sans malice,
Dont peut-être, jeune homme, il se nourrit toujours.
O chaude défroque fourrée,
Vraiment je me sens pris d'une invincible ardeur
De me carrer encor dans ta docte livrée
Comme si, seul, du vrai j'étais le détenteur,
Chose pour les savants toujours fort agréable,
Bien que depuis longtemps n'y songe plus le diable.

(Il secoue la pelisse qu'il a décrochée; des grillons, des hannetons et des papillons s'en échappent.)

CHŒUR DES INSECTES

Salut, salut, bienvenue
A toi, notre vieux patron !
Notre ronde bourdonnante
Dit que nous te connaissons.
Tu nous avais, en silence,
Un par un semés ici.
En dansant, par myriades,
Notre père, nous voici.
Le Malin au fond d'un cœur
Est habile à se cacher.
Les poux sont, de la fourrure,
Bien moins durs à décrocher.

MÉPHISTOPHÉLÈS

Comme me réjouit cette jeune famille !
Qui sème, avec le temps finit par récolter.
Je la secoue encor cette vieille guenille,
Autour de moi toujours il en vient voleter...
Hardi ! répandez-vous dans cent mille cachettes,
Hâtez-vous, mes mignons, de vous trouver un nid ;
Ces vieilles boîtes-là sont de sûres retraites
Et, là, ce parchemin bruni.
Dans ces débris poudreux d'antiques poteries,
Au creux de l'œil béant de ces têtes de mort,
Dans ce fatras moisi, vivront longtemps encor
Les papillons et les lubies.

(Il se glisse dans la pelisse.)

Viens me couvrir l'épaule et grâce à ce manteau,
Monsieur le Principal est présent de nouveau.
Mais le nom suffit-il ? Faisons donc comparaître
Les gens qui vont me reconnaître.

(Il sonne la cloche qui fait retentir un son aigu et perçant, ébranlant les salles et faisant sauter les portes.)

LE FAMULUS *(titubant tout au long du sombre corridor).*

Quel fracas ! Quel ébranlement !
L'escalier bouge, la muraille...
A travers le vitrail tremblant,
Un orage de feu tressaille ;
Le plancher s'agite, d'en haut

Les plâtras, les débris ruissellent,
Les portes, closes comme il faut,
Par un miracle se descellent.
Là-bas ! Quelle horreur ! Un géant
De Faust a vêtu la pelisse ;
Ses regards, ses signes, vraiment,
Feront que je m'évanouisse.
Dois-je rester ? Dois-je m'enfuir ?
De moi que va-t-il advenir.

MÉPHISTOPHÉLÈS *(faisant signe).*

Venez. Vous êtes bien, mon cher, Nicodemus ?

LE FAMULUS

Très illustre Seigneur, c'est mon nom. Oremus.

MÉPHISTOPHÉLÈS

Point de cela.

LE FAMULUS

Que vous me connaissiez m'honore.

MÉPHISTOPHÉLÈS

Eh oui ! malgré les ans, étudiant encore,
Et le savant aussi, mon vieux monsieur chenu,
Apprend toujours, seul sort qu'il ait jamais connu,
De cartes construisant un modeste édifice
Que même le meilleur ne terminera point.
Mais votre maître à vous, il n'est rien qu'il ne puisse.
Noble docteur Wagner ! On le connaît au loin.
Des savants désormais c'est le premier du monde.
C'est lui qui soutient tout, sur lui que tout se fonde,
Qui chaque jour étend, Sagesse, ton pouvoir
Et que mille auditeurs, avides de savoir,
Entourent. C'est lui seul qui brille dans la chaire,
Qui tient les clés comme saint Pierre
Pour ouvrir le Haut et le Bas.
Comme il resplendit, comme il brûle !
Tout renom, toute gloire a dû céder le pas.
Même le nom de Faust devant le sien recule ;
Est-il rien qu'il n'inventa pas ?

LE FAMULUS

Pardon, digne Seigneur, si j'ose contredire,
Mais je voudrais mieux vous instruire,
Car ce n'est pas cela du tout.
Sa modestie est invincible ;
La disparition tout incompréhensible
Du grand homme pour lui fut un très rude coup
Et c'est dans son retour qu'il met toute espérance.
La chambre est telle qu'elle était
Aux jours du docteur Faust et, depuis son absence,
Attend celui qui l'habitait.
Y pénétrer moi-même, à peine si je l'ose.
Quelle conjonction des astres nous survient ?
Le mur saisi de peur à peine se soutient,
Le chambranle frissonne et la serrure explose ;
Sinon, vous-même eussiez rencontré porte close.

MÉPHISTOPHÉLÈS

Notre homme est-il quelque part là-dedans ?
Conduisez-moi vers lui, menez-le-moi céans !

LE FAMULUS

Contre son ordre exprès voudriez-vous que j'aille ?
Je ne sais vraiment pas si je pourrais l'oser,
Car c'est, depuis des mois qu'au grand Œuvre il travaille,
Un secret des secrets qu'il a su s'imposer.
Lui, de nos savants le plus tendre,
Pour charbonnier on peut le prendre ;
Noir de l'oreille au bout du nez,
Les yeux rougis à souffler ses brasiers,
Sans cesse à sa tâche il s'applique,
Le cliquetis des pinces pour musique.

MÉPHISTOPHÉLÈS

Quoi ! m'interdirait-il l'accès,
Moi qui suis homme à hâter son succès ?

(Le famulus sort, Méphistophélès s'assoit avec gravité.)

A peine ai-je ici pris mon poste,
Qu'un hôte bien connu revient me visiter,
Mais hardi, cette fois, et prompt à la riposte.
Je le vois d'ici se vanter.

BACCALAUREUS *(se ruant dans le corridor).*

Je trouve ouverts portail et portes ;
Le vivant, je veux l'espérer,
Parmi l'amas des choses mortes
Enfin renonce à s'enterrer
Et, dans la poussière moisie,
A mourir même de la vie.

Murailles, murs penchent, s'abaissent,
Et bientôt, je crois, vont céder.
Avant que sur nous ne s'affaissent
Leurs débris, fuyons sans tarder.
Je crains, malgré ma belle audace,
Tout pas de plus dans cette place.

Aujourd'hui, que m'en vais-je entendre ?
C'est ici qu'il y a longtemps
J'étais venu sans rien comprendre,
Le plus naïf des débutants.
Que ce barbon me semblait sage,
Quand j'avalais son bavardage !

Armés de quelque vieux grimoire,
Tous mentaient autant qu'ils savaient ;
Eux comme moi, sans même y croire,
De la vie encor nous privaient.
Mais dans ce demi-crépuscule,
Qui vois-je au fond de la cellule ?

J'approche... Etonnante fortune !
Là, dans sa pelisse engoncé,
Sous la rude fourrure brune,
C'est lui, tel que je l'ai laissé.
Comme il me paraissait habile
Quand je ne le comprenais pas !
Mais à présent je suis tranquille :
Abordons-le sans embarras.

Eh bien ! mon vieux monsieur, si les flots du Léthé
N'ont point empli ce crâne chauve de leurs bulles,
Voyez donc, échappé des scolaires férules,

L'élève de jadis qui vient vous visiter.
Vous n'avez point changé d'allure ni de pose
Mais pour moi, c'est bien autre chose !

MÉPHISTOPHÉLÈS

Si le son de ma cloche a pu vous attirer,
Tant mieux : j'avais pour vous une estime solide ;
Déjà sous la chenille ou sous la chrysalide
Le brillant papillon se laissait admirer.
Vos longs cheveux bouclés, votre col de dentelle
Vous procuraient alors un plaisir enfantin ;
Vous voilà court tondu, l'air viril et mutin,
Mais ce n'est point ici la maison paternelle !

BACCALAUREUS

Mon vieux monsieur, c'est vrai que c'est le vieil endroit,
Mais songez que les temps ont bien changé de face :
Les mots à double sens n'ont plus d'effet sur moi.
Vous opériez alors vos tours de passe-passe
Sur un jeune garçon naïf et sans secret ;
Aujourd'hui nul ne l'oserait.

MÉPHISTOPHÉLÈS

Lorsqu'on dit, sans détours, à cette jeune engeance,
La vérité telle qu'elle est,
A ces blancs-becs elle déplaît ;
Mais lorsqu'ils en ont fait l'amère expérience,
Ils vont s'imaginant que tout vient de leur fonds,
Que les maîtres étaient des sots.

BACCALAUREUS

Ou des fripons !
La vérité, qui donc vient nous la dire en face ?
Les maîtres savent tous la retailler au mieux,
Pour un enfant bien sage arrangeant leur grimace,
Tour à tour souriants, subtils ou sérieux.

MÉPHISTOPHÉLÈS

Il est, assurément, un âge pour apprendre ;
Vous me semblez, pour vous, tout proche d'enseigner.
Maintes nuits, quelques jours vous auront fait gagner
De l'expérience à revendre !

BACCALAUREUS

L'expérience ? élément superflu
Et devant l'esprit chose vaine.
Allons, avouez-le : tout ce que l'homme a su
Valût-il jamais qu'on l'apprenne ?

MÉPHISTOPHÉLÈS

Je n'étais donc qu'un fou ? Je le soupçonnais bien.
Comme je me parais inutile et minable...

BACCALAUREUS

J'en suis heureux ! De la sagesse, enfin !
C'est le premier vieillard que je vois raisonnable.

MÉPHISTOPHÉLÈS

Je cherchais des trésors, de l'or enseveli,
Et je n'ai rapporté que des charbons arides.

BACCALAUREUS

Avouez-le : ce crâne chauve-ci
Ne vaut pas beaucoup mieux que tous ces crânes vides !

MÉPHISTOPHÉLÈS

Ne te trouves-tu pas un peu grossier, l'ami ?

BACCALAUREUS

En allemand, on ment lorsque l'on est poli !

MÉPHISTOPHÉLÈS *(au parterre).*

Puisqu'on me prend ici l'air avec la lumière,
Vous m'accueillerez bien, braves gens du parterre ?

BACCALAUREUS

Il est prétentieux quand le terme est atteint
De vouloir être encore alors qu'on n'est plus rien.
Nous vivons par le sang : où coule-t-il, en somme,
Avec plus de vigueur qu'aux veines d'un jeune homme ?
C'est un sang frais et chaud dont le puissant effort
Recrée avec la vie une autre vie encor.
Tout se meut, tout se fait, c'est un profond mystère :

Le faible disparaît ; le fort est enrichi.
Quand nous avons conquis la moitié de la terre,
Qu'avez-vous fait ? Rêvé, calculé, réfléchi ;
Plans sur plans ! La vieillesse est une maladie,
Fièvre froide, besoin qu'aggrave la folie.
Et puisqu'au fond, passé trente ans,
Un homme n'est plus guère en vie,
Le mieux serait de vous tuer à temps.

MÉPHISTOPHÉLÈS

Le diable là-dessus n'aurait rien à redire !

BACCALAUREUS

Le diable n'est qu'autant que j'y consens.

MÉPHISTOPHÉLÈS *(à part).*

Si le diable voulait, il pourrait bien t'en cuire !

BACCALAUREUS

La jeunesse ? Voilà son très sublime sens :
Avant que je le crée, existait-il un monde ?
C'est moi qui fis jaillir le soleil hors de l'onde
Et la lune avec moi répandit sa clarté.
Le jour sur mon chemin redoublait de lumière ;
Les fleurs devant mes pas jaillissaient de la terre ;
C'est moi qui déployai, dans cette nuit première,
De l'azur étoilé l'immense majesté.
Et qui donc sinon moi vint briser les entraves
Où vous tenaient captifs des préjugés d'esclaves ?
Moi, libre de liens, sans trêve, sans repos,
Je vais en méprisant la vaine expérience,
Illuminé, ravi de mon intelligence,
Devant moi la lumière et l'ombre dans mon dos !

(Il sort.)

MÉPHISTOPHÉLÈS

Original, va, poursuis ton voyage…
Combien ce mot te donnerait d'ennui :
« Qui peut avoir idée, ou sotte ou sage,
Que le passé n'ait point eue avant lui ! »
Mais poursuis cependant, qu'importe !

Le temps viendra ; le moût enfin,
Pour follement qu'il se comporte,
Finira par donner du vin.

(Au parterre.)

Vous m'écoutez, mais sans m'entendre ?
Bientôt, enfants, tout ira mieux.
Réfléchissez : le diable est vieux ;
Vieillissez donc pour le comprendre !

LABORATOIRE

Au sens du Moyen Age; appareils volumineux et biscornus servant à des usages imaginaires.

WAGNER *(devant le foyer).*

La cloche sonne, sa voix rude
Ebranle les vieux murs tout noirs.
C'en est fait de l'incertitude
Pesant sur mes plus chers espoirs.
L'ombre se dissipe, s'éclaire...
Au cœur déjà de ce flacon
Flambe, comme un vivant charbon,
L'escarboucle extraordinaire ;
Ses rayons traversent la nuit,
Une blanche lumière luit,
Oh ! que cette fois je l'emporte !
Mon Dieu ! quelqu'un frappe à la porte...

MÉPHISTOPHÉLÈS *(entrant).*

Salut ! c'est en ami que tu me vois venir.

WAGNER *(inquiet).*

Salut selon le don de l'heure planétaire !

(A voix basse.)

Mais surtout pas un mot et pas même un soupir.
Une œuvre magnifique est prête à s'accomplir.

MÉPHISTOPHÉLÈS *(bas).*

Qu'est-ce ?

WAGNER

Un homme en train de se faire.

MÉPHISTOPHÉLÈS

Un homme ? Et quel couple amoureux
Tenez-vous enfermé dans cette cheminée ?

WAGNER

Dieu m'en garde ! La mode absurde des aïeux,
Nous tenons cette farce-là pour terminée.
Ce doux point dont la vie autrefois jaillissait,
Cette force au-dedans de nous qui nous poussait,
Prenait, donnait pour se reproduire elle-même,
S'incorporant un proche, un lointain élément,
A maintenant perdu sa dignité suprême.
Que l'animal se livre au vieil amusement !
L'homme, avec les grands dons qu'il reçut, j'imagine
Qu'il aura, désormais, bien plus haute origine.

(Tourné vers le foyer.)

Cela brille ! Voyez, nous avons ferme espoir
Qu'en mêlant — le mélange est ce qu'il faut savoir —
Cent et cent éléments, cette humaine substance
Dûment nous la composerons,
En creuset la distillerons,
Comme il faut la rectifierons
Et le grand œuvre enfin naîtra dans le silence.

(Penché sur le foyer.)

Cela vient ! Regardez, la masse s'éclaircit
Et ma conviction devient plus sûre aussi.
Ce que l'on prétendait secret de la Nature,
Nous, nous osons l'analyser
Et ce qu'elle organise en chaque créature,
Nous le ferons cristalliser.

MÉPHISTOPHÉLÈS

Ceux qui vivent longtemps, en devenant plus sages,
A rencontrer du neuf ne sont plus exposés.
N'ai-je pas déjà vu, jadis, dans mes voyages,
Bien des hommes cristallisés ?

WAGNER

Cela monte, rayonne, arrive jusqu'au faîte...
Dans un instant la chose sera faite.

Tout grand dessein semble absurde au départ ;
Dorénavant, nous rirons du hasard
Et la cervelle même, y compris la pensée,
Bientôt par le penseur sera recomposée.

(Contemplant la fiole avec ravissement.)

Le verre, d'une force belle, retentit,
Il se trouble, s'éclaire... Allons, la chose est sûre :
Je vois un être tout petit,
Un homme, qui s'agite, adorable figure.
Que voulons-nous, que veut le monde entier de plus ?
Le mystère à présent révèle son visage.
Ecoutez, écoutez, ce son d'abord confus,
Il devient voix, devient langage.

HOMUNCULUS *(dans la fiole, à Wagner).*

Alors, petit papa, tout va bien ? Pas d'erreur.
Allons, viens, presse-moi tendrement sur ton cœur,
Point trop fort cependant, que le verre n'explose.
C'est le propre de chaque chose :
A peine en l'univers le naturel se tient,
Mais à l'artificiel l'espace clos convient.

(A Méphistophélès.)

Mon cousin le Malin ! Juste à propos, je pense,
Tu m'honores de ta présence.
Heureux sort qui te fait chez nous entrer ainsi.
Puisque je suis, je dois bien être actif aussi.
Je voudrais au travail m'atteler sans attendre.
Toi, tu peux m'enseigner le chemin qu'il faut prendre.

WAGNER

Rien qu'un mot ! Jusqu'ici, lorsque jeunes et vieux
M'interrogeaient sans fin, je demeurais honteux.
Par exemple : personne encor n'a pu comprendre
Comment l'âme et le corps savaient si bien s'entendre,
Se tenir de si près sans jamais s'écarter
Et pourtant, chaque jour, autant se disputer.
Puis...

MÉPHISTOPHÉLÈS

Halte ! Autant vaudrait que les gens se demandent
Pourquoi toujours si mal homme et femme s'entendent.

Jamais tu ne saurais en trouver la raison.
Le petit veut agir et nous avons à faire.

HOMUNCULUS

Où ?

MÉPHISTOPHÉLÈS *(montrant une porte latérale).*

Tes talents ici pourront se satisfaire.

WAGNER *(regardant toujours la fiole).*

En vérité, tu es un bien charmant garçon.

(La porte latérale s'ouvre et l'on aperçoit Faust étendu sur une couche.)

HOMUNCULUS *(surpris).*

La chose en vaut la peine...

(La fiole échappe des mains de Wagner, vient planer au-dessus de Faust en l'éclairant.)

Un groupe, de l'eau pure,
Femmes se dévêtant dans des bosquets touffus,
Charmantes... Mieux encore... Admirable posture.
L'une par son éclat se distingue encor plus...
Le vrai sang des héros, même des Dieux la race !
Elle touche du pied le transparent ruisseau,
Son corps, flamme de vie, œuvre de noble grâce,
Souple, se rafraîchit au pur cristal de l'eau.
Mais quel est ce fracas d'ailes précipitées ?
Sifflements, éclats d'eau troublent le clair miroir.
Les filles vers le bord courent, épouvantées.
La reine reste seule et, tranquille, peut voir,
Heureuse de l'hommage à ses beautés insignes,
Caressant son genou, le beau prince des cygnes.
Il est pressant et doux... Il veut faire la paix...
Mais voici maintenant qu'une vapeur s'élève
Et recouvre d'un voile épais
L'adorable scène de rêve.

MÉPHISTOPHÉLÈS

Voyez-moi le savant conteur !
Si petit que tu sois, tu es grand inventeur.
Je ne vois rien...

HOMUNCULUS

Bien sûr, car le Nord t'a vu naître ;
Jeune en des temps d'obscurité,
Aux siècles poussiéreux du chevalier, du prêtre,
Où ton œil aurait-il appris la liberté ?
Tu n'es chez toi qu'où règne l'ombre.

(Regardant autour de lui.)

Partout des pierres grises, mornes, sans gaieté,
Murs tarabiscotés, ogive basse, sombre…
S'il se réveille ici, quel nouveau coup du sort !
Sur la place il en tombe mort.
Sources de la forêt, cygnes et beautés nues,
Images du futur en son rêve connues,
Après cela, peut-il demeurer en ces lieux ?
Moi qui me fais à tout, ne le puis guère mieux.
Emmenons-le.

MÉPHISTOPHÉLÈS

L'idée est assez pour me plaire.

HOMUNCULUS

Conduis le soldat à la guerre,
Mène la jeune fille au bal
Et tout s'accomplira sans mal.
Mais c'est tout justement, j'y songe,
La Nuit de Walpurgis classique en ce moment.
Rien de mieux pour qu'on le replonge
Dans son véritable élément.

MÉPHISTOPHÉLÈS

Je n'ai jamais ouï parler de cette chose.

HOMUNCULUS

Cela n'est point venu jusqu'à vous, et pour cause :
Le spectre romantique est seul à vous hanter,
Mais le spectre classique aussi doit exister.

MÉPHISTOPHÉLÈS

Quel chemin suivrons-nous ? Ces collègues antiques,
Je les pressens déjà des plus antipathiques.

HOMUNCULUS

Satan, bien qu'au nord-ouest il te plaise habiter,
Nous partons au sud-est. Dans la vaste campagne
Le fleuve du Pénée ondule en liberté ;
Golfes frais, verts buissons, arbres, tranquillité ;
La plaine va mourir aux flancs d'une montagne.
Pharsale, en haut, la neuve et l'antique cité.

MÉPHISTOPHÉLÈS

Malheur ! Fuyons ! Laissons la querelle infinie
Qu'entretient l'esclavage avec la tyrannie ;
Quel tracas ! Aussitôt qu'un conflit a cessé,
Voilà qu'ailleurs ils ont déjà recommencé.
Jamais à l'un d'entre eux il ne viendrait l'idée
Qu'il n'est là qu'un pantin dans les mains d'Asmodée.
Ils se battent, croient-ils, en ton nom, liberté,
Esclave contre esclave est la réalité.

HOMUNCULUS

Aux hommes laisse donc leur vilaine nature ;
Chacun doit, comme il peut, lutter et s'aguerrir
Dès l'enfance et devient homme dans l'aventure.
Mais c'est ce malheureux, nous, qu'il nous faut guérir.
Exerce tes talents si tu sais un remède
Ou sinon, c'est à moi de lui venir en aide.

MÉPHISTOPHÉLÈS

Sans doute qu'au Brocken il est bien des moyens,
Mais je trouve poussés tous les verrous païens.
Les Grecs, qui n'ont jamais valu grand-chose, en somme,
Vous font du moins jouir du libre jeu des sens,
A des péchés joyeux tournant le cœur de l'homme ;
Les nôtres sont toujours tristes et repoussants.
Alors ?

HOMUNCULUS

Tu n'eus jamais peur d'un brin de folie.
Si je te dis : les sorcières de Thessalie,
N'est-ce point un grand nom que je t'aurai cité ?

MÉPHISTOPHÉLÈS

Les sorcières de Thessalie ! En vérité,
Je m'étais dès longtemps enquis de ces personnes ;
Toujours dans leur intimité,
A la longue, les nuits deviendraient monotones,
Mais passer, à l'essai…

HOMUNCULUS

Donne-moi le manteau ;
Autour du cavalier plaçons-le, de manière
Que ce bout de chiffon vous emporte bientôt
Tous deux, comme il le fit naguère.
J'éclaire.

WAGNER *(inquiet)*.

Et moi ?

HOMUNCULUS

Toi tu restes à la maison,
Exécutant les plus urgentes tâches :
Vieux parchemins à déployer, selon raison
Classer les éléments vitaux que tu t'attaches
A joindre l'un à l'autre, ainsi qu'il est prescrit,
Méditer sur le quoi, de façon plus profonde
Sur le comment, tandis que je parcours le monde,
Peut-être découvrant le petit point sur l'i.
Lors le grand œuvre est accompli.
Un si puissant effort te vaudra pour salaire
Or, gloire, honneur et vie autant qu'on peut avoir,
La santé, la vertu — peut-être — et le savoir.
Adieu.

WAGNER *(triste)*.

Adieu, je sens tout mon cœur qui se serre
Je crains fort à présent de ne plus te revoir.

MÉPHISTOPHÉLÈS

Allons, vite au Pénée, à ces rives sublimes !
Et ne dédaignons pas monsieur notre cousin.

(Aux spectateurs.)

Nous dépendons tous, à la fin,
Des créatures que nous fîmes.

NUIT DE WALPURGIS CLASSIQUE

CHAMPS DE PHARSALE

Ténèbres

ERICHTHO

Comme souvent déjà, pour cette nuit d'épouvante et de fête,
Je m'approche, moi qu'on nomme la sombre Erichtho,
Sans toute l'horrible laideur dont les poètes misérables
M'accablent à l'excès, eux qui ne tarissent jamais
De louange ou de blâme. Et, déjà, j'entrevois la vallée
Blafarde jusqu'à l'horizon sous la vague des tentes grises,
Reflet de cette nuit si pleine de terreur et de crainte.
Que de fois elle s'est déjà répétée ! Et toujours
Elle se répétera dans l'éternité. Car nul ne veut céder l'Empire
A l'autre. Nul ne veut le céder qui l'acquit par la force
Et par la force le gouverne. Car plus d'un qui ne sait
Se gouverner lui-même, il prétend gouverner son voisin,
Guider sa volonté selon son propre et fier désir.
Le combat livré dans ces lieux servit de grand exemple :
Comment à la violence s'oppose une violence plus forte,
Comment est déchirée, liberté, ta guirlande aux mille fleurs
Et comment le roide laurier s'accommode au front du tyran.
Ici Pompée rêva aux jours fleuris de sa grandeur passée,
Là-bas veilla César épiant l'aiguille hésitante.
On va se mesurer. Mais le monde sait bien quel en fut le vainqueur.

Les feux de bivouac veillent, répandant des flammes rougeâtres,
Le sol exhale le reflet du sang répandu,
Et, attirée par l'éclat rare et miraculeux de la nuit,
Se rassemble la légion de l'hellénique légende...
Auprès de chaque feu vacille incertaine, ou bien siège
Commodément chacune des fabuleuses créatures des anciens jours.
La lune, imparfaite sans doute, mais lumineuse,
S'élève, répandant alentour une douce clarté
Et l'illusion des tentes s'évanouit, et bleuit la flamme des feux.

Mais, au-dessus de moi, quel météore inattendu
S'embrase, illuminant comme une sphère corporelle ?
Je subodore la vie. Or il ne me convient pas
De m'approcher du vivant auquel je suis funeste.
Cela nuit à ma renommée et ne vaut rien pour moi.
Mais cet objet déjà descend. Sagement je m'écarte.

(Elle s'éloigne.)

Les voyageurs aériens,
en haut

HOMUNCULUS

Faisons donc encore une ronde
Au-dessus de ces feux, épouvante et terreur ;
Dans la vallée on entrevoit un monde
Plein de fantomatique horreur.

MÉPHISTOPHÉLÈS

Comme au travers des antiques fenêtres,
Dans notre Nord de grisaille et d'effroi,
Je vois, vraiment, d'abominables êtres.
Comme là-bas je suis ici chez moi.

HOMUNCULUS

Regarde cette haute femme
A grands pas de nous s'éloigner !

MÉPHISTOPHÉLÈS

En voyant en l'air notre flamme,
La frayeur a dû la gagner.

HOMUNCULUS

Qu'elle aille... Toi, dépose à terre
Ton chevalier et, sous nos yeux,
Il revivra pour la chimère
Qu'il cherche au pays fabuleux.

FAUST *(en touchant le sol).*

Où est-elle ?

HOMUNCULUS

Nous ne pouvons pas te l'apprendre,
Mais c'est sans doute ici l'endroit pour demander.

De feux en feux avant le jour va-t'en rôder.
Chez les Mères celui qui seul osa descendre
N'a rien de pire à redouter.

MÉPHISTOPHÉLÈS

J'ai moi-même, ici, mon affaire.
Pour chacun, le plus salutaire
Est d'errer à travers ces feux
Et mener sa quête en personne ;
Puis pour nous réunir, petit, fais, de ton mieux,
Que ta lampe brille et résonne.

HOMUNCULUS

Je la ferai briller et résonner ainsi

(Le verre résonne et brille puissamment.)

En route ! Tout est plein de prodiges ici.

FAUST *(seul).*

Où est-elle ? Ne t'en enquiers pas davantage
A présent... N'est-ce pas le sol qui la porta ?
L'onde même à ses pieds qui frappait le rivage ?
L'air qui parlait sa langue, où sa voix enchanta ?
Ici, par un miracle, ici je suis en Grèce !
J'ai deviné d'instinct quels lieux foulaient mes pas.
Un esprit a rempli le dormeur d'allégresse,
Je suis, nouvel Antée, prêt à tous les combats
Et, quelque étrangeté qu'il enferme, sans crainte,
Je m'en vais explorer cet ardent labyrinthe.

(Il s'éloigne.)

SUR LE PENEIOS SUPÉRIEUR

MÉPHISTOPHÉLÈS *(regardant autour de lui).*

Vainement je parcours ces mille petits feux,
Je reste absolument étranger en ces lieux ;
Presque tous vont tout nus ; de chemises, à peine :
Le sphinx est sans pudeur et le griffon obscène ;
Puis que d'objets partout, ornés d'ailes, bouclés,
Par devant, par derrière aux regards étalés !
Si fort que l'indécence en nous soit endurcie,
L'antique est, selon moi, trop débordant de vie ;
On devrait lui donner un plus moderne tour
Et m'habiller ces gens au dernier goût du jour.
Peuple ignoble ! N'importe, il faut que je m'empresse
De les saluer tous, par simple politesse.
Belles dames, salut, et vous, sages grisons !

UN GRIFFON *(d'une voix criarde).*

Non, pas grisons ! Griffons ! Nul n'aimerait entendre
Qu'on l'appelât grison. Tout mot doit se comprendre
D'après son origine ; ainsi, nous refusons
Gris, grave, gras, grognon et, par analogie,
Tout mot sonnant selon cette étymologie.

MÉPHISTOPHÉLÈS

Sans sortir du sujet, c'est cependant, au fond,
La griffe que l'on aime au titre de griffon.

LE GRIFFON

Bien sûr ! La parenté me paraît évidente ;
On la raille parfois, mais plutôt on s'en vante.
Qu'on agrippe une fille, une couronne, l'or,
La Fortune aide qui s'agrippe le plus fort.

DES FOURMIS *(d'une espèce colossale).*

Vous parlez d'or ? Nous en avions trouvé des masses,
Nous l'avions enfoui dans les creux du rocher ;

Les Arimaspes sont venus le dénicher,
L'ont emporté bien loin et nous font des grimaces.

LE GRIFFON

Nous allons les contraindre à passer aux aveux.

LES ARIMASPES

Point pendant cette nuit de liberté, de fête !
Pour nous d'ici demain, la chose sera faite
Et nous réussirons, cette fois, pour le mieux.

MÉPHISTOPHÉLÈS *(qui s'est assis parmi les sphinx).*

Comme aisément ici je me plais et m'installe !
Je comprends chacun sans efforts.

LE SPHINX

La langue des esprits de nos lèvres s'exhale
Et vous, vous lui donnez un corps.
Nomme-toi maintenant et fais-toi mieux connaître.

MÉPHISTOPHÉLÈS

Sous bien des noms l'on croit saisir mon être.
Avez-vous des Anglais ? Eux qui voyagent tant,
Passant des chutes d'eau sur les champs de bataille,
Des classiques poncifs aux débris de muraille,
Voilà bien un endroit à bâiller leur content.
Ils seraient mes témoins : dans leurs pièces anciennes
Comme Old Iniquity je venais sur leurs scènes.

LE SPHINX

Pourquoi cela ?

MÉPHISTOPHÉLÈS

Ma foi, je ne sais pas comment.

LE SPHINX

Soit. As-tu quelque idée en matière d'étoiles ?
Que te semble-t-il donc de l'heure, du moment ?

MÉPHISTOPHÉLÈS *(levant les yeux)*.

Une étoile suit l'autre et la lune sans voiles,
Clair croissant, brille haut. Moi, je suis bien ici ;
A ta peau de lion je me réchauffe aussi.
Pourquoi chercher ailleurs plus noble promenade ?
Propose quelque énigme, au moins quelque charade.

LE SPHINX

Une énigme déjà serait de t'expliquer.
De te connaître à fond tu devrais te piquer :
« Nécessaire au méchant, le saint aussi l'estime ;
Plastron pour que l'ascète à loisir s'y escrime,
Pour l'autre, compagnon de débauche ou de crime,
Le tout pour amuser Zeus, là-haut, sur sa cime. »

PREMIER GRIFFON *(d'une voix criarde)*.

Celui-ci me déplaît.

DEUXIÈME GRIFFON *(plus haut encore)*.

Que nous veut celui-ci ?

TOUS DEUX

Ce méchant, ce gredin n'a pas sa place ici.

MÉPHISTOPHÉLÈS *(brutalement)*.

Penses-tu qu'une peau ne soit pas déchirée,
Par mon ongle aussi bien que ta griffe acérée ?
Essaye un peu.

LE SPHINX *(doucement)*.

Pour nous, tu peux rester.
Mais toi-même bientôt tu voudras nous quitter.
Autant il est normal que ton pays te plaise,
Autant ici, je crois, tu te sens mal à l'aise.

MÉPHISTOPHÉLÈS

Te contempler d'en haut est fort appétissant,
Ton corps de bête en bas me semble repoussant.

LE SPHINX

Hypocrite, ta pénitence sera dure ;
Nos pattes n'ont rien que de sain,
Mais ton pied de cheval est contre la nature ;
Tu ne pourras jamais te plaire en notre sein.

PRÉLUDE DE SIRÈNES,
venant d'en haut

MÉPHISTOPHÉLÈS

Près du fleuve, là-bas, quels oiseaux se balancent
Dans les branches des peupliers?

UN SPHINX

Prends garde. Les meilleurs furent, sans qu'ils y pensent,
Pris à leurs chants singuliers.

LES SIRÈNES

Et pourquoi donc vous complaire à ces scènes
Où la laideur s'unit au merveilleux?
Ecoutez-nous: en foule, dans ces lieux,
Nous vous chantons des airs harmonieux,
Ainsi qu'il convient aux Sirènes.

LES SPHINX *(se moquant d'elles sur la même mélodie).*

Vous devriez les forcer à descendre
Et vous verriez que ces vilains oiseaux
Cachent là-haut, à l'abri des rameaux,
Des serres dont ils vous broieraient les os
Si vous vouliez bien les entendre.

LES SIRÈNES

Loin de nous et la haine et l'envie;
Composons une joie infinie
Du plaisir sous le ciel répandu;
Réservons sur l'onde et sur la terre
Notre accueil, très joyeux et sincère,
A notre hôte. Qu'il soit bienvenu.

MÉPHISTOPHÉLÈS

Dans la gorge ou bien sur la corde
Un son à l'autre qui s'accorde,

Voilà leurs modernes appas !
Perdus pour moi, car ces merveilles
Me chatouillent bien les oreilles
Mais jusqu'au cœur n'atteignent pas.

LES SPHINX

Ton cœur ? Pas de billevesée !
Bourse de cuir ratatinée,
C'est ce qui s'applique à ton cas.

FAUST *(s'approchant)*.

Etonnant ! Ce spectacle est bien fait pour me plaire ;
Dans ce qui choque, même, un hardi caractère
Et je pressens déjà quelque hasard heureux
Dans ce grave tableau qui s'étale à mes yeux.

(Se tournant vers les Sphinx.)

Œdipe, au temps jadis, à leurs pareils fit face.

(Vers les Sirènes.)

Lié de chanvre, Ulysse éluda leur menace.

(Vers les Fourmis.)

Elles ont amassé le trésor le plus grand,

(vers les Griffons)

Que gardèrent toujours ceux-ci, fidèlement.
Je me sens pénétré d'un esprit d'aventures ;
Grands sont les souvenirs et grandes ces figures.

MÉPHISTOPHÉLÈS

Rien de cela jadis ne t'aurait plu,
Mais aujourd'hui cette scène est charmante,
Car pour celui qui cherche son amante,
Un monstre même est bienvenu.

FAUST *(aux sphinx)*.

Vous dont le corps semble de femme une statue,
Hélène, l'un de vous l'aurait-il aperçue ?

LES SPHINX

Nous ne remontons pas jusqu'à ces jours récents ;
Les derniers d'entre nous ont péri par Hercule.

Interroge Chiron : ses secours sont puissants.
Dans la Nuit des Esprits au galop il circule.
Peut-être, s'il t'aidait, tes vœux seraient contents.

LES SIRÈNES

Nous aussi nous ferions que ton vœu s'accomplisse !
Quand près de nous vivait Ulysse,
Loin de fuir, de nous insulter,
Que n'a-t-il pu nous raconter !
Nous t'en ferions la confidence
Si, jusqu'à notre résidence,
Tu nous suivais vers les flots verts.

LES SPHINX

Noble étranger, résiste à leurs avis pervers !
Comme Ulysse au mât du navire,
Laisse-toi donc lier par nos conseils amis :
Si tu trouves Chiron, il pourra te conduire,
Ainsi que je te l'ai promis.

(Faust s'éloigne.)

MÉPHISTOPHÉLÈS

Qui passe en croassant dans un battement d'ailes ?
On n'en voit presque rien, elles filent d'un trait
Et d'autres sans arrêt surgissent derrière elles.
Même un chasseur se lasserait.

UN SPHINX

Telles le vent d'hiver aux tourbillons rapides,
Alcide de son arc à peine les atteint ;
Ce sont les vives Stymphalides
Et leur croassement ne nous veut que du bien :
Par leur bec de vautour et par leurs pattes d'oie,
Elles voudraient passer pour nos parents
Et d'être admises dans nos rangs,
Serait pour elle grande joie.

MÉPHISTOPHÉLÈS *(comme intimidé)*.

Autre chose en sifflant vient encor nous hanter…

LE SPHINX

Rien là-dedans qui vous concerne :
Ce sont les têtes de l'hydre de Lerne
Qui, sans leur tronc, croient toujours exister.
Mais, dites-moi, qu'allez-vous entreprendre ?
Je vous vois fort vous agiter,
Je sais où vous voulez vous rendre :
Car vous tournez les yeux vers ce groupe, là-bas.
Allez-y, ne vous gênez pas.
Vous y rencontrerez des filles fort jolies,
Des garces de haut rang, les aimables Lamies,
Le sourire à la bouche et le front sans pudeur ;
Le satyre ravi de ses regards les couve ;
Un Pied-de-Bouc peut donc les aborder sans peur.

MÉPHISTOPHÉLÈS

Vous resterez ici ? Qu'au moins je vous retrouve.

LE SPHINX

Mais oui, va te mêler à leur essaim charmeur.
Nous qui venons d'Egypte avons pour habitude
De voir trôner mille ans et plus notre pareil
Et, si vous nous laissez sous notre latitude,
Nous réglerons les jours de lune et de soleil.
Assis devant les Pyramides,
Au Tribunal des Nations,
Guerres, paix, inondations
Ne nous ont pas laissé de rides.

SUR LE PENEIOS INFÉRIEUR
Le Peneios entouré d'eau et de nymphes

PENEIOS

Roseaux, élevez vos murmures,
Soupirez, cohortes des joncs,
Sifflez, saules, légers buissons,
Trembles, bruissent vos ramures
Pour nos rêves entrecoupés!...
Un présage sombre m'appelle,
Secousse étrange, universelle,
Hors de mon fleuve et de ma paix.

FAUST *(s'approchant du fleuve).*

Si je ne me trompe, je crois,
Dans l'épaisseur de la feuillée,
Frondaison aux herbes mêlée,
Entendre comme un bruit de voix;
La vague semble un babillage,
Et le zéphyr... un badinage.

NYMPHES, *à Faust.*

Le mieux, ce serait
De venir t'étendre;
Laisse la fraîcheur
Délasser tes membres,
Jouis du repos
Qui te fuit sans cesse;
Pour toi nos soupirs,
Nos chants, nos caresses.

FAUST

Suis-je éveillé? Corps adorables!
Divinités incomparables,
Restez, flottez devant mes yeux!

Doux et délicieux plaisir,
Rêve peut-être ou souvenir ?
Un jour ainsi je fus heureux.
Fraîcheur mouvante des rivières,
Glissez au travers des bruyères
Ondoyantes sous le zéphyr !
De tous côtés mille fontaines
Vont ruisselant au sein des plaines,
Murmure doux comme un soupir.
L'onde légère se rassemble
En un voluptueux bassin
Qui réfléchit le frais essaim
De jeunes corps mêlés ensemble.
Le flot se trouble ; en longs réseaux
Les vagues vont frapper la rive ;
La chair se mêle à l'onde vive ;
Rires, bataille sur les eaux.
Je devrais bien me satisfaire
De ce tableau délicieux,
Mais mon esprit plus curieux
Pressent là-bas quelque mystère ;
La flamme ardente de mes yeux
Plonge dans l'ombre du bocage :
La verte épaisseur du feuillage
Cache la reine de ces lieux.

Merveille ! Une troupe de cygnes
S'écartant des anses des bords
Nage, toutes voiles dehors ;
Majesté pure de leurs lignes !
Un balancement orgueilleux
Courbe leur col harmonieux.
L'un d'eux, plus fier et plus rapide,
Glisse seul sur le flot limpide,
Gonflant son plumage neigeux.
Vague sur la vague légère,
Il s'approche du sanctuaire...
Mais cependant ses compagnons,
Traçant sur l'eau de longs sillons,
Feignent de lutter avec rage,
Effrayant la timidité
Des nymphes qui, vers le rivage,
Volent avec rapidité

Sans se douter de l'artifice,
Oublieuses de leur service
Pour leur propre sécurité.

NYMPHES

O mes sœurs, posez votre oreille
Sur le vert gazon de ce val ;
J'entends une rumeur pareille
Au galop pressé d'un cheval.
Dites, cette nuit, la nouvelle,
Vers qui, si vite, vole-t-elle ?

FAUST

J'entends la terre résonner
Sous le pas d'un cheval rapide.
Lève-toi, mon regard avide.
Le destin va-t-il me donner
Si tôt sa haute récompense ?
Quelle miraculeuse chance !
Voici venir un cavalier
Doué d'esprit et de courage.
Comme éblouit son blanc coursier !
Mais je connais ce personnage,
Si je ne me trompe, c'est là
L'illustre fils de Phylira.
Arrête-toi, Chiron, il faut que je te dise…

CHIRON

Qu'est-ce ? Que me veut-on ?

FAUST

Modère un peu ton pas.

CHIRON

Je ne m'arrête point.

FAUST

Prends-moi donc, dans ce cas.

CHIRON

Soit, monte. Et je pourrai demander à ma guise :
Où vas-tu ? Je te vois sur le bord de ces eaux ;
Veux-tu que je te porte au travers, sur mon dos ?

FAUST *(montant).*

Comme tu veux. Ma gratitude est éternelle,
O grand homme, toi qui, pédagogue modèle,
Eduquas pour ta gloire un peuple de héros,
Les Argonautes, troupe à la beauté parfaite,
Et tous ceux dont naquit le monde du poète.

CHIRON

Bah ! pour l'instant laissons ceci ;
Pallas même en Mentor n'acquit guère de gloire.
Le naturel revient, et tous font comme si
Notre éducation sortait de leur mémoire.

FAUST

Le médecin qui sait des plantes chaque nom,
Chaque vertu de la racine ou de l'écorce,
Au malade, au blessé porte la guérison,
Je l'étreins, âme et corps, dans le plein de sa force.

CHIRON

Pour guérir un héros blessé
Près de moi, j'étais passé maître,
Mais ce talent, je l'ai laissé
Aux bonnes femmes, puis au prêtre.

FAUST

Tu es le grand homme, vraiment,
Qui fuit l'encens dont on l'inonde
Et s'efforce, modestement,
De ressembler à tout le monde.

CHIRON

A flatter tu parais adroit.
Tu peux séduire et peuple et roi.

FAUST

Il te faut cependant l'admettre :
Les plus grands de ton temps, tous tu les pus connaître.
Tes actes t'ont placé près des plus glorieux ;
Tu vécus gravement parmi les demi-dieux.
Selon toi, parmi tant de héros valeureux,
Lequel manifesta les vertus les plus hautes ?

CHIRON

Au sein des nobles Argonautes,
Chacun fut brave à sa façon
Et par ses qualités, selon l'occasion,
Des autres corrigeait les fautes.
Les Dioscures l'emportaient toujours
Où jeunesse et beauté veulent prééminence.
Pour les fils de Borée, aux affaires d'urgence
Et de décision ils portaient leur secours.
Sage, avisé, puissant et raisonnable
Régnait Jason, aux femmes agréable.
Orphée était rêveur, tranquille et doux,
Mais jouant de la lyre, il les surpassait tous.
A travers les écueils, grâce aux yeux de Lyncée,
Jour et nuit, du vaisseau la route était tracée.
C'est en s'associant que l'on vainc le danger
Et ce que l'un a fait, tous savent en juger.

FAUST

Et d'Hercule, à présent, ne veux-tu rien me dire ?

CHIRON

Ah ! ne réveille pas ce nom dont je soupire...
Je ne connaissais point ces Dieux :
Phœbus, Arès, Hermès, comme on les nomme,
Quand je vis paraître à mes yeux
Ce qui réjouirait tout homme.
Il semblait né pour être roi,
Splendide en son adolescence,
Mais à son frère aîné prêtait obéissance
Et des femmes encore il subissait la loi.
Géa n'enfantera jamais homme semblable,
Hébé n'en conduira nul au séjour divin.
Nul chant de le décrire n'est capable ;
On torture la pierre en vain.

FAUST

Quoi que pour le louer les sculpteurs aient pu faire,
Jamais on ne le vit représenter ainsi.
Tu m'as du plus bel homme ouvert le caractère.
De la plus belle femme, à présent, parle aussi !

CHIRON

Qu'est-ce qu'une beauté de femme ?
Image raide, trop souvent.
Pour louer quelqu'un, je réclame
Qu'il soit joyeux et bien vivant.
Tandis qu'à soi seule sensible
On voit demeurer la beauté,
La grâce rend irrésistible,
Telle Hélène, que je portai.

FAUST

Tu l'as portée ?

CHIRON

Eh oui ! sur ce dos même.

FAUST

Faut-il, quand mon trouble est extrême,
Qu'un tel siège comble mes vœux ?

CHIRON

Elle me prit ainsi, par les cheveux,
Comme tu fais.

FAUST

Vertige en ma tête exaltée !
Dis tout ! Elle est ma seule passion !
Allant où, venant d'où, pourquoi l'as-tu portée ?

CHIRON

Répondre à cette question
Est une chose fort aisée :
Les Dioscures, dans ce temps,
Avaient repris leur sœur aux griffes de brigands ;
Mais ceux-ci, que jamais ne courba la défaite,

Se ruèrent sur eux en redressant la tête.
Les frères et la sœur, vivement poursuivis,
Se virent arrêtés aux marais d'Eleusis.
Ils passèrent à gué, moi nageant, la rivière.
Bondissant de mon dos et flattant ma crinière
Humide, elle me dit merci. Son beau regard
Etait sagace et doux, plein d'une grâce fière...
Charmante et, jeune encor, le plaisir du vieillard.

FAUST

A dix ans...

CHIRON

Ces messieurs de la philologie
T'ont fait, je vois, partager leur erreur.
La femme est autrement dans la mythologie ;
Le poète, à son gré, lui donne une couleur.
Point de majorité et des ans nul outrage,
Toujours appétissante à voir,
On l'enlevait enfant, on l'aime en son vieil âge ;
Les poètes, du temps éludent le pouvoir.

FAUST

Que du pouvoir du temps elle soit délivrée !
Achille l'avait bien à Phères rencontrée
Lui-même hors du temps. Quel singulier bonheur
Si du destin l'amour se révélait vainqueur.
Et ne faudrait-il pas, d'un effort nostalgique,
Lui redonner la vie à cette femme unique,
A cet être éternel et qui s'égale aux Dieux,
Tendre et grand, toujours noble et toujours gracieux ?
Tu la vis autrefois, aujourd'hui je l'ai vue
Aussi belle qu'aimable et pour tous bienvenue.
Mon être et tous mes sens sont pleins d'un seul désir
Et je ne vivrai plus à moins de l'obtenir.

CHIRON

En tant qu'homme, étranger, tu as l'âme ravie,
Mais nous autres esprits parlerions de folie.
Il se peut cependant que tes vœux soient contents,
Car chaque année ici, pour quelques courts instants,
Je passe chez Manto. D'Esculape, son père,

Elle implore toujours, recueillie en prière,
Que, pour son propre honneur guidant les médecins,
Ceux-ci cessent un jour d'être des assassins.
Mieux que ses sœurs me plaît cette bonne Sibylle,
Sans fantasques fureurs, bienfaisante, tranquille.
Si tu restes le temps qu'il faut dans sa maison,
Ses racines devraient t'apporter guérison.

FAUST

Je ne veux pas guérir ni que mon âme ardente
Devienne, comme tant, méprisable, indolente.

CHIRON

Ma source de salut, ne la néglige pas.
Nous sommes arrivés. Allons, bondis à bas.

FAUST

Par ce ruisseau pierreux, dans cette nuit sauvage,
Dis-moi, tu m'as conduit sur quel nouveau rivage ?

CHIRON

Ici Rome et la Grèce ont livré leurs combats.
Vois, l'Olympe est à gauche, à droite le Pénée ;
La gloire d'un Empire au sable retournée ;
D'un côté la fuite des rois,
Là le triomphe des bourgeois.
Lève les yeux. Tout près, image peu commune,
Vois le temple éternel aux rayons de la lune.

MANTO *(rêvant).*

Un sabot de cheval fait résonner la pierre
Des augustes degrés ;
Des demi-dieux sont là, tout près.

CHIRON

C'est vrai, mais ouvre ta paupière.

MANTO *(s'éveillant).*

Bienvenue ! Ainsi donc tu reviens en ces lieux.

CHIRON

Et toi, ton temple aussi se manifeste aux yeux.

MANTO

Cours-tu toujours d'un même zèle ?

CHIRON

Et, cependant qu'il me plaît de courir,
Te voit-on dans la paix toujours t'ensevelir ?

MANTO

Je demeure et le temps autour de moi ruisselle.
Et lui ?

CHIRON

La maléfique nuit
Dans son tourbillon nous l'amène.
Le fol espoir qui le conduit
Serait de conquérir Hélène,
Mais où, comment ? C'est là l'ennui.
Des bons soins d'Esculape il me semble passible.

MANTO

J'aime celui qui cherche l'impossible.

(Chiron est déjà loin.)

Pénètre, audacieux, et quitte tout regret
Car ce couloir obscur mène chez Perséphone
Et là, dans le pied creux de l'Olympe, en personne,
Elle attend un hommage interdit et secret.
C'est grâce à moi qu'Orphée emprunta ce passage.
Qu'il te profite mieux. En avant et courage !

(Ils s'enfoncent.)

SUR LES BORDS
DU PENEIOS SUPÉRIEUR

(comme plus haut)

LES SIRÈNES

Jetez-vous dans les eaux du Pénée,
Nagez-y dans les flots clapotants,
Distrayez par vos chants incessants
Cette foule, engeance infortunée.
Hors de l'onde il n'est point de salut.
Conduisons notre joyeuse armée
Vivement jusqu'à la mer Egée ;
Quel plaisir nous sera dévolu !

(Tremblement de terre.)

LES SIRÈNES

Et la vague revient écumante,
Ne veut plus retourner dans son lit.
Le fond tremble, la rive fumante
De ce flot refoulé se remplit ;
Fuyez loin, fuyez vite, vous dis-je.
Pour personne il n'est bon, ce prodige.

Hôtes nobles et gais, à la Fête
De la Mer avec joie allons tous,
Où la vague tremblante à sa crête
S'enfle, humecte le sable si doux,
Où la lune, deux fois lumineuse,
Baigne tout de sa rosée heureuse.
On vit libre là-bas et sans loi,
Lorsque ici c'est la terre qui tremble.
Oui, tout sage doit fuir, il me semble,
Car l'horreur règne dans cet endroit.

SÉISMOS *(grondant et se démenant dans les profondeurs).*

Allons, poussons avec force,
De l'épaule quelques coups,
Et nous franchirons l'écorce ;
Tout doit céder devant nous.

LES SPHINX

Quelle secousse formidable,
Quel tumulte, quels mouvements !
Tout bouge, bascule, est instable,
Tremblements et balancements...
Ce lieu devient désagréable,
Mais nous n'allons l'abandonner,
Dût tout l'enfer se déchaîner.
Cette voûte, prodige étonnant,
Le vieillard qui soudain la suscite
Est le même, déjà grisonnant,
Par qui jadis Délos fut construite.
C'est pour une femme en mal d'enfant
Qu'il l'éleva hors de l'Océan.
Il pousse, il presse, il tire, il incline,
Les bras roidis et courbant l'échine,
Tel un Atlas en position,
Soulevant terre, glèbe et gazon,
Cailloux, graviers, sables et argiles
Formant les lits de nos bords tranquilles,
On le voit découper tout du long
Les flancs calmes de notre vallon,
Muscles tendus et cœur intrépide,
En colossale cariatide,
D'une masse rocheuse chargé,
Dans le sol jusqu'au buste engagé,
Il ne peut occuper plus d'espace
Car les sphinx à présent ont pris place.

SÉISMOS

Tout ceci, moi seul l'ai créé ;
Qu'on cesse là-dessus de me chercher querelle.
Si je n'avais bousculé, secoué,
Où la beauté du monde serait-elle ?
Vos montagnes à l'air si pur,
Comment, sinon par mon ouvrage,

Dresseraient-elles dans l'azur
Leur sublime et doux paysage ?
Ainsi, devant ces Dieux des premiers temps,
Nuit et Chaos, mes forces colossales
Se déployaient lorsque, avec les Titans,
D'Ossa, de Pélion nous nous jetions les balles.
Notre jeunesse alors s'amuse à leurs rebonds
Jusqu'à ce que le jeu nous lasse
Et que, pleins d'irrespect, nous fassions au Parnasse
Un bicorne de ces deux monts.
Apollon, au milieu de ses Muses si chères,
A pu là-bas tenir sa cour.
A Jupiter lui-même, entouré de tonnerres,
J'élevai pour son trône un auguste séjour
Et maintenant, hors de l'abîme,
Je m'arrache encore une fois
Et je réclame à pleine voix
Un peuple joyeux qui m'anime.

LES SPHINX

Nous le prendrions pour fort vieux
Ce qu'on prétend venir de faire,
Si nous n'eussions vu de nos yeux
Comment tout a jailli de terre.
Voici qu'un bois touffu vient partout s'accrocher
Quand le rocher bouscule encore le rocher.
Un sphinx de tout cela n'a cure :
Notre siège sacré ne souffre point d'injure.

LES GRIFFONS

Paillettes d'or, pépites d'or,
Dans les fentes j'en vois qui tremble.
Pour qu'on ne vole un tel trésor,
Allons, Fourmis, qu'on le rassemble !

CHŒUR DES FOURMIS

Les géants, de leurs grands gestes,
L'ont poussé là-haut.
Vous autres, les pattes-prestes,
Montez-y bientôt.

Dans chaque fente ou cachette,
Vite, entrez, sortez !
Chaque grain ou chaque miette
Vaut d'être emporté.
Même de la plus petite
Il faut prendre soin.
Fouillez partout, au plus vite,
Dans chaque recoin,
Cherchons, battons la campagne,
Grouillants bataillons !
L'or, nous le pillons,
Et nous laissons la montagne !

LES GRIFFONS

Entrez ! Que tout l'or en tas soit jeté !
Nos griffes dessus sitôt qu'on l'apporte,
Il n'est nulle part serrure aussi forte :
Le plus grand trésor est en sûreté.

LES PYGMÉES

Nous avons pris place en effet,
Mais sans savoir comment cela s'est fait.
D'où nous venons nous n'avons connaissance :
Nous sommes là, ma foi, tant mieux.
Chaque pays à l'existence
Peut offrir un séjour joyeux.
La moindre fente dans la roche
Et voilà le nain qui s'approche.
Le nain, la naine au travail sont hardis
Et chaque couple est actif à l'extrême.
Je ne sais pas si dans le paradis
Il en allait déjà de même,
Mais ici chacun est content.
Que notre étoile soit bénie !
La Terre, notre mère, est, depuis l'Occident
Jusques à l'Orient, créatrice infinie.

LES DACTYLES

Puisqu'elle a déjà produit
Les Petits en une nuit,
Elle créera les Minuscules,
S'appariant en groupuscules.

LES ANCIENS DES PYGMÉES

Hâtez-vous, de grâce !
Prenez votre place.
Qu'à l'œuvre on s'efforce ;
Vitesse vaut force ;
Créez dès la paix
Forges et harnais,
Pour qu'aux jours d'alarmes
L'armée ait des armes.

Fourmis, à grands flots,
Fouillez les coteaux,
Trouvez des métaux !
Vous, menus Dactyles,
Si nombreux, agiles,
C'est du bois que vous
Apporterez tous ;
Entassez-le, faites
De flammes secrètes
Du charbon pour nous.

LE GÉNÉRALISSIME

Avec l'arc et la flèche
Allons, qu'on se dépêche.
A l'étang ! Nous tuerons
Ces bandes de hérons
Qui nichent, innombrables,
Orgueilleux, exécrables.
Qu'on les massacre tous
Et, de cette aventure,
Nous garderons pour nous
Au casque leur parure.

LES FOURMIS ET LES DACTYLES

Qui peut nous sauver ?
Du fer qu'on amène
Ils forgent des chaînes !
De nous esquiver
Il n'est pas facile ;
Soyez donc dociles.

LES GRUES D'IBYCUS

Cris de mort, plaintes désolées !
Claquements d'ailes affolées !
Oh ! gémissements et clameurs
Qui montent jusqu'à nos hauteurs !
Tous morts déjà ; plus un ne bouge
Et de leur sang le lac est rouge.
La convoitise d'avortons
Dépouille les nobles hérons
Et leur aigrette au casque flambe
De ces gueux-ventrus-torte-jambe.
Vous dans nos troupes compagnons,
Coureurs des mers en bataillons,
Nous vous assignons en vengeance
De ce peuple proche parent.
N'épargnez ni force, ni sang.
Haine éternelle à cette engeance !

(Elles se séparent dans les airs avec des cris rauques.)

MÉPHISTOPHÉLÈS *(dans la plaine).*

Je savais gouverner les sorcières nordiques.
Mais comment manier ces esprits exotiques ?
Le Blocksberg est un lieu des plus civilisés
Où trouver son chemin n'a rien de malaisé.
Madame Ilse là-bas est debout sur sa Pierre,
Heinrich sur sa Hauteur n'a pas l'humeur trop fière ;
Même si les Ronfleurs vont insulter Misère,
On sait que tout cela demeurera mille ans,
Mais ici, qui pourrait poser ses pas tremblants ?
Le sol ne va-t-il pas ouvrir quelque crevasse
Dans ce vallon tranquille au moment où je passe ?
Et je vois se lever, juste derrière moi,
Une montagne, enfin assez haute, ma foi,
Pour que de mes bons sphinx la butte me sépare.
Dans le creux du vallon mainte lueur s'égare,
Et toujours devant moi galant, fripon, taquin,
M'attirant, me fuyant, danse l'aimable essaim.
Tout doux ! Accoutumé de boire à tout calice,
On veut, où que l'on soit, cueillir quelque délice.

LES LAMIES

Vite, plus vite,
Loin à présent,
Puis, qu'on musarde
Et qu'on bavarde ;
Il est plaisant
Qu'à notre suite
Toujours s'élance
Ce vieux pécheur
Au pied valseur ;
Pour pénitence,
Pas trop ingambe,
Comme il trottine,
Comme il clopine,
Tire la jambe !
Nous, nous courons,
Nous l'attirons.

MÉPHISTOPHÉLÈS *(s'arrêtant)*.

Hommes toujours trompés, misérables destins,
Toujours depuis Adam les éternels crétins !
On vieillit, mais qui devient sage ?
Fou, tu l'étais déjà. Que veux-tu davantage ?
Que cette espèce-là ne vaut rien, on le sait ;
Le visage est fardé, le sein dans un corset,
Rien qui ne soit pourri de ces chairs gangréneuses,
Rien qui flatte notre plaisir,
On le voit, on le sait, on pourrait le saisir,
Et l'on danse pourtant lorsque sifflent ces gueuses.

LES LAMIES *(s'arrêtant)*.

Halte ! Il s'arrête, il hésite ; en ce cas
Allons à lui, qu'il ne s'échappe pas.

MÉPHISTOPHÉLÈS *(se remettant en marche)*.

Trop douter n'est pas raisonnable
Et pareils préjugés pourraient me mener loin :
Si les sorcières n'étaient point,
Qui diable voudrait être diable ?

LES LAMIES *(avec force grâces).*

Le beau héros ! Venez autour,
A l'une il va faire sa cour,
Son cœur va s'enflammer d'amour.

MÉPHISTOPHÉLÈS

Ma foi, sous ces clartés douteuses,
Vous semblez femmes gracieuses...
Je ne saurais mal vous traiter.

UNE EMPOUSE *(s'interposant).*

Ni moi, qui suis de même sorte !
Prenez-moi dans votre cohorte.

LES LAMIES

De notre cercle qu'elle sorte !
Elle vient toujours tout gâter.

L'EMPOUSE

Je suis ta cousine l'Empouse,
Belle au pied d'âne, que jalouse
Ton moins rare pied chevalin.
Bonjour quand même, beau cousin.

MÉPHISTOPHÉLÈS

Je croyais en ces lieux ne connaître personne,
Hélas, la parenté de nouveau m'environne ;
C'est un vieux livre à parcourir :
Du Harz en Grèce, et des cousins à découvrir !

L'EMPOUSE

Je ne suis point femme qui flâne
Et peux, en un instant, en tout me travestir.
Là j'ai, pour vous faire plaisir,
Mis ma petite tête d'âne.

MÉPHISTOPHÉLÈS

La famille, je vois, ne vient pas en dernier
Chez ces gens-là. Pourtant, quoi qu'il advienne,

La tête d'âne est trop vilaine,
Je suis prêt à la renier.

LES LAMIES

Laisse cette odieuse fille. Elle épouvante
Tout l'aimable et le beau par nos yeux aperçus
Et sitôt qu'elle se présente,
L'aimable et le beau ne sont plus.

MÉPHISTOPHÉLÈS

Pour tendres qu'elles soient, et sveltes, ces cousines,
Je les suspecte aussi de vouloir m'abuser.
Les roses de leur joue ont-elles des épines ?
Je crains fort de les voir se métamorphoser.

LES LAMIES

Tente donc un essai ; notre troupe est nombreuse.
Attrape-nous ! Peut-être as-tu la main heureuse
Et gagneras-tu le gros lot.
Sous ton caquet de convoitise,
L'amant minable se déguise
Qui se pavane et fait le beau...
Il se mêle à nous ! Il succombe.
Qu'un masque après l'autre ici tombe,
Dévoilez votre être à ce sot.

MÉPHISTOPHÉLÈS

Je crois bien que j'ai pris la plus belle.

(Il l'embrasse.)

Un balai desséché !

(En prenant une autre.)

Peut-être elle...
Le visage est vraiment trop affreux !

LES LAMIES

Crois-tu donc que tu mérites mieux ?

MÉPHISTOPHÉLÈS

Si j'attrapais cette petite !
Un lézard, qui s'échappe vite ;

Sa tresse lisse est un serpent.
La grande m'irait mieux en somme ;
C'est un thyrse, auquel une pomme
De pin au lieu de tête pend.
Que faire ? Auprès de cette grasse
Peut-être trouverai-je grâce ?
J'essaye une dernière fois...
C'est la grenouille flasque et molle
Dont l'Orient, dit-on, raffole ;
Mais la vesse-de-loup éclate de son poids !

LES LAMIES

Dispersez-vous, plongez, planez,
Comme l'éclair environnez
D'un vol noir cet intrus, cet enfant de sorcière,
Tracez vos cercles incertains, chauves-souris,
Semez l'effroi de votre aile légère,
Qu'il ne s'échappe point sans payer un bon prix !

MÉPHISTOPHÉLÈS *(se secouant)*.

Eh bien ! apparemment je ne suis pas plus sage ;
Absurde dans le Nord, absurde encore ici
Et leurs spectres maudits n'ont pas meilleur visage,
Peuple de mauvais goût, leurs poètes aussi.
Ne se croirait-on pas dans une mascarade ?
Comme partout, c'est la danse des sens ;
Je pensais pourchasser des masques ravissants,
J'ai saisi des horreurs à me rendre malade
Et cette illusion encore me plairait,
Si plus longtemps du moins elle durait.

(S'égarant à travers la rocaille.)

Où suis-je donc ? Où me conduit cette équipée ?
J'étais sur un chemin, ce n'est plus qu'un bourbier ;
Je suis pourtant venu par une route aisée ;
Les pierres à présent me roulent sous le pied ;
Vainement je bats la campagne,
Mes sphinx, où donc les retrouver ?
Tout est vraiment plus fou qu'on ne saurait rêver :
En une seule nuit, une telle montagne !
Je ne puis que nommer sorciers fort valeureux
Ces gens qu'ont voit porter leur Blocksberg avec eux.

UNE ORÉADE *(d'un rocher naturel).*

Monte donc jusqu'ici ; ma montagne est antique,
Elle est là d'origine en sa forme classique.
Respect à cette pente abrupte de rocher !
Au Pinde ce dernier rameau va s'accrocher
Et j'étais déjà là, solide, inébranlable,
Quand Pompée, en fuyant, sur moi vint à passer,
Tandis que de l'erreur cette chimère instable
Au premier chant du coq est prête à s'effacer.
J'en ai vu bien souvent naître de cette espèce :
Puis un jour, soudain, tout s'affaisse.

MÉPHISTOPHÉLÈS

Honneur à toi, chef respecté
Que couronnent des chênes sombres,
Et dont la lune même, au plein de sa clarté,
Ne saurait pénétrer les ombres !
Je vois là, près de ce buisson,
Briller une lueur modeste.
Comme tout s'arrange de reste !
C'est Homunculus. Mon garçon,
Dis-moi donc quel bon vent t'amène ?

HOMUNCULUS

De lieux en lieux je flotte, me promène
Et voudrais naître enfin de la bonne façon,
Prêt à briser ce verre, en mon impatience ;
Ce que j'ai vu jusqu'à présent
Ne m'inspire pas confiance,
Sauf, je te l'avouerai, que je vais, escortant
Deux philosophes seuls errant à l'aventure
Qui répètent toujours le même mot : Nature !
En ne quittant pas leur chemin,
Eux qui connaissent bien les choses de la terre,
J'apprendrai peut-être, à la fin,
Ce qu'il est, dans mon cas, le plus sage de faire.

MÉPHISTOPHÉLÈS

Agis donc selon ta manière.
Où des esprits ont apparu,
Le philosophe est bienvenu :

Pour donner de son art des preuves bien certaines,
Il en fabriquera des nouveaux par douzaines.
Sans commettre d'erreur on n'acquiert pas raison.
Tu veux naître ? Eh bien ! nais de ta propre façon.

HOMUNCULUS

Un bon conseil aide à guider notre conduite.

MÉPHISTOPHÉLÈS

Va toujours. Nous verrons ce qu'en sera la suite.

(Ils se séparent.)

ANAXAGORE *(à Thalès).*

Ton esprit obstiné ne veut donc pas céder ;
Que faudra-t-il de plus pour te persuader ?

THALÈS

La vague à chaque vent peut plier à son aise
Mais ne demeure pas auprès de la falaise.

ANAXAGORE

Ce roc dans des vapeurs de flamme se forma.

THALÈS

Dans l'humide, d'abord, tout ce qui vit germa.

HOMUNCULUS *(entre les deux).*

De marcher avec vous voulez-vous me permettre ?
Car moi-même, j'aspire à naître.

ANAXAGORE

Thalès, as-tu jamais, en une seule nuit,
A partir du limon, semblable effet produit ?

THALÈS

La nature, constante en son œuvre de vie,
D'heures, de nuits, de jours jamais ne se soucie,
Mais modèle selon ses lois chaque entité
Et, même dans le grand, est sans brutalité.

ANAXAGORE

Ici, ce fut le cas : flammes plutoniennes,
Fortes explosions, vapeurs éoliennes
Ont fait craquer la croûte antique de ce sol
Et la montagne neuve aussitôt prit son vol.

THALÈS

A quoi servirait de poursuivre ?
Elle est là. C'est fort bien. Qu'elle demeure en paix.
Quel est le seul effet du combat qu'on se livre ?
Mener le bon public par le bout de son nez.

ANAXAGORE

Déjà de Myrmidons fourmille la montagne ;
Ils vont loger aux fentes du rocher
Et tout un petit peuple actif les accompagne :
Pygmée ou Fourmi ou Poucet.

(A Homunculus.)

Jamais de la grandeur tu n'éprouvas l'envie,
Jusqu'alors tu menas d'un ermite la vie ;
Si le pouvoir a des charmes pour toi,
Je te ferai couronner roi.

HOMUNCULUS

Et qu'en dit mon Thalès ?

THALÈS

Mieux vaut que tu l'évites.
Des petits ne feront que des choses petites,
Tandis qu'avec des grands le petit devient grand.
Vois ce nuage noir : il est formé de grues
Menaçant ce peuple en rumeur ;
Le roi ne leur ferait point peur.
De leurs becs acérés, de leurs serres griffues,
Elles fondent sur les petits
Dont le destin fatal scintille dans les nues.
Si les hérons furent anéantis
Qui séjournaient près de l'étang paisible,
L'averse de ces traits de mort fait présager
Une moisson sanglante, horrible,

Et les proches parents sont prêts à se venger
Sur l'infâme race pygmée.
Casques et boucliers et javelots sont vains,
L'aigrette des hérons, de quoi sert-elle aux nains ?
Dactyles et Fourmis ont fui, troupe alarmée ;
Déjà se rompt, se sauve et s'effondre l'armée.

ANAXAGORE *(après une pause, avec solennité).*

J'ai loué jusqu'ici ceux qui règnent sous terre,
Je me tourne à présent là-haut avec respect...
Toi que l'âge jamais n'altère,
Déesse au triple nom, au triple aspect,
Je t'invoque, mon peuple étant dans l'infortune !
O Diane, Hécate ou bien Lune,
Toi qui gonfles nos cœurs, qui médites sans fin,
Calme au-dehors, mais violente dans ton sein,
Sache ici, de ton ombre ouvrant l'abîme immense,
Sans magie étaler ton antique puissance...
Ma prière, montant là-haut,
Aurait-elle, par aventure,
Troublé l'ordre de la nature
Et serais-je exaucé trop tôt ?
Toujours plus grand, croissant sans cesse,
Voici venir le trône rond de la Déesse,
Enorme, terrible au regard ;
Son feu rougeoie en avançant dans un brouillard...
Pas plus loin ! Car ton disque, effrayante lumière,
Va, terre et mer et nous, tout réduire en poussière !

Ainsi ce serait vrai que hors de ton chemin
Les sorcières de Thessalie
T'ont tirée ici-bas, par coupable magie ?
Qu'elles t'ont dérobé quelque philtre assassin ?
Le clair bouclier devient sombre,
Il se déchire... Eclairs et lueurs trouant l'ombre,
Sifflements et crépitements
Où se mêle un tonnerre, un fracas d'ouragans !
Au pied du trône prosterné... Qu'on me pardonne,
Car c'est moi qui de tout fut la cause, en personne !

(Il se jette face contre terre.)

THALÈS

Que de choses cet homme entend et voit !
Que nous arriva-t-il ? Je n'en sais rien, ma foi,
Mais n'ai pas ressenti comme lui cette affaire.
Avouons que l'on vit un singulier moment ;
Et la lune, suivant son antique manière,
Se berce là-haut calmement.

HOMUNCULUS

Regardez le séjour de ce peuple pygmée :
De ronde, la montagne en pointe est déformée.
J'ai senti ce terrible choc ;
De la lune est tombé le roc,
Ecrasant ennemis, amis même, sans prendre
Fût-ce le temps de les entendre.
Mais l'esprit créateur, je dois bien le louer
Qui, dans la même nuit, par un double artifice,
Et d'en bas et d'en haut a su constituer
Tout ce montagneux édifice.

THALÈS

Ah bah ! tout en pensée a bien pu se jouer.
Périsse cette sale engeance !
Tu ne fus pas leur roi, c'est une chance.
A la Fête marine ! En ce monde joyeux,
Allons chercher, trouver des hôtes merveilleux.

(Ils s'éloignent.)

MÉPHISTOPHÉLÈS *(grimpant sur le versant opposé).*

Par ces gradins rocheux faut-il que je me traîne,
Dans ces durs entrelacs de racines de chêne ?
Au moins sur mon vieux Harz, la résineuse odeur
Me rappelant la poix, rencontrait ma faveur.
Puis le soufre... Ces Grecs n'ont rien qui le remplace
Et qui permette ici d'en renifler la trace.
C'est un renseignement dont je donnerais cher :
Comment attisent-ils le feu de leur enfer ?

UNE DRYADE

Si ton sol t'a versé la native sagesse,
Pourtant à l'étranger tu manques de finesse :

Tu devrais, en laissant ton pays de côté,
De nos chênes sacrés vénérer la beauté.

MÉPHISTOPHÉLÈS

On songe à ce qu'on a quitté,
Le paradis, c'est la présence coutumière.
Mais quel est, dites-moi, dans cet antre profond
Ce triple être accroupi dans la faible lumière...

LA DRYADE

Les Phorkyades! Va, pénètre jusqu'au fond,
Parle-leur, si tu ne fuis pas en arrière.

MÉPHISTOPHÉLÈS

Pourquoi pas? Je contemple et, si fier que je sois,
Je dois bien l'avouer, je m'émerveille encore:
Jamais je n'avais vu la chose que je vois,
C'est bien pire que mandragore.
Les péchés les plus réprouvés
Ne seront plus trop laids trouvés
Par qui verra ce monstre en trois personnes.
Nous ne les souffririons pas même au plus pervers,
Au plus hideux de nos enfers.
Et cela prend racine au plus pur des empires
De beauté. Comme antique on le voit honorer!
Cela s'agite, elles paraissent me flairer,
Cela piaule en sifflant, chauves-souris-vampires!

UNE PHORKYADE

Donnez-moi l'œil, mes sœurs, qu'il puisse regarder
Qui près de notre temple ose se hasarder.

MÉPHISTOPHÉLÈS

Très Honorables, permettez que je m'avance
Et sois trois fois par vous béni,
En inconnu j'ose affronter votre présence,
Mais suis parent lointain quoique mal défini.
J'ai rencontré des dieux de marques,
Je me suis incliné devant Ops et Rhéa;
Vos sœurs par le Chaos, celles qu'on nomme Parques,
Hier, avant-hier, je les croisai déjà;

Mais je ne vis jamais vraiment votre semblable...
Je me tais maintenant. Je demeure enchanté.

LES PHORKYADES

Cet esprit-là paraît fort raisonnable.

MÉPHISTOPHÉLÈS

Se peut-il que jamais poète n'ait chanté
Votre trio ? Pourquoi — c'est vraiment fort dommage —
Très Dignes, n'ai-je vu nulle part votre image ?
Le ciseau sur vos traits s'exercerait bien mieux
Que sur Junon, Pallas, Vénus ou d'autres Dieux.

LES PHORKYADES

Dans les ténèbres, la solitude attardée,
A notre Trinité jamais n'en vint l'idée.

MÉPHISTOPHÉLÈS

Bien sûr, quand loin du monde, en ce sinistre endroit,
Vous ne voyez personne et que nul ne vous voit.
Vous devriez loger en des lieux, il me semble,
Où l'art et la beauté toujours trônent ensemble,
Où l'on voit chaque jour, au pas accéléré,
Naissant d'un bloc de marbre, un héros libéré.

LES PHORKYADES

Tais-toi, n'éveille pas notre concupiscence,
Car d'en savoir plus long qu'avons-nous donc besoin,
Parentes de la Nuit où nous prîmes naissance,
Ne nous connaissant guère et qu'on ne connaît point ?

MÉPHISTOPHÉLÈS

On résout aisément des cas comme les vôtres
Par le simple transfert de soi-même sur d'autres.
Il vous suffit pour trois d'un œil et d'une dent.
On pourrait donc fort bien, mythologiquement,
En résumant en deux la triple entéléchie,
De la troisième alors me prêter l'effigie,
Pour peu de temps.

L'UNE

Qu'en pensez-vous ? Est-ce prudent ?

LES AUTRES

Essayons-le toujours... Mais sans l'œil ni la dent.

MÉPHISTOPHÉLÈS

Si vous me retirez le meilleur du visage,
Comment s'accomplira cette sublime image ?

L'UNE

Ferme un œil seulement. Voilà, c'est bientôt fait.
Laisse à présent sortir l'une des incisives,
Puis mets-toi de profil et vois si tu n'arrives
En frère ou sœur à nous ressembler trait pour trait.

MÉPHISTOPHÉLÈS

C'est trop d'honneur. Soit !

LES PHORKYADES

Soit !

MÉPHISTOPHÉLÈS *(en Phorkyade, de profil).*

Me voilà transformé.
Du Chaos j'apparais tel le Fils bien-aimé.

LES PHORKYADES

Les Filles du Chaos, sous ce nom l'on nous cite.

MÉPHISTOPHÉLÈS

Moi, l'on va me traiter, honte, d'hermaphrodite !

LES PHORKYADES

Que le nouveau trio des Sœurs est merveilleux !
N'avons-nous pas deux dents, n'avons-nous pas deux yeux ?

MÉPHISTOPHÉLÈS

Il faut cacher à tous ces traits épouvantables :
Au fin fond de l'enfer, je ferais peur aux diables.

(Il sort.)

BAIES ROCHEUSES DE LA MER ÉGÉE

La lune, immobile au zénith

SIRÈNES *(étendues sur les rochers, jouant de la flûte et chantant).*

Si par leur coupable magie
Les sorcières de Thessalie
T'attirèrent, une âpre nuit,
Paisible, contemple aujourd'hui,
De là-haut, ces vagues tremblantes,
Ces douces lueurs fourmillantes ;
Illumine de ta clarté
Les remous du flot agité ;
Nous qui sommes à ton service,
Belle Lune, sois-nous propice.

NÉRÉIDES ET TRITONS *(sous la forme de monstres marins).*

D'une voix plus forte, plus rude,
Parcourez des mers l'amplitude,
Evoquez le peuple profond.
Loin des gouffres et des tempêtes
Nous cherchions de calmes retraites,
Vos chants nous attirent du fond.

Voyez, notre bonheur est rare :
Joyaux, couronnes à nos fronts,
Broches, boucles que nous avons,
Chaînes d'or dont chacun se pare,
Tout cela, nous vous le devons :
Trésors engloutis des naufrages
Venus à nous par vos ramages,
Démons du golfe où nous vivons.

SIRÈNES

Sous la fraîcheur des mers, délices,
Vont se jouant les poissons lisses.

Leur vie est douce, sans façons.
Qu'aujourd'hui votre troupe ardente
Nous porte la preuve évidente
Que vous êtes plus que poissons.

NÉRÉIDES ET TRITONS

Avant même notre arrivée,
Nous en avons eu la pensée.
Frères et sœurs, vite, agissons :
Un bref voyage est nécessaire
Pour fournir la preuve très claire
Que nous sommes plus que poissons.

(Ils s'éloignent.)

SIRÈNES

Partis sans laisser de trace !
Envolés vers Samothrace,
Secondés par de bons vents.
Que cherchent-ils dans l'empire
De ces grands Dieux, les Cabires,
Qui, de leur être ignorants,
Etrangement se conduisent,
D'eux-mêmes se reproduisent ?

Belle lune qui, là-bas,
Luis pour nous, reste en ta place,
Que la nuit ne cesse pas
Et que le jour ne nous chasse.

THALÈS *(sur le rivage à Homunculus).*

J'aimerais te conduire à notre vieux Nérée.
Près d'ici de sa grotte on peut trouver l'entrée,
Mais le bonhomme est entêté.
Pour ce misanthrope buté,
Pour ce grincheux, l'humaine race
Ne saurait jamais trouver grâce.
Comme il connaît cependant l'avenir,
Chacun le respecte, l'acclame ;
A plus d'un il a pu servir.

HOMUNCULUS

Essayons et frappons. Je n'en vais pas mourir
Ni perdre au premier coup mon cristal et ma flamme.

NÉRÉE

Des voix d'hommes ? Ce son fut toujours odieux
A mon cœur. Est-ce lui qui frappe mes oreilles ?
Créatures peinant pour s'égaler aux Dieux,
Mais contraintes toujours à demeurer pareilles !
Moi qui pouvais jouir de mon repos divin,
Aux meilleurs j'ai voulu parfois venir en aide
Et quand je regardais leurs actes, à la fin,
Aucun dans mes conseils n'avait cherché remède.

THALÈS

O vieillard de la mer, nous venons confiants ;
Ne nous repousse pas, grand Sage, de céans.
Cette flamme où l'on voit aussi l'homme paraître,
C'est à ton seul avis qu'elle veut s'en remettre.

NÉRÉE

Un conseil ? Jamais l'homme en a-t-il écouté ?
Dans une dure oreille un sage avis s'arrête.
Malgré les châtiments de la réalité,
Cette engeance s'obstine et n'en fait qu'à sa tête.
Pâris reçut-il pas mon avertissement
Quand il voulut ravir cette femme étrangère ?
Sur le rivage grec il marchait fièrement.
Ce que vit mon esprit, je ne pus le lui taire :
Fumée et feux dans l'air, rouge horreur à pleins bords,
Toits des palais brûlants, partout carnage, morts,
Troie à son dernier jour, comme la Poésie
Aux siècles à venir en redit l'agonie.
Mais l'avis du vieillard, l'orgueilleux s'en moqua,
Il suivit son plaisir. Ilion succomba,
Cadavre de géant raidi par la torture,
Et les aigles du Pinde en firent leur pâture.
Pour Ulysse, assez tôt n'avais-je pas prédit
Les ruses de Circé, le Cyclope maudit,
Ses hésitations, des siens l'humeur légère ?
De tant de bons avis, il ne profita guère

Et fut jouet des flots jusqu'à ce que la mer
Le portât, mais bien tard, sur un rivage cher.

THALÈS

Pour l'homme sage un tel comportement est rude,
Mais l'homme bon se doit à nouveau d'essayer
Et de reconnaissance une once peut payer
Bien des quintaux d'ingratitude.
Ce n'est point peu que nous venons te demander :
Ce garçon-là veut naître et tu l'y peux aider.

NÉRÉE

Ne me gâchez donc pas une humeur assez rare,
Tout autre est le plaisir auquel je me prépare.
Mes filles aujourd'hui doivent toutes venir,
Les Grâces de la Mer, les aimables Dorides ;
Ni l'Olympe, ni votre sol ne voit fleurir
D'êtres plus ravissants, gracieux et rapides.
On les voit lestement s'élancer et passer
Du dragon de la mer aux chevaux de Neptune,
Si tendrement unie à l'élément, chacune,
Que sur l'écume même elles semblent danser.
La conque de Vénus, de couleur irisée,
Amènera vers nous la belle Galatée
Qui, depuis que Cypris de nous s'est détournée,
Est comme une Déesse à Paphos adorée.
La charmante héritière a reçu pour sa part,
Déjà, la Ville-Temple avec le Trône-Char.
O paternelle joie, à l'heure où tu me touches,
Point de haine en nos cœurs, d'injures dans nos bouches !
Allez trouver Protée et ce magicien
Vous dira comme on naît et se métamorphose.

(Il s'éloigne.)

THALÈS

Cette démarche-là ne nous rapporte rien.
Protée, à peine vu se change en autre chose
Ou bien ne vous répond, s'il consent à rester,
Que pour mieux vous surprendre et vous déconcerter.
Il te faut son avis, pourtant, coûte que coûte.
Pour en faire l'essai mettons-nous donc en route.

(Ils sortent.)

SIRÈNES *(en haut sur les rochers).*

Au lointain que voit-on qui se glisse
Sur les ondes, royaume mouvant,
De la brise suivant le caprice,
Voiles blanches vers nous arrivant ?
Quelle est donc cette image si claire ?
Des sirènes au corps de lumière.
Descendons, descendons des rochers !
Par leurs voix n'êtes-vous pas touchés ?

NÉRÉIDES ET TRITONS

Nos mains ont su vous apporter,
Vous tous, de quoi vous contenter.
Sur la carapace géante
De Chéloné, troupe brillante
Et sévère, ce sont des Dieux.
Entonnez des chants glorieux.

SIRÈNES

De modeste prestance,
Mais grands par la puissance,
Des marins sauveurs révérés,
Dieux depuis toujours vénérés.

NÉRÉIDES ET TRITONS

Nous vous amenons les Cabires
Pour célébrer la fête en paix.
S'ils sont là, Neptune jamais
N'offre autre chose que sourires.

SIRÈNES

Nous ne pouvons vous égaler :
Lorsqu'un navire fait naufrage,
Contre votre pouvoir nul ne saurait aller
Et vous protégez l'équipage.

NÉRÉIDES ET TRITONS

Nous en avons amené trois ;
Le quatrième ici n'a pas voulu se rendre,
Le seul véritable, à l'entendre,
Qui pense pour tous à la fois.

SIRÈNES

Qu'un Dieu d'un autre Dieu
Se raille avec audace,
Vous, de tous, en tout lieu,
Redoutez la menace.

NÉRÉIDES ET TRITONS

Ils sont sept en réalité.

SIRÈNES

Et le trio manquant où donc est-il resté ?

NÉRÉIDES ET TRITONS

Nous ne pourrions pas vous le dire.
Sur l'Olympe il faut s'en instruire ;
Là le huitième est sans doute logé
Auquel personne encore n'a songé.
Sans être tous complets dans leur essence,
Ils nous prêtent leur assistance.
Ces Dieux dont nul n'est l'égal
Cherchent toujours l'impossible,
Ardents, assoiffés d'idéal,
En marche vers l'inaccessible.

SIRÈNES

Nous rendons un culte pareil
A chaque Dieu : c'est notre rite.
Qu'il habite Lune ou Soleil,
Nous le prions ; cela profite.

NÉRÉIDES ET TRITONS

Notre gloire à présent est complète
Car c'est nous qui guidons cette fête.

SIRÈNES

Les héros de l'Antiquité,
Quels qu'ils soient, ont moins mérité
Que vous la louange des lyres ;
Car que nous ont-il rapporté ?
La Toison d'Or, vous, les Cabires.

(Répété en chœur.)

Car que nous ont-ils rapporté ?

vous

La Toison d'Or, les Cabires.

nous

(Néréides et Tritons s'éloignent.)

HOMUNCULUS

Pour moi, ces formes imparfaites
Sont pots de terre simplement,
Mais les sages en s'y heurtant
Vont y casser leurs grosses têtes.

THALÈS

C'est ce qu'on veut : le vert de gris
D'un vieil écu fait tout le prix.

PROTÉE *(inaperçu).*

Pour moi, grand amateur de Fable,
Plus c'est bizarre et plus c'est respectable.

THALÈS

Où donc es-tu, Protée ?

PROTÉE *(d'une voix de ventriloque, tantôt près, tantôt loin).*

Ici, et puis ici.

THALÈS

Je connais bien ta vieille farce et la pardonne,
Mais pas de ces vains jeux pour un ami !
Je sais que tu n'es pas là d'où ta voix résonne.

PROTÉE *(comme dans le lointain).*

Adieu !

THALÈS *(bas à Homunculus).*

Il est tout près. Brille de tous tes feux.
Comme un poisson notre homme est curieux ;
En quelque lieu qu'il soit et de quelque manière,
La flamme attirera ses yeux.

HOMUNCULUS

Je répands à l'instant des masses de lumière,
Prudemment toutefois, pour ne briser le verre.

PROTÉE *(sous la forme d'une tortue géante).*

Qu'est-ce qui luit ainsi de ce charmant éclat ?

THALÈS *(dissimulant Homunculus).*

Bon ! Si tu veux le voir de près, viens donc par là ;
Et tu pourrais aussi te donner cette peine
De marcher sur deux pieds, de façon plus humaine,
Car il dépend de nous, de notre volonté,
De dévoiler ce que nous avons apporté.

PROTÉE *(sous une forme élégante).*

Tu n'as point oublié l'usage de la ruse.

THALÈS

Changer de forme, toi, reste ce qui t'amuse.

(Il a dévoilé Homunculus.)

PROTÉE *(étonné).*

Un petit nain qui luit ! Je n'en ai jamais vu.

THALÈS

Il demande conseil pour naître à l'existence
Car, chose étrange — c'est de lui que je l'ai su —
A demi seulement s'accomplit sa naissance.
Spirituellement il a ses qualités,
Mais il manque par trop d'humbles réalités.
Le cristal seulement à nos yeux le révèle,
Mais il voudrait bien prendre forme corporelle.

PROTÉE

Un vrai fils de vierge, ma foi :
Tu es avant que d'en avoir le droit.

THALÈS *(bas).*

Son cas d'une autre part me semble peu licite,
Car je le crois hermaphrodite.

PROTÉE

Tout pour le mieux ainsi s'arrangera ;
Où qu'il aille, il s'adaptera.
Nul besoin de longues instances :
C'est dans la vaste mer qu'il faut que tu commences,
Car on y débute en petit,
Heureux de dévorer plus petit que soi-même,
Et l'on progresse et l'on grandit
Jusqu'à l'achèvement suprême.

HOMUNCULUS

Ici souffle une brise où flotte avec douceur
Un parfum végétal dont me ravit l'odeur.

PROTÉE

Je le crois, garçon adorable,
Et plus loin dans la mer, c'est bien meilleur encor.
En suivant cette mince langue, loin du bord,
L'atmosphère devient tout à fait ineffable
Et nous verrons mieux, en avant,
Le joyeux cortège arrivant.
Suivez-moi donc.

THALÈS

Je veux être aussi du spectacle.

HOMUNCULUS

Ces esprits cheminant, c'est un triple miracle.

DES TELCHINES DE RHODES, MONTÉES SUR DES HIPPOCAMPES ET DES DRAGONS DE MER, BRANDISSANT LE TRIDENT DE NEPTUNE

CHŒUR

Notre main de Neptune a forgé le trident
Dont il dompte les vagues sauvages.
Zeus Tonnant dans le ciel roule de noirs nuages,
Et Neptune répond à leur sourd grondement.
Le zigzag de l'éclair au firmament s'allume,
Vague après vague en bas fait rejaillir l'écume
Et tout ce qui luttait, ballotté sans merci
Dans l'espace, finit par l'abîme englouti.
Mais son sceptre, en ce jour, Neptune nous le laisse.
Nous voguons dans la paix, la douceur, l'allégresse.

SIRÈNES

D'Hélios servants consacrés,
Du jour serein les préférés,
Saluez cette heure opportune
Du très haut culte de la Lune.

TELCHINES

Aimable Déité, de ton arc de lumière,
Ecoute avec plaisir l'éloge de ton frère,
De Rhodes fortunée exauce le doux chant
Qui vers lui fait monter un éternel péan.
Que sa course commence ou bien qu'elle s'achève,
Son œil de feu sur nous vient rayonner sans trêve.
Rivages, flots, villes et monts par l'univers
Sont favoris du Dieu, sont aimables et clairs.
Point de brume pour nous. En vient-il, d'aventure,
Un rayon, un zéphyr et voilà l'île pure.

Le grand Dieu s'y contemple, en cent formes présent :
Immense ou doux, géant ou bien adolescent.
Les premiers nous avons d'humaines apparences
Revêtu dignement les divines Puissances.

PROTÉE

Laisse-les à leur litanie !
Au soleil sacré de la vie
Les œuvres mortes ne sont rien.
On sculpte, on fond ; de la coulée
La statue, en bronze moulée,
Sort et l'on dit : « Comme c'est bien. »
Mais que devient, au bout du compte
L'ouvrage de ces orgueilleux ?
Le sol tremble et les nobles Dieux
Sont envoyés à la refonte.

Rester sur la terre, en tout cas,
C'est te condamner aux tracas.
La vague est plus douce à la vie.
Laisse donc te conduire à la mer infinie
Protée en dauphin se changeant.

(Il se transforme.)

— C'est fait. — Là-bas ta chance est la plus forte.
Viens sur mon dos, que je t'emporte
Et te marie à l'Océan.

THALÈS

Cède à cette louable instance ;
Que la création, du début, recommence !
Sois prêt à promptement agir.
Là, te mouvant selon les éternelles normes,
A travers mille et mille formes,
Jusqu'à l'homme tu peux lentement parvenir.

(Homunculus monte sur Protée-Dauphin.)

PROTÉE

Viens donc mêler l'esprit à l'humide étendue,
Y vivre au large et sans aucune retenue.
Là, tu suivras ta propre loi.

Aux grades les plus hauts n'aspire pas quand même,
Car si tu deviens homme, en cet instant suprême
C'en est, à jamais, fait de toi.

THALÈS

C'est selon. Il n'est pas, au fond, désagréable
D'être, en son siècle, homme honorable.

PROTÉE

Quelqu'un comme toi, j'y consens.
Cela peut durer quelque temps.
Dans nos pâles essaims d'ombres désincarnées,
Je te vois depuis bien des centaines d'années.

SIRÈNES *(sur les rochers)*.

Quel anneau de légères nuées
Sur la lune apparaît si brillant ?
Des colombes, d'amour enflammées,
De leurs ailes font ce reflet blanc.
Pour la fête, Paphos nous envoie
Son essaim d'oiseaux luxurieux.
Tout est clair, serein, délicieux
C'est le comble, à présent, de la joie.

NÉRÉE *(s'avançant vers Thalès)*.

En ce halo, le promeneur des nuits
Verrait de l'air un simple phénomène.
Notre explication, à nous, Esprits,
Est tout autre et seule certaine :
Ce sont colombes escortant
Cette conque où ma fille accomplit ses voyages,
Vol miraculeux remontant
Au fond le plus lointain des âges.

THALÈS

A l'honnête homme ce qui plaît
Emporte aussi ma préférence :
C'est qu'en un nid tiède et douillet
Survive une sainte croyance.

DES PSYLLES ET DES MARSES *(montés sur des taureaux, des veaux et des béliers marins).*

A Chypre, au fond d'antres sauvages
Que le Dieu de la mer respecta,
Que jamais Séismos n'agita,
Sous les brises d'un ciel sans nuages,
Nous vivons comme aux jours de jadis,
Le bonheur et la paix dans l'esprit,
Nous gardons le char de Cypris
Et menons, quand la nuit étincelle,
Lorsque vague sur vague ruisselle,
Invisible à la race nouvelle
Une aimable, une charmante enfant.
Notre troupe active et discrète
Ne craint l'Aigle ou le Lion Ailé ;
Le Croissant ni la Croix ne l'arrête,
Ni le roi, sur son trône installé.
Que là-haut tout soit stable ou vacille,
Qu'on se tue, ou se chasse, ou s'exile,
Dévastant la récolte ou la ville,
Nous, nous menons, sans changement,
Notre adorable souveraine.

SIRÈNES

D'un doux bercement, en hâte tranquille,
Formant cercle à cercle à l'entour du char
Puis entrelaçant l'une à l'autre file,
Comme des serpents mêlés avec art,
Approchez de nous, fortes Néréides
Au charme sauvage, âpre et sensuel,
Et vous, amenez, ô tendres Dorides,
Galatée ici, miroir maternel,
Qui, semblable aux Dieux, est grave et sereine
Comme le requiert l'immortalité,
Mais possède aussi d'une simple humaine,
La grâce qui fait aimer la beauté.

LES DORIDES *(en chœur, défilant devant Nérée, toutes assises sur les dauphins).*

Verse-nous, Lune, ombre et lumière,
A la jeunesse en fleur tes rayons les plus doux :

Nous voulons, en faveur de ces tendres époux,
Implorer ici notre père.

(A Nérée.)

Les garçons que voilà, nous les avons sauvés
Du ressac à la dent cruelle,
Sur les joncs et la mousse ils se sont retrouvés,
Rendus à la chaleur, au jour, par notre zèle
Et, de nos soins reconnaissants,
Ils doivent nous payer par leurs baisers ardents.
Montre ton humeur la plus belle.

NÉRÉE

Double félicité qu'on ne peut trop priser :
Etre compatissant ensemble et s'amuser !

LES DORIDES

Approuves-tu ce que nous fîmes ?
Alors accorde-nous des plaisirs légitimes :
Qu'ils vivent, jouissant de l'immortalité,
Sur notre jeune sein toute l'éternité.

NÉRÉE

Réjouissez-vous donc de votre belle prise,
Vous pouvez en époux vous les imaginer,
Mais je ne puis octroyer à ma guise
Ce que Zeus seul pourrait donner.
La vague qui vous berce et vous balance
Ne permet pas à l'amour de constance.
Lorsque vous sentirez vos désirs s'apaiser,
Gentiment sur la côte allez les déposer.

LES DORIDES

Charmants garçons, nous nous voulions fidèles,
Mais tristement il va falloir partir :
Nous demandions délices éternelles,
Hélas, les Dieux n'y veulent consentir.

LES JEUNES GENS

Choyez-nous selon votre envie,
Nous, jeunes marins courageux,

N'eûmes jamais pareille vie
Et ne désirons rien de mieux.

(Galatée s'approche dans la conque qui lui sert de char.)

NÉRÉE

Est-ce toi, mon amour ?

GALATÉE

O père, quel bonheur !
Arrêtez, mes dauphins ! Quel spectacle enchanteur !

NÉRÉE

Passés déjà ! Leur troupe passe,
Ondule en mouvements joyeux,
D'un cœur qui souffre insoucieux.
Que j'aimerais suivre leur trace !
Mais ce coup d'œil m'a réjoui
Autant qu'un an m'eût ébloui.

THALÈS

Salut à nouveau !
Fleurs de joie qui me bercent,
Ces flèches qui me percent,
C'est le vrai, c'est le beau.
Tout est sorti de l'eau,
L'eau maintient l'existence.
Océan, à jamais garde-nous ta puissance.
Si tu n'envoyais les nuages,
N'enrichissais, par les orages,
Le flot des rivières sauvages
Et ne modelais les rivages
Des fleuves, que seraient montagnes, champs et monde ?
C'est par toi que la vie est partout si féconde.

L'ÉCHO *(chœur formé par tous les cercles).*

C'est par toi que la vie est si fraîche à la ronde.

NÉRÉE

On les voit revenir, se balancer, plonger,
Trop loin pour qu'un regard puisse encor s'échanger...
Quelles courbes majestueuses,

Selon qu'à la fête il convient,
Tracent leurs cohortes nombreuses !
Mais sans cesse là-bas revient
La conque où trône Galatée
Etincelant devant mes yeux.
Comme l'étoile brille aux cieux,
Celle qu'on aime luit dans la foule emportée,
Et, si loin qu'elle soit,
Toujours près on la croit,
Claire et vraie on la voit.

HOMUNCULUS

Parmi cette fraîcheur divine,
Tout ce que ma lampe illumine
N'est que délice et que beauté.

PROTÉE

C'est dans cette fraîcheur divine
Que ta lampe enfin s'illumine
De splendide sonorité.

NÉRÉE

Quel nouveau secret leur groupe joyeux
Voudrait à présent montrer à nos yeux ?
Aux pieds de Galatée, une flammèche brille,
Douce, ou puissante, ou tendre auprès de la coquille,
C'est le rythme du cœur que l'amour seul produit.

THALÈS

Bon ! c'est Homunculus, que Protée a conduit...
Ces symptômes sont ceux du désir indomptable.
J'entends presque gronder l'angoisse insatiable.
Il va se fracasser sur le trône brillant !
Il prend feu ! Quel éclair sort de lui maintenant !

SIRÈNES

Quel prodige de feu les vagues forment-elles,
Se brisant sur la vague en torrents d'étincelles ?
Eclats, balancements, profondeurs de clartés,
Les corps incandescents, par la nuit emportés,
Sont comme environnés d'un immense incendie.
Que règne donc Eros, source de toute vie !

Vive la mer, vague azurée
Qu'entoure la flamme sacrée,
Vive l'onde, la flamme pure,
Vive cette étrange aventure.

TOUS ET TOUTES

Vive le doux roulis des vents,
Les secrets de la mer profonde
Et célébrons, par tout le monde,
La fête des quatre éléments.

ACTE III

DEVANT LE PALAIS DE MÉNÉLAS A SPARTE

Hélène entre, puis le chœur de prisonnières troyennes, ayant à leur tête Panthalis.

HÉLÈNE

Admirée bien souvent et souvent décriée, je suis Hélène
Et je viens du rivage où nous débarquâmes d'abord
Ivres encor du balancement incessant de la vague
Qui nous a conduites des rases campagnes phrygiennes
En ces lieux, sur un dos élevé et rebelle, grâce à la faveur
De Poséidon et à la force d'Euros, jusque dans les baies
[paternelles.
En bas, à présent, le roi Ménélas se réjouit
De son retour et de celui de tous ses guerriers les plus braves.
Mais toi, souhaite-moi la bienvenue, vieille maison
Que Tyndare mon père s'était, près du penchant
De la colline de Pallas, construite à son retour
Et qu'il avait ornée, lorsque j'y grandissais en jouant,
Heureuse, avec Clytemnestre ma sœur et Castor et Pollux,
Pour en faire la plus belle des maisons de Sparte.
Je vous salue, vantaux des portes d'airain ;
Un jour vous vous ouvrîtes toutes grandes devant l'hôte,
Vous montrâtes à mes yeux, élu entre tant d'hommes,
Le brillant Ménélas, sous la forme d'un fiancé.
Ouvrez-vous de nouveau afin que je puisse, fidèle,
Exécuter un ordre urgent du roi comme il sied à l'épouse ;
Laissez-moi entrer et que tout demeure derrière moi
De tous ces événements fatals qui m'assaillirent jusqu'ici,

Car depuis qu'insouciante je quittai ce seuil
Pour aller au temple de Cythérée, suivant un devoir sacré,
Et que là me saisit ce brigand, le Phrygien,
Il se passa bien des choses que les hommes racontent
Volontiers autour d'eux, mais que n'entend pas volontiers
Celui dont l'aventure a grandi jusqu'à devenir légende.

LE CHŒUR

Ne méprise point, femme merveilleuse,
La possession du plus haut des biens.
Le plus grand bonheur te fut réservé :
Beauté, glorieuse au-dessus de tous.
Le nom du héros partout le précède
Et c'est pour cela qu'il marche si fier.
Le plus obstiné doit courber la tête
Devant la beauté qui subjugue tout.

HÉLÈNE

Il suffit. C'est avec mon époux qu'en ces lieux m'a conduite
[la voile
Et c'est lui qui m'envoie en avant vers sa cité,
Mais les dessins qu'il nourrit, je ne les devine pas.
Reviens-je comme épouse ? Reviens-je comme reine ?
Ou victime pour la douleur amère de ce prince
Et pour le malheureux destin si longtemps subi par les Grecs ?
Je suis conquise, mais suis-je ici captive, je ne sais,
Car les Immortels m'assignèrent en vérité un renom et un sort
Ambigus, compagnons inquiétants de la beauté,
Qui sur ce seuil encore m'entourent
De leur présence sombre et menaçante.
Déjà, dans le navire aux flancs creux, mon époux
Ne me regardait que rarement, ne prononçait nulle parole
[apaisante
Et, près de moi assis, semblait méditer quelque malheur.
Mais maintenant, à peine les proues des premiers navires
Eurent-elles abordé le rivage du golfe profond où se jette
[l'Eurotas
Et salué la terre, qu'il parla comme si quelque Dieu l'inspirait :
« Que mes guerriers ici descendent en bon ordre ;
« Je les passerai en revue, alignés sur le bord de la mer ;
« Mais toi, poursuis toujours, en remontant la rive
« Fertile de l'Eurotas, le fleuve sacré,
« Guidant les chevaux sur l'émail de la prairie humide,

« Jusqu'à ce que tu parviennes à cette belle plaine
« Où fut bâtie Lacédémone, jadis champ fertile
« Qu'entourent de tout près des montagnes austères ;
« Passe alors en revue mes suivantes que j'ai laissées
« Là-bas en compagnie de la vieille et sage intendante.
« Celle-ci te présentera la riche collection de trésors
« Telle que la légua ton père et que moi-même,
« Dans la guerre ou la paix, sans cesse je l'accrus.
« Tu trouveras tout en ordre car
« C'est du prince le privilège, lorsqu'il rentre,
« Que tout dans sa maison avec fidélité
« Se retrouve, chaque chose à sa place ainsi qu'il la laissa.
« Les valets n'ont jamais pouvoir de rien changer. »

LE CHŒUR

Réjouis de ce beau trésor
Sans cesse accrus, tes yeux, ton cœur.
L'ornement des chaînes, l'éclat des couronnes,
Reposent ici orgueilleux et fiers
Mais pénètre donc et provoque-les,
Vite, ils vont s'armer.
J'aime à voir le combat que livre la beauté
Contre l'or et les perles et les pierres précieuses.

HÉLÈNE

Alors un nouveau commandement du seigneur retentit :
Lorsque tu auras tout vérifié ainsi qu'il convient,
Prends autant de trépieds qu'il te semblera nécessaire
Et tous les vases divers que le sacrificateur désire
Avoir à sa portée pour accomplir les rites sacrés,
Les chaudrons, les coupes aussi et l'aiguière ronde ;
Que l'eau la plus pure, puisée à la source sacrée,
Emplisse les hautes amphores ; puis le bois sec également
Si prompt à recevoir la flamme, songe à le préparer.
Et qu'il ne manque pas enfin une lame bien affilée.
Quant à tout le reste, à ton gré, je le laisse à ta diligence.
Ainsi dit-il en me pressant pour le départ, sans désigner,
Lui qui ordonne, nulle créature au souffle vivant
Qu'il veuille abattre en sacrifice pour honorer ceux de l'Olympe.
Bien que ceci soit inquiétant, je n'ai pas à m'en soucier
Et laisse tout à la sagesse mystérieuse de Dieux augustes
Qui accomplissent ce qui semble utile à leurs desseins,

Que cela soit estimé bon ou bien soit estimé mauvais
Par les hommes. Car nous mortels, devons supporter tout cela.
Souvent le sacrificateur, ayant brandi la lourde hache
Sur le garrot courbé à terre de l'animal,
N'a pu exécuter sa tâche, empêché par l'ennemi proche
Ou par l'intervention divine.

LE CHŒUR

Ce qui se produirait, tu ne le devines.
Reine, avance donc
Avec bon courage ;
Le bien ou le mal,
C'est sans qu'on l'attende
Qu'il survient pour l'homme
Et même prédit, nous n'y croyons pas.
Troie enfin brûla, nous-mêmes nous vîmes
De nos yeux la mort, une mort infâme ;
Et pourtant nous sommes
Ici près de toi, tout à ton service.
Nous voyons du ciel l'aveuglant soleil
Ainsi que sur terre, suprême beauté,
Pour notre bonheur, toi-même et ta gloire.

HÉLÈNE

Quoi qu'il en soit, quoi qu'il advienne, il m'appartient
De monter sans tarder jusqu'à la royale demeure
Qui, longtemps négligée, tant regrettée, presque perdue,
Est de nouveau devant mes yeux, comment, je ne le sais.
Mes pieds ne les gravissent plus avec cette même allégresse,
Les hautes marches que d'un bond d'enfant jadis je franchissais.

(Elle sort.)

LE CHŒUR

Rejetez, mes sœurs,
Tristes prisonnières,
Au loin vos souffrances ;
Partagez la joie
De votre maîtresse,
Le bonheur d'Hélène
Qui retrouve tard,
Mais d'un pied plus ferme,
L'âtre paternel.

Célébrez les Dieux
Sacrés, tutélaires,
Par qui l'exilé
Rejoint son pays.
Il brise ses liens,
Vole avec des ailes
Sur l'âpre chemin,
Quand vainement le prisonnier,
Etendant les bras aux créneaux,
Soupire pour tromper sa peine.
Mais d'elle un Dieu s'empara
Loin de son pays natal
Et, l'arrachant aux ruines
D'Ilion, la ramena
Dans la maison paternelle
Antique et renouvelée,
Après d'indicibles joies
Et souffrances pour que revivent
Les souvenirs de sa jeunesse.

PANTHALIS *(conduisant le chœur).*

Quittez à présent le sentier environné de joie de vos chants
Et tournez vers les battants de la porte vos regards,
Que vois-je, mes sœurs, n'est-ce pas la reine qui retourne
Et qui revient vers nous, émue, d'un pas précipité ?
Que se passe-t-il, ô grande reine, quel spectacle
Effrayant as-tu pu rencontrer au lieu de l'accueil des tiens
Dans les salles du palais ? Tu ne peux le cacher
Car je vois sur ton front se peindre le dégoût,
Noble courroux qui combat contre la surprise.

HÉLÈNE
(qui a laissé ouverts les battants de la porte, avec émotion).

A la fille de Zeus point ne sied la crainte vulgaire
Et l'effroi ne l'effleure pas de sa main légère et furtive ;
Mais l'horreur qui remonte à l'origine et qui sort
Du sein de l'antique nuit, revêtant encore mille formes,
Telle l'ardente nuée vomie par la gueule enflammée du mont
Et se dressant soudain, le cœur même du héros s'en émeut.
Ainsi les puissances stygiennes ont-elles aujourd'hui
Marqué pour moi de terreur l'entrée de cette maison
Et voici que ce seuil si souvent franchi, si longtemps espéré,

Tel un hôte congédié, je voudrais le fuir à présent.
Mais non, j'ai reculé jusqu'à la lumière et vous ne sauriez
Me repousser plus loin, qui que vous soyez, ô Puissances.
Je vais songer à la lustration car l'âtre flamboyant
Pourra, purifié, accueillir la maîtresse et le maître.

LA MENEUSE DU CHŒUR

Découvre, noble dame, à tes servantes
Qui t'assistent et te vénèrent, ce que tu as rencontré.

HÉLÈNE

Ce que j'ai vu, vous-mêmes il vous faut le voir de vos yeux
Si l'antique nuit n'a pas, dans son sein plein de prodiges,
Aussitôt englouti de nouveau l'être qu'elle avait suscité.
Mais afin que vous le sachiez, mes paroles vont tout vous dire ;
Lorsque je pénétrai sous le sévère portique de la royale demeure,
Avec solennité, songeant à mon devoir immédiat,
Je m'étonnai du silence qui régnait dans les corridors déserts,
La rumeur des serviteurs affairés ne venait pas frapper
L'oreille, ni le regard ne contemplait une activité empressée.
Et je ne voyais paraître nulle servante, nulle intendante
Pour saluer, selon la coutume, d'un mot bienveillant l'étranger.
Mais lorsque je me fus approchée du cœur du foyer,
Je vis, près des restes tièdes de cendre consumée,
Assise à terre, une sorte de grande femme voilée,
Qui semblait non pas dormir mais plutôt méditer.
Parlant en maître, je l'invitai alors au travail,
Supposant qu'elle était cette intendante, sans doute,
Qu'avait établie en partant la prévoyance de l'époux.
Mais la silhouette immobile reste là sous ses voiles ;
Sur ma menace enfin, elle fait, du bras droit, un geste
Comme pour me chasser du foyer et de la salle.
Je me détourne d'elle avec colère et me hâte
Vers les degrés, en haut desquels le thalamos
Orné se dresse, et près de lui la chambre des trésors ;
Mais ce prodige alors du sol se lève, rapide,
Me barrant le chemin avec autorité et se révélant
Dans sa maigre hauteur, avec ses yeux creux, injectés de sang,
Créature étrange qui trouble à la fois l'œil et l'esprit.
Mais mon discours est superflu ; car la parole en vain
S'efforce d'évoquer des formes d'une manière suggestive.
Voyez-la elle-même, puisqu'elle ose paraître à la lumière !

Ici nous sommes les maîtres jusqu'au retour de notre seigneur
[et roi,
Ces horribles avortons de la nuit, l'ami de la beauté,
Phœbus, les repousse dans les cavernes ou les subjugue.

(La Phorkyade apparaît sur le seuil entre les montants de la porte).

LE CHŒUR

J'ai beaucoup vu déjà, bien que les boucles
De la jeunesse ondulent encore autour de ma tempe ;
J'ai vu de bien terribles choses
Et l'horreur de la guerre et la nuit d'Ilion
Lors de sa chute.

Au milieu du tumulte et du nuage de poussière
Des guerriers au combat, j'ai entendu des Dieux
Les cris terribles et j'entendis de la Discorde
La voix d'airain retentir à travers la campagne
Vers les murailles.

Hélas, ils se dressaient encore, les remparts
D'Ilion, mais l'ardeur de la flamme
Gagnait déjà de proche en proche
Et s'étendait, tantôt ici ou tantôt là,
Attisée par le souffle de son propre ouragan
Sur la ville nocturne.

Fuyant, j'ai vu à travers la fumée et la flamme
Et le rougeoiement des langues ardentes,
Terrifiante, l'approche des Dieux en colère,
Prodigieuses silhouettes en marche,
Gigantesques à travers les sinistres
Vapeurs illuminées de feu.

L'ai-je vu ou bien mon esprit
Etreint d'angoisse a-t-il formé
Ces images confuses ? Je ne saurai jamais
Le dire, mais qu'ici cette chose horrible
Je l'aperçoive de mes yeux,
De cela je suis bien certain,
Je pourrais de ma main l'atteindre,
Si devant le danger la crainte
Ne me retenait pas.

Laquelle des filles
De Phorkys es-tu ?
C'est à cette engeance
Que je te compare.
Sans doute es-tu l'une
De ces grises Grées
Qui possèdent à tour de rôle
Un seul œil, une seule dent ?

Oses-tu bien, épouvantail,
Sous le regard d'un connaisseur,
De Phœbus même, te montrer ?
Avance, cependant, sans peur,
Car le laid, lui ne le voit pas,
De même que son œil divin
N'aperçut jamais l'ombre.

Cependant nous autres mortels,
Un triste destin nous oblige
A cette indicible souffrance
Que le réprouvé, le maudit
Pour l'éternité, cause à l'œil
De ceux qui aiment la beauté.

Oui, si tu viens nous défier,
Entends, entends donc l'anathème,
Entends la menace et l'insulte
Qui sort des lèvres maudissantes
De ces heureuses créatures
Qui furent formées par les Dieux.

LA PHORKYADE

C'est une ancienne parole dont le sens reste noble et vrai
Que la Pudeur et la Beauté jamais ne vont main dans la main,
Avançant sur la même voie, sur le vert sentier de la terre.
Profondément enracinée vit en elles une vieille haine,
De sorte que, dans quelque endroit que viennent à se rencontrer
Leurs routes, chacune d'entre elles tourne le dos à l'adversaire.
Puis chacune des deux poursuit, plus loin, plus violente encore,
La Pudeur en se désolant, la Beauté pleine d'impudence,
Jusqu'à ce qu'enfin l'engloutisse l'Orcus et ses creuses ténèbres,
Si la vieillesse toutefois auparavant ne l'a domptée.
Et je vous vois, ô effrontées, ô vous de l'étranger venues,

Vous répandre avec insolence, semblables au vol sifflant
Des grues à la voix rauque et résonnante, passant au-dessus
De nos têtes en long nuage, jetant vers nous un son strident,
Forçant le voyageur paisible à lever là-haut son regard ;
Mais elles passent leur chemin, lui le sien. Ainsi de nous-mêmes.
Qui donc êtes-vous pour oser, telles de sauvages Ménades,
Dans votre ivresse, environner de vos cris le palais du roi ?
Qui êtes-vous pour insulter de vos hurlements l'Intendante
De ce palais, comme des chiens aboyant en meute à la lune ?
Croyez-vous que me soit caché de quelle race vous sortez ?
Jeunesse qu'engendra la guerre et qui grandit dans les batailles,
S'offrant aux hommes et séduites en même temps que séduisantes,
Enervant toutes les vigueurs, de guerriers ou de citoyens ;
En vous voyant ainsi en tas, c'est un essaim de sauterelles
Que je crois voir venir s'abattre, piller la verdure des champs.
Dissipatrices du travail d'autrui, vous les avides
Destructrices de la richesse alors qu'elle est encore en germe.
Marchandise que l'on conquiert, qu'on échange ou vend au marché.

HÉLÈNE

Qui devant la maîtresse même ose gourmander les servantes,
Il touche impudemment au droit de celle qui règne au foyer.
A celle-ci seule appartient de louer ce qui le mérite
Comme, en revanche, de punir ce qui doit être condamné.
Or je m'estime satisfaite du service que ces suivantes
M'ont rendu quand, dans sa puissance, Ilion, d'abord assiégée,
Résista, tomba, expira et non moins lorsque nous subîmes
De notre longue course errante les amères vicissitudes,
Epreuve où chacun d'habitude tend à ne songer qu'à lui-même.
Et c'est aussi ce que j'attends ici de leur vive cohorte ;
Le maître demande au valet non ce qu'il est, mais comme il sert.
Ainsi, tais-toi. N'insulte plus de tes ricanements ces filles.
Si sur la demeure du roi tu sus veiller jusqu'à ce jour
En y remplaçant la maîtresse, cela est tout à ton éloge.
Mais puisqu'elle rentre aujourd'hui, il sied qu'à ton tour tu [t'effaces,
Pour ne pas qu'une punition remplace un salaire mérité.

LA PHORKYADE

Tancer les gens de la maison demeure le haut privilège
Réservé à l'auguste épouse du souverain aimé des Dieux
Et qu'un sage gouvernement de tant d'années, certes, mérite.

Mais puisque aujourd'hui tu reprends, comme reine et comme [maîtresse,
A nouveau par tous reconnue, la place qui était la tienne,
Saisis les rênes qui flottèrent pendant longtemps et règne donc,
Reprends possession du trésor et de nous toutes avec lui,
Mais, avant tout, protège-moi, moi qui suis ici la doyenne,
De ce troupeau qui n'est jamais, auprès de ta beauté de cygne,
Que bande d'oies mal emplumées aux voix criardes, jacassantes

LA CHORYPHÉE

Comme elle est laide la laideur s'exhibant près de la beauté !

LA PHORKYADE

Et qu'elle est sotte la sottise qui paraît près de la sagesse !
(A partir d'ici, les Chorétides ripostent, sortant à tour de rôle du chœur.)

PREMIÈRE CHORÉTIDE

Parle-nous de ton père l'Erèbe, parle-nous de ta mère la Nuit.

LA PHORKYADE

Parle, toi, de Scylla qui fut ton propre frère.

DEUXIÈME CHORÉTIDE

A l'arbre de ta race on voit plus d'un monstre grimper.

LA PHORKYADE

Descends donc dans l'Orcus y chercher ta famille.

TROISIÈME CHORÉTIDE

Celles qui sont là-bas, sont toutes jeunes à côté de toi.

LA PHORKYADE

Tirésias le vieillard, prends-le donc pour amant.

QUATRIÈME CHORÉTIDE

La nourrice d'Orion fut ton arrière-arrière-petite-fille.

LA PHORKYADE

Et les Harpies, je pense, te nourrissent d'ordure.

CINQUIÈME CHORÉTIDE

De quoi nourris-tu, toi, cette maigreur affectée ?

LA PHORKYADE

Pas de sang, en tout cas, dont tu es si gourmande.

SIXIÈME CHORÉTIDE

Avide de cadavres et cadavre toi-même.

LA PHORKYADE

Toi, ton bec insolent a des dents de vampire.

LA CHORYPHÉE

Et le tien se taira si je dis qui tu es.

LA PHORKYADE

Bon ! Nomme-toi toi-même et l'énigme est trouvée.

HÉLÈNE

C'est sans colère, avec tristesse, que je m'interpose entre vous
En interdisant désormais ces débordements de querelle.
Car il n'est rien de plus nuisible pour le maître d'une maison
Que la discorde qui se glisse entre fidèles serviteurs.
L'écho de ses commandements alors vers lui ne revient plus,
Portant harmonieusement une action vite accomplie,
On l'entend qui bruit alentour dans un capricieux vacarme,
Pour troubler le maître lui-même qui vainement tonne et menace.
Ce n'est pas tout, car vous avez, dans votre colère indécente,
Evoqué les tristes images de créatures de terreur
Qui m'environnent à présent et font que je me crois moi-même
Entraînée vers l'Orcus alors que je suis là dans ma patrie.
Est-ce un effet de la mémoire, une illusion qui m'atteint ?
Fus-je cela ? Le suis-je encor ? Et le serai-je à l'avenir
Cette image d'horreur, de rêve ; la dévastation de cités ?
Ces filles devant moi frissonnent, mais toi, toi qui es la doyenne,
Tu restes là, imperturbable. Allons, parle-moi sensément.

LA PHORKYADE

Celui qui se souvient de longues années de multiple bonheur,
La faveur des Dieux la plus haute finit par lui sembler un rêve.
Mais toi qui reçus privilèges hors de toute mesure et borne,

Tu n'as vu, au cours de ta vie, que des hommes brûlant d'amo
Et prompts à se précipiter dans les plus folles aventures.
Thésée, déjà en ton aurore, t'avait saisie, plein de désir,
Lui qui fut fort comme Héraclès, homme d'une beauté sublim

HÉLÈNE

Il m'enleva lorsque j'étais biche svelte âgée de dix ans ;
Le château d'Aphidnos, alors, me tint prisonnière en Attique.

LA PHORKYADE

Mais bientôt tu fus délivrée par Castor et Pollux, son frère,
Et tu devins l'objet des vœux des plus illustres des héros.

HÉLÈNE

Et celui d'entre tous qui sut gagner en secret ma faveur,
Ce fut Patrocle, je l'avoue, lui, l'égal du fils de Pélée.

LA PHORKYADE

Mais la volonté de ton père te fiança à Ménélas,
L'audacieux coureur de mers et le gardien de sa demeure.

HÉLÈNE

Avec sa fille il lui donna la charge aussi de son royaume
Et, du commerce conjugal, il naquit alors Hermione.

LA PHORKYADE

Mais lorsqu'il alla conquérir au loin l'héritage de Crète,
A toi qui restais solitaire apparut un hôte trop beau.

HÉLÈNE

Pourquoi me faire souvenir ici de ce dernier veuvage,
Et de l'affreuse destinée qui en est résultée pour moi ?

LA PHORKYADE

Cette expédition pour moi, qui était née libre Crétoise,
M'apporta la captivité, pour longtemps me rendit esclave.

HÉLÈNE

Ménélas te fit aussitôt intendante de ce palais ;
Il te confia son château, son trésor hardiment acquis.

LA PHORKYADE

Que tu quittas, cinglant alors vers Ilion, la grande ville
Ceinte de tours, et vers l'amour aux plaisirs jamais épuisés.

HÉLÈNE

Ah ! ne rappelle pas ces joies ! Car sur mon cœur et sur ma tête
Se répandit l'immensité d'une trop amère souffrance.

LA PHORKYADE

Mais ne prétend-on pas aussi que tu pris une double forme,
Que l'on te vit en Ilion, mais également en Egypte ?

HÉLÈNE

N'augmente pas l'égarement d'un esprit déjà plein de trouble.
Maintenant même, en ce moment, quelle je suis, je n'en sais rien.

LA PHORKYADE

On dit encore que, sortant du royaume des vaines ombres,
Achille aussi s'unit à toi dans toute l'ardeur de l'amour,
Lui qui t'avait aimée jadis contre les décrets du destin.

HÉLÈNE

C'était alors comme une idole qu'à cette idole je m'unis.
Ce fut un rêve seulement et les mots l'expriment eux-mêmes.
Je sens que je m'évanouis et deviens à moi-même idole.

(Elle tombe, soutenue par les bras du chœur.)

LE CHŒUR

Tais-toi, tais-toi donc,
Perverse de regards et de parole !
Que peut-il sortir de ces lèvres,
De cette bouche à dent unique,
Caverne hideuse et terrible !

Le méchant, feignant la bonté,
Loup sous la toison de brebis,
Me paraît bien plus dangereux
Que le chien à la triple gueule.
Nous voici épiant, craintives,
Quand donc, comment va-t-il surgir
Dans toute sa malignité,
Le monstre tapi qui nous guette ?

Ainsi donc, au lieu de la douce et suave parole
Consolante, amicale et versant l'onde du Léthé,
Des jours passés, tu ne ramènes
Que le pire et non le meilleur
Et tu assombris à la fois
Aussi bien l'éclat du présent
Que la lumière d'espérance
Qui se levait, douce, pour l'avenir.

Tais-toi, tais-toi donc,
Afin que l'âme de la reine
Prête, déjà, de s'exhaler
Demeure encore et nous conserve
La plus sublime des beautés
Qu'éclaira jamais le soleil.

(Hélène s'est remise et se tient de nouveau parmi le chœur.)

LA PHORKYADE

Sors des fugitives nues, noble soleil de ce jour,
Qui nous charmais sous un voile, puis règne dans ta splendeur.
Le monde qui se déroule, tu le suis d'un clair regard,
Quoiqu'on me traite de laide, je reconnais la beauté.

HÉLÈNE

Je sors de la solitude qui m'entourait de vertige,
Je n'aspire qu'au repos tant je sens las tous mes membres,
Mais il sied aux souveraines, il sied à tout être humain,
D'affronter avec courage les surprises, les menaces.

LA PHORKYADE

Te voilà dans ta grandeur, dans ta beauté devant nous,
Ton regard déjà commande ; dis-nous donc, qu'ordonnes-tu ?

HÉLÈNE

Songez donc à réparer l'effet de votre querelle,
Préparez le sacrifice que le roi m'a commandé.

LA PHORKYADE

Tout est prêt dans la demeure : trépied, bassin, hache affilée,
Pour l'eau lustrale et l'encens. Désigne-nous la victime.

HÉLÈNE

Le roi ne m'en a rien dit.

LA PHORKYADE

Rien dit ? Sinistre parole !

HÉLÈNE

De quoi t'affliges-tu donc ?

LA PHORKYADE

Reine, c'est à toi qu'il pense.

HÉLÈNE

Moi ?

LA PHORKYADE

Ainsi qu'elles.

LE CHŒUR

Malheur !

LA PHORKYADE

Tu périras par la hache.

HÉLÈNE

C'est affreux ! Je m'en doutais. Hélas !

LA PHORKYADE

C'est inévitable.

HÉLÈNE

Et nous ? Que nous fera-t-on ?

LA PHORKYADE

Sa mort du moins sera noble ;
Vous, à la plus haute poutre portant le faîte du toit,
Telles grives au lacet, vous danserez à la file.

(Hélène et le chœur, stupéfaites et effrayées, forment un groupe expressif et bien ordonné.)

LA PHORKYADE

Fantômes ! vous vous tenez là comme des images figées,
Ayant peur de quitter un jour qui cependant n'est pas à vous.
Et les hommes, qui sont aussi des fantômes comme vous l'êtes,
Ne renoncent pas volontiers au splendide éclat du soleil ;
Point de prière ou de sauveur qui d'eux puisse éloigner le terme
Tous le savent, mais peu d'entre eux à qui la chose puisse plaire
Bref, vous êtes toutes perdues. Ainsi, promptement à l'ouvrage

(Elle frappe dans les mains ; des nains masqués apparaissent à la porte et exécutent avec promptitude les ordres qu'elle donne.)

Approchez, monstres ténébreux, aux ventres ronds comme
[des balles !
Venez en roulant dans ces lieux où vous pourrez nuire à l'envi,
Disposez l'autel portatif que décorent des cornes d'or,
Placez la hache étincelante ici, sur le rebord d'argent
Et remplissez les cruches d'eau, car il conviendra de laver
Du sang noir l'atroce souillure. Etendez le riche tapis
Dans la poussière, afin que, s'agenouillant, la victime
Royale y soit enveloppée, la tête tranchée il est vrai,
Mais n'en reçoive cependant pas moins décente sépulture.

LA MENEUSE DU CHŒUR

La reine se tient à l'écart, plongée au sein de ses pensées,
Les filles semblent se faner comme l'herbe des champs
[qu'on fauche,
Mais pour moi qui suis la plus vieille, je crois que mon sacré devo
Est de discuter avec toi, ô la doyenne des doyennes !
Tu es sage, expérimentée, bien disposée à notre égard,
Bien que leur troupe sans cervelle, te méconnaissant, t'ait blessée
Aussi dis-nous si tu connais quelque voie de salut encore.

LA PHORKYADE

Facile à dire. Il ne dépend que de notre reine elle-même
De sauver sa vie et peut-être les vôtres accessoirement.
Mais il faut de la décision et, vraiment, de la plus rapide.

HÉLÈNE

Laisse-leur l'effroi. Moi, j'éprouve de la douleur, non de la crainte
Mais si tu sais quelque secours, nous t'en serons reconnaissantes

La sagesse et l'expérience, en effet, trouvent bien souvent
Possible encore l'impossible. Parle et dis-nous ce que tu peux.

LE CHŒUR

Parle, dis-nous, dis-nous vite, comment échapperons-nous
Aux lacets hideux, atroces, affreux colliers qui menacent
D'enserrer bientôt nos cous ? Nous nous sentons à l'avance
Etouffer et suffoquer, si tu n'as pitié de nous,
O Rhéa, de tous les Dieux mère auguste.

LA PHORKYADE

Aurez-vous donc la patience d'écouter longtemps sans parler
Le récit que je vais vous faire ? Ce sont là d'étranges histoires.

LE CHŒUR

La patience, nous l'aurons, car nous vivrons en écoutant.

LA PHORKYADE

Celui qui reste à la maison, conservant son noble trésor,
Et qui sait recrépir les murs de sa très auguste demeure,
Qui sait protéger la toiture contre la ruée de la pluie,
Tous les jours nombreux de sa vie celui-là pourra vivre heureux
Mais celui qui, légèrement, d'une semelle fugitive,
Franchit avec témérité la ligne sacrée de son seuil,
A son retour il trouvera sans doute encor l'ancienne place,
Mais tout y sera dérangé et peut-être même détruit.

HÉLÈNE

Pourquoi nous répéter ici tous ces proverbes rebattus ?
Tu veux conter, non évoquer de désagréables images.

LA PHORKYADE

C'est de l'histoire que je fais et nullement de vains reproches.
Courant d'abord de baie en baie, Ménélas agit en pirate,
Et les rivages et les îles, il les traitait en ennemis,
Puis revint chargé du butin qui dort là, dans cette demeure.
Devant Ilion il passa ensuite dix longues années
Et je ne sais combien encore il lui fallut pour le retour.
Mais que sont devenus ces lieux auprès de la demeure auguste
De Tyndare ? Et qu'est devenu tout le royaume d'alentour ?

HÉLÈNE

L'insulte t'est donc maintenant à ce point chevillée au corps,
Que tu ne puisses sans blâmer jamais plus agiter ta lèvre ?

LA PHORKYADE

Ainsi, durant bien des années, elle est restée à l'abandon,
La haute vallée que l'on voit dominer Sparte vers le Nord,
Elle qui s'adosse au Taygète, où coule, encor joyeux ruisseau
Descendant vers nous, l'Eurotas, avant qu'il ne vienne en ce va
Elargi, parmi les roseaux, nourrir la troupe de vos cygnes.
Là-derrière, en cette vallée, s'en vint une race hardie
Qui s'y établit, arrivant des ténèbres cimmériennes,
Et s'y construisit un château, un burg puissant, inaccessible,
D'où elle pille le pays et ses habitants à loisir.

HÉLÈNE

Ils auraient accompli cela ? La chose paraît impossible.

LA PHORKYADE

Ils en ont eu le temps : cela remonte à vingt années peut-être.

HÉLÈNE

Ont-ils un chef ? Ou bien sont-ils brigands nombreux, confédérés

LA PHORKYADE

Non, ce ne sont pas des brigands, mais l'un d'entre eux est,
[seul, le chef.
Je ne lui en veux pas, encore qu'il m'ait déjà rendu visite.
Il aurait pu tout emporter, mais il s'est contenté de quelques
Dons volontaires, disait-il, sans vouloir parler de tribut.

HÉLÈNE

Et d'apparence ?

LA PHORKYADE

Il n'est pas mal et, pour moi, il me plaît déjà.
C'est un homme vif et hardi, bien fait aussi de sa personne,
En bref un homme intelligent, comme il en est peu chez les Grec
Ce peuple est traité de barbare, mais je ne sache pas, vraiment,
Qu'un d'entre eux soit aussi cruel que l'un de ces héros sans
[nombre

Que l'on vit devant Ilion se conduire en anthropophages.
Il est généreux, je l'estime et j'aurais confiance en lui.
Quant à son château ! Il faudrait que vous le vissiez de vos yeux.
C'est autre chose assurément que ces grossières murailles
Que vos pères, au petit bonheur, ont entassé, cyclopéennes,
En vrais Cyclopes qui jetaient hâtivement le rocher brut
Sur le rocher. Là-bas, par contre, là-bas tout est fait à l'équerre,
Horizontal et vertical et régulier.
Vue du dehors, cette demeure semble se dresser vers le ciel,
Massive, bien d'aplomb, lisse comme un miroir d'acier.
L'escalader... La pensée même se dérobe.
Puis au-dedans, de grandes cours, vastes espaces ; tout autour
Se trouvent divers bâtiments, à toutes fins, de toutes sortes.
Là colonnes et colonnettes et puis des arcs et des arceaux,
Des balcons et des galeries pour voir au-dedans, au-dehors,
Des armoiries.

LE CHŒUR

Que sont des armoiries ?

LA PHORKYADE

Ajax, vous l'avez vu,
De vos yeux, sur son bouclier portait un serpent qui se love
Et les Sept aussi, devant Thèbes, ils avaient sur leur bouclier,
Chacun d'eux, de riches images qui signifiaient beaucoup de choses.
On y voyait étoiles, lune, sur le nocturne firmament,
Des déesses et des héros, et torches, épées et échelles
Et tout ce qui peut menacer cruellement les bonnes villes.
De tels symboles en portait aussi notre troupe héroïque,
Venus des plus lointains ancêtres, étincelant de cent couleurs.
Vous pouviez y voir des lions, des aigles, des becs et des serres,
Puis aussi des cornes de buffle, et queues de paon, ailes et roses,
Et des bandes, noires ou or, d'autres d'argent, d'azur ou rouges.
Des salles vraiment sans limites, aussi vastes que l'univers ;
Là, vous pourriez danser.

LE CHŒUR

Dis-nous : on y trouve donc des danseurs ?

LA PHORKYADE

Et des meilleurs ! Toute une troupe de frais garçons, aux
[boucles d'or.

Comme ils respirent la jeunesse ! Seul Pâris avait ce parfum
Quand il s'approcha de la reine, un peu trop près.

HÉLÈNE

Tu sors, ici,
De ton rôle complètement. Dis-moi enfin ton dernier mot.

LA PHORKYADE

C'est toi qui diras le dernier : un oui clair et bien réfléchi ;
Et, dans l'instant, de ce château je t'entoure.

LE CHŒUR

Prononce-le
Ce mot si bref et sauve-toi et sauve-nous en même temps !

HÉLÈNE

Eh quoi ! Devrais-je redouter de voir Ménélas, notre roi,
S'en prendre à moi avec autant de cruauté, ainsi me nuire ?

LA PHORKYADE

As-tu donc oublié comment il lacéra ton Déiphobe,
Le frère même de Pâris, quand, celui-ci mort au combat,
Il fit une cour obstinée à sa veuve alors, à toi-même
Et que tu fus sa concubine ? On lui coupa nez et oreilles,
Et même davantage encore. C'était abominable à voir !

HÉLÈNE

Il fit cela, mais à cet homme et ce fut à cause de moi.

LA PHORKYADE

Maintenant à cause de lui, il agira pour toi de même.
La beauté est indivisible et qui toute la posséda,
Il préférera la détruire, maudissant l'idée d'un partage.

(Trompettes dans le lointain, le chœur frissonne.)

Comme le fracas des trompettes saisit oreilles et entrailles
D'un son aigu et déchirant, de même la jalousie plonge
Ses griffes dans le cœur de l'homme qui ne peut jamais oublier
Ce que jadis il posséda, mais qu'il perdit et qu'il n'a plus.

LE CHŒUR

N'entends-tu pas sonner les trompes ? Ne vois-tu pas l'éclair
[des armes ?

LA PHORKYADE

Bienvenue, mon Seigneur et Roi, je suis prête à rendre mes
[comptes.

LE CHŒUR

Mais nous ?

LA PHORKYADE

Vous, vous le savez bien. Vous voyez la mort de la reine,
Là-dedans est aussi la vôtre. Non, nul ne peut plus vous aider.

(Silence.)

HÉLÈNE

J'ai bien médité au parti qu'il convenait pour moi de prendre.
Que tu sois un mauvais démon, cela je le sens dans mon cœur,
Et je crains de te voir user du bien pour le changer en mal.
Mais pourtant j'accepte avant tout de te suivre jusqu'au château.
Quant au restant, c'est mon affaire. Ce que la souveraine, au fond
De sa poitrine, peut encore cacher de mystérieux
Que nul n'y ait accès. Vieille, marche devant !

LE CHŒUR

Avec quel bonheur nous partons
D'un pied rapide,
Derrière nous la mort,
Devant nous, encore une fois,
Une forteresse se dresse
Aux inaccessibles murailles ;
Qu'elle puisse nous protéger
Comme le château d'Ilion
Qui ne tomba, finalement,
Que par une honteuse ruse.

(Les brouillards se répandent, enveloppant le fond de la scène, ou le premier plan, comme on le préférera.)

Comment ? Qu'est-ce donc ?
Voyez là, mes sœurs !

Quoi, ne faisait-il pas grand jour ?
Voici que la brume en traînées s'élève,
Monte du flot sacré de l'Eurotas.
Elle a disparu loin de nos regards,
Cette belle rive avec ses roseaux ;
Et les cygnes, libres et fiers,
Gracieux, qui glissaient sur l'onde,
Tout heureux de nager ensemble,
Hélas, je ne les aperçois plus
Et pourtant, et pourtant,
C'est leur chant que j'entends,
C'est leur voix, leur voix rauque et lointaine
Qui présage la mort, prétend-on.
Puisse-t-elle à présent, pour nous-mêmes,
Au lieu du salut espéré,
Ne pas être un message funeste à la fin
Pour nous qui ressemblons aux cygnes,
Avec nos beaux cols, longs et blancs,
Pour la reine, fille d'un cygne ;
Malheur, trois fois malheur à nous.

Mais déjà, tout autour de nous,
Le brouillard a tout recouvert.
Nous ne nous voyons plus nous-mêmes !
Que se passe-t-il ? Marchons-nous ?
Ou flottons-nous seulement
En piétinant sur le sol ?
Ne vois-tu rien ? Est-ce, peut-être,
Hermès qui marche devant nous ?
N'est-ce pas l'or du caducée
Qui brille, ordonnant le retour
Vers le pénible, le grisâtre
Désert éternel de l'Hadès,
Plein de formes insaisissables ?

Oui, voici que tout devient sombre, un brouillard terne se dérou
Gris sinistre, brun de muraille, et des murs sont devant nos yeu
Obstacles aux libres regards. Est-ce une cour, est-ce une fosse ?
C'est effrayant dans tous les cas ! O mes sœurs, nous sommes
[captives,
Ah ! plus captives que jamais.

INTÉRIEUR DU CHATEAU FORT

entouré de riches et fantastiques bâtiments du Moyen Age

LA MENEUSE DU CHŒUR

Trop promptes, irréfléchies, en vraies femmes que vous êtes !
Dépendantes du moment, jouet d'un souffle qui passe,
Du bonheur et du malheur ! Vous qui ne sûtes jamais
Supporter d'une âme égale, l'un ou l'autre. Toujours l'une
Contredit l'autre avec fougue et les autres la première.
Dans la joie et la douleur seulement, à l'unisson
Vous riez et vous pleurez. Mais taisez-vous. Attendez
Ce que pour elle et pour nous décidera notre reine.

HÉLÈNE

Où donc es-tu, Pythonisse, ou de quel nom qu'on te nomme ?
Sors maintenant hors des voûtes de ce sombre château fort.
Si tu es allée, peut-être, voir ce héros admirable
Pour m'annoncer, préparer l'accueil qu'il voudra me faire,
Alors sois-en remerciée et conduis-moi vite à lui.
Je voudrais voir finir l'errance et n'aspire plus qu'au repos.

LA MENEUSE DU CHŒUR

C'est en vain que tu cherches, reine, de tous côtés autour de toi :
Cette vilaine figure a disparu, restée peut-être
Au sein là-bas, de ce brouillard duquel, je ne sais point comment,
Nous avons pu sortir si vite et cependant sans faire un pas.
Ou peut-être bien qu'incertaine, errante, dans le labyrinthe
Du château où maints éléments forment une étrange unité,
Elle interroge le seigneur en vue d'un princier accueil.
Mais vois comme déjà, là-haut, une foule partout s'agite,
Venant emplir les galeries, les fenêtres et les portails,
Ce sont de nombreux serviteurs qui s'affairent de toutes parts,
Faisant présager un accueil favorable et plein de noblesse.

LE CHŒUR

Comme bondit mon cœur ! Voyez là-bas descendre,
Marchant modestement et d'un pas retenu,
En cadence, ce jeune et sublime cortège.
Quel gracieux maintien ! Comment et sur quel ordre
Apparaît-il en rangs, discipliné déjà,
Ce peuple merveilleux de beaux adolescents ?
Qu'admirerai-je plus ? Cette gentille allure,
Ces boucles entourant ces fronts éblouissants,
Ou bien ces jeunes joues, roses comme la pêche,
Et comme elles vêtues de ce duvet suave ?
J'y mordrais volontiers, mais je tremble de crainte :
En un semblable cas la bouche s'est remplie
— Chose effroyable à dire — de cendre.

Les plus beaux de tous
Viennent à présent.
Que portent-ils donc ?
Les marches du trône,
Le tapis, le siège,
Tenture, ornements
Comme pour un dais
Qui de haut, de bien haut, surmonte
En couronnes de nuages
La tête de notre reine.
Car elle est montée déjà,
Invitée, au fauteuil sublime.
Avancez-vous,
De marche en marche,
Graves, alignez-vous !
Digne, digne, triplement digne,
Que soit béni un tel accueil.

(Tout ce qu'exprime le chœur s'accomplit au fur et à mesure.)

FAUST. *Après que les pages et les écuyers ont longuement défilé, il apparaît en haut de l'escalier dans le vêtement de cour des chevaliers du Moyen Age et descend avec une majestueuse lenteur.*

LA MENEUSE DU CHŒUR *(l'observant avec attention).*

Si les Dieux n'ont pas à cet homme, ainsi qu'ils le font bien [souvent,

Prêté peu de temps seulement cette merveilleuse prestance,
La noblesse de son maintien, ce pouvoir de séduction,
Ainsi que des dons passagers, alors il n'est pas d'entreprise
Où il ne doive réussir, que ce soit la bataille d'hommes
Ou la petite guerre encore qui se livre contre les belles.
Sur beaucoup d'autres que j'ai vus entourés d'une haute estime,
Il faut l'avouer, celui-ci mérite bien la préférence.
A pas graves et lents que le respect retient encore,
Voici le prince qui s'avance. Reine, retourne-toi !

FAUST *(s'approchant, un homme enchaîné à ses côtés).*

Au lieu du solennel accueil qui s'imposait,
D'un hommage plein de respect, vois, je t'amène,
Couvert de chaînes, ce serviteur qui, manquant
A son devoir, m'a privé d'accomplir le mien.
A genoux ! Et devant la plus haute des dames,
Viens faire ici l'aveu de ce que fut ta faute.
Vois devant toi, sublime souveraine, l'homme
A l'étonnant regard perçant comme l'éclair,
Qu'on plaça pour sonder du sommet de la tour
Les espaces du ciel, l'étendue de la terre,
Et tout ce qui pourrait ici, là, se mouvoir
Des collines du val jusqu'à ce château fort,
La vague d'un troupeau ou quelque armée peut-être,
Afin que nous puissions protéger celui-ci,
Affronter l'autre. Aujourd'hui, quelle négligence !
Tu viens, il n'en dit rien. Et voilà qu'est manqué
L'accueil qui t'était dû, les honneurs qu'il faut rendre
A l'hôte d'un tel rang. Ce forfait doit coûter
A cet homme la vie et déjà dans le sang
D'une mort méritée il baignerait, mais seule
Tu peux, comme il te plaît, gracier ou punir.

HÉLÈNE

Recevant de tes mains la haute dignité
De juge ainsi que de souveraine, serait-ce
Pour m'éprouver, selon qu'ici je le présume,
J'accomplis cependant cette première tâche
Du juge. Entendre les accusés. Parle donc.

LYNCÉE *(le veilleur de la tour).*

Permets qu'à genoux je me pâme,
— De vivre ou de mourir heureux —

Devant celle, présent des dieux,
Qui déjà possède mon âme.

J'attendais une aube de rêve,
Je l'épiais à l'Orient,
Mais soudain le soleil se lève
Au Sud, miraculeusement.

Oubliant le vallon, la cime,
La terre et le ciel tout entiers,
D'elle, l'Unique, la Sublime,
Mes yeux devinrent prisonniers.

Tel le lynx au sommet d'un chêne,
Mon regard est un rayon sûr,
Mais ici je lutte avec peine,
Comme en un songe lourd, obscur.

Où me trouvé-je ? Je l'ignore.
Où sont créneaux, portes et tour ?
La brume court, s'efface encore,
La déesse apparaît au jour.

Regards et cœur tournés vers elle,
Je bois ce doux éclat, troublé ;
Devant l'éblouissante belle,
Ebloui, je fus aveuglé.

Du veilleur j'oubliai les tâches,
Jusqu'à mon cor assermenté ;
Pour m'anéantir tu te fâches...
Mais que ne dompte la Beauté ?

HÉLÈNE

Le mal qui vient de moi, il ne m'est pas permis
De le punir. Malheureuse ! Quel destin sévère
Me poursuit, qui m'oblige à tromper en tous lieux
Le cœur des hommes et fait qu'ils ne s'épargnent pas,
Ni nulle dignité. Que pillards maintenant,
Ravisseurs, combattants, emportés au hasard,
Demi-dieux et héros, dieux, jusqu'aux démons même,
M'aient menée, égarée ici et là, sans fin.

Unique, j'ai troublé le monde. Et double, plus encore ;
Triple et quadruple j'ai provoqué misère après misère ;
Renvoie cet homme bon. Rends-lui sa liberté,
Que trompé par les Dieux, ne l'atteigne la honte.

FAUST

Je vois avec surprise, ô reine, en même temps
La sûre chasseresse auprès de sa victime ;
Je vois l'arc dont partit le trait qui la blessa ;
Les traits suivent les traits et chacun d'eux me touche ;
Je devine partout leur présence empennée
Qui se croise en sifflant dans le château, l'espace.
Que deviens-je à présent ? Tu fais se rebeller
D'un coup tous mes fidèles et tu rends mes murailles
Peu sûres et déjà mon armée, je le crains,
T'obéit, Invaincue, toujours Victorieuse.
Que puis-je alors sinon de me livrer à toi,
Avec ce que l'erreur me faisait croire mien ?
Permets donc qu'à tes pieds, homme libre et fidèle,
Je reconnaisse en toi la fière suzeraine
Qui, paraissant, gagna mon trône et tout mon bien.

LYNCÉE *(portant une caisse, suivi d'hommes qui en portent d'autres).*

Tu me vois de retour, ô reine !
Riche, mendiant tes regards
Me sentant, t'ayant vue à peine,
Gueux comme Job, riche à milliards.

Qu'étais-je auparavant ? Que suis-je ?
Que vouloir et comment agir ?
Mon regard de lynx, ô prodige,
Sur ton trône vient rejaillir.

Venu de l'Est, nous nous ruâmes
Et l'Occident fut à nos pieds,
Masse de peuple, océan d'âmes,
Premiers ignorants des derniers.

Le premier meurt, l'autre s'avance,
Le troisième vient par-dessus ;
A chacun centuple vaillance ;
Mille tombent inaperçus.

Course, assaut, ardeur sans pareille,
Nous voilà maîtres du terrain,
Mais où je commandais la veille,
L'autre pille le lendemain.

Sous nos regards, scènes rapides :
L'un prend la reine des beautés,
L'autre les taureaux intrépides,
Tous les chevaux sont emportés.

Moi, le seul butin qui m'obsède,
C'est celui qu'on n'a jamais vu.
Ce qu'un autre déjà possède
Pour moi ne vaut pas un fétu.

De chaque trésor je m'approche ;
Par la puissance de mes yeux
Je vois au fond de chaque poche,
Dans tous les coffres précieux.

De masses d'or ainsi j'hérite,
De pierres de haute valeur...
L'émeraude seule mérite
D'étinceler près de ton cœur.

Qu'entre ton oreille et ta bouche
La perle énorme que voilà
Pende. Le rubis s'effarouche
Car ta joue en ternit l'éclat.

Cette richesse qui surpasse
Tout, je l'amène en ta maison ;
A tes pieds je veux qu'on l'entasse,
Des combats sanglante moisson.

Outre ces caisses que j'apporte,
J'ai des coffres de fer encor ;
Accepte-moi dans ton escorte,
J'en remplirai tout ton trésor.

Vers le trône ton pied s'élance,
Déjà l'on voit, en vérité,
Force, richesse, intelligence
S'incliner devant la beauté.

Ce que je gardais pour moi-même,
Ce trésor, qu'il devienne tien.
Je lui croyais vertu suprême
Et je vois que ce n'était rien.

Ce que je possédais s'efface,
Herbe flétrie et sans couleur.
Qu'un regard venu de ta grâce
Lui rende toute sa valeur !

FAUST

Ote au plus tôt d'ici ce butin téméraire ;
Tu n'auras point de blâme et pas de récompense,
Car tout est sien, déjà, de ce que ce château
Renferme dans ses murs. Quelque don que ce soit
Pour elle est inutile. Entasse les trésors,
Aligne-les, dispose en spectacle sublime
Leur splendeur jamais vue. Fais rayonner les voûtes
Comme de nouveaux cieux, dresse des paradis
De vie inanimée et, prévenant ses pas,
Déroule les tapis fleuris près des tapis,
Qu'un sol moelleux partout soit offert à ses pieds,
Mais à ses yeux, l'éclat suprême, insoutenable
Pour tout autre regard que ceux d'être divins.

LYNCÉE

Maître, c'est peu que tu m'ordonnes,
Ce sera fait en un clin d'œil :
Gouvernant les biens, les personnes,
Cette beauté, dans son orgueil,
A subjugué toute l'armée ;
Plus de tranchant à notre épée ;
Près de l'ineffable splendeur
Le soleil terne est sans ardeur
Et devant ce riche visage,
Tout devient néant, vaine image.

(Il sort.)

HÉLÈNE *(à Faust).*

Je voudrais te parler, mais approche d'abord
Et monte à mon côté, car cette place vide
Appelle un maître et peut m'assurer de la mienne.

FAUST

Permets qu'auparavant je t'offre à deux genoux,
Noble dame, un hommage fidèle. La main
Qui m'élève vers toi, souffre que je l'embrasse.
Fais-moi le co-régent de ton empire immense,
Ignorant sa frontière, et gagne en un seul homme
L'adorateur, l'esclave avec le protecteur.

HÉLÈNE

Je vois ici, j'entends de multiples prodiges,
Je suis surprise et voudrais beaucoup demander.
Mais d'abord j'aimerais que l'on m'apprît pourquoi
Le discours de cet homme est étrange et pourtant
Sympathique ; on dirait qu'un son s'accorde à l'autre,
Que lorsque à notre oreille un mot a retenti,
Un deuxième le suit et bientôt le caresse.

FAUST

Si tu aimes déjà la langue de nos peuples,
Oh ! comme alors son chant est sûr de te ravir.
Au plus profond de nous, oreille et sens s'apaisent.
Mais n'est-il pas plus sûr d'essayer ce langage ?
Le discours alterné l'appelle, le fait naître.

HÉLÈNE

Comment, dis-moi, parler avec tant de douceur ?

FAUST

Aisément. Il suffit que parle notre cœur.
Quand d'un désir profond la poitrine déborde,
Autour de soi l'on cherche...

HÉLÈNE

... une âme qui s'accorde.

FAUST

L'esprit quitte des yeux le futur, le passé,
Car dans le présent seul...

HÉLÈNE

... le bonheur est placé.

FAUST

Il est gain, certitude et vrai trésor du sage ;
Qui le confirmera ?

HÉLÈNE

Cette main qui s'engage.

LE CHŒUR

Qui l'eût cru que notre princesse
Reçût le seigneur du château
D'un visage aussi souriant.
Car nous sommes toutes, nous autres,
Prisonnières comme jadis,
Depuis la chute déplorable
D'Ilion et l'amer voyage,
Par le labyrinthe d'angoisse.

Les femmes que l'amour des hommes
Entourent ne choisissent pas,
Mais sont expertes.
Aux pâtres à boucles blondes
Comme aux faunes à crins noirs,
Comme veut l'occasion,
Elles octroient droit égal
Sur leurs membres délicats.

Ils s'assoient, ils se rapprochent,
L'un contre l'autre appuyé,
Genou contre genou, épaule contre épaule,
Main dans la main ils se balancent
Sur le trône aux coussins splendides.
La majesté n'hésite pas
A révéler impudemment,
Devant les yeux de tout le peuple,
Les joies secrètes.

HÉLÈNE

Je me sens si lointaine et puis si proche aussi...
Et dis trop volontiers : me voici, me voici.

FAUST

Je ne respire plus ; tremblant, ma voix se glace,
C'est un rêve et le jour s'enfuit avec l'espace.

HÉLÈNE

Il me semble être neuve, ayant déjà vécu,
Etre fondue à toi, fidèle à l'inconnu.

FAUST

Ah ! n'approfondis pas ce sort unique au monde ;
Etre est notre devoir, serait-ce une seconde.

LA PHORKYADE *(entrant brutalement).*

Epelez l'album des tendresses,
Folâtrez en douces caresses,
Passez de caresse à paresses,
Ce n'est pas le temps pour cela.
Ne pressentez-vous pas l'orage ?
Des trompettes le bruit sauvage
Vous dit votre perte déjà.
Ménélas avec ses armées
Vient sur vous à marches forcées ;
Préparez-vous au dur combat.
Captif de la horde guerrière,
Tel Déiphobe qu'on lacère,
Des amours on te punira.
Le menu fretin se balance,
Puis pour elle, à l'autel, d'avance,
Une hache affilée est là.

FAUST

Dérangement téméraire ! Intrusion répugnante !
Même au sein du danger, je hais cette hâte stupide.
La mauvaise nouvelle enlaidit le plus beau messager,
Mais toi, laide déjà, tu n'adores porter que funestes messages.
Ta ruse cette fois ne réussira pas. Vainement, de ton souffle
Tu viens agiter l'air. Ici point de danger,
Et même le danger ne serait en ces lieux qu'une creuse menace.

(Signaux, explosions provenant des tours, trompettes et cymbales, musique guerrière, défilé d'une armée puissante.)

FAUST

Non, car ici nous assemblâmes
Des héros, forts dans le danger ;

Seul a droit aux faveurs des femmes
Qui sait le mieux les protéger.

(Aux chefs de l'armée qui sortent des rangs et s'avancent.)

Pleins d'une fureur contenue,
De la victoire sûr garant,
L'élite du Nord est venue
Jointe à la fleur de l'Orient.

Cuirassés, l'éclair environne
Ceux qui brisèrent tant d'Etats;
Ils marchent, la terre résonne
Comme un tonnerre après leurs pas.

A Pylos la troupe débarque,
Le vieux Nestor n'existant plus,
Et de chaque petit monarque
Disperse le réseau confus.

Loin des murs, repoussez en hâte,
Jusque dans la mer, Ménélas;
Qu'il y rôde et joue au pirate,
Son destin, ses goûts sont là-bas.

Vous, soyez Ducs. Ainsi l'ordonne
La reine de Sparte avec moi.
Le mont, le val qu'à sa personne
Vous apporterez, vous échoit.

Germain, au golfe de Corinthe
Mène tes vaillants bataillons,
Brave Goth, prends dans ton étreinte
L'Achaïe et ses cent vallons.

Que les Francs marchent sur l'Elide,
Des Saxons Messène est le lot,
Les Normands auront l'Argolide,
Faisant régner l'ordre sur l'eau.

Chacun chez soi vivra sans peine,
Terreur pour tous nos ennemis,
A Sparte, trône de la reine
Depuis toujours, restant soumis.

Vous jouirez sous sa bannière
Dans vos pays de droits entiers,
Mais viendrez chercher à ses pieds
Sanction et droit et lumière.

(Faust descend; les princes forment un cercle autour de lui pour connaître le dispositif et les ordres.)

LE CHŒUR

Que celui qui veut la plus belle,
Surtout qu'attentif et prudent,
Il ait soin d'amasser des armes;
Si la douceur le lui gagna,
Ce bien suprême de la terre,
Il n'en jouira pas en paix.
Des trompeurs, de lui, la détournent
De hardis brigands la lui volent;
Donc, qu'il veille à s'en protéger.
C'est pourquoi je loue notre prince
Et l'estime plus haut que d'autres,
Sage et brave, il fit alliance
Et les forts, lui obéissant,
N'attendent qu'un signe de lui
Pour exécuter tous ses ordres,
Chacun en tirant avantage,
Le chef récompensant leur zèle,
Tous y gagnant succès et gloire.

Car qui viendrait pour l'enlever
A l'homme fort qui la possède?
Elle est sienne, chacun l'avoue
Et nous doublement, car il sut
L'entourer au-dedans d'une sûre muraille,
Au-dehors de la plus puissante des armées.

FAUST

Les riches fiefs que je confère,
Ces pays s'étalant au loin,
Sont beaux. Que tous partent en guerre
Et nous, du centre prendrons soin.

Presqu'île que les eaux assiègent,
Douces collines, frais vallons,

A l'envi nos héros protègent
D'Europe ces derniers chaînons.

Qu'entre tous ce pays devienne
Pour chaque peuple un paradis
Lorsqu'il se redonne à ma reine,
Lui qui la contempla jadis,

Lumière brisant la coquille
Au chant des joncs de l'Eurotas,
Sa mère illustre et sa famille
S'émerveillant de tant d'appas.

Ce pays, en idolâtrie
Devant toi, t'offre tout son bien.
Ah ! préfère ici ta patrie
Au monde entier qui t'appartient.

Si le soleil, souvent, n'a qu'une froide flèche
Pour toucher de ces monts crénelés le rempart,
Sur le rocher pourtant verdit une herbe fraîche
Dont la chèvre gourmande arrache une humble part.

Une source jaillit, tous les torrents s'unissent,
Gorges, pentes, vallons, partout les prés sont verts
Et les troupeaux laineux lentement envahissent
Les détours imprévus de cent coteaux divers.

Epars, prudents, marchant de leur lourd pas tranquille,
On voit les bœufs cornus lentement s'approcher
Du bord abrupt, mais tous peuvent trouver asile :
Cent grottes dans le roc s'ouvrent pour les cacher.

Pan les garde. Là-bas, les nymphes de la vie
Demeurent dans un antre ou sous un frais buisson,
Et pour monter plus haut, ardente nostalgie,
Arbre sur arbre étend plus loin sa frondaison.

Vieilles forêts ! Au tronc du chêne vénérable
S'enchevêtre, obstiné, rameau contre rameau ;
Chargé de son doux suc, le tendre et pur érable
Elève vers le ciel, en jouant, son fardeau.

Pour l'agneau, pour l'enfant, sous les ombres sereines,
Un lait tiède jaillit hors du sein maternel ;
Non loin mûrit le fruit parmi les vastes plaines
Et chaque souche creuse offre un ruisseau de miel.

Là, d'un bien-être héréditaire
Les visages sont réjouis ;
Chacun semble immortel, vivant sur cette terre,
Tous sont heureux, épanouis.

Sous l'effet d'un jour pur, la vigueur paternelle
Revit dans l'enfant radieux.
On demande, étonné d'une race si belle,
« Sont-ce des hommes ou des Dieux ? »

Apollon, d'un berger avait pris la figure,
L'un des plus beaux porta ses traits ;
Dans la sphère épurée où règne la Nature,
Les mondes se tiennent de près.

(S'asseyant auprès d'Hélène.)

Tous deux nous eûmes même chance ;
Que ce qui fut soit effacé !
C'est le plus grand des Dieux qui te donnas naissance,
Tu viens du plus lointain passé.

Un château ne saurait t'enclore.
Pays où la jeunesse a droit d'éternité,
Près de Sparte, pour nous, l'Arcadie est encore
Un séjour plein de volupté.

Portée à ces heureux rivages,
Ta fuite te vaudra le sort le plus serein ;
Trônes changez-vous en feuillages
Et que notre bonheur soit libre, arcadien !

La scène se transforme entièrement. Des tonnelles s'adossent à une série de grottes. Un BOCAGE OMBRAGÉ *s'élève jusqu'à l'encadrement de rochers. On ne voit pas Faust ni Hélène. Le chœur, épars, est endormi.*

LA PHORKYADE

Depuis combien de temps ces filles dorment-elles ? Je n'en sais rien.
Ont-elles aussi rêvé ce tableau net et clair
Que j'ai de mes yeux vu ? Cela, de même, je l'ignore.
Je les éveille donc. Surprise pour cette jeunesse !
Pour vous aussi, hommes barbus, qui attendez, là, sur vos sièges,
De voir s'éclaircir à la fin le miracle digne de foi.
Allons, debout ! Secouez-moi vite ces boucles !
Chassez-moi ce sommeil, ne clignez pas ainsi des yeux !
[Ecoutez-moi !...

LE CHŒUR

Parle donc et dis-nous, raconte tout ce qui s'est passé d'étrange ;
Ce que nous voudrions ouïr surtout, c'est ce qu'on ne peut croire,
Car nous nous ennuyons vraiment, à contempler tous ces rochers.

LA PHORKYADE

A peine frottées les paupières, enfants, et vous vous ennuyez !
Ecoutez-moi, dans ces cavernes, parmi ces grottes, ces tonnelles,
Ils ont trouvé un sûr abri, comme un couple amoureux d'idylle,
Notre Seigneur et notre Dame.

LE CHŒUR

Quoi ? là-dedans ?

LA PHORKYADE

Bien isolés
Du monde et n'appelant pour les servir, dans le silence, que
[moi seule.

Grande faveur ; je me tins donc à leurs côtés mais, comme
[il sied aux confidentes,
Je détournai souvent les yeux, de çà, de là, vers quelque objet,
Cherchant mousse, racine, écorce dont je sais toutes les vertus,
De sorte que les voilà seuls.

LE CHŒUR

On trouverait donc, à t'entendre, là-dedans, bien des univers !
Prés et forêts, ruisseaux et mers, quels contes n'inventes-tu pas ?

LA PHORKYADE

Oui, enfants sans expérience, ce sont des dédales sans fond,
Salle après salle, cour après cour où j'ai rôdé en méditant.
Mais soudain un éclat de rire éveille l'écho des cavernes.
Je regarde et c'est un garçon qui bondit de la femme à l'homme
Du père à la mère, parmi mille baisers, mille caresses,
Espiègleries d'un fol amour, les cris des jeux et de la joie,
Qui m'étourdissent à l'envi.
Nu, voici qu'un génie sans ailes, un faune sans rien d'animal,
Bondit sur le sol ferme et dur qui le renvoie, réagissant,
Là-haut dans les airs et bientôt, un deuxième, un troisième saut
Font qu'il touche à la haute voûte.
Et la mère anxieuse crie : Saute et bondis à ton plaisir,
Mais garde-toi bien de voler, le vol libre t'es défendu.
Le père, loyal, l'avertit : dans la terre est la force vive
Qui te pousse vers les hauteurs ; de l'orteil effleure le sol
Et comme Antée, fils de la Terre, te voilà tout revigoré.
Et lui, sur ce rocher massif, bondit, passe d'un bord à l'autre
Et revient en rebondissant, comme une balle que l'on frappe.

Mais voici que dans l'intervalle d'une crevasse, il disparaît.
Est-il vraiment perdu pour nous ? Pleurs de la mère que le père
[console.
Haussant les épaules, inquiète, j'attends. Mais soudain quel
[retour !
Quels trésors cachés gisaient là ? De vêtements brodés de fleurs
Il s'est pompeusement paré :
Houppes qui pendent de ses bras, rubans flottant sur sa poitrine,
A la main la lyre dorée, tel un Phœbus encore enfant,
Il s'approche, joyeux, du bord, du précipice. Etonnement
Pour nous, tandis que les parents, ravis, s'embrassent tour à tour

Mais quelle est donc cette lueur autour de sa tête ? Le dire
Est difficile : ornement d'or ou flamme ardente du génie ?
Mouvements, gestes, tout présage déjà chez l'enfant le futur
Maître de toutes les beautés, qui dans ses membres sent frémir
Les éternelles mélodies ; ainsi vous l'entendrez, vous autres,
Et le verrez, ô très unique, sublime contemplation.

LE CHŒUR

Traites-tu cela de prodige,
Toi dont la Crète vit la naissance ?
L'enseignement des poètes,
Jamais tu n'y fus attentive ?
Tu n'écoutas, de l'Ionie
Ni davantage de l'Hellade,
Nulle des antiques légendes,
Trésor héroïque et divin ?

Tout ce qui de nos jours
Encore s'accomplit
N'est que le triste écho
Du temps merveilleux des ancêtres.
Rien dans ton récit n'égale
Ce qu'un aimable mensonge,
Plus croyable que le vrai,
Chantait du fils de Maïa.

Ce tendre et déjà vigoureux
Nourrisson à peine fut né,
Qu'en le duvet de très purs langes
L'emmaillota précieusement
Le bavard essaim des servantes,
Dans leur croyance irraisonnée.
Mais le fripon, charmant et fort,
Dégage déjà, plein de ruse,
Ses membres souples, élastiques,
Laissant là la pourpre enveloppe
Dont un soin tremblant l'opprimait.
Tel le papillon achevé
Qui de la raide chrysalide
Sort, agile, et déploie ses ailes,
Pour voleter, hardi et fier,
Dans l'éther baigné de soleil,
Ainsi lui, agile entre tous,

Qui deviendra démon propice
Toujours aux voleurs, aux fripons,
Aux profiteurs de toute sorte,
Il le manifeste aussitôt
Par les tours les plus accomplis.
Vite, au Maître des mers, il vole
Le trident et d'Arès encore
Enlève l'épée au fourreau,
Puis de Phœbus l'arc et les flèches
Et les tenailles d'Hephaistos,
Même à Zeus, son père, il eût pris
La foudre, s'il n'eût craint le feu.
Mais il vainc Eros à la lutte,
Le renversant d'un croc-en-jambe
Et de Cypris qui le caresse
Dérobe à son sein la ceinture.

(Une ravissante et pure mélodie d'instruments à cordes retentit, venant de la caverne. Tous prêtent l'oreille et paraissent bientôt plongés dans une émotion profonde. De ce moment jusqu'au silence indiqué, accompagnement symphonique continu.)

LA PHORKYADE

Affranchissez-vous de la Fable
Grâce à ces sons mélodieux !
Au passé fuit, irrévocable,
La foule de vos anciens Dieux.

Nul ne voudra plus vous comprendre ;
Il nous faut plus hautes valeurs :
C'est du cœur que doit se répandre
Ce qui peut agir sur les cœurs.

(Elle se retire vers les rochers.)

LE CHŒUR

Si, créature d'épouvante,
Tu t'émeus de ces sons berceurs,
Notre troupe, convalescente,
De volupté verse des pleurs.

Que l'éclat du soleil s'efface
Si le jour dans nos âmes luit,

Notre cœur aisément remplace
Ce que l'univers ne produit.

(Hélène, Faust, Euphorion portant le costume décrit plus haut.)

EUPHORION

Qu'un chant enfantin retentisse,
Pour vous, c'est déjà le bonheur,
Mais qu'en mesure je bondisse,
Parents, fait frémir votre cœur.

HÉLÈNE

Pour rendre humainement heureux,
L'Amour met deux cœurs en présence ;
Pour la divine jouissance
Il forme un trio précieux.

FAUST

Tout est trouvé désormais,
Je suis tien et tu es mienne
Et nous sommes à jamais
Réunis, quoi qu'il advienne.

LE CHŒUR

Que le doux éclat de l'enfant
Les charme encor bien des années !
Mille délices soient données
A ce couple heureux et touchant !

EUPHORION

Laissez, que je saute
Plus loin dans les airs,
Que je vole vers
La cime plus haute,
C'est l'ardent désir
Qui vient me saisir.

FAUST

Calme-toi, modère
Ce feu téméraire !
La chute t'attend

Et tout accident
Nous briserait l'âme,
O mon cher enfant !

EUPHORION

Non, je ne veux plus
Moisir sur la terre ;
Lâchez-moi les mains,
Oh, lâchez mes boucles
Et mes vêtements !
Ne sont-ils pas miens ?

HÉLÈNE

Songe, songe encor !
Tu nous appartiens ;
Hélas, quel chagrin
Si tu détruisais,
Fruit d'un bel effort,
Ce mien, tien et sien.

LE CHŒUR

Bientôt, j'en ai peur
Se rompra le lien.

HÉLÈNE ET FAUST

Calme, je t'en prie,
Pour nous, tes parents,
Cet excès de vie,
Ces instincts ardents.
Sois doux, débonnaire,
Et charme ces lieux.

EUPHORION

Je vais, pour vous plaire,
Faire de mon mieux.

(Se glissant parmi le chœur et l'entraînant à la danse.)

Allègre, je me mêle
A ce peuple charmant.
La mélodie est-elle
Juste ? Et le mouvement ?

HÉLÈNE

Oui ! conduis en cadence
Ces belles dans la danse
Sur ce beau rythme lent.

FAUST

Que tout cela finisse !
Ces jeux, cet artifice
M'inquiètent vraiment.

(Euphorion et le Chœur dansent et chantent en formant une ronde entrelacée.)

LE CHŒUR

Quand tu vas dénouant
Tes bras, ligne légère,
Tes boucles secouant
Sous la vive lumière,
Quand tes pieds, sans effort
Effleurant le sol, glissent,
Qu'ici, plus loin encor,
Membre à membres s'unissent,
Enfant si gracieux
Alors ton but s'achève :
Tous nos cœurs, tous nos yeux
Vers toi tournent leur rêve.

(Silence.)

EUPHORION

Vous êtes troupeau
De biches agiles,
Pour un jeu nouveau,
Fuyons ces asiles.
Je suis le chasseur,
Vous, gibier sauvage.

LE CHŒUR

Pour nous capturer,
Nul besoin d'adresse ;
Ne te hâte pas :
Nous n'avons de cesse

Que de t'attirer,
Te prendre en nos bras,
O charmante image.

EUPHORION

Par monts et bruyères,
Par vaux et chemins !
Conquêtes légères
Me tombent des mains.
Seul ce qu'on arrache
Vaut qu'on s'y attache.

HÉLÈNE ET FAUST

Quelle passion, quelle ardeur !
Nul espoir de le modérer.
Un appel de trompes résonne
A travers le val, la forêt...
Quel désordre ! Quelle clameur !

LE CHŒUR *(entrant rapidement et en ordre dispersé).*

Il est passé comme l'orage,
Se moquant et nous méprisant,
De tout l'essaim ne saisissant
Qu'une seule : la plus sauvage.

EUPHORION *(amenant une jeune fille).*

Si je traîne ici cette belle,
C'est pour la contraindre au plaisir,
Pour ma volupté, mon désir,
J'étreins sa poitrine rebelle,
Ferme sa bouche d'un baiser.
Ainsi ma loi doit s'imposer.

LA JEUNE FILLE

Lâche-moi car ma forme humaine
Cache un esprit ardent et fort.
Notre volonté vaut la tienne
Et ne manque pas de ressort.
Me crois-tu prête à rendre l'âme
Entre tes bras ? Attends un peu :
Te consumer avec ma flamme,
Pauvre fou, n'est pour moi qu'un jeu.

(Elle prend feu et s'échappe en brûlant dans les hauteurs.)

Suis-moi dans la brise légère,
Suis-moi dans la tombe sous terre,
Saisis, dans sa fuite, ton vœu.

EUPHORION *(se débarrassant des dernières flammes).*

Partout, dans les broussailles,
Ces amas de rocaille,
Monde étroit, obsédant.
Suis-je pas jeune, ardent ?
Oui, ces vents qui frémissent,
Ces vagues qui mugissent,
Je les entends au loin ;
Si j'approchais du moins ?

(Il saute toujours plus haut dans les rochers.)

HÉLÈNE, FAUST ET LE CHŒUR

Veux-tu comme un chamois défier les abîmes ?
Une chute nous fait frémir.

EUPHORION

Je dois toujours monter vers de plus hautes cimes,
Un champ plus vaste découvrir.
Où je suis n'est plus un mystère :
Au cœur de l'île, du pays
Où Pélops a régné jadis,
Où s'unissent l'onde et la terre.

LE CHŒUR

Par la forêt, sur la colline,
Pourquoi ne pas errer en paix,
Cueillir la grappe qu'on devine
A travers le feuillage épais,
Avec la pomme d'or, la figue ?
Dans ce pays où tout se ligue
Pour être doux,
Doux enfant, demeure avec nous.

EUPHORION

Vous rêvez de jours paisibles ?
Rêvez, rêveurs impassibles !

Guerre, gloire, c'est le mot,
Et victoire, c'est l'écho !

LE CHŒUR

Qui veut, au sein de la paix,
Que la guerre recommence,
Ah ! qu'il renonce à jamais
Au charme de l'espérance.

EUPHORION

A vous qu'engendra cette terre,
Passant de dangers en dangers,
D'âme libre, indomptable, fière,
De votre sang non ménagers,
A vous dont rien ne peut abattre
L'espoir sacré,
A vous tous qui voulez combattre,
Que le succès soit assuré.

LE CHŒUR

Voyez qu'il est haut dans l'espace
Sans nous paraître plus petit !
Tel un vainqueur sous sa cuirasse,
Lueur de bronze, acier poli.

EUPHORION

Point de remparts ni de murailles,
Mais chacun sûr de lui, serein ;
Quel château gagne les batailles ?
L'homme à la poitrine d'airain.
Pour n'être conquis par personne,
Marchez armés légèrement ;
Chaque femme est une amazone,
Un héros naît dans chaque enfant.

LE CHŒUR

Poésie immortelle,
Monte au plus haut des cieux,
Brille, étoile si belle,
Loin, bien loin pour nos yeux...

Et pourtant ta lumière
Nous atteint, nous est chère,
Flambeau très précieux.

EUPHORION

Ce n'est pas un enfant qui vous est apparu
Mais un jeune homme sous les armes ;
Avec les forts, les fiers, les libres, point d'alarmes
Où son esprit n'ait pas déjà couru.
En route !
C'est sans doute
De la gloire là-bas le chemin reconnu.

HÉLÈNE ET FAUST

A peine appelé vers la vie,
Naissant à peine au jour serein,
Du vertige la nostalgie
Vers les royaumes du chagrin
T'enlève.
Pour toi, nous ne sommes donc rien ?
Notre tendre union ne fut-elle qu'un rêve ?

EUPHORION

Ecoutez ! Sur la mer il tonne,
Val après val, l'écho résonne ;
Poussière et vagues ; front à front
Dans la douleur, l'effort profond,
Une armée à l'autre se fond.
La mort même
Est devoir suprême.
Cela ne va-t-il pas de soi ?

HÉLÈNE, FAUST ET LE CHŒUR

Quelle épouvante, quel effroi !
Quoi ? la mort, un devoir pour toi ?

EUPHORION

De loin faut-il que je regarde ?
Non ! Soucis et périls, je dois les partager.

LES PRÉCÉDENTS

En téméraire il se hasarde ;
Destin fatal, mortel danger !

EUPHORION

N'importe !
Une paire d'ailes aussitôt
Se déploie et m'emporte...
Là-bas ! Il le faut, il le faut !
Laissez-moi m'envoler bien haut !

LE CHŒUR

Icare, Icare,
L'excès de douleur nous égare.

(Un bel adolescent s'abat aux pieds des parents ; on croit reconnaître dans les traits du mort une figure connue, mais la part corporelle s'évanouit aussitôt; l'auréole monte au ciel, telle une comète ; le vêtement, le manteau et la lyre demeurent sur le sol.)

HÉLÈNE ET FAUST

Le bonheur fuit, le sort attire
Sur nous le deuil, sombre linceul.

EUPHORION *(voix montant de l'abîme).*

Au sein du ténébreux empire,
Mère, ne me laisse pas seul.

(Silence.)

LE CHŒUR *(chant funèbre).*

Seul ? Non, car où que tu séjournes
T'accompagnera notre foi.
Lorsque du jour tu te détournes,
Tous les cœurs restent avec toi.
Notre plainte n'est pas amère,
Nous t'envions même, en nos chants :
Dans tes jours d'ombre ou de lumière,
Voix et cœur furent beaux et grands.

Ah ! né pour le bonheur suprême,
Noble race, haute vertu,
Tu fus tôt perdu pour toi-même,
Tel un jeune lys abattu !
Regard d'aigle sondant le monde,
Ame s'ouvrant à chaque émoi,

Pour les femmes ardeur profonde,
Chant qui n'appartenait qu'à toi.

Tu t'élançais, force puissante,
Libre, dans des pièges flottants,
Défiant, âme violente,
Les lois, les mœurs en même temps.
Mais enfin un dessein sublime
Vint dans ton cœur pur, te grandir :
Tu voulus conquérir la cime
Et tu ne pus y parvenir.

Qui le pourra ? Fatal problème
Où le sort voilé nous attend,
Lorsqu'au jour du malheur extrême
Se tait tout un peuple sanglant.
Que des chants nouveaux, fraîche brise,
Vous relèvent, tristes prostrés :
Que ce sol encore les produise
Comme il les a toujours créés.

(Silence total. La musique cesse.)

HÉLÈNE *(à Faust).*

Ce vieux dicton s'applique, hélas, à mon sujet
Que bonheur et beauté bien longtemps ne s'unissent.
Il est rompu le lien de vie, le lien d'amour ;
Les pleurant tous les deux, en tes bras je me jette
Une dernière fois, pour un cruel adieu.
Accueille, ô Perséphone, et l'enfant et moi-même.

(Elle embrasse Faust, la part corporelle disparaît, et Faust ne garde entre ses bras que le vêtement et le voile.)

LA PHORKYADE *(à Faust).*

Retiens du moins ce qui, de tout cela, te reste.
Ne lâche pas ce vêtement dont les démons
Tirent déjà les bords et qu'ils voudraient ravir
Volontiers en enfer. Tiens-le ferme surtout,
Ce n'est point, il est vrai, la déesse perdue,
Mais l'objet est divin. Saisis cette faveur,
Si haute, inestimable, et puis prends ton essor ;
Vite il te portera, par delà tout vulgaire,
Vers l'éther, si longtemps que tu peux l'endurer.
Nous nous verrons encor, mais loin, bien loin d'ici.

(Les vêtements d'Hélène se dissipent en nuage, entourent Faust, le soulèvent et l'entraînent avec eux vers les hauteurs.)

LA PHORKYADE *(elle prend sur le sol la tunique, le manteau et la lyre d'Euphorion, vient sur l'avant-scène, élève les dépouilles en l'air et dit).*

Les belles prises que j'ai faites !
La flamme, il est vrai, n'est plus là,
Mais le monde n'a pas tout perdu pour cela :
Ce qui reste suffit à sacrer des poètes,
A faire quereller chapelle, groupe et clan ;
Si je ne puis placer le talent sur leurs têtes,
Je pourrai tout au moins fournir le vêtement.

(Elle s'assied au pied d'une colonne, sur l'avant-scène.)

PANTHALIS

Vite, à présent, ô jeunes filles. Nous voici libérées du charme
Où nous retenait le pouvoir de la vieille Thessalienne
Et du vertige où nous plongeait le vacarme confus des sons,
Egarement pour notre oreille et, pire encore, pour notre esprit.
Descendons toutes vers l'Hadès à la suite de notre reine
Qui nous y précéda d'un pas grave. Que son chemin
Soit aussitôt suivi par nous, ses fidèles servantes ;
Nous la trouverons près du trône de la déesse inconnaissable.

LE CHŒUR

Les reines ont partout place choisie
Et dans l'Hadès occupent le dessus,
Fières toujours, auprès de leurs pareilles,
Intimement liées à Perséphone ;
Tandis que nous, nous restons loin derrière,
Dans les prairies profondes d'asphodèles,
Parmi les peupliers aux troncs sans fin
Et la stérilité des saules.
Quelles distractions sont donc les nôtres ?
De pépier comme chauves-souris,
Murmure vain de maussades fantômes.

PANTHALIS

Qui ne s'est jamais fait de nom, ni ne voulut de nobles choses,
Il appartient aux éléments ; ainsi, dispersez-vous.

Moi, demeurer avec ma reine, tel est mon très ardent désir ;
Ce n'est pas le mérite seul, mais aussi la fidélité qui fait
[de nous un personnage.

(Elle sort.)

LE CHŒUR

Rendues à la clarté du jour,
Nous ne sommes plus des personnes,
Nous le sentons, nous le savons,
Mais dans l'Hadès nous n'irons jamais plus ;
La nature, toujours vivante,
Sur nos esprits acquiert un droit
Absolu, comme nous sur elle.

UNE PARTIE DU CHŒUR

Nous, parmi ces mille rameaux, frissons bavards, tremblants
[soupirs,
Jouons, douces, à réveiller, à guider les sources de vie
Des racines vers la ramure, prodiguant feuilles ou bien fleurs
Pour orner les cheveux flottants dans l'air léger, libre richesse.
Tombent les fruits, bientôt s'assemblent, heureux de vivre,
[hommes, troupeaux,
Pour les saisir, les savourer, tous se pressant, joyeuse foule ;
Comme devant les premiers Dieux, tout, alentour de nous,
[s'incline.

UNE AUTRE PARTIE

Nous, contre ces murs de rochers luisant au loin, lisse miroir,
Nous nous serrons, nous balançant, molles vagues, tendres
[caresses ;
Nous écoutons, nous épions bruits, chants d'oiseaux, flûtes
[des joncs,
Prêtes à répondre toujours, fût-ce à Pan, à sa voix terrible,
Au murmure par un murmure, au tonnerre en échos roulants,
Redoublant et triplant ses coups, ébranlant dix fois l'atmosphère.

UNE TROISIÈME PARTIE

Nous, mes sœurs, d'humeur plus mobile, nous fuyons avec
[les rivières,
Car vers les lointains nous attire la courbe des riches collines.
Toujours plus bas et plus profond, notre onde arrose,
[en longs méandres,

Prairies d'abord, puis champs, enfin le jardin près de la maison,
Signalée là par les cyprès dressant dans l'air leur cimes fines,
Tandis que montent vers l'éther miroir des eaux, ligne des rives

UNE QUATRIÈME PARTIE

Voguez, vous autres à votre gré. Nous demeurons, nous bruisson
Près de la colline féconde où sur le cep verdoie la vigne ;
C'est là qu'à toute heure du jour la passion du vigneron
S'exerce, adorable travail sans une sûre récompense.
Il manie la bêche et la houe, il butte, il ciselle, il attache,
Priant ardemment tous les Dieux, mais surtout le Dieu du Solei
Bacchus, l'indolent, n'a point cure de son fidèle serviteur,
Dort sous la treille ou, dans la grotte, divague avec un jeune faun
Ce qu'il lui faut, pour la demi-ivresse propice à ses rêves,
Est là près de lui dans des outres, dans des cruches et des
[vaisseaux
A droite, à gauche, en frais caveaux préparés pour l'éternité.
Quand tous les Dieux, surtout Hélios, aérant, tiédissant, chauffan
Humidifiant auront, de grappes, empli la corne d'abondance,
Là où le vigneron tranquille travaillait, tout devient vivant :
Un bruissement sous chaque treille ; on s'affaire de cep en cep ;
Paniers grinçants, métal des seaux, hottes gémissantes qui passen
Tous courant vers le grand cuveau où trépignent les vendangeurs
Ainsi la divine abondance des raisins nouveaux et juteux,
Insolemment broyée, écume, éclabousse, affreuse, s'écrase.
Mais cymbales et tympanons aux sons d'airain percent l'oreille,
Car à présent Dionysos se dépouille de ses mystères,
Il sort avec ses chèvre-pieds, aux bras de qui ploient des faunesse
Tandis que rude retentit le cri de l'âne de Silène.
Pas de merci ! Les pieds-fourchus foulent sans frein les bonnes
[mœurs,
Tous les sens sont pris de vertige, l'oreille est sourde de vacarme
Des mains ivres cherchent la coupe, têtes et bedaines débordent
Quelques-uns s'affairent encore, mais ils augmentent le tumulte,
Car pour mettre le moût nouveau, vite, on vide les vieilles outre

(Le rideau tombe. La Phorkyade se dresse, gigantesque, sur l'avant-scène, mais descend de ses cothurnes, dépose masque et voile et paraît en Méphistophélès, afin, s'il était nécessaire, de commenter la pièce en épilogue.)

ACTE IV

HAUTE MONTAGNE

Sommets rocheux, raides et découpés. Un nuage passe, s'accroche, s'abaisse vers une plate-forme avancée. Il s'ouvre.

FAUST *(en sortant).*

Contemplant au-dessous de moi la plus profonde solitude,
Je pose prudemment le pied près de la frange de ces cimes
Et renvoie le char de nuage qui m'a si doucement porté
Au long de ces claires journées, par-dessus la terre et la mer.
Il se détache lentement de moi, sans pourtant se dissoudre.
Sa masse en forme de ballon, se dirige vers l'Orient
Et l'œil surpris, admiratif, accompagne sa course.
Il se divise en avançant, comme fait la vague, mobile.
Mais voici qu'il veut prendre forme. Oui, mon œil ne me [trompe pas.
Superbement étendue sur des coussins baignés de soleil,
Mais géante, semblable aux Dieux, une image de femme
M'apparaît. Digne de Junon, ou de Léda, ou bien d'Hélène,
Comme elle ondule à mes regards, charmante, si majestueuse !
Ah ! l'image change, sans forme, large, s'amoncelant,
Elle repose à l'Orient, semblable à de lointains glaciers,
Reflet, symbole éblouissant de la fuite immense des jours ;
Mais une douce, lumineuse écharpe de brume m'entoure
La poitrine, le front, fraîche, joyeuse, caressante,
Maintenant tremblante, légère, elle monte plus haut toujours,
Se rassemble. Est-ce illusion que cette ravissante image,
Rappelant ce suprême bien, longtemps perdu, de mon printemps ?
Voici, du plus profond du cœur, les trésors anciens qui jaillissent,
Me retraçant l'élan joyeux de l'amour qui vint à l'aurore,
Le regard si vite senti, le tout premier, compris à peine,

Qui, si je l'avais retenu, eût surpassé tous les trésors.
La douce forme s'agrandit, pareille à la beauté des âmes,
Elle ne s'évanouit pas, s'élève bien haut dans l'éther,
Emportant le meilleur de moi-même avec elle.

Une botte de sept lieues entre en frappant le sol. Une autre suit aussitôt. Méphistophélès descend. Les bottes poursuivent rapidement leur route.

MÉPHISTOPHÉLÈS

Voilà qui s'appelle marcher !
Mais toi, par quelle fantaisie
Parmi ce cirque de rocher
As-tu cette place choisie ?
Je la connais fort bien, car ce fut là, mon cher,
A proprement parler le fin fond de l'enfer.

FAUST

Tu ne manques jamais de légendes stupides.
Vas-tu recommencer tes contes insipides ?

MÉPHISTOPHÉLÈS *(sérieusement)*.

Lorsque le Seigneur Dieu — et je sais bien pourquoi —
Loin de l'air nous bannit au plus profond abîme,
Où le foyer central, qui se nourrit de soi,
Brûle, flamme éternelle, et toujours se ranime,
Nous nous vîmes bientôt, par ces feux en excès,
En posture incommode et des plus compressés.
Les diables de tousser, n'étant pas trop au large ;
Par en haut, par en bas, ce fut une décharge !
L'enfer s'emplit de soufre en acide, en odeur ;
Quel gaz ! Le phénomène acquiert une grandeur
Gigantesque et des continents la croûte plate,
Malgré son épaisseur, en craquements éclate.
C'est ainsi qu'en ces lieux tout a changé d'aspect :
Ce qui jadis fut plaine est devenu sommet.
On fonde là-dessus les très justes maximes
De faire du plus bas le plus haut élément,
Car, fuyant du caveau l'esclavage brûlant,
C'est l'air immense et libre alors que nous conquîmes :
Un mystère évident et pourtant bien celé
Qui ne sera que tard aux peuples révélé.

(Ephésiens VI, 12.)

FAUST

La masse montagneuse est muette pour moi ;
Je ne me pose pas le « D'où Vient », le « Pourquoi » ;
Quand la Nature s'est elle-même créée,
Elle fit de la terre une sphère épurée,
Puis se plut à former des gorges, des sommets,
Alignant monts à monts et rochers à rochers,
Puis mollement donna sa pente à la colline
Qui d'un trait adouci vers le vallon s'incline
Et tout pousse et verdit. Pour sa distraction
Elle n'a nul besoin de révolution.

MÉPHISTOPHÉLÈS

C'est vous qui l'affirmez. Pour vous la chose est claire.
Pour qui fut là présent, c'est bien une autre affaire.
J'étais là quand du fond encore tout bouillant,
L'abîme se gonfla, de flammes ruisselant,
Quand, martelant le roc au roc dans la campagne,
Moloch jetait au loin des débris de montagne.
Ce pays est rempli de lourds blocs étrangers ;
Qui nous expliquera la force de ces jets ?
    Le philosophe ici ne sait que faire ;
« Puisque le bloc est là, qu'on le laisse par terre !
Nous n'en avons que trop débattu sans profit. »
Le bon peuple tout simple est le seul qui saisit
Et ne se laisse pas troubler dans une idée
Depuis longtemps par sa sagesse élucidée :
C'est un miracle et c'est à Satan qu'on le doit.
    Mon voyageur, sur la béquille de la foi,
    Clopine alors, infatigable,
    De Roc du Diable en Pont du Diable.

FAUST

C'est un point qui devrait, au fond, intéresser :
Ce que de la Nature un diable peut penser.

MÉPHISTOPHÉLÈS

Que la Nature soit comme on veut. Que m'importe !
J'en fais un point d'honneur et le diable était là.
Nous sommes gens rêvés pour agir de la sorte ;
C'est signé : violence absurde et fol éclat.
Mais pour parler enfin d'une façon bien claire,

Rien ne t'a-t-il donc plu sur cette pauvre terre ?
N'as-tu pas survolé, dans toutes leurs grandeurs,
Les royaumes du monde ainsi que leurs splendeurs ?

(Matth. 4.)

Toi que rien ne peut satisfaire,
N'as-tu jamais eu de souhait ?

FAUST

Si ! J'ai parfois rêvé certaine grande affaire.
Devine !

MÉPHISTOPHÉLÈS

C'est bien vite fait.
Dans une grande ville, il faudrait que j'habite.
Au centre, du bourgeois l'infernale marmite :
Ruelles torses, toits hérissés de pignons,
Petits marchés de choux, de navets et d'oignons.
Etals où les mouches s'installent
Des rôtis juteux se régalent,
Lieux où l'on trouve en quantité
La puanteur, l'activité,
Puis larges places, avenues
Où les élégances sont vues,
Et passé les portes, enfin,
Les faubourgs s'étendant sans fin...
Je m'y réjouirais du fracas des voitures,
Du mouvement, du bruit, des aventures,
Du va-et-vient pressé, du confus grouillement
De tous ces gens distraits, de leur fourmillement,
Et moi, sur mon cheval, en carrosse peut-être,
Toujours centre de tout, l'on me verrait paraître,
Entouré, vénéré par cent mille badauds.

FAUST

Rien ici qui me réjouisse.
On est heureux de voir que le peuple grandisse,
Qu'il mange à sa façon et qu'il vive en repos,
Qu'il se cultive enfin, qu'il goûte aux choses belles...
Et puis qu'a-t-on formé, si ce n'est des rebelles ?

MÉPHISTOPHÉLÈS

Grandiose, digne de moi, je bâtirais
Dans un plaisant endroit un château de plaisance,
Champs transformés en beaux jardins, en parc immense,
    Avec collines et forêts,
Pelouses de velours, murailles de feuillages,
Sentiers faits au cordeau, harmonieux ombrages,
Cascades sur les rocs déployant leur réseau,
    Toute la gamme des jets d'eau.
L'un monte en majesté ; de mille bagatelles
Plus à l'écart, c'est le murmure, les chansons...
Puis je ferais construire aux femmes les plus belles
Quelques discrets et confortables pavillons ;
J'y mènerais longtemps une vie isolée,
Mais d'une solitude aimablement peuplée.
Je dis les femmes car, principe essentiel,
Les belles vont, pour moi, toujours au pluriel.

FAUST

Moderne et fort mauvais. Sardanapale infâme !

MÉPHISTOPHÉLÈS

On devinera bien le rêve de ton âme,
    Projet hardi, sublime assurément.
Toi qui t'es rapproché de la lune en volant,
Serait-ce donc là-haut que te porte ta flamme ?

FAUST

    Non, ma foi. Cette terre encor
Aux grandes actions réserve assez de place.
Je voudrais qu'une chose étonnante se fasse.
Je sens en moi l'instinct de quelque ardent effort.

MÉPHISTOPHÉLÈS

    A la gloire tu te destines ?
Ce que c'est que de fréquenter les héroïnes !

FAUST

Non ! Je veux le pouvoir et la possession,
Car la gloire n'est rien. Tout est dans l'action.

MÉPHISTOPHÉLÈS

Et l'on verra pourtant la poésie
Dire aux siècles futurs tout l'éclat de ta vie,
Par la folie encor ranimer la folie.

FAUST

Rien de cela ne t'es donné.
Tu ne peux pas savoir ce que l'homme désire.
Ton être acerbe, dur, mal intentionné,
Que sait-il des besoins auxquels un homme aspire ?

MÉPHISTOPHÉLÈS

A suivre ton vouloir tu me vois résigné.
Avoue enfin où ton rêve t'attire.

FAUST

J'ai bien souvent suivi des yeux la haute mer,
Je la voyais s'enfler, bander son corps sauvage
Puis, se ruant, venir avec son flot amer
Attaquer, envahir le sable du rivage
Et cela m'irrita. De même un libre esprit
Respectueux du droit ne voit pas sans supplice,
Effet d'un sang tumultueux qui s'affranchit,
Agir insolemment un orgueilleux caprice.
J'observai de nouveau, supposant un hasard ;
La vague s'arrêtait, fuyait sous mon regard,
S'éloignait à présent de sa fière conquête.
L'heure revient, le jeu sans cesse se répète.

MÉPHISTOPHÉLÈS *(ad spectatores).*

Je n'apprends, je le crains, rien de très neuf ici :
Voilà bien cent mille ans que je connais ceci.

FAUST *(poursuivant avec véhémence).*

Elle avance en rampant, en cent lieux se faufile
Et stérilise tout, elle-même stérile,
Se gonfle, croît et roule et recouvre sans fin
Ce rivage désert, ce sinistre terrain.
La force l'animant, l'onde succède à l'onde,
Puis elle se retire et rien ne se féconde.
Ah ! jusqu'au désespoir je me sens tourmenté

De voir agir sans but l'élément indompté.
Mon esprit ose ici, se surpassant lui-même,
Combattre et remporter la victoire suprême.
Et c'est possible ! Car, si fort que soit le flot,
On le voit se coucher devant chaque coteau ;
Il a beau s'agiter, plein d'orgueil et de rage,
La plus faible hauteur peut lui faire barrage,
La faible profondeur l'attirer puissamment.
Vite, dans mon esprit, j'ai conçu plan sur plan ;
J'ai pensé : donne-toi ce savoureux délice :
Repousser loin du bord la mer dominatrice.
Cet humide élément, sache le limiter,
Qu'il recule là-bas, bien loin, dans son empire.
Ce projet, pas à pas, moi, j'ai su le construire.
C'est mon souhait. Aide donc à l'exécuter.

(Tambours et musique guerrière venant de derrière les spectateurs, du lointain et de la droite.)

MÉPHISTOPHÉLÈS

Que c'est facile ! Entends les tambours dans la plaine.

FAUST

La guerre de nouveau ! Le sage en a la haine.

MÉPHISTOPHÉLÈS

Guerre ou paix, la sagesse est toujours d'obtenir
A son propre profit quelque bon avantage.
On surveille, on épie, on attrape au passage.
L'occasion est là ; Faust, il faut la saisir.

FAUST

Tes énigmes encore ! Epargne-les, de grâce.
Dis-moi tout simplement : que veux-tu que je fasse ?

MÉPHISTOPHÉLÈS

Dans mon voyage, ouvrant l'oreille, j'ai compris
Que ce bon empereur avait de gros soucis.
Tu le connais. Quand nous l'avons distrait sans cesse,
Glissant entre ses mains cette fausse richesse,
    Plus rien à ses yeux n'a coûté.
    Jeune sur le trône monté,

Il conclut, à tort ce me semble,
Qu'on pouvait simultanément,
Programme enviable et charmant,
Gouverner et jouir ensemble.

FAUST

Grave erreur. Qui veut commander
Doit du commandement tirer sa récompense.
D'un haut vouloir son cœur peut déborder,
Mais ce qu'il veut, que nul n'en ait la connaissance.
Ce qu'il avoue alors aux rares confidents
S'accomplit. Et le monde admire le mystère.
Il reste le plus haut, le plus digne en tout temps.
La jouissance rend vulgaire.

MÉPHISTOPHÉLÈS

Mais lui voulut jouir, immensément.
L'Empire, là-dessus, tomba dans l'anarchie :
Grands et petits se combattaient à tout moment ;
Entre frères, c'était massacre, zizanie,
Château contre château, cité contre cité,
Les corporations attaquant la noblesse ;
L'évêque son chapitre et sa communauté.
Il suffit de se voir pour que la haine naisse.
Meurtres en pleine église ; et marchands éperdus,
Ou voyageurs, passé les portes, sont perdus.
Et l'audace chez tous devint alors plus forte.
Vivre fut se défendre. On vécut de la sorte...

FAUST

On vécut en boitant, tombant, se redressant,
Culbutant de nouveau, roulant, se compressant.

MÉPHISTOPHÉLÈS

Et nul ne se plaignait du manque de contrôle ;
Chacun pouvait, chacun voulait jouer un rôle.
Même le plus petit se prenait pour un tout.
Mais enfin les meilleurs, jugeant cela trop fou,
Se levèrent en force et dirent : « Le seul maître
Est celui grâce à qui l'ordre pourra renaître.
Si l'empereur ne peut, ne veut, l'élection
D'un nouveau souverain ranimera l'Empire,

Rendra la sûreté vers quoi chacun soupire,
De justice et de paix scellera l'union
Dans un monde tout neuf où la fraîcheur respire. »

FAUST

Cela sent fort son prêtre.

MÉPHISTOPHÉLÈS

Et c'en était aussi :
Car pour mettre à l'abri leur ventre bien nourri,
Ils furent des premiers à joindre la mêlée.
La révolte grandit et fut sanctifiée
Et l'empereur que nous amusions vient là
Pour y livrer, qui sait, son ultime combat.

FAUST

J'en suis triste pour lui, si bon et si sincère !

MÉPHISTOPHÉLÈS

Viens, avisons. Qui vit, d'espérer a le droit.
Dégageons-le d'abord de ce passage étroit !
Le sauvant une fois, pour mille on le libère.
Qui sait comment les dés retomberont ?
Si la chance est pour lui, ses vassaux reviendront.

(Ils montent sur un sommet intermédiaire et contemplent l'ordonnance de l'armée dans la vallée. On entend les tambours et une musique guerrière montant d'en bas.)

MÉPHISTOPHÉLÈS

Cette position, je la trouve parfaite.
Avec nous en renfort, la victoire est complète.

FAUST

Que pourrons-nous faire de plus ?
Magie ! Illusions ! Mensonges superflus !

MÉPHISTOPHÉLÈS

Ruses de guerre afin de gagner des batailles !
Tandis que s'affermit ton cœur,
A ton grand dessein tu travailles.

—

Gardons son trône et son royaume à l'empereur,
Alors, t'agenouillant, tu recevras de lui,
En fief, de l'océan le rivage infini.

FAUST

Tu n'en es pas à ta première réussite.
Le gain d'une bataille accroîtra ton mérite.

MÉPHISTOPHÉLÈS

Cette fois, tu la gagneras.
Le général en chef, c'est toi qui le seras.

FAUST

Ce serait bien le comble, encore,
De commander dans un domaine que j'ignore.

MÉPHISTOPHÉLÈS

Laisse l'état-major se donner tout le mal
Et sois sans peur feld-maréchal.
Prévoyant ce conflit, naguère,
J'ai formé mon conseil de guerre
De l'antique vigueur humaine du vieux mont ;
Bienheureux ceux qu'ils serviront.

FAUST

Qui donc sous les armes s'avance ?
Sont-ce tes montagnards qu'ici tu nous conduis ?

MÉPHISTOPHÉLÈS

Non, mais de tout ce ramassis,
Tel Peter Squenz, la quintessence.

LES TROIS VAILLANTS entrent
(Samuel II, 23, 8).

MÉPHISTOPHÉLÈS

Mes gaillards viennent par ici,
D'âges, vois-tu, fort dissemblables,
Différents d'armure et d'habit,
Pour te servir irremplaçables.

(Aux spectateurs.)

De nos jours où tout bon garçon
Aime hausse-col et jambière,
Allégoriques comme ils sont,
Les gueux seront plus sûrs de plaire.

RAUFEBOLD *(La Bagarre)*.

(Jeune, armé à la légère, vêtu de vives couleurs.)

Qui me regarde dans les yeux,
Je lui fonce dans la fressure
Et le poltron qui se figure
S'enfuir, je l'empoigne aux cheveux.

HABEBALD *(Prompt-à-prendre)*.

(Viril, bien armé, richement vêtu.)

Sottise, la vaine bagarre !
C'est gâcher le don de l'instant ;
Prends tout d'abord, sans crier gare
Et puis enquiers-toi du restant.

HALTEFEST *(Tient-ferme)*.

(Agé, armé puissamment, mais sans autre parure.)

Par là rien n'est acquis encore ;
Le plus grand avoir s'évapore,
Au flot de la vie emporté.

Prendre est bien, mais meilleur est de garder sa prise ;
Laisse faire la barbe grise,
Il ne te sera rien ôté.

(Tous ensemble descendent plus bas.)

SUR LES CONTREFORTS DES MONTAGNES

Tambours et musique guerrière venant d'en bas. La tente de l'empereur est déployée.

L'empereur, le général en chef, des trabans.

LE GÉNÉRAL EN CHEF

Je crois que le parti que nous prîmes fut bon
De replier et de masser toute l'armée
En mettant à profit ce fond de la vallée.
J'ai le plus ferme espoir dans la position.

L'EMPEREUR

L'avenir nous dira ce qu'en sera la suite.
C'est quand même un recul, c'est une demi-fuite.

LE GÉNÉRAL EN CHEF

Prince, à notre flanc droit consacre ton regard :
C'est le terrain rêvé pour les règles de l'art.
La pente en est aisée et point trop accessible,
Pour nous avantageuse, à l'ennemi, terrible.
Nous, chaque pli du sol est prêt à nous cacher
Mais leur cavalerie, où va-t-elle approcher ?

L'EMPEREUR

Il ne me reste plus qu'à louer l'ordonnance ;
Bras et cœurs vont pouvoir déployer leur vaillance.

LE GÉNÉRAL EN CHEF

Là, dans cette prairie ouverte en contrebas,
Tu vois notre phalange acharnée aux combats.
A leurs piques, en l'air, une flamme s'allume
Sous les premiers rayons du soleil, dans la brume.
Vois onduler les rangs de leur sombre carré !

Aux actions d'éclat chacun s'est préparé.
Juge d'après ceux-ci la force de l'ensemble ;
Pour rompre l'ennemi, c'est assez, il me semble.

L'EMPEREUR

Ce spectacle, je l'ai pour la première fois.
Une pareille armée en vaut sans doute trois.

LE GÉNÉRAL EN CHEF

A gauche, ces héros sont à l'égal des autres.
Les rochers escarpés sont tenus par les nôtres ;
Cet abrupt éperon, d'armes étincelant,
Protégera l'accès de ce col important.
Là, j'ose le prévoir, l'offensive insensée
De l'ennemi sera, dans leur sang, repoussée.

L'EMPEREUR

Ils s'avancent là-bas, ces prétendus parents ;
Oncle, Frère, Cousin, leurs titres déférents
Me flattaient, cependant qu'ils volaient, sans décence,
Au trône le respect, au sceptre la puissance.
De l'Empire fléaux lorsqu'ils se combattaient,
Contre moi ces brigands unis se révoltaient
Et la foule, d'abord hésitante, incertaine,
S'abandonne en aveugle au torrent qui l'entraîne.

LE GÉNÉRAL EN CHEF

Descendant des rochers, je vois venir ici
L'un de nos sûrs agents ; aura-t-il réussi ?

PREMIER ÉMISSAIRE

Audace et ruse nous servirent
Au mieux dans nos desseins secrets
Et partout nous introduisirent ;
Hélas, sans résultats concrets :
Beaucoup, comme troupe fidèle,
Te jurent leur soumission
Mais excusent leur peu de zèle :
Trouble intérieur, rébellion.

L'EMPEREUR

Se conserver, voilà pour eux la loi suprême
Et non devoir, honneur, gratitude, amour même.
Les fous ne voient-ils pas selon quelle raison
Le feu chez le voisin brûlera leur maison ?

LE GÉNÉRAL EN CHEF

Un autre agent s'approche et descend dans la plaine ;
Le pauvre homme, tremblant, ne marche plus qu'à peine.

DEUXIÈME ÉMISSAIRE

Nous jugions d'un œil optimiste
Ce flot de désordre, d'erreur...
Imprévisible, à l'improviste,
Surgit un nouvel empereur
Et la foule, comme en un songe,
Marche où le meneur la conduit,
Voit les étendards du mensonge,
Race moutonnière, et les suit.

L'EMPEREUR

Bon ! Ce faux empereur me servira peut-être :
Comme empereur enfin il me fait me connaître.
Du soldat seulement j'avais pris le harnois,
Mais un plus haut dessein m'anime cette fois.
Les fêtes m'entouraient de leur magnificence
Et, pourtant, du danger je regrettais l'absence.
Lorsque à courir la bague on venait m'engager,
Moi, ce n'est qu'aux tournois que je voulais songer.
Si vous ne m'aviez pas déconseillé la guerre,
Déjà mon front d'exploits porterait la lumière.
Si mon cœur a jamais connu la liberté,
C'est au miroir de feu quand je fus reflété.
L'élément m'entourait d'horrible violence,
Apparence il est vrai, mais puissante apparence ;
Gloire, victoire erraient dans mon rêve éperdu...
Regagnons donc le temps honteusement perdu.

(On envoie les hérauts porter un défi à l'anti-empereur.)
(Faust, cuirassé, la visière du casque à demi rabattue. Les trois Vaillants sous les armes et habillés comme ci-dessus.)

FAUST

Nous venons, espérant que nous serons compris ;
Hors même du besoin la prudence a son prix.
Tu sais comme est savant le peuple des montagnes,
Déchiffrant la nature en lisant le rocher.
Ces esprits, ayant fui dès longtemps les campagnes,
Dans ces monts rocailleux s'appliquent à chercher,
Explorant en secret les ravins dédaliques
Où le gaz noble épand ses vapeurs métalliques,
Séparant, combinant, vérifiant sans fin.
Découvrir du nouveau, c'est leur unique instinct.
Du doigt léger de spirituelles puissances,
Ils tissent un réseau de mille transparences,
Puis à travers le pur cristal silencieux,
Ils voient l'événement du monde au-dessus d'eux.

L'EMPEREUR

J'en entendis parler et sur toi je me fie,
Vaillant homme. Mais dis où tu veux en venir.

FAUST

Tu te souviens de ce nécromant de Nursie ?
Ce fidèle Sabin aspire à te servir.
Quel destin l'attendait, épouvantable, infâme !
Le fagot pétillait, déjà montait la flamme
A l'entour du bois sec où, prêts à prendre feu,
Soufre et poix se mêlaient pour une torche ardente...
Rien n'eût pu le sauver : homme, diable ni dieu.
Ta Majesté brisa cette chaîne brûlante.
C'était à Rome. Il demeura ton obligé.
A veiller sur ton sort pour toujours engagé,
Il fit de ton salut le seul but qui l'anime ;
Il sonde en ta faveur et l'étoile et l'abîme.
D'urgence il nous envoie et désire nous voir
Près de toi. La montagne est pleine de pouvoir,
La nature y répand sa puissance infinie.
Le prêtre obtus ne voit là que sorcellerie.

L'EMPEREUR

Quand nos hôtes joyeux dans les jours de bonheur
S'en viennent au palais jouir avec ardeur,
Nous voyons d'un bon œil leur foule qui s'entasse

Et des vastes salons semble amoindrir l'espace.
Mais surtout l'homme brave est bienvenu, toujours,
Qui sait nous apporter sa force et son secours
A l'heure matinale où, douteuse espérance,
On voit de la fortune osciller la balance.
Votre puissante main, dans ce suprême instant,
De cette épée amie écartez-la pourtant.
Honorez ce moment où tant de multitudes
Vont, pour ou contre moi, livrer des chocs si rudes.
L'homme vaut par lui seul. Qui prétend convoiter
Le trône ou la couronne, il doit les mériter.
Que ce fantôme qui contre moi veut paraître,
Se prétend empereur, de nos états le maître,
Chef de l'ost, et de nos vassaux le suzerain,
Dans l'empire des morts soit jeté de ma main.

FAUST

D'une grande action l'on se fait une fête,
Mais il ne te sied pas risquer ainsi ta tête.
Le casque s'orne d'un panache et d'un cimier
Pour protéger le chef qui commande en premier.
Les membres sans le chef ne pourraient plus rien faire.
Que celui-ci s'endorme et chacun dégénère,
Qu'il soit blessé, chacun aussitôt dépérit
Et, se relève-t-il, voilà chacun guéri.
Le bras de son bon droit sait user sans attendre,
Brandit le bouclier pour la tête défendre ;
L'épée, accomplissant son devoir avant tout,
Vient parer avec force et rendre coup pour coup.
Le pied se pose enfin, prenant part à l'ouvrage,
Sur le cou du vaincu pour achever l'outrage.

L'EMPEREUR

C'est bien dans mon courroux ce que je lui ferai :
Changer sa tête altière en un vil tabouret !

LES HÉRAUTS *(revenant).*

C'est maigre honneur, rude langage
Que nous avons trouvés là-bas.
De notre digne et fier message,
Ils ont ri, n'ont fait aucun cas.
Votre empereur ? Histoire ancienne,

Echo dans ces vallons étroits !
Que par hasard on s'en souvienne,
On dit : « Il était une fois. »

FAUST

Les meilleurs sont heureux que cela soit ainsi,
Eux qui fidèlement t'environnent ici.
L'ennemi vient, les tiens l'attendent, formidables.
Commande donc l'assaut ; les temps sont favorables.

L'EMPEREUR

Je renonce en cette heure à mon commandement.

(Au général en chef.)

Prince, je le remets à ton discernement.

LE GÉNÉRAL EN CHEF

Eh bien ! que l'aile droite avance
Vers la gauche ennemie en train d'escalader.
Les nôtres vont, remplis d'une jeune vaillance,
Avant leur dernier pas les contraindre à céder.

FAUST

Permets que ce héros de vigoureuse allure
Joigne sans tarder tes soldats
Et, dans leurs rangs sachant s'inclure,
Prenne rude part aux combats.

(Il tend la main vers la droite.)

RAUFEBOLD *(se présentant).*

Je brise à qui me ferait face
Les deux mâchoires d'un seul coup,
Mais s'il tourne le dos, alors je lui fracasse
Tête et nuque, qui vont ballottant sur son cou.
Que tes hommes, pour me répondre,
Et de masse et d'épée attaquent mêmement,
Tout entier l'ennemi s'effondre
Et se noie en son propre sang.

(Il sort.)

LE GÉNÉRAL EN CHEF

Qu'au centre la phalange avec calme s'avance,
Ebranlant l'ennemi de toute sa puissance.
A droite, leur livrant un assaut violent,
Nos forces ont déjà bien compromis leur plan.

FAUST *(désignant l'homme qui se tient au milieu).*

Eh bien, que celui-ci sous tes ordres se range !
Il emportera tout par son ardeur étrange.

HABEBALD

Que la soif du butin s'unisse à la valeur
Chez nos héros, pleins d'un courage insigne ;
Pour seul but, qu'à tous l'on assigne
La tente du faux empereur
Et son trône orgueilleux connaîtra la défaite.
Je rejoins la phalange et vais marcher en tête !

EILEBEUTE *(Vite-au-butin, vivandière, se serrant contre lui).*

Sans être mariés, pourtant,
Mon bon ami reste constant.
A nous cette moisson divine !
La femme est dure à la rapine
Et sans pitié quand elle a pris.
Victoire ! Et tout nous est permis.

(Tous deux sortent.)

LE GÉNÉRAL EN CHEF

Sur notre gauche, ainsi qu'on le pensait, s'élance
Leur droite avec vigueur. La résistance
Des nôtres va briser leur assaut, assurer
Que du col des rochers ils n'aillent s'emparer.

FAUST *(faisant un signe vers la gauche).*

Seigneur, celui qui vient, que ton regard l'honore !
Les forts peuvent toujours se renforcer encore.

HALTEFEST *(entrant).*

Pour l'aile gauche, plus de crainte,
Car rien n'échappe à mon étreinte.

Le vieil âge s'entend à conserver les biens.
La foudre ne saurait briser ce que je tiens.

(Il sort.)

MÉPHISTOPHÉLÈS *(venant d'en haut).*

Partout, là-bas, que l'on regarde,
Sur ces créneaux rocheux, à notre arrière-garde :
Des gens armés se pressent en essaims
Qui vont barrer tous ces étroits chemins ;
Casques et boucliers, armures de bataille
Dressent derrière nous une haute muraille,
N'attendant qu'un signal pour en venir aux coups.

(Bas, pour les initiés.)

N'allez pas demander où je les ai pris tous !
J'ai vite mis en œuvre une brillante idée
Et chaque salle d'arme alentour fut vidée.
Ils étaient là, debout, à pied ou à cheval,
Comme au bon temps de leur pouvoir seigneurial,
Jadis rois, empereurs, chevaliers intrépides,
Qui ne sont à présent que des coquilles vides.
Maint fantôme aujourd'hui s'en étant décoré,
Voilà le Moyen Âge enfin revigoré.
Quelque diablotin qui s'y loge,
L'effet est bien digne d'éloge.

(Haut.)

Ecoutez-les se préparant,
Faisant s'entrechoquer leur harnois de fer blanc !
Las de languir sans fin sous la poussière grise,
Des lambeaux d'étendard frémissent dans la brise.
Songez que ce vieux peuple impatient, là-bas,
Aspire à se mêler à ces nouveaux combats

(Terrible sonnerie de trompettes venant d'en haut, hésitation notable dans l'armée ennemie.)

FAUST

L'horizon est devenu sombre,
Çà et là scintillent dans l'ombre,
Eclair rouge ou pressentiment,
Les armes aux lueurs de sang.

Rocher, forêt, air, ciel immense,
L'un après l'autre entrent en danse.

MÉPHISTOPHÉLÈS

L'aile droite tient vaillamment ;
J'y distingue à sa haute taille
Jean Raufbold qui, dans la bataille,
Jette sa force de géant.

L'EMPEREUR

D'un seul bras je voyais l'image,
Mais j'en vois douze qui font rage ;
C'est surprenant, en vérité.

FAUST

Ne t'a-t-on point parlé des brumes fugitives
Qui, parfois, en Sicile, errent le long des rives ?
En plein jour, vacillant, mais en toute clarté,
On voit soudain, au milieu de l'espace,
Sur certaines vapeurs formant comme une glace,
Surgir un spectacle enchanté :
Ici, des villes vont, viennent et disparaissent,
Puis ce sont des jardins qui montent ou s'abaissent,
Selon que ce tableau dans l'air est réfracté.

L'EMPEREUR

Là, les grands javelots ! Prodige inquiétant,
A leur pointe je vois des éclairs crépitant ;
De même chaque lance au sein de la phalange
S'orne d'une flammèche étrange.
Ce fantastique me fait peur.

FAUST

Seigneur, pardon. Ce sont les restes de natures
Spirituelles, un reflet des Dioscures,
Par qui juraient jadis, durant les nuits obscures
Tous les marins. Tu vois leur ultime vigueur.

L'EMPEREUR

Mais, dis-moi donc, à qui sommes-nous redevables
Que la Nature ici fasse en notre faveur
Ces choses rares, incroyables ?

MÉPHISTOPHÉLÈS

Qui d'autre ce serait que ce Maître Très-Haut,
Qui veille à ton destin et dans son cœur te porte ?
Il voit que la menace ennemie est très forte,
Il s'en émeut profondément et sent qu'il faut
A tout prix te sauver dans ce péril extrême,
Devrait-il y périr lui-même.

L'EMPEREUR

Le peuple en grande pompe, heureux, me conduisait ;
Devenu tout puissant, j'en voulus faire essai
Et, sans trop méditer la fin de l'entreprise,
Je remis au grand air la vieille barbe grise ;
J'ai gâté ce jour-là son plaisir au clergé
Et donc de ses faveurs ne me suis pas chargé.
Les suites de mon geste, il y a tant d'années,
Se peut-il qu'en ce jour elles me soient données ?

FAUST

Il paye avec usure, un acte généreux.
Elève ton regard à présent vers les cieux ;
Un signe, semble-t-il, doit bientôt en descendre
Et son sens, aussitôt, devrait se faire entendre.

L'EMPEREUR

Un aigle plane là, dans la hauteur,
Poursuivi par un griffon en fureur.

FAUST

Certes, ce signe est favorable :
Comment donc un griffon, animal de la Fable,
Peut-il à ce point s'oublier,
Voyant un aigle véritable,
D'oser pourtant le défier ?

L'EMPEREUR

En larges cercles tous deux virent,
S'observent, puis au même instant,
L'un contre l'autre se jetant,
Col et poitrine se déchirent.

FAUST

Vois comme l'odieux griffon,
Pillé, défait à grand dommage,
Laissant pendre sa queue de lion,
Tombe, se perd aux cimes du bocage.

L'EMPEREUR

Que selon ce signe il soit fait !
J'admire et j'en attends l'effet.

MÉPHISTOPHÉLÈS *(tourné vers la droite)*.

Devant nos coups dont la force redouble,
Nos ennemis doivent se replier,
Luttent sans ordre et, voulant s'appuyer
A l'aile droite, ils vont jeter le trouble
Sur l'autre flanc de leur corps principal
Qui se dérange et se défend plus mal.
Notre phalange à la pointe acérée
Se jette à droite et, semblable à l'éclair,
Fond sur l'endroit où faiblit leur armée ;
Puis, comme écume et se brise la mer
Sous l'ouragan, deux égales puissances
Sur double front luttent férocement.
Peut-on rêver plus belles jouissances ?
Et la victoire est à nous à présent !

L'EMPEREUR *(à gauche, s'adressant à Faust)*.

Ce que je vois là-bas n'a rien qui me rassure,
Notre troupe est en mauvaise posture,
Je ne vois plus une pierre voler ;
Depuis les rocs d'en bas l'ennemi qui foisonne
Menace ceux d'en haut ; on les leur abandonne...
Voilà : leurs bataillons serrés vont encercler
Les nôtres, puis au col lui-même s'installer.
Effet final de vos louches offices
Et vanité de tous vos artifices !

(Pause.)

MÉPHISTOPHÉLÈS

Voici venir mes deux corbeaux ;
Quel message portent leurs ailes ?
Je crains de fâcheuses nouvelles.

L'EMPEREUR

Que veulent ces vilains oiseaux ?
Leur voile noire les amène
De l'ardent combat des rochers.

MÉPHISTOPHÉLÈS *(aux corbeaux).*

Tout près de mes oreilles approchez !
Qui vous aidez est bientôt hors de peine,
Car vos conseils sont toujours fort sensés.

FAUST *(à l'Empereur).*

De ces pigeons n'as-tu pas connaissance
Qui, revenant des plus lointains pays,
Regagnent nourriture et nichée et logis ?
De même ici, mais non sans quelque différence :
Dans la paix, la colombe est un parfait facteur,
Mais la guerre réclame un corbeau voyageur.

MÉPHISTOPHÉLÈS

Un grave danger nous menace.
Les ennemis pressent en masse
Nos héros des crêtes, là-bas.
Les hauteurs proches qu'ils gravissent
Mènent au col ; s'ils s'en saisissent,
Nous serions dans un mauvais pas.

L'EMPEREUR

Voilà donc votre duperie !
Vous m'avez pris dans un filet ;
Je tremble d'être ensorcelé.

MÉPHISTOPHÉLÈS

Courage. Il n'est pas temps de quitter la partie.
Patience, rusons jusqu'au dernier moment.
C'est souvent vers la fin que la bataille est rude ;
Avec mes messagers, aucune inquiétude.
Commande qu'il me soit donné commandement.

LE GÉNÉRAL EN CHEF *(qui s'est approché entre-temps).*

Avec ces gens tu as fait alliance
Et tout ce temps j'ai souffert en silence.

Sur la magie on ne peut faire fond.
Je ne puis rien changer à la bataille ;
Qui commença, que jusqu'au bout il aille
Et quant à moi, je remets mon bâton.

L'EMPEREUR

Conserve-le. Peut-être qu'en partage
Le sort pour nous a des moments plus beaux.
Je frissonne devant ce vilain personnage
Et sa façon de parler aux corbeaux.

(A Méphistophélès.)

Je ne puis t'investir de ce bâton suprême :
Tu ne me sembles pas l'homme fait pour cela ;
Commande. Essaye encor de nous sauver quand même,
Du reste, advienne que pourra.

(Il se retire sous la tente avec le général en chef.)

MÉPHISTOPHÉLÈS

Que son sot bâton le protège !
Pour moi, comment m'en servirai-je ?
Une sorte de croix l'ornait.

FAUST

Que faire ?

MÉPHISTOPHÉLÈS

Tout est déjà fait.
Vite mes noirs cousins, volez vers ces collines,
Au lac de la montagne et priez les Ondines
De nous prêter ici l'apparence des eaux.
Par un art féminin qu'on a peine à connaître,
Elle sépareront l'apparence de l'être
Et chacun jurera que l'être, c'est le faux.

(Silence.)

FAUST

Nos corbeaux auront su flatter ces demoiselles :
L'onde là-bas commence à ruisseler ;
Aux endroits secs et nus, les sources les plus belles

A flots se mettent à couler.
Plus de victoire des rebelles !

MÉPHISTOPHÉLÈS

Un accueil qu'ils n'attendaient plus :
Nos fiers grimpeurs sont confondus.

FAUST

Et partout les ruisseaux en rivières s'unissent
Et leurs flots redoublés des gorges rejaillissent ;
C'est un fleuve à présent, comme une flèche prompt,
Qui couvre les rochers d'une nappe soudaine ;
Il gronde, écume, ici, puis là, puis, vers la plaine,
Déverse par degrés son cours large et profond.
Inutiles efforts d'héroïque vaillance !
La vague emporte tout avec trop de puissance.
Je frissonne moi-même à voir ce tourbillon.

MÉPHISTOPHÉLÈS

Moi je n'aperçois pas ces liquides mensonges ;
Seul l'œil humain se laisse abuser par ces songes
Et je me réjouis du spectacle bouffon.
Depuis les rocs d'en haut, quelle dégringolade !
Car, se croyant promis à la noyade,
Bien qu'à pied sec, grotesque bousculade,
Chacun s'agite et nage comme un fou.
La confusion est partout.

(Les corbeaux sont revenus.)

Je louerai votre zèle auprès du puissant Maître,
Mais pour maîtres aussi je veux bien vous admettre
Si, vers la forge ardente où les Nains font toujours
Du métal ou du roc jaillir les étincelles,
Vous volez à présent et, par vos beaux discours,
Obtenez d'eux de ces flammes modèles,
Feu brillant, pétillant et crépitant soudain...
Des éclairs de chaleur passant dans le lointain,
Une étoile filante au zénith qui tressaille,
Cela peut arriver durant les nuits d'été ;
Mais des éclairs sortant d'un fouillis de broussaille,
Des étoiles sifflant parmi l'humidité
Du sol, oui, la surprise est alors d'autre taille.

Priez-les d'abord. S'il le faut,
N'hésitez pas à parler haut.

(Les corbeaux partent. Tout se passe comme il a été ordonné.)

MÉPHISTOPHÉLÈS

Pour l'ennemi, nuit et ténèbres !
Qu'il avance dans l'incertain.
Feux-follets aux lueurs funèbres,
Soleil aveuglant qui l'atteint…
Bien ! tout ceci ne manque pas de charme,
Mais il y faut encor quelque atroce vacarme.

FAUST

Et mainte armure creuse échappe à son caveau,
A l'air libre se fortifie.
Quelle étrange cacophonie,
Quels froissements de fer, quel cliquetis là-haut !

MÉPHISTOPHÉLÈS

Oui ! Rien n'arrête ces grotesques :
Echos de chocs chevaleresques
Ainsi qu'aux bons temps anciens !
Brassards et cuissards, de plus belle,
Comme Guelfes et Gibelins,
Reprennent la guerre éternelle :
Chacun son refrain familier ;
Rien ne peut les concilier.
Un tintamarre abominable !
Comme à toutes fêtes du diable
Des partis la haine effroyable
Est ce qui fait le plus de mal.
Bruits, contre-bruits, terreurs paniques,
Sons aigus, vraiment sataniques,
Jettent la terreur dans le val.

(Tumulte guerrier à l'orchestre, s'achevant par de joyeux airs militaires.)

LA TENTE DE L'ANTI-EMPEREUR
Trône, richement environné

HABEBALD, EILEBEUTE

EILEBEUTE

C'est nous les premiers sur les lieux.

HABEBALD

Point de corbeau qui nous surpasse.

EILEBEUTE

Oh ! ce trésor prodigieux !
Sur quoi vais-je faire main basse ?

HABEBALD

Tout est si plein que je ne sais
Ce qu'il faut d'abord que je prenne.

EILEBEUTE

Tiens ! ce tapis de haute laine !
Mon lit est souvent si mauvais.

HABEBALD

Ici pend une masse d'armes
D'acier trempé qui me plaît fort.

EILEBEUTE

Ce manteau rouge à franges d'or
Ne manque pas pour moi de charmes.

HABEBALD

Avec cette masse à la main,
On tue et l'on va son chemin.

Depuis le temps que l'on travaille,
Tu n'as rien pris encor qui vaille ;
Laisse ce bric-à-brac ici
Et prend la caisse que voici,
Car dans son ventre est renfermée,
En or, la solde de l'armée.

EILEBEUTE

C'est d'un poids fou ! Je ne peux pas
Soulever, porter cette charge.

HABEBALD

Baisse-toi ! Je vais, dans ce cas,
La hisser, moi, sur ton dos large.

EILEBEUTE

Malheur ! malheur ! c'est fait de moi !
Ce fardeau me brise l'échine.

(La caissette tombe et se brise.)

HABEBALD

Voilà l'or rouge en tas ; ma foi,
Vite, puise dans cette mine.

EILEBEUTE *(s'accroupissant).*

Tiens, verse-le dans mon giron ;
Nous en aurons assez quand même.

HABEBALD

Cela suffit. Sauve-toi donc ! *(Elle se lève.)*
Ah ! ton tablier troué sème,
Où que tu ailles, tout son or
Et gaspille notre trésor.

TRABANS *(de notre Empereur).*

Que faites-vous dans cette enceinte,
Du trésor impérial fouillant la place sainte ?

HABEBALD

Ayant risqué notre vie aujourd'hui,
Nous prélevons notre part du pillage.

Nous sommes soldats, nous aussi,
Dans le camp ennemi ce fut toujours l'usage.

LES TRABANS

Ces façons chez nous n'ont point cours ;
Soldat-pillard, c'est trop pour une tête.
Près de notre empereur, toujours,
Un soldat doit rester honnête.

HABEBALD

Honnêteté ? Nous connaissons !
Traduisez : contributions.
Vous êtes tous de même race :
« Donne ! », c'est votre mot de passe.

(A Eilebeute.)

File en prenant ce que tu as ;
Ici, l'on ne nous aime pas.

(Ils sortent.)

PREMIER TRABAN

Pourquoi d'un soufflet, sur la place,
N'as-tu pas puni son audace ?

UN DEUXIÈME

Une faiblesse qui m'a pris ;
On aurait dit de vrais esprits.

UN TROISIÈME

Et moi, j'avais le regard trouble,
Dans un brouillard je voyais double.

UN QUATRIÈME

Expliquer ça, qui le pourrait ?
La chaleur de cette journée
Lourde, d'angoisse entremêlée...
L'un résistait, l'autre mourait,
Ou tâtonnait, frappait... Mystère :
A tout coup tombait l'adversaire.
Un voile sur les yeux flottait,
Bruits, sifflements à nos oreilles,

Nous survivons à ces merveilles
Mais sans savoir comment cela s'est fait.

L'Empereur entre, accompagné de quatre princes. Les trabans s'éloignent.

L'EMPEREUR

Allons, quoi qu'il en soit la victoire est certaine,
L'ennemi dispersé s'est enfui par la plaine,
Le trône vide est là, séditieux trésor,
Occupant tout l'espace avec ses tapis d'or.
Nous, qu'en honneur le corps de nos trabans protège,
Des envoyés du peuple attendons le cortège.
Des messages heureux nous parviennent de tous :
L'Empire est dans la joie et se rallie à nous.
S'il est vrai qu'au combat se mêla la magie,
Nous avons, nous tout seuls, emporté la partie.
Le hasard après tout profite au combattant :
Pierres tombant du ciel, ailleurs, il pleut du sang,
D'étranges cris sortant des cavernes résonnent,
Ebranlent l'ennemi, mais du cœur nous redonnent ;
Le vaincu doit périr et tous vont le raillant ;
Le fier vainqueur rend grâce à son Dieu bienveillant ;
Des millions de voix, d'elles-mêmes, s'unissent
Et pour un Te Deum laudamus retentissent.
Moi, je tourne, ce que je fis bien rarement,
Mon regard en mon cœur à ce suprême instant.
Un prince jeune et gai gaspille ses journées ;
La valeur du moment, il l'apprend des années.
A vous, mes quatre Grands, je me lie en ce jour
Pour gérer ma Maison, mon Empire et ma Cour.

(Au premier.)

Toi, Prince, le héros qui rangeas notre armée,
Par qui fut au combat sa vaillance animée,
Guide-la, dans la paix, pour un devoir normal.
Prends le glaive et deviens mon Archimaréchal.

L'ARCHIMARÉCHAL

Fidèles au-dedans de l'Empire naguère,
Tes soldats ont gardé le trône à la frontière.
Accepte que par nous, dans le vaste château
Ancestral, un festin te soit offert bientôt.

J'userai de ce glaive nu de telle sorte
Qu'il te soit une sûre, une éternelle escorte.

L'EMPEREUR *(au second).*

Toi qu'on vit homme aimable autant que courageux,
Sois Archichambellan : métier bien périlleux.
Des gens de ma maison deviens le chef suprême,
Eux qui, se querellant, sont sans cesse un problème,
Et, dans l'honneur, par ton exemple, enseigne-nous
L'art de plaire à ton Maître, à la Cour, bref à tous.

L'ARCHICHAMBELLAN

Aider ton grand dessein à faveur peut conduire.
Sache, utile aux meilleurs, aux méchants ne pas nuire,
Etre clair sans mensonge et sans ruse apaisé.
Lis dans mon cœur, Seigneur, je suis récompensé.
Pouvons-nous en pensée à la fête nous rendre ?
J'y suis pour t'accueillir, le bassin d'or te tendre,
Je garde tes anneaux, quand ta main, à loisir,
Se rafraîchit. Dans ton regard est mon plaisir.

L'EMPEREUR

Aujourd'hui mon front grave est bien loin de la fête,
Mais soit. Car dans la joie œuvre meilleure est faite.

(Au troisième.)

Grand Ecuyer Tranchant, tu gouvernes dès lors
Chasses et basses-cours, métayers au-dehors.
Fais que, selon les mois en tous temps, sur ma table
Viennent les plats que j'aime en façon délectable.

LE GRAND ÉCUYER TRANCHANT

Heureux, d'un jeûne strict je me ferai devoir
Si tu n'as point les mets que tu voudrais avoir.
Il faut qu'à la cuisine encor je m'associe
Pour le produit lointain, la saison raccourcie,
Bien qu'un luxe exotique ou précoce n'ait pas,
Pour toi, l'attrait d'un simple et solide repas.

L'EMPEREUR *(au quatrième).*

Puisqu'on ne parle ici que de réjouissance,
D'un échanson, jeune héros, vêt l'apparence.

Veille à la cave et fais, mon Archiéchanson,
Que les vins les meilleurs l'emplissent à foison.
Sois sobre, car plus loin qu'une gaieté sereine
Il ne sied pas qu'ici l'occasion t'entraîne.

L'ARCHIÉCHANSON

Prince, qu'à la jeunesse on veuille se fier,
On la verra bientôt en homme se muer.
Mais si je me transporte aussi jusqu'à la fête,
J'ornerai ton buffet de manière parfaite,
Vases d'or et d'argent, tout le luxe à la fois.
D'une coupe à ton gré j'ai d'abord fait le choix :
Verre clair de Venise où veille l'allégresse,
Bonifiant le vin, protégeant de l'ivresse.
Certains attendent trop du merveilleux trésor ;
Toi, ta sobriété te garde mieux encor.

L'EMPEREUR

Ce que je vous destine en cette heure historique,
Vous en croyez ici ma bouche véridique,
Mon auguste parole en garantit le don,
Mais l'Ecrit doit venir en confirmation,
Il faut la Signature. Or, heureuse fortune,
Voyez : l'homme qu'il faut vient à l'heure opportune.

(Entre l'Archevêque-archichancelier.)

Quand la pierre angulaire assure bien la voûte,
C'est pour l'éternité qu'on a construit sans doute.
Quatre princes sont là. Nous venons d'arrêter
Comment Cour et Maison feront pour subsister
Et la totalité de notre vaste Empire,
Les Cinq avec vigueur auront à le conduire.
Ils brilleront d'abord par leurs possessions
Qui recevront par moi neuves dimensions
Sur les biens de ceux-là qui de nous s'écartèrent.
Quel pays, mes féaux, ces promesses confèrent !
Plus, le droit d'ajouter, à toute occasion,
Par achat, par échange et dévolution,
A ces biens, assortis de jouissance entière,
Ainsi qu'il appartient au seigneur d'une terre.
Juges, vos jugements n'auront point de recours ;
Nul appel ne vaudra contre vos Hautes Cours.

Impôt, cens, don gratuit, droit d'escorte, péage,
Monnaie et mine et sel sont à vous en partage ;
Enfin, ma gratitude en son infinité
Vous élève en un rang près de la Majesté.

L'ARCHEVÊQUE

J'exprime au nom de tous notre reconnaissance ;
Nous rendant forts, tu consolides ta puissance.

L'EMPEREUR

Je veux donner aux Cinq plus haute dignité.
Je vis pour mon Empire et jouis de santé.
Mais mon œil, remontant de mes aïeux la chaîne,
Loin du présent actif voit menace certaine.
Moi-même, un jour, de vous je devrai m'éloigner ;
Mon successeur, vous aurez à le désigner.
A l'autel menez-le pour couronner sa tête
Et que s'achève en paix ce qui fut la tempête.

L'ARCHICHANCELIER

Fiers au fond de leurs cœurs, vois, très bas inclinés,
Les princes de la terre à tes pieds prosternés.
Tant que d'un sang loyal nos veines se remplissent,
Soyons le corps par qui tes desseins s'accomplissent.

L'EMPEREUR

Enfin, que tout ce que nous venons d'établir
Par l'écrit et le sceau reste à tout l'avenir,
Vous avez sur vos biens tous les pouvoirs possibles,
Sous réserve pourtant qu'ils soient indivisibles,
Que même accru, ce dont nous vous avons doté
Sur l'aîné de vos fils soit, en tout, reporté.

LE CHANCELIER

Sur parchemin je vais transcrire à l'instant même,
Don pour l'Empire et nous, cette charte suprême,
Puis la chancellerie apposera le sceau
Sur le net que ton seing revêtira bientôt.

L'EMPEREUR

Allez donc, que par tous cette grande journée
Puisse être dans le calme à présent méditée.
(Les princes temporels s'éloignent.)

LE PRINCE SPIRITUEL *(parlant sur un ton pathétique).*

Le chancelier s'en va, mais l'évêque est resté
Qui doit se faire entendre avec sévérité,
Car son cœur paternel s'afflige et s'inquiète.

L'EMPEREUR

Parle. Pourquoi l'angoisse en cette heure de fête ?

L'ARCHEVÊQUE

Quelle amère douleur de voir, en cet instant,
Ta tête si sacrée alliée à Satan !
Affermi sur ton trône, ou du moins je l'espère,
Hélas, c'est au mépris de Dieu, du Très Saint Père,
Qui, le sachant, voudra de sa foudre punir
Ton Empire pécheur, voire l'anéantir.
Il n'a point oublié comme, au moment suprême,
A ton couronnement, jailli du diadème,
Cet éclair de ta grâce a mis en liberté
Ce maudit mage, insulte à la chrétienté.
Mais vite, bats ta coulpe et d'un bonheur coupable
Remets au sanctuaire une part raisonnable.
Cette vaste colline où fut ton pavillon,
Où pour te protéger parut plus d'un démon,
Au Prince de Mensonge où tu prêtas l'oreille,
Fais-en don, repentant, pour que l'Eglise y veille,
Ensemble la montagne et les sombres forêts,
Les hauteurs verdoyant en magnifiques prés,
Lacs poissonneux et clairs et ruisseaux par dizaines
Qui vont en serpentant se perdre par les plaines,
Large vallée et champs, sans en rien retenir,
Pour que ta grâce enfin suive ton repentir.

L'EMPEREUR

Ma faute fut bien lourde et son poids m'épouvante.
Assigne librement le prix qui te contente.

L'ARCHEVÊQUE

D'abord : que tout ce lieu, du péché profané,
Au culte du Très Haut soit aussitôt donné.
Je vois les murs puissants en esprit déjà naître,
Les rayons du matin dans le chœur apparaître,

Puis l'édifice entier en croix se déployant,
La nef grandir, monter, pur bonheur du croyant ;
Par le noble portail la foule ardente approche,
Le val, le mont s'emplit d'un premier chant de cloche
Qui vibre dans le ciel où s'élancent les tours.
Le pénitent y cherche une neuve existence.
La consécration — bientôt viennent ces jours —
Pour suprême ornement recevra ta présence.

L'EMPEREUR

Puisse cette grande œuvre annoncer la ferveur
Qui m'absout et me pousse à louer le Seigneur.
Assez. Mon âme ici se transcende, ravie.

L'ARCHEVÊQUE

En tant que chancelier, cet acte j'expédie.

L'EMPEREUR

Un document formel qui confirme le don
A l'Eglise. Et, joyeux, je le signerai donc.

L'ARCHEVÊQUE *(qui a pris congé fait une fausse sortie).*

Puis, tu consacreras à l'œuvre qui commence
Tous revenus courants : cens, dîme, redevance,
A jamais, pour couvrir les frais de l'entretien.
Il est toujours coûteux d'administrer un bien.
De plus, pour qu'en ce lieu désert vite on construise,
Tu donneras de l'or prélevé sur ta prise.
Ce n'est pas tout encor, car nous aurons besoin
D'ardoises, chaux et bois parfois venus de loin ;
Pour le transport, le peuple, incité par la Chaire.
L'Eglise bénira ceux qui voudront le faire.

(Il sort.)

L'EMPEREUR

C'est un très lourd péché qu'il me faut racheter
Et ces sorciers maudits vont bien cher me coûter.

L'ARCHEVÊQUE
(revenant encore avec une profonde révérence).

Pardon, tu concédas les plages de l'Empire
A l'homme réprouvé, mais nous le mettrons, Sire,

Au ban, si nous n'avons encor sur ces biens-ci
Dîme, cens, et champart et redevance aussi.

L'EMPEREUR *(avec humeur).*

Ce pays sous la mer n'a pas même existence !

L'ARCHEVÊQUE

Le temps aide le droit, doublé de patience.
A ta promesse nous aimons nous confier.

(Il sort.)

L'EMPEREUR *(seul).*

Que ne m'arrache-t-on l'Empire tout entier ?

ACTE V

EN PLEIN AIR

LE VOYAGEUR

Voilà dans la force de l'âge
Mes sombres tilleuls d'autrefois !
Après ce long pèlerinage,
Ce sont bien eux que je revois ;
Et voici l'humble maisonnette
Dont le toit m'avait abrité
Lorsque l'orage et la tempête
Sur ces dunes m'avaient jeté.
Comme j'aimerais, à voix haute,
Bénir le couple généreux,
Serviable, dont je fus l'hôte !
Mais ils étaient déjà bien vieux.
Bonnes gens ! Dieu les récompense !
Vais-je appeler, frapper ? Salut
A vous, si le destin voulut
De votre douce bienveillance
Vous conserver la jouissance.

BAUCIS

Entre doucement, étranger,
Pas de bruit, mon époux sommeille.
Dormir, aux vieux, doit ménager
Le travail d'une courte veille.

LE VOYAGEUR

Mère, il serait donc vrai, dis-moi,
Qu'à nouveau je te remercie ?

Car jadis ton époux et toi
Du jeune homme ont sauvé la vie.
Es-tu bien la Baucis d'alors
Qui nourrit ma bouche expirante ?

(Entre le mari.)

Philémon, dont la force ardente
Aux flots arracha mes trésors ?
Les flammes d'un feu secourable,
Votre cloche aux sons argentins
Devaient dénouer les destins
De cette aventure effroyable.
A présent je veux m'avancer,
Contempler la mer infinie,
Que je m'agenouille et je prie
Tant je sens mon cœur m'oppresser.

(Il avance sur la dune.)

PHILÉMON *(à Baucis).*

Parmi les fleurs du jardin, vite,
Mets la table pour le repas
Tandis qu'il s'effraye et s'agite...
Ce qu'il voit, il ne le croit pas.

(Debout près du voyageur.)

La vague qui, dans sa colère,
Rude, écumante, vous roula
Fit place au paradis sur terre,
A ce beau jardin que voilà.
J'aurais aidé, mais la vieillesse
Ne m'en permettait plus le soin.
Tandis que ma force me laisse,
La vague aussi s'en va bien loin.
Hardis valets d'un maître sage
Creusent, endiguent à la fois.
La mer voit restreindre ses droits,
On occupe son héritage.
Partout on voit les prés verdir,
Hameau, jardin, forêt, terrasse...
Mais c'est le moment d'en jouir
Avant que le soleil s'efface.

Ces voiles, loin sur l'horizon,
Pour la nuit vont chercher asile,
Oiseaux rentrant à la maison,
Car là-bas est le port tranquille.
Vois, la mer, c'est ce bleu ruban,
Cette ligne la plus lointaine,
Mais de droite à gauche s'étend
Un vaste et populeux domaine.

(A table tous trois, dans le petit jardin.)

BAUCIS

Tu ne peux plus rien avaler,
Muet devant un tel spectacle.

PHILÉMON

Il veut comprendre le miracle.
Dis-lui, toi si prompte à parler.

BAUCIS

Un prodige, la chose est claire ;
Mais qui fait toujours mon tourment,
Car il y eut dans cette affaire
Beaucoup de louche, assurément.

PHILÉMON

En lui concédant le rivage,
L'empereur est-il à blâmer ?
Un héraut vint le proclamer
Sonnant la trompe à son passage.
Ils se sont d'abord installés
Là-bas, sur la dune prochaine ;
Tentes, huttes, puis, dans la plaine,
Bientôt s'édifie un palais.

BAUCIS

Le jour, les valets se bousculent,
Pelles, pioches volent en vain ;
La nuit, des flammèches circulent,
La digue est là le lendemain.
Le sang de victimes ruisselle,
Des plaintes sonnent dans la nuit,

Vers la mer la flamme étincelle,
Au jour un canal est construit.
L'homme est sans dieu ; il voudrait prendre
Notre cabane, notre bois.
C'est un bon voisin, à l'entendre ;
Pourtant, il faut subir ses lois.

PHILÉMON

Mais il nous offre une fortune,
Un bien sur les terrains nouveaux.

BAUCIS

Non ! reste fidèle à ta dune,
Ne crois pas au pays des eaux.

PHILÉMON

Allons à la chapelle proche
Voir du soleil l'ultime adieu.
Prions, faisons tinter la cloche
Et fions-nous à l'ancien Dieu.

PALAIS

Vaste jardin d'agrément, grand canal en ligne droite. Faust, à l'âge le plus avancé, marche et médite.

LYNCÉE, LE VEILLEUR *(parlant dans un porte-voix).*

Le soleil baisse et voici, dans la joie
Que les derniers vaisseaux rentrent au port.
Plus près, une grande barque est en voie
Par le canal d'accoster sur ce bord.
Ses pavillons frémissent sous la brise,
Les mâts au ciel montent avec raideur,
Le matelot bénit ton entreprise ;
Si tard encor te comble le bonheur.

(La cloche sonne sur la dune.)

FAUST *(sursautant).*

Maudit tintement, ce bruit qui m'irrite
Comme un coup de feu semble me blesser.
Mon royaume aux yeux s'étend sans limite
Mais là, dans mon dos, on vient m'agacer.
Elle me redit, la voix importune,
Qu'il n'est pas entier mon immense bien :
Le clos de tilleuls, la bicoque brune,
Le clocher moisi, cela n'est pas mien.
Veux-je aller rêver sur cette colline,
Une ombre étrangère accroît mon souci.
Epine en mes yeux, sous mes pieds épine ;
Oh ! que je voudrais être loin d'ici !

LE VEILLEUR *(comme ci-dessus).*

La barque aux cent couleurs arrive
Glissant, joyeuse, au vent du soir.
Sacs, caisses, coffres qu'on peut voir
N'entravent pas sa course vive.

(Barque magnifique avec un chargement abondant et bariolé de produits exotiques.)

MÉPHISTOPHÉLÈS. LES TROIS VAILLANTS

CHŒUR

Déjà l'on débarque,
Déjà nous rentrons,
Salut au Seigneur,
Salut au patron.

(Ils descendent et les marchandises sont débarquées.)

MÉPHISTOPHÉLÈS

Nous avons fait des coups de maître ;
Heureux si le patron veut bien le reconnaître.
Partis de deux vaisseaux d'abord,
Avec vingt nous rentrons au port.
Les grandes choses que nous fîmes
Se voient à notre cargaison.
La libre mer fait les esprits sublimes ;
Qui songe alors à la raison ?
De la main leste c'est l'empire.
Comme on prend un poisson on peut prendre un navire
Et quand on est maître de trois,
On s'empare du quatrième.
Le suivant est alors en un péril extrême.
La force nous tient lieu de droits.
Du Quoi, non du Comment c'est la philosophie.
Ou bien je suis un âne en navigation,
Ou bien guerre et commerce avec piraterie
Font une Trinité sans séparation.

LES TROIS VAILLANTS

Ni merci ni salut !
Ni salut ni merci !
Est-ce donc pour monsieur
Du fumier que ceci ?

Il prend l'air dégoûté,
Il nous fait la grimace...
Ce trésor à ses yeux
Ne rencontre pas grâce ?

MÉPHISTOPHÉLÈS

Ne réclamez pas
Un autre salaire.
Vous prîtes là-bas
Votre part entière.

LES VAILLANTS

C'était jeu d'enfant,
Minime avantage,
Nous voulons pour tous
Un égal partage.

MÉPHISTOPHÉLÈS

Là-haut, salle à salle,
Arrangez d'abord,
Qu'on le voie ensemble,
Tout notre trésor,
S'il vient et contemple
Autant de splendeur
Et qu'il en calcule
Toute la valeur,
Il ne se fera
Plus tirer l'oreille
Et la flotte aura
Fête sans pareille.
C'est demain que viendront nos beaux oiseaux des îles.
Je prendrai bien soin d'eux ; ainsi soyez tranquilles.

(La cargaison est débarquée.)

MÉPHISTOPHÉLÈS *(à Faust).*

C'est l'œil amer, la mine consternée
Que tu reçois ce bonheur infini ?
Quand ta sagesse est enfin couronnée,
Que le rivage à la mer est uni,
Que cette mer accepte du rivage

Les beaux vaisseaux gréés pour le voyage,
Que du palais tu peux, sans te vanter,
Dire aujourd'hui : « Je gouverne le monde ! »
Car c'est d'ici que tout put débuter :
On n'y voyait qu'une hutte à la ronde,
Puis on creusa ce très étroit fossé
Où maintenant l'eau jaillit sous la rame.
Grâce au labeur des tiens, à ta grande âme,
La mer, le sol t'ont bien récompensé.
C'est d'ici, donc...

FAUST

Ici ! Place maudite !
C'est justement cet Ici qui m'irrite.
Je te le dis à toi, l'homme rusé :
Jour après jour, j'en ai le cœur brisé.
Mais c'en est trop ! Ma patience est lasse
Et cependant j'ai honte d'en parler.
Les vieux là-haut devraient céder la place.
C'est aux tilleuls que je veux m'installer,
Car ce bosquet dont je ne suis pas maître
Est plus pour moi que le vaste univers.
J'aurais voulu, pour pouvoir reconnaître
La plaine au loin, tous nos travaux divers,
Faire un balcon à travers le branchage
Et contempler de là, d'un seul regard,
Esprit humain ta sublime œuvre d'art :
Ces pays neufs qu'aux peuples l'on partage.

Mais je ne sais, pour moi, pire malheur
Que de manquer au sein de la richesse.
Ce son de cloche et ces tilleuls en fleur
C'est une église, un caveau qui m'oppresse.
L'immensité de mon vouloir
Est, sur ce sable, sans pouvoir.
Comment surmonter cet outrage ?
La clochette sonne et j'enrage.

MÉPHISTOPHÉLÈS

Bien entendu ! Cette secrète envie
Ne peut manquer de te gâcher la vie.
Et toute oreille noble, assurément,

Doit s'offusquer d'un pareil tintement :
Ce ding, ding, dong maudit et ridicule,
Obnubilant le plus gai crépuscule
Et se mêlant à tout événement,
Du premier bain jusqu'à l'enterrement !
Comme si, de ce ding à ce dong qui l'achève,
L'existence était un vain rêve.

FAUST

Ce sens borné, cette obstination
Aux plus beaux gains faisant obstruction,
C'est un tourment si profond, effroyable,
Que l'on se lasse enfin d'être équitable.

MÉPHISTOPHÉLÈS

Pourquoi tant te formaliser ?
Depuis longtemps ne dois-tu pas coloniser ?

FAUST

C'est bon. Allez ! Et que d'eux l'on dispose !
Tu sais cette belle propriété
Que pour les vieux j'ai mise de côté.

MÉPHISTOPHÉLÈS

On les enlève et puis on les repose.
En un clin d'œil le couple est rétabli.
La violence était fort peu de chose,
Un beau séjour achèvera l'oubli.

(Il donne un coup de sifflet aigu.)

ENTRENT LES TROIS VAILLANTS

MÉPHISTOPHÉLÈS

Venez ! Suivons les plans que le Maître a conçus
Et nous aurons demain une fête navale.

LES TROIS

Puisque le vieux seigneur nous a si mal reçus,
Vivement, à demain. la fête où l'on avale.

MÉPHISTOPHÉLÈS *(ad spectatores).*

Il n'y a rien de neuf dans ces événements :
La vigne de Naboth remonte à fort longtemps.

(Rois, I, 21.)

NUIT PROFONDE

LYNCÉE, LE GARDIEN DE LA TOUR *(chantant du haut du donjon).*

Pour voir mis sur terre,
Veilleur par métier,
Gardien de la tour,
Le monde me plaît.

Au loin je regarde,
Et je vois tout près
Etoiles et lune,
Chevreuil et forêt.

Splendeur éternelle
Qu'en tout j'aperçois,
Comme vous me plûtes,
Je me plais à moi.

Mes yeux, quel spectacle
Immense et nouveau !
Ah ! quoi qu'il advienne,
Cela fut si beau !

(Pause.)

Ce n'est pas pour mon seul plaisir
Que je suis en si haute place ;
Je sens quelque affreuse menace
Du monde obscur prête à jaillir.
Un flot d'étincelles flamboie,
Tilleuls, dans votre double nuit ;
La fournaise monte, rougeoie,
Du souffle de l'air se nourrit.
La hutte au toit de mousse humide
N'est plus à présent qu'un brandon ;
Il faudrait une aide rapide ;
Quoi, nul secours ne viendra donc ?

Les bons vieux qui, toute leur vie,
Du feu se souciaient si fort
Sont victimes de l'incendie !
Quel effroyable coup du sort !
La flamme ronge, rouge, ardente,
La mousse noire, la charpente ;
Les pauvres gens n'auront-ils pas
Fui l'enfer ouvert sous leurs pas ?
Des langues de feu montent vite,
Eclairs, parmi la frondaison
Et le branchage sec crépite,
S'abat, flambant, sur la maison.
Mes yeux, votre trop bonne vue
Vous rend témoins de tant de maux !
La chapelle encore est perdue,
Croulant sous le poids des rameaux.
Des flammes vives, aiguisées,
Dansent aux cimes embrasées.
Jusqu'aux racines, les troncs creux
Se consument en pourpres feux.

(Longue pause. Chant.)

Ce que le regard contempla
Des siècles durant n'est plus là.

FAUST *(sur le balcon, tourné vers les dunes).*

Quelle est, d'en haut, cette chantante plainte ?
Les mots ici, le son viennent trop tard.
C'est mon veilleur qui gémit et la crainte
Se glisse en moi d'un malheureux hasard.
Si tout n'est plus que charbon, masse noire,
Où le bosquet de tilleuls a grandi,
Nous construirons, vite, un observatoire
Pour contempler jusque dans l'infini.
Je vois, de là, la nouvelle demeure
Où ce vieux couple, à présent abrité
Et bénissant ma générosité,
Heureux, vivra jusqu'à sa dernière heure.

MÉPHISTOPHÉLÈS ET LES TROIS *(en bas).*

Nous revenons au trot pressé :
Pardon ! Cela s'est mal passé.

Nous frappons, heurtons à la porte,
On s'obstine à ne pas ouvrir.
Nous cognons, secouons, de sorte
Que ce vieux bois prêt à pourrir
S'abat. Les grands cris, la menace
Ne leur font pas vider la place.
Comme toujours en pareil cas,
On n'entend pas, on ne veut pas.
Mais nous, sans tarder davantage,
Leur avons fait plier bagage.
Les deux n'ont pas souffert vraiment,
Ils sont morts de peur sur-le-champ ;
Un homme caché là fait rage,
Prétend se battre, est étendu,
Mais, dans l'ardeur de la bataille,
Du charbon, partout répandu,
A fait flamber un tas de paille.
Le feu, qu'on ne peut empêcher,
A tous trois leur sert de bûcher.

FAUST

N'avez-vous rien compris ? Obéissance étrange !
S'agissait-il d'un vol ? Je voulais un échange.
Je hais et je maudis votre action de fous ;
Partagez la faute entre vous !

LE CHŒUR

Voilà que se répète une parole antique :
« Cède à la violence et subis-en la loi ;
Si tu veux résister, te montrer héroïque,
Engage ta maison, tous tes biens et puis... toi. »

FAUST, *sur le balcon.*

Les étoiles, là-haut, sont maintenant voilées,
Le feu baisse et ne brûle plus que radouci ;
Un frisson d'air parfois, des flammes ranimées,
Apporte jusqu'à moi l'odeur et les fumées...
Ordonné vite, exécuté trop vite aussi !
Mais quel spectre dans l'air semble venir ici ?

MINUIT

Entrent quatre femmes vêtues de gris.

LA PREMIÈRE

Je suis le Besoin.

LA SECONDE

Et je suis la Faute.

LA TROISIÈME

Je suis la Misère.

LA QUATRIÈME

Et moi le Souci.

TROIS D'ENTRE ELLES

La demeure est close, un riche en est l'hôte,
Nous ne pouvons pas pénétrer ici.

LE BESOIN

Moi, je me fais ombre.

LA FAUTE

Et moi, je m'efface.

LA MISÈRE

Le regard blasé s'écarte de moi.

LE SOUCI

Un trou de serrure et le Souci passe
Où vous, ô mes sœurs, n'avez aucun droit.

(Le Souci disparaît.)

LE BESOIN

Partons, ô mes sœurs, ô grise cohorte.

LA FAUTE

Partout où tu vas, la Faute t'escorte.

LA MISÈRE

La Misère aussi suivra votre sort.

TOUTES TROIS

Etoiles, fondez et fuyez, nuages !
De loin, de bien loin, de très longs voyages,
Notre sœur approche, approche... la Mort.

FAUST *(dans le palais).*

J'en ai vu venir quatre et trois sont reparties.
Leurs voix ne m'arrivaient que faibles, amorties.
N'ai-je pas entendu que l'on parlait de sort ?
Une rime sinistre en écho disait : mort.
Sons creux, voilés, venant de fantômes sans doute.
Jamais à ciel ouvert encor je n'ai lutté.
Magie, ah ! je voudrais t'écarter de ma route,
Oublier les secrets de ton livre enchanté.
Ne puis-je en homme seul t'affronter, ô Nature ?
Etre homme alors vaudrait d'en courir l'aventure.
Et ne l'étais-je pas avant d'avoir plongé
Dans l'ombre où j'ai maudit et le monde et moi-même ?
L'air aujourd'hui de tant de spectres s'est chargé
Que nul ne sait comment résoudre ce problème.
Lorsque à nos yeux un jour clair et lucide a lui,
S'abat l'essaim confus des rêves de la nuit.
Revenons-nous joyeux, foulant le vert bocage ?
Un cri d'oiseau... ce cri, c'est un mauvais présage !
De superstition sans cesse environnés,
Nous la voyons partout : elle annonce, elle ordonne
Et nous restons muets, éblouis, étonnés.
Qu'est-ce ? La porte grince... Il n'est entré personne.

(Inquiet.)

Est-il ici quelqu'un ?

LE SOUCI

Faut-il répondre : « Oui ? »

FAUST

Eh bien ! qui donc es-tu ?

LE SOUCI

Je suis ; cela suffit.

FAUST

Eloigne-toi d'ici.

LE SOUCI

Ma présence s'explique.

FAUST *(en colère d'abord, puis s'apaisant ; à part).*

Non, non, n'employons pas de formule magique.

LE SOUCI

Même lorsque nulle oreille
Ne m'entend, au cœur je veille ;
Sous plus d'un déguisement
Je dispense mon tourment.
Sur l'onde ou dans la campagne,
Partout je vous accompagne,
Flatté comme réprouvé,
Non cherché, toujours trouvé...
Du Souci jusqu'alors restas-tu préservé ?

FAUST

Je n'ai fait que courir la terre,
Saisissant aux cheveux tout désir qui passait,
Sans retenir ce qui hors de mes mains glissait,
Laissant ce dont je ne pouvais me satisfaire.
Je n'ai que convoité, puis ensuite accompli,
Puis voulu de nouveau, sans que rien ne m'arrête,
J'ai traversé ma vie ainsi qu'une tempête,
Grand, puissant, puis plus sage, aujourd'hui radouci
Je le connais assez le cercle de ce monde
Et quant à l'Au-delà, qu'en pouvons-nous savoir ?
Fou, dont l'œil clignotant en cet abîme sonde,
Qui son semblable au ciel prétend apercevoir !
Qu'il reste sur le sol, qu'ici-bas il s'attache ;
Le monde est-il muet pour qui remplit sa tâche ?

Qu'a-t-il besoin d'errer à travers l'éternel !
Ce qu'il aura connu devient un bien réel.
Qu'il suive jusqu'au bout sa terrestre journée
Sans qu'un fantôme vain, dans sa marche obstinée,
Le trouble et qu'il découvre et bonheur et tourment,
Lui que ne comblera jamais un seul moment !

LE SOUCI

Celui que je prends sous mon aile,
Le monde est pour lui sans appas ;
A ses yeux, envahis d'une brume éternelle,
Le soleil ne se lève et ne se couche pas.
Bien que ses sens clairs ne le leurrent,
En lui les ténèbres demeurent,
Les trésors qu'il peut regarder,
En vain veut-il les posséder ;
Bonheur, malheur, tout l'importune,
Il meurt de faim dans la fortune,
Que ce soit délice ou chagrin,
Il les renvoie au lendemain,
Sans cesse à l'avenir il rêve
Et plus rien, jamais, il n'achève.

FAUST

Tais-toi donc. Penses-tu m'assujettir ainsi ?
Je refuse d'ouïr ces absurdités-ci.
Va-t'en. Ton sinistre verbiage
Envoûterait jusqu'au plus sage.

LE SOUCI

Doit-il aller, doit-il venir ?
Il hésite à n'en plus finir ;
Au milieu d'une large route,
Il tâtonne, erre, dans le doute,
Toujours plus avant il se perd,
Voit toutes choses de travers ;
Pour autrui, pour lui-même gêne,
Cherchant son souffle, hors d'haleine,
Presque sans vie et respirant,
Ni soumis ni désespérant
Et ballottant ainsi, sans cesse,
D'amère inaction en devoir qui l'oppresse,

Libéré, puis soudain saisi d'épuisement,
Puis un demi-sommeil, un triste apaisement
Le tient comme cloué sur place,
Présage de l'enfer qui le menace.

FAUST

Ah ! fantômes maudits ! comme vous maltraitez
Le pauvre genre humain, toujours le tourmentez !
Vous transformez ainsi les jours les plus passables
En un hideux chaos de maux inextricables.
Des démons, comme il est dur de se libérer !
Le nœud spirituel ne peut se séparer.
Mais ton pouvoir, Souci, si sournois qu'il puisse être,
Je ne veux pas le reconnaître.

LE SOUCI

Apprends-le donc, tandis qu'enfin
En te jetant mon sort, je pars et te défie.
Aveugle, l'homme l'est tout le long de sa vie.
Toi, deviens-le, Faust, à la fin.

FAUST

La nuit semble s'accroître et se fait plus profonde,
Mais au-dedans, mon cœur rayonne de clarté
Et ce que j'ai conçu doit être exécuté.
La parole du maître, elle seule, est féconde.
Allons, debout, valets, hors du lit, maintenant !
Montrez avec bonheur l'audace de mon plan.
Saisissez vos outils, maniez pioche et pelle,
Accomplissez bientôt tous les projets prescrits.
A l'ordre rigoureux comme au rapide zèle,
Sont toujours réservés les plus superbes prix.
Que faut-il pour que le grand œuvre s'accomplisse ?
Un seul esprit pour mille bras à son service.

GRAND PÉRISTYLE DU PALAIS
Flambeaux

MÉPHISTOPHÉLÈS *(en surveillant, marchant devant).*

Approchez, entrez promptement,
Mes vacillants lémures.
Tendon, bandelette, ossement
Font vos demi-natures.

LÉMURES *(en chœur).*

Nous avançons pour te servir ;
On nous a dit l'histoire :
Ne devons-nous pas obtenir
Un vaste territoire ?

Voilà les piquets affilés,
Pour arpenter, la chaîne...
Pourquoi fûmes-nous appelés ?
Aucun qui s'en souvienne.

MÉPHISTOPHÉLÈS

Ce n'est point œuvre d'art qu'on vous réclame ici.
Mesurez d'après vous et point trop de souci.
Que le plus grand de vous s'allonge sur la terre,
Vous autres, alentour arrachez ce gazon
Et, selon qu'on le fit naguère
Pour nos pères, creusez un rectangle assez long.
Et voilà : du palais à l'étroite maison,
C'est aussi bêtement que finit le mystère.

LÉMURES *(creusant avec des gestes moqueurs).*

Jeune, je vivais et j'aimais,
J'en sentais une joie extrême,
Partout où l'on chantait, riait,
Mon pied se portait de lui-même.

Mais voici que l'âge sournois
Son coup de béquille me porte ;
Sur le seuil du tombeau je chois.
Pourquoi s'ouvrait donc cette porte !

FAUST *(sortant du palais et tâtonnant sur les montants de la porte).*

Comme me réjouit le cliquetis des bêches !
Tous ces gens s'échinent pour moi,
De la terre comblent les brèches,
Assignent aux vagues leur droit,
Entourent la mer d'une chaîne.

MÉPHISTOPHÉLÈS *(à part).*

Cependant toute cette peine
Devra nous profiter enfin.
Tes quais, tes digues sans lacune,
Elles préparent à Neptune,
Diable de l'onde, un beau festin.
Vous êtes perdus, quoi qu'on fasse ;
Les éléments nous sont acquis
Et la destruction menace
Ce que vous avez entrepris.

FAUST

Surveillant !

MÉPHISTOPHÉLÈS

Oui !

FAUST

Je veux que tu fasses en sorte
D'avoir des travailleurs en foule, par milliers.
Prends-les par la douceur, par la manière forte,
Paye ou séduis. Voire au besoin, racole-les !
Je veux que chaque jour on me donne nouvelle
De combien a grandi le fossé commencé.

MÉPHISTOPHÉLÈS *(à mi-voix).*

Si j'en crois ce qu'on dit de la tâche réelle,
Il s'agit d'une fosse et non pas d'un fossé.

FAUST

Jusqu'à ces monts lointains s'étend un marécage
Empoisonnant tous les terrains repris ;
Ce serait le dernier et le suprême ouvrage
Que d'assécher tous ces marais pourris.
A bien des millions j'ouvre ainsi des conquêtes
Pour vivre librement, sinon en sûreté.
Prés verdoyants, féconds ; là-bas, hommes et bêtes
Sur les terrains nouveaux marchent avec fierté,
S'établissent partout sur la forte colline
Dont un peuple hardi sut dresser le rempart ;
Dehors, jusqu'au sommet rongeant de toute part,
Si le flot furieux veut percer la muraille,
Chacun court à la brèche et d'un élan travaille.
Oui, je suis convaincu de cette vérité
Et c'est l'ultime mot de la sagesse :
Seul mérite la vie avec la liberté
Qui doit chaque matin les conquérir sans cesse.
Ainsi toujours actifs, cernés par le danger,
Enfants, hommes, vieillards verront les jours changer.
J'aimerais contempler ce peuple qui se presse,
Libre sur un sol libre, en son sein me plonger !
Alors je pourrais dire à cet instant qui passe :
Arrête-toi, tu es si beau !
Car de mes jours mortels au grand jamais la trace
Ne pourra sombrer au tombeau.
Dans le pressentiment de mon bonheur extrême,
Je jouis maintenant de cet instant suprême.

(Faust tombe en arrière, les lémures le saisissent et l'étendent sur le sol.)

MÉPHISTOPHÉLÈS

Comblé de nul plaisir, de nul bonheur content,
Vers des spectres changeants que son regard dévore
Il court, mais ce médiocre, vide, ultime instant,
Le malheureux voudrait le retenir encore.
Lui qui si fort me résistait,
Le temps l'emporte enfin, le vieillard gît à terre.
L'heure s'arrête...

LE CHŒUR

Elle s'arrête. Elle se tait,
Comme minuit. L'aiguille tombe aussi.

MÉPHISTOPHÉLÈS

Elle tombe et voilà que tout est accompli.

LE CHŒUR

Tout est fini.

MÉPHISTOPHÉLÈS

Fini ? Mot vraiment bête !
Pourquoi fini ?
La fin, le pur néant : identité parfaite.
Alors, pourquoi l'éternelle création ?
Au néant, du créé, la disparition !
« Tout est fini. » Qu'en pouvons-nous connaître ?
Autant prétendre alors qu'il n'y eut jamais d'Etre,
Mais l'Etre tourne en rond comme un objet réel.
J'aimerais presque autant, moi, le Vide Eternel.

MISE AU TOMBEAU

UN LÉMURE EN SOLO

Quelle maison ! Qui donc a pu
Si mal manier pioche et pelle ?

LÉMURES EN CHŒUR

Hôte vague, de lin vêtu,
Elle est encor, pour toi, trop belle ;

UN LÉMURE EN SOLO

La salle, on n'a rien mis dedans ;
Où sont chaises et tables ?

LÉMURES EN CHŒUR

C'est loué pour si peu de temps !
Les créanciers sont innombrables.

MÉPHISTOPHÉLÈS

L'esprit va s'évader de ce corps misérable,
Je vais lui présenter le pacte écrit de sang ;
Mais il existe tant de moyens, à présent,
De voler ses âmes au diable...
Mal commode est le vieux chemin,
Sur le nouveau l'on ne nous aime guères.
J'eusse jadis tout réglé de ma main
Mais maintenant j'ai besoin d'auxiliaires.

Pour nous tout va mal aujourd'hui :
Traditions, vieux droit, tout est détruit ;
On ne peut se fier aux lois accoutumées ;
L'âme, jadis, sortait dès le dernier soupir ;
Comme souris, au vol je pouvais la saisir :
Clic ! et je la tenais dans mes griffes fermées.

Maintenant elle hésite et reste au triste endroit,
Dans l'ignoble maison du cadavre à l'étroit.
Les éléments, que meut la haine,
La chassent à grand honte et surtout à grand peine
Et moi, je reste là des heures et des jours.
Où ? Quand ? Comment ? La question revient toujours ;
La vieille Mort n'a plus sa promptitude antique,
Le Si même longtemps demeure hypothétique
Et tels membres raidis que mes yeux convoitaient
Devant moi, brusquement, revivaient, s'agitaient.

(Gestes fantastiques de conjuration et de commandement.)

Approchez. approchez et doublez l'enjambée,
Seigneurs de corne droite et de corne courbée,
Diables de vieille roche et de tout l'univers ;
Apportez avec vous la gueule des enfers.
Il est vrai que l'enfer a plus d'un orifice
Pour engloutir selon mérite ou dignité,
Mais sans doute qu'aussi pour ce dernier office
L'avenir montrera moins de rigidité.

(La gueule horrible de l'enfer s'ouvre à gauche.)

Je vois les crocs s'ouvrir. De la voûte du gouffre
Un océan de feu s'échappe avec fureur
Et derrière apparaît, dans les vapeurs de soufre,
La Cité flamboyante en éternelle ardeur.
La flamme jusqu'aux dents vomit sa rouge haleine ;
Des damnés, pensant fuir, s'approchent en nageant,
Mais ils sont déchirés par une affreuse hyène
Et doivent refluer dans le fleuve brûlant.
Que de détails encore on y pourrait dépeindre !
Chaque coin est rempli d'horribles visions.
Mais c'est bien ce qu'il faut : car le pécheur doit craindre,
Qui tient cela pour rêve et pour illusions.

(Aux gros diables à la corne courte et droite.)

Allons, gredins pansus à la flambante joue
Qui du soufre infernal arborez la couleur,
Et vous mes gros rustauds dont la nuque se noue,
Là-dedans, du phosphore épiez la lueur :
C'est l'âme, la Psyché, qui veut ouvrir son aile ;
Vous me l'extirperez, ce misérable ver,
De mon cachet d'abord il faut que je la scelle,

Puis vous l'emporterez dans le feu de l'enfer !
Surveillez la région basse,
Gros ventrus, c'est votre devoir ;
Parfois c'est là qu'elle se place,
On ne peut jamais bien savoir :
Elle prend l'ombilic aussi pour domicile.
Surveillez-la : souvent, c'est par là qu'elle file.

(Aux diables maigres, à la corne longue et courbée.)

Et vous mes muscadins, mes grenadiers géants,
Tenez vos mains en l'air, soyez prompts à l'esquive,
Ayez la griffe leste, ouvrez vos bras béants
Afin de m'attraper la vive fugitive.
Dans la vieille maison elle ne peut tarder
Et le génie en haut veut déjà s'évader.

GLOIRE VENANT D'EN HAUT, A DROITE

LA COHORTE CÉLESTE

Avancez, messagers,
Vous, du ciel protégés,
D'un vol calme, paisible ;
Aux pécheurs grâce entière ;
Animer la poussière,
A chaque être en passant
Faire un signe apaisant,
C'est l'effet bienfaisant
Du cortège impassible.

MÉPHISTOPHÉLÈS

Qu'entends-je ? Sons hideux et musique maudite
Qui nous vient de là-haut dans un jour odieux !
C'est la bouillie hermaphrodite
Dont le goût des bigots se régale le mieux.
Vous autres, vous savez comme aux temps exécrables
Nous jurions ruine à tout le genre humain ?
Mais nos inventions les plus abominables,
C'est à leur piété juste ce qui convient.
Les voilà ces nigauds, ces sournois pleins de charmes ;
Que de trésors déjà par eux subtilisés !

Pour nous combattre ils nous ont pris nos propres armes,
Diables aussi, mais déguisés.
Une défaite ici serait honte éternelle ;
Tous autour de la tombe et serrez-vous près d'elle !

CHŒUR DES ANGES *(répandant des roses).*

Roses aveuglantes,
Odeurs d'ambroisie,
Semant, ruisselantes,
En secret la vie,
Son rameau pour aile,
Que du bouton frêle
Chaque fleur éclose !
O printemps joyeux,
Renais, vert et rose ;
Entourez de cieux
Celui qui repose.

MÉPHISTOPHÉLÈS

Vous tremblez, reculez ? D'enfer est-ce l'usage ?
Laissez-les donc semer ; faites face au danger.
Qu'à son poste chacun s'engage.
Croient-ils avec des fleurs mes diables enneiger ?
Votre souffle les fond en formes incertaines.
Soufflez, mes gros soufflards... Arrêtez, arrêtez !
Voici que tout leur vol pâlit sous vos haleines !
Pas si fort. Fermez donc vos bouches et vos nez.
Vous avez trop soufflé, assez, je vous l'assure !
Ne saurez-vous jamais garder juste mesure ?
Ce qui fondait, brunit, sèche, brûle à présent !
Des feux ardents là-haut flottent, nous menaçant.
Allons ! rassemblez-vous et d'un effort puissant...
Mais leur force s'éteint, tout leur courage cesse :
La flamme étrange verse aux diables sa caresse.

ANGES

Fleurs bienheureuses,
Flammes joyeuses
Semant l'amour,
La joie ruisselle
Sur tout cœur lourd,
Parole belle,

L'air étincelle,
Troupe éternelle,
Sème le jour !

MÉPHISTOPHÉLÈS

O malédiction ! Honte à vous tous, mes drôles !
Voilà donc mes Satans sur la tête, à l'envers,
Et tous ces gros lourdauds faisant des cabrioles
Qui vont, le cul devant, tomber dans les enfers !
Bain de feu mérité. Grand bien cela vous fasse !
Pour moi, je ne vais pas m'écarter de la place.
Toi, feu follet, va-t'en. Tu peux toujours briller,
Tu n'es, si je te prends, qu'une ordure gluante !
Quoi ! tu voles encore ? Mais il vient se coller
Sur ma nuque : du soufre et de la poix ardente !

CHŒUR DES ANGES

Ce qui n'est pas de votre sphère,
Il vous convient de l'éviter ;
Ce que votre cœur ne tolère,
Il ne faut pas le supporter ;
Et si l'on nous fait violence,
Opposons ferme résistance :
Seuls ceux qui aiment, par l'Amour
Sont introduits dans ce séjour.

MÉPHISTOPHÉLÈS

Je sens brûler ma tête et mon cœur et mon foie !
Hyperdiabolique élément !
Plus mordant que le feu dont notre enfer flamboie.
Voilà pourquoi vous gémissez si tristement,
O malheureux amants dont l'ardeur méprisée
Vous fait tendre le cou vers votre bien-aimée.
Et moi, de ce côté pourquoi tourner les yeux ?
Suis-je pas contre vous en guerre déclarée ?
N'ai-je pas toujours cru votre aspect odieux ?
Quelle étrangère ardeur en moi s'est égarée ?
Mais j'aime à contempler ces merveilleux garçons ;
Qu'est-ce qui me retient à présent de maudire ?
Et si je me laissais prendre par leurs façons,
Qu'on me traite de fou, je n'aurais rien à dire.
Ah ! ces maudits gamins que je hais de tout cœur,

Les voilà pleins, pour moi, d'adorable douceur.
Mes beaux enfants, dites-moi, de la race
De Lucifer aussi n'êtes-vous point ?
Vous êtes si jolis qu'il faut qu'on vous embrasse
Et vous arrivez fort à point.
Que je me trouve à l'aise en votre compagnie !
Je croirais vous avoir mille fois fréquentés ;
Mines de petits chats pleins de secrète envie
Et dont chaque coup d'œil embellit les beautés !
Venez, d'un seul regard accordez-moi la grâce !

LES ANGES

Nous venons, pourquoi donc nous cèdes-tu la place ?
Vois, nous nous approchons, reste si tu le peux.

(Les anges, par un mouvement enveloppant, occupent tout l'espace.)

MÉPHISTOPHÉLÈS *(repoussé sur l'avant-scène).*

Vous nous traitez, je crois, de réprouvés infâmes,
Mais vous, maîtres sorciers, vous ne valez pas mieux
Qui séduisez hommes et femmes.
La sotte aventure vraiment !
D'amour est-ce là l'élément ?
Le feu dans tout mon corps circule ;
Je ne sens même plus la nuque qui me brûle.
Vous planez, reculez ; descendez donc plus bas,
Mouvez vos corps charmants de façon plus mondaine !
Certes la gravité ne vous disconvient pas
Mais un sourire, un seul, n'aurait rien qui vous gêne
Et pour moi, ce serait un tel ravissement !
Je parle, vous savez, d'un sourire d'amant,
Juste au coin de la bouche un petit mouvement,
C'est fait. Mon grand gaillard, c'est toi surtout que j'aime,
Mais cet air de curé n'est pas des mieux venus.
Regarde-moi d'un œil un peu lascif, quand même ;
Puis vous pourriez sans crainte aller un peu plus nus :
Cette chemise à plis est morale à l'extrême.
Ils se tournent... A voir ainsi dans l'autre sens...
Les gredins sont aussi par trop appétissants !

CHŒUR DES ANGES

Tournez vers la clarté
Vos feux, aimantes flammes,

Que des damnés les âmes
Guérisse Vérité ;
Que, loin de la colère
Du Malin, vous libère,
Amour universel,
Le bonheur éternel.

MÉPHISTOPHÉLÈS

Que deviens-je ? Tel Job, ulcère contre ulcère,
Celui qui ne peut pas s'observer sans dégoût,
Mais triomphe pourtant quand, se contemplant tout,
Il se retrouve enfin avec sa race fière.
La part noble du diable est sauve, maintenant
Que la fièvre d'amour sur la peau se répand.
Elles ne brûlent plus, les flammes scélérates
Et je vous maudis tous, car vous le méritâtes !

CHŒUR DES ANGES

Saint, ardent incendie,
Celui que tu protèges
Marche avec les cortèges
Des bons, dans cette vie ;
Unis, de Dieu glorifié
Nous rejoignons l'Empire,
Dans l'air purifié
L'Esprit respire.

(Ils s'élèvent emportant la part immortelle de Faust.)

MÉPHISTOPHÉLÈS *(regardant autour de lui).*

Eh bien ! Où s'en sont-ils allés ?
Ce peuple encore enfant a donc pu me surprendre :
Emportant leur butin tous au ciel envolés !
C'est pourquoi vers la tombe ils ont voulu descendre.
Unique et grand trésor qu'on me dérobe ainsi !
Cette âme qui s'était remise à ma merci,
Voilà que par la ruse ils ont su me la prendre !
A qui me plaindre désormais ?
Mes droits acquis sont perdus pour jamais.
Sur tes vieux jours, odieuse tromperie !
N'as-tu pas mérité cet affront si cuisant
Par ta honteuse étourderie ?

Tant d'efforts si coûteux gaspillés à présent !
Un vulgaire désir, une absurde amourette
Au vieux diable retors qui passe par la tête !
Et s'il se prête au jeu ridicule, enfantin,
Ce sage plein de ruse et de philosophie,
On ne saurait juger légère la folie
Qui de lui s'empare à la fin.

RAVINS DANS LA MONTAGNE
Forêt, rochers, solitude

Saints anachorètes répartis au flanc de la montagne, installés entre les crevasses.

CHŒUR ET ÉCHO

Dans les bois qui vers nous descendent,
Partout des rochers se répandent
Où les racines se suspendent,
Troncs contre troncs au loin s'étendent,
Le flot sur le flot rejaillit,
La grotte ouvre un profond abri,
Là des lions muets surgissent,
Familiers, près de nous se glissent,
Respectant le lieu consacré,
Du saint amour siège secret.

PATER EXTATICUS *(s'élevant ou descendant dans les airs).*

Flammes éternelles de joie,
Lien serré d'amour qui flamboie,
Douleur brûlante dans mon sein,
Ecume du désir divin,
Que les flèches me percent,
Les lances me traversent,
Vous, masses, broyez-moi,
Eclairs, foudroyez-moi,
Que ce néant finisse,
Entier s'évanouisse,
Et que rayonne seule au ciel
Ton étoile fixe, amour éternel !

PATER PROFUNDUS *(région basse).*

Comme à mes pieds pèse l'abîme
Sur l'abîme vertigineux,

Tels mille torrents de la cime
Font gronder leurs flots écumeux,
Tel, par un sûr instinct, s'élance
Le tronc de l'arbre dans les airs,
Telle, Amour, ta toute-puissance
Forme et meut tout par l'univers.

Tumulte alentour ; une houle
Semble émouvoir bois et rocher ;
Amicale, l'onde s'écoule,
Dans le vallon va s'épancher ;
Elle vivifiera la plaine.
L'éclair, frappant de part en part,
Rendra l'atmosphère plus saine,
Dissipant poisons et brouillard.

Messagers d'amour, tout proclame
L'éternelle création.
Que s'anime à la même flamme
Mon esprit froid, sans passion,
Captif des sens et que torture
La stricte chaîne de douleurs.
O Dieu, fais ma raison plus pure,
Illumine mon pauvre cœur !

PATER SERAPHICUS *(région moyenne).*

Je vois planer un nuage d'aurore
A travers les cheveux flottants de ces sapins.
Ah ! quelle vie en ses flancs vibre encore !
D'esprits nouveaux ce sont là les essaims.

CHŒUR D'ENFANTS BIENHEUREUX

Dis-nous où nous allons, ô Père,
Qui sommes-nous, Toute-Bonté ?
Tous, tous, le bonheur nous éclaire.
Vivre, quelle félicité !

PATER SERAPHICUS

Enfants que minuit voit paraître,
Ames, esprits entr'aperçus,
Pour vos parents si tôt perdus,
Mais qui devez anges renaître,

Vous sentez bien qu'un cœur aimant
Est là ; venez donc sans mystère.
Vous ignorez, heureusement,
Les âpres chemins de la terre.
Descendez ici, dans mes yeux,
Organes créés pour le monde ;
Usez-en et voyez par eux
Toute la contrée à la ronde.

(Il les prend en lui.)

Voici des arbres, un rocher,
Un torrent tombant de la cime ;
D'un bond immense il va chercher
Le plus court chemin vers l'abîme.

LES ENFANTS BIENHEUREUX *(de l'intérieur).*

Ce spectacle est plein de grandeur
Mais cet endroit est bien trop sombre,
Il nous remplit d'effroi, d'horreur,
Bon Père, rends-nous à notre ombre.

PATER SERAPHICUS

Gagnez une plus haute sphère,
Croissez donc insensiblement ;
La présence de Dieu sera votre aliment
Selon la pure, éternelle manière.
C'est ce dont les esprits vivent jour après jour
Dans les plus libres altitudes :
La révélation de l'éternel Amour
Eclosant en béatitudes.

CHŒUR DES ENFANTS BIENHEUREUX *(tournant autour des plus hautes cimes).*

Unissez vos mains,
Joyeux, pour la danse ;
Dites en cadence
Les cantiques saints ;
Par Dieu même instruits,
Que votre foi s'éclaire
Et vous verrez Celui
Que votre cœur vénère.

ANGES *(planant dans l'atmosphère supérieure et portant la part immortelle de Faust).*

Du Démon il est préservé,
Cet élément de la sphère divine.
« Qui toujours à lutter s'obstine,
Il peut par nous être sauvé. »
Si d'en haut l'Amour fit en sorte,
Lui-même de le secourir,
Notre bienheureuse cohorte
De tout son cœur va l'accueillir.

LES JEUNES ANGES

Ces roses que nous apportèrent
Saintes d'amours, les pénitentes,
A la victoire nous aidèrent,
Pour consommer l'œuvre éclatante,
Conquérir le trésor de l'âme.
Ils eurent peur quand nous semâmes,
Fuirent quand nous les atteignîmes,
Au lieu des peines de l'abîme,
De l'amour sentant la torture.
Le vieux Satan, dans l'aventure,
Fut criblé de douleur cruelle.
Nous triomphons ! Joie éternelle !

LES ANGES DÉJA PLUS ACCOMPLIS

Transporter ce reste
De la terre est dur.
Serait-il fait d'asbeste,
Il n'en est pas plus pur.
Quand la force spirituelle
Eut la puissance d'attirer
Les éléments tout autour d'elle,
Nul ange ne peut séparer
Cette double nature unie,
Ces deux principes de la vie ;
L'éternel Amour seulement
Peut en rompre l'enchaînement.

LES JEUNES ANGES

Brume autour de la roche,
Je devine en cet instant

Une présence proche…
C'est quelque esprit vivant.
Mais le nuage s'éclaire,
Je vois, essaim capricieux,
Voler des enfants bienheureux
Libérés du poids de la terre.
Ils vont, goûtant,
Unis dans une ronde,
La splendeur neuve du printemps
De ce sublime monde.
Que celui-là, pour avancer,
Grandir et progresser,
Les rejoigne pour commencer.

LES ENFANTS BIENHEUREUX

Encore chrysalide étrange,
Avec bonheur nous l'accueillons,
Cet être en qui nous recevons
La promesse sûre d'un ange.
Des flocons qui vont l'enserrant
Qu'on le délie !
Qu'il est beau déjà, qu'il est grand
De sainte vie !

DOCTEUR MARIANUS
(dans la cellule la plus haute et la plus soignée).

La vue est libre ici,
L'esprit sublime.
Ces femmes que voici
S'élèvent vers les cimes.
La plus noble, au milieu,
Va, couronnée d'étoiles.
Je connais la reine des cieux
A l'éclat de son voile.

(en extase)

Reine suprême du monde,
Fais qu'en l'azur éthéré
De ce ciel, tente profonde,
Je contemple ton secret !
Accorde ce que réclame
Un cœur d'homme tendre et lourd
Et que t'apporte son âme
En un pur désir d'amour.

Invincible est notre courage
Guidé par ton autorité,
Mais notre ardeur devient plus sage
Lorsque l'apaise ta bonté.
Vierge, vertu pure, absolue,
Mère aux honneurs prestigieux,
Reine que nous avons élue,
Tu t'avances, égale aux Dieux.

Tout autour d'elle se presse,
Légère vapeur,
Le troupeau des pécheresses,
Peuple au tendre cœur.
A ses genoux qu'il enlace
Buvant la clarté,
Il vient demander la grâce
De sa charité.

Reine Immaculée, Intouchable,
Tu ne veux pourtant empêcher
Que la faiblesse des coupables
En ton sein vienne s'épancher.

Leur fragilité les entraîne,
Les sauver est bien malaisé,
Qui, de lui-même, peut briser
Des voluptés la forte chaîne ?
Le pied manque au premier hasard
Sur la pente raide et glissante.
Qui ne séduisent voix, regard
Ou quelque haleine caressante ?

Mater gloriosa entre, portée dans les airs.

CHŒUR DES PÉNITENTES

Au royaume éternel
En t'élevant, tu passes ;
A notre plainte tends l'oreille,
O Reine sans pareille,
Toi, si riche de grâces.

MAGNA PECCATRIX *(Luc VII, 36).*

(Une grande pécheresse.)

Par cet amour qui fit répandre
Aux pieds du Fils, divin Sauveur,
Larmes et baume, sans entendre
Rire le pharisien moqueur,
Par le vase plein de richesse
D'où le parfum se déploya,
Par les cheveux dont la mollesse
Les membres sacrés essuya...

MULIER SAMARITANA *(Jean, IV).*

(La femme samaritaine.)

Par le puits où, dans une autre ère,
Abraham menait son troupeau,
Par le seau dont la lèvre amère
De Jésus vint effleurer l'eau,
Par l'onde pure, débordante
Qu'on vit depuis jaillir de là,
Source claire, surabondante,
Qui pour tout l'univers coula...

MARIA AEGYPTICA *(Acta Sanctorum).*

(Marie l'Egyptienne.)

Par ce lieu saint, plein de mystère,
Où son corps fut enseveli,
Par ce bras qui du sanctuaire
En me repoussant m'avertit,
Par quarante ans de pénitence
Qu'au désert, seule, je passai,
Par cet adieu plein d'espérance
Que sur le sable je traçai...

TOUTES TROIS ENSEMBLE

Toi dont les grandes pécheresses
S'approchent avec liberté,
Qui prenant remords et détresses,
Nous les rends en éternité,
Accueillant cette âme si bonne
Qui pécha jadis une fois

Sans savoir sa faute, pardonne
Selon qu'il convient à tes lois.

UNA POENITENTIUM *(jadis nommée Gretchen, se glissant auprès des autres.)*

(Une des pénitentes.)

Incline,
Mère divine,
Toi, rayonnante de splendeur,
Ton visage vers mon bonheur.
Lui qui naguère
Fut mon amour,
L'âme à présent plus claire,
Est de retour.

LES ENFANTS BIENHEUREUX *(se rapprochant en formant une ronde).*

Ses membres nous ont surpassés
Déjà par leur puissance ;
De nos soins empressés
Viendra la récompense.
Nous qui fûmes tôt éloignés
Des chœurs de l'existence,
Par lui, si plein d'expérience,
Nous serons enseignés.

L'UNE DES PÉNITENTES *(jadis nommée Gretchen).*

Tandis qu'un chœur d'esprits nobles l'entraîne,
De cette neuve vie inconscient,
Lui, le nouveau, qui se connaît à peine,
Aux anges saints est déjà ressemblant.
Vois ! aux liens de la terre il s'arrache
Et — le vieil homme à présent rejeté —
Du vêtement éthéré qui le cache
Sortent vigueur et jeunesse et beauté.
Accorde-moi, maintenant, de l'instruire,
Car l'éblouit encor le jour nouveau.

MATER GLORIOSA

Vers les sphères d'en haut laisse-moi te conduire,
S'il t'y pressent, il t'y suivra bientôt.

DOCTOR MARIANUS *(priant, face contre terre).*

Levez les yeux vers le regard sauveur,
Vous tous, les doux, qu'anime repentance ;
Pour accéder à l'éternel bonheur,
Transformez-vous avec reconnaissance.
Que les nobles esprits, d'un libre choix,
Se consacrent à Ton service
Mère, Vierge et Reine à la fois,
O Déesse, sois-nous propice.

CHORUS MYSTICUS

Toute chose périssable
Est un symbole seulement,
L'imparfait, l'irréalisable
Ici devient événement ;
Ce que l'on ne pouvait décrire
Ici s'accomplit enfin
Et l'Eternel Féminin
Toujours plus haut nous attire.

FINIS

NOTES SUR LE *FAUST*

par Bernard Lortholary

Œuvre maîtresse d'un écrivain auquel nul ne conteste le premier rang dans la littérature allemande, le *Faust* a naturellement fait l'objet d'innombrables interprétations et de très nombreux et copieux commentaires détaillés. Il ne pouvait être question de rivaliser ici avec ces ouvrages érudits. Nous nous sommes efforcés d'en extraire ce qui nous a paru strictement nécessaire ou indubitablement utile au lecteur français de 1984. Pour une plus ample information sur un texte parfois énigmatique et fréquemment riche en références plus ou moins allusives, nous ne pouvons que renvoyer ce lecteur aux commentaires les plus précis et les plus éclairants, auxquels les pages qui suivent doivent beaucoup, mais dont nous n'avons pu retenir qu'une infime partie, à savoir en français celui de Lichtenberger (1932-1933), et en allemand ceux de Witkowski (1907), Petsch (1924), Beutler (1939), Trunz (1949) et Friedrich/Scheithauer (1959).

Afin que rien ne vienne défigurer le texte de l'œuvre, nous nous sommes abstenu de l'entrelarder de chiffres ou de signes appelant les notes, et même de numéroter les vers dans les marges.

Chaque scène ou tableau fait ci-dessous l'objet d'une brève présentation, à laquelle le lecteur curieux voudra bien se reporter de lui-même. Quant aux notes ponctuelles, chacune commence par l'indication de la page où se trouve le passage ou le mot qu'elle commente ; ensuite figure ce mot ou le début de ce passage ; enfin nous donnons le numéro du vers allemand, pour faciliter la consultation éventuelle du texte original. Ce repérage sera d'ailleurs d'autant plus facile que Jean Malaplate a réussi l'extraordinaire prouesse de traduire presque constamment vers par vers.

DÉDICACE

Ce premier prologue, comme les deux autres, manquait dans les versions de 1775 et de 1790 et n'apparaît que dans l'édition de 1808. Il semble que Goethe l'ait composé en juin 1797, au moment où il rédige les « schémas » qui lui serviront à reprendre l'œuvre dans son ensemble.

La « stance » de huit vers sur trois rimes (abababcc) avait déjà servi à Goethe pour une autre « Dédicace », celle de la première édition de ses *Ecrits* (1787), où elle figurait en tête du premier volume, contenant *Werther,* et — depuis la même époque — pour d'autres poèmes de caractère élégiaque et méditatif. Pendant les deux décennies qui le séparent de la première rédaction du *Faust,* l'homme qui a en 1797 quarante-huit ans a perdu de vue bien des êtres chers : des femmes comme Frédérique Brion, ou la Charlotte immortalisée dans *Werther,* ou Lili Schönemann ; des amis comme les Stolberg, comme Herder, Jacobi, Klopstock, etc. Et il a vu mourir dans le même temps sa sœur, son père, Mlle de Klettenberg qui l'avait initié au piétisme, le grand poète dramatique Lenz, l'ami cher entre tous que fut un temps Merck, etc.

Mais entre sa rédaction et sa publication, cette dédicace va se charger encore du deuil de l'ami par excellence et du pair en littérature : Schiller, qui avait été pour beaucoup dans la reprise du *Faust,* et qui meurt en 1805.

PRÉLUDE SUR LE THÉÂTRE

C'est peut-être le chef-d'œuvre du théâtre indien, la *Sakuntala* de Kalidasa, qui inspira à Goethe ce second prologue, d'un ton si différent du premier. Goethe prisait fort cette œuvre, traduite en 1791 de l'anglais en allemand par Georg Forster, et dont le prologue comporte un dialogue entre le directeur de la troupe et une comédienne.

Sans doute Goethe ne partage-t-il entièrement aucune des trois conceptions du théâtre incarnées respectivement par le directeur soucieux de la recette, le poète épris de pure perfection, et le comique préoccupé de son succès. Mais il exploite ici son expérience du théâtre (il était responsable de celui de Weimar) pour rappeler quelles scènes populaires hantaient jusque-là son héros, et surtout pour annoncer quels tons différents va pouvoir prendre tour à tour la pièce qui va suivre.

25. *Les planches, les tréteaux*... — Il s'agit d'une troupe ambulante, et le Directeur n'est pas celui d'un théâtre permanent, comme il en existait déjà en Allemagne, mais d'une de ces troupes qui, en l'absence d'une capitale culturelle, assumaient un rôle décisif en matière d'échanges culturels et même linguistiques entre les 1.789 Etats que comptait encore les pays allemands en 1789 (Golo Mann). Aujourd'hui encore, c'est la tradition du théâtre qui constitue la norme de la prononciation, par exemple.

25. *Seul le Poète !* (38) — Il ne s'agit pas de quelque archétype du grand écrivain, mais d'un pauvre diable de « poète de la troupe », dramaturge avant la lettre, chargé d'arranger le répertoire au goût du jour et du lieu. Parfois il pouvait placer une pièce de son cru. Ce fut la fonction d'un Lessing à Hambourg, et celle de Wilhelm Meister, dans le roman de Goethe qui porte son nom (1799), dans la troupe ambulante de Serlo (personnage

inspiré par Friedrich Ludwig Schröder, qui finit par se fixer précisément à Hambourg).

27. *Et votre pot-pourri...* (100) — Comme en témoigne également Wilhelm Meister, la pratique était courante, qui consistait à mélanger plusieurs pièces dans un seul spectacle, en ne retenant de chacune que les scènes à « effet ». Le respect des textes ne s'instaura vraiment qu'avec Richard Wagner.

30. *Du paradis au monde...* (242) — Le « paradis » peut désigner le décor du « Prologue au Ciel » qui va suivre, mais « l'enfer » ne fournira aucun des décors de la pièce. Tout au plus est-il brièvement évoqué par la réplique de Méphisto disant à Faust, à la fin de la première partie : « Allons, suis-moi » (p. 207), et par l'indication de mise en scène : « La gueule horrible de l'enfer s'ouvre à gauche », lorsque Faust est mis au tombeau, à l'avant-dernier tableau de la seconde partie (p. 487). Plutôt que la trace d'une intrigue que Goethe aurait ultérieurement modifiée, il faut voir dans cette phrase l'indication menaçante (et palpitante) de l'enjeu que va évoquer le troisième prologue.

PROLOGUE AU CIEL

L'idée de ce troisième prologue, essentiel pour la conception de tout l'ouvrage et rédigé en 1800, mais dont il semble que certains passages aient déjà existé quand Goethe reprend le dossier « Faust » en 1797, était en partie préfigurée dans les *Faust* des marionnettistes : on y voyait d'abord les enfers expédier leurs démons. Mais c'est sans doute dans le début du livre de Job que, grand lecteur de la Bible, Goethe puise l'idée d'un dialogue et d'un défi entre le démon et Dieu.

31. *Au cœur des fraternelles sphères* (243) — L'image des sphères et l'idée de leur « harmonie » signifiant l'ordre divin sont très anciennes et fort répandues dans les cosmologies gnostiques. Mais c'est dans un ouvrage qu'il lit en 1800, le « Monde enchanté » (*Bezauberte Welt)* de Balthasar Bekker (Amsterdam, 1693) que Goethe la retrouve. Il l'illustre par des souvenirs de Milton, qu'il a lu en 1799 dans la traduction allemande de Zachariä.

32. MÉPHISTOPHÉLÈS — Le nom de Mephistophélès, que Goethe abrège souvent, est d'étymologie et même de forme incertaine ; on a tenté de l'interpréter comme « qui n'aime pas la lumière » ou même « qui n'aime pas Faust » ! Goethe l'a repris, sous la forme qu'il a immortalisée, dans le *Faustbuch* de 1725, dit du « Chrétien bien pensant », comme s'appelle son auteur anonyme.

32. *Le petit dieu d'en bas* (281) — L'expression, qui désigne l'homme, figure chez Leibniz (*Théodicée,* I, § 117).

34. *Et, de tous les esprits négateurs*... (338) — La démonologie goethéenne paraît assez floue: tantôt Méphisto n'est qu'un diable parmi d'autres, comme ici, tantôt il est «Seigneur Satan» lui-même (p. 98). En tout cas, il n'en réfère à personne; sinon à Dieu, dans ce prologue.

NUIT

Le premier monologue de Faust et la conversation avec Wagner sont la partie la plus ancienne de l'œuvre et constituent sa cellule-mère. Déjà le drame de Marlowe commençait ainsi, et ses sous-produits allemands dans les théâtres populaires également. Le second monologue, après le départ de Wagner (p. 43), a été composé à partir de 1798: il est d'un ton plus posé, d'un contenu parfois plus abstrait et d'une facture plus classique, alors que le premier recourt à un type de vers allemand (le *Knittelvers*) relativement libre et répudié par la poétique néo-classique du XVIIIe siècle comme trop populaire: Goethe remet en honneur cette forme archaïque en s'autorisant de Hans Sachs et la combine ici avec une langue elle-même pleine de savoureux archaïsmes.

Pour illustrer le «fragment» de 1790, Goethe avait choisi une gravure de Rembrandt qu'on intitulera dès lors «Faust» et que le poète décrit ainsi: «Faust est un homme d'un certain âge, imberbe, vêtu de la robe professorale et d'un bonnet d'intérieur; il est debout à son pupitre et fixe avec fascination un grand vitrail où flamboie un signe cabalistique fait de cercles concentriques ainsi que de lettres et de mots mystérieux; des livres, une mappemonde, une tête de mort.»

35. *Et voilà bien dix ans peut-être* — Le Faust de ce premier monologue semble plus jeune que celui de la promenade de Pâques, vénéré par les paysans, ou de la Cuisine de la Sorcière, qui peut rajeunir de trente ans. Ces discordances tiennent à l'âge qu'avait l'auteur quand il composa chacune de ces scènes.

37. NOSTRADAMUS (420) — Le Faust historique, mort en 1540, n'aurait guère pu connaître les célèbres *Centuries* de Michel Notre-Dame, qui ne parurent qu'en 1555. Mais le nom illustre et bien sonnant du mage provençal sert à évoquer toutes sortes de connaissances «autres», comme il apparaît dans la suite.

37. *macrocosme* (429-430) — Le «grand monde», l'ensemble de l'univers, par opposition au «microcosme» ou «monde en petit» qu'est l'homme: l'un et l'autre sont en eux-mêmes structurés et reliés l'un à l'autre par des systèmes de correspondances analogiques. Ce genre de notions et d'images, Goethe l'emprunte à ses lectures de van Helmont et de Swedenborg; il y trouve de surcroît une sorte de confirmation d'idées qui l'ont séduit chez Herder, voire chez Spinoza, et une sorte d'antidote poétique à la physique de Newton, à laquelle sa *Théorie des couleurs* montre qu'il n'a jamais souscrit.

37. *la parole du Sage* (442) — Les commentateurs identifient ce sage comme étant Herder, ou Swedenborg, ou encore Jakob Böhme.

38. *l'Esprit de la Terre* (459-460) — On trouve bien un « archeus terrae » chez Paracelse ou une « anima terrae » chez Giordano Bruno, mais il s'agit ici d'une invention de Goethe. Dans la *Phénoménologie,* Hegel y voit la « réalité de la conscience individuelle » s'opposant à « l'universalité du savoir et du faire » figurée par le signe du macrocosme, mais ce schéma n'explique pas que l'apparition tourne à la confusion de Faust et à son accablement. Faust, après avoir éprouvé la stérilité de la science, puis la vanité de la spéculation gnostique (macrocosme), se heurte là, dans le simple domaine de la magie, à un troisième et plus cuisant échec. Au passage, on voit germer avec la phrase « m'en coûtât-il la vie » une idée déjà proche de celle du pacte qui suivra, dont l'enjeu sera la vie éternelle.

39. *Effrayante image* (482) — Curieusement, deux esquisses de la main de Goethe montrent l'esprit de la terre comme le buste d'un Apollon imberbe, aux yeux jetant des éclairs. Par la suite, le poète proposa à un théâtre de Berlin d'utiliser la tête barbue d'un Jupiter romain, et ce théâtre choisit finalement de se servir d'un portrait géant de Goethe lui-même !

39. *Surhomme* (490) — L'adjectif existait, Goethe semble avoir forgé le substantif, qui n'a évidemment pas ici le sens positif que lui donnera Nietzsche, mais sert à ridiculiser — plutôt qu'à condamner — l'*hybris* prométhéenne.

41. *Mais nous qu'un cabinet de travail emprisonne* (530) — Le texte allemand emploie le mot « musée », qui pouvait désigner le cabinet d'un savant. Wagner s'assimile à son maître, alors qu'il est la caricature du scolastique face à l'homme de la Renaissance, et du plat rationaliste face au *Stürmer* de l'époque dite « du génie ».

42. *Si la source n'est pas dans le fond de ton cœur* (569) — Faust oppose le « cœur », valeur suprême et slogan d'un Werther et de l'époque « géniale » face aux Lumières, à la vénération de Wagner pour les « sources », dans laquelle on peut reconnaître à sa guise trois attitudes historiques : le respect médiéval des textes canoniques, le retour *ad fontes* des érudits du XVIe siècle, ou encore l'historicisme du XIXe, inauguré par Herder.

44. *Le souci vient nicher dans le fond de nos cœurs* (644) — Après le rappel méditatif de l'échec qu'a été, avant l'intervention comique de Wagner, la rencontre avec l'Esprit de la Terre, la partie centrale de ce second monologue est consacrée à cette notion goethéenne de « souci », qui prendra dans la seconde partie la forme d'un personnage (pp. 472-476) et qui représente l'antithèse à ce « génie du monde et de l'action » que Faust a

entrevu, le temps de sentir qu'il était incapable de se hisser à sa hauteur. La méditation sur le suicide, qui constitue la troisième partie de ce monologue et rappelle, sous la plume de l'admirateur de Shakespeare, le fameux monologue d'Hamlet, est en quelque sorte la mauvaise synthèse de ces deux premiers moments.

45. *Fût-ce avec le danger de sombrer au néant* (719) — Faust fait là un pas de plus vers le pacte : après sa vie, qu'il risquait face à l'Esprit de la Terre, voici qu'il risque davantage.

46. *Christ ressuscite...* (737) — Ces chœurs provenant d'une église voisine (son de cloches) sont pleins de réminiscences des évangiles de saint Matthieu (chap. 27 et 28), saint Luc (chap. 24) et saint Jean (chap. 19 et 20), mais Faust dit :

47. *Je comprends bien vos mots, mais je n'ai plus la foi* (765) — Ce n'est donc pas la « bonne nouvelle » de la résurrection et de la rédemption qui le fait renoncer au suicide, ce sont l'enfance retrouvée et le sentiment ravivé qui le rendent à « la terre ».

DEVANT LA PORTE DE LA VILLE

Contrastant avec monologues et dialogues du premier tableau, confiné dans un lieu clos et obscur, voici un tableau de foule et de plein air, au décor changeant et au ton varié. Cette variété doit beaucoup à l'influence shakespearienne et n'est guère compatible avec la scène classique. Mais son pittoresque concret garde néanmoins ce degré de généralité qui caractérise le classicisme goethéen : rien ne permet de dater précisément ni de localiser la société qui délègue là ses principaux types. On a voulu voir dans certains passages des traces d'une rédaction précoce, mais ce tableau date, en tout cas pour l'essentiel, de 1801. Rien ne le préfigure dans les *Faust* antérieurs à Goethe.

54. *Dans sa veste aux vives couleurs* (949) — Cette chanson dans le goût pastoral du XVIIIe siècle, mais avec une pointe de poésie populaire, se trouve déjà mentionnée dans le roman *Wilhelm Meister*.

55. *Que votre père a pu sauver* (998) — Selon la tradition, le père de Faust était un simple paysan. Goethe en fait un médecin, comme le père de Paracelse, et prête au père comme au fils une intervention lors d'une grande peste : certains commentateurs évoquent à ce propos Nostradamus soignant les pestiférés en Provence.

56. *Il s'enfermait dans la cuisine noire* (1039) — Il s'agit d'un laboratoire d'alchimiste, et l'opération décrite ensuite est une distillation : les cornues sont appelées « chambres nuptiales », le « lis » serait l'acide chlorhydrique, le « lion » un oxyde de mercure, et la « jeune reine » le produit condensé de leur réaction.

58. *Moi, deux âmes, hélas, habitent dans mon sein* (1112) — Faust reprend et précise ce que Méphisto disait déjà de lui dans le « Prologue au ciel » (p. 31). L'idée d'une telle dualité n'est pas neuve : Goethe a pu la trouver exprimée chez son contemporain Wieland, ainsi que dans deux de ses lectures de l'époque : la *Cyropédie* de Xénophon (VI, 1) et l'ouvrage déjà cité (dans notre note sur la p. 31) de Bekker, qui l'attribue aux manichéens. Mais surtout, cette idée recoupe ce que Goethe appelle « polarité » en l'homme et ce qui constitue l'une des catégories fondamentales de son anthropologie : l'opposition entre une tendance centripète à l'affirmation du *soi* et une tendance centrifuge à l'expansion, à l'effusion et à l'annihilation de ce *soi*. Goethe a commenté cette polarité dans le livre VIII de son autobiographie *Poésie et Vérité* et l'a illustrée, entre autres, dans sa poésie de jeunesse, en consacrant deux poèmes antithétiques aux deux figures mythologiques de Prométhée et de Ganymède.

59. *Oui ! qu'un manteau magique* (1122) — Ce tableau tout entier mêle à l'expression de la bonhomie populaire des prémonitions d'un tout autre ton. Ainsi s'annonce là le manteau sur lequel Méphisto emportera bientôt Faust (p. 92), et d'ailleurs le diable approche déjà, sous la forme du chien noir. Autre exemple de la manière dont ce tableau prépare la suite de l'intrigue : les propos des étudiants et des jeunes bourgeoises préfigurent la rencontre avec Marguerite, ceux des apprentis et des servantes la façon plus terre-à-terre dont Méphisto verra cette même rencontre. La chanson des soldats fraie la voie au personnage de Valentin, etc.

CABINET D'ÉTUDE (I)

Ce tableau et le suivant portent le même titre et se situent dans le même décor (identique à celui du premier tableau). Ni les lieux ni les personnages ne justifient ce découpage, qui tient à la genèse du texte : la première partie date tout entière de 1800, tandis que la seconde se subdivise elle-même en trois passages d'âges différents, le dernier (la réception de l'étudiant par Méphisto jouant le professeur) figurant déjà, sous une forme un peu moins élaborée, dans le manuscrit de 1775. Il faut savoir surtout qu'entre les deux tableaux, Goethe avait un moment projeté d'intercaler une *disputatio* académique où Méphisto aurait joué le rôle du candidat. Ce projet une fois abandonné comme trop digressif, l'auteur maintint tout de même un découpage assez faiblement motivé, dans ces conditions, par la fausse sortie du diable.

Par rapport à la légende, on remarquera que ce dernier n'apparaît pas à Faust à la suite d'une évocation ou conjuration : il vient de lui-même et se trouve quasiment pris au piège ; et lorsqu'il rentre, dans le second de ces tableaux, c'est moins comme celui qui tente que comme celui qui provoque, mais est également provoqué par un Faust qui, d'emblée, le méprise et ne l'admire pas.

63. *Le Nouveau Testament* (1219) — Si le personnage de Goethe s'attelle à la traduction du texte sacré en langue vulgaire, comme Luther et d'autres avant lui, ce n'est pas pour faire pièce à l'Eglise ; ce n'est pas non plus que la promenade pascale l'ait proprement converti ; c'est un essai et une étape de plus dans la quête de vérité que déjà la science et la magie ont déçue.

63. *Dans le Commencement était le Verbe* (1224) — Comme Luther, Faust choisit d'abord de traduire le grec *logos* par l'allemand *Wort* (qui signifie aussi « mot » ou « parole »). Ce début de l'évangile selon saint Jean désespérait déjà Herder, qui rêvait (dans ses *Commentaires du Nouveau Testament* de 1775) de trouver un mot qui signifiât à la fois « pensée ! verbe ! volonté ! action ! amour ! ». Mais Faust est moins soucieux de sémantique ou d'exégèse que de sa propre recherche, comme le montrent les termes qu'il substitue successivement au *logos* johannique : ni la philologie ni l'orthodoxie n'y trouveraient leur compte.

64. *la clé de Salomon* (1258) — C'était le plus célèbre ouvrage de magie : l'original hébreu avait été traduit en latin et dans toutes les langues de l'Europe. Il enseignait à conjurer les esprits dits « élémentaires » (et non proprement démoniaques) qui hantent les quatre éléments : d'où la « formule des Quatre » qui suit, et qui est une invention de Goethe.

65. *Contemple ce signe* (1300) — Faust, ayant constaté qu'il ne s'agit pas seulement d'un esprit élémentaire, recourt à ce qui fait reculer les démons : la croix. La strophe suivante désigne effectivement le Christ.

65. *triple clarté* (1319) — Nouvelle surenchère : après le Crucifié, la Trinité. Méphisto cède à cette menace.

66. *Dieu des mouches* (1334) — Tel est le sens littéral du mot hébreu qui a été déformé en « Belzébuth ».

67. *ce petit univers de folie* (1347) — Allusion au « microcosme » déjà évoqué, mais le diable ajoute à cette conception le pessimisme qui lui est propre.

67. *Part des Ténèbres* (1350) — La cosmologie esquissée là mêle à des représentations grecques, juives et autres l'intérêt particulier que Goethe portait à la lumière.

68. *Humide, sec, froid, chaud* (1376) — Ces deux oppositions sont à la base de la théorie des éléments.

68. *ce pentacle... Mon pentagramme* (1395-1396) — L'étoile à cinq branches, qui se trace d'un trait sans lever la main et qui est créditée de pouvoirs magiques ou religieux dans plusieurs cultures.

70. *Voûtes obscures* (1447) — Ce chant des esprits, d'une grande virtuosité métrique, développe une suite de visions oniriques et délicieuses où il serait vain de chercher sous chaque mot des significations précises touchant à la cosmologie ou bien à la suite de l'intrigue. Il s'agit d'évoquer une féerie, qui peut éventuellement être matérialisée sur scène par des effets d'éclairage et de machinerie. Si l'on était tenté d'oublier que le *Faust* est un spectacle, et un spectacle poétique, de tels moments le rappelleraient à coup sûr.

CABINET D'ÉTUDE (II)

Ce tableau contient le nœud même de l'intrigue qui sous-tend les 12.111 vers de l'œuvre entière: le pacte, transformé par Goethe en défi mutuel que se lancent les deux protagonistes. A l'échelle de la « première partie » du *Faust,* ce tableau marque la fin de la « tragédie du savant », à laquelle succédera la « tragédie de Marguerite ».

75. *Renoncer, toujours renoncer* (1549) — Le renoncement deviendra l'un des grands thèmes goethéens, qui domine par exemple la fin des *Affinités électives* et tout le dernier roman, *Les Années de voyage.* Ici, il apparaît encore comme une contrainte douloureuse, incompatible avec le besoin d'action et d'épanouissement de l'individu.

75. *Heureux celui que, dans l'éclat de la victoire* (1573) — Même sentiment dionysiaque, qui rappelle certains hymnes tumultueux qu'écrivit Goethe dans sa jeunesse, comme *A Kronos postillon.*

76. *Je n'en maudis pas moins tout ce qui nous enchaîne* (1587) — C'est avec colère que Faust réagit à l'ironie de Méphisto, qui lui a rappelé son recul devant le suicide. Les malédictions anaphoriques qui suivent culminent dans la condamnation de la foi, de l'espérance et de l'amour, les trois vertus théologales. Mais plus maudite encore est, en dernier lieu, « la patience » ! *A contrario,* c'est dire que Faust se réclame, comme il était dit dans le Prologue, de l'action, de la lutte, de la quête.

76. *Chœur d'esprits (invisible)* (1607) — Ce chœur a embarrassé et divisé les interprètes. C'est qu'il touche à la question cruciale de l'œuvre et à la fructueuse ambiguïté du destin qu'elle décrit. Dans la mesure où ces esprits sont au diable, leur chœur exprime l'ironie de Méphisto raillant la colère de Faust, qu'il juge dérisoire, puis poursuivant son œuvre de séduction. Mais dans la mesure où le diable lui-même sert les desseins de Dieu, le chœur de ses petits serviteurs exprime en même temps, à la faveur d'une sorte de double ironie, la possibilité que Faust se sauve finalement.

79. *J'accepte le pari* (1698) — Telle est la forme que Goethe donne au pacte traditionnel : un pari, que Faust « propose », comme le dit littéralement le texte allemand, et du même coup un défi. Le pacte en bonne et due forme que Faust signe ensuite de son sang n'est qu'une formalité à ses yeux, et assez dérisoire.

81. *Du tourment de savoir mon cœur n'est plus la proie* (1768) — Faust se trompe sur lui-même ou, pour le dire autrement, il n'exprime là qu'un des moments de sa dialectique.

82. *monsieur Microcosme* (1802) — L'ironie du diable montre bien qu'il perçoit chez Faust la volonté insatiable de ne renoncer à rien, quoi qu'il dise.

84. *Et, quand il n'aurait pas donné son âme au diable* (1866) — Méphisto lui-même avoue là que son pacte n'est que la mise en forme juridique d'un débat de Faust avec lui-même !

86. *un métier où l'on tisse* (1923) — Le diable ironise sur une image chère à Goethe, qui l'emploie fréquemment pour évoquer l'interaction complexe des forces diverses qui s'exercent dans toute réalité vivante.

87. *encheiresis naturae* (1940) — Expression empruntée à un professeur de chimie dont Goethe avait suivi les cours à Strasbourg, et qui lui servait à désigner l'impossibilité pour l'homme de faire du vivant à partir de ses éléments, faute de posséder le « tour de main de la nature ». Le terme est évidemment incompréhensible pour le jeune étudiant, comme la majeure partie du discours qu'il écoute là bouche bée.

88. *Qu'il ne dit rien qui ne soit dans le livre* (1961) — Les cours étaient des lectures, parfois commentées, de manuels déjà publiés, comme cela se pratique aujourd'hui encore en droit.

88. *Quant au droit qui naquit avec nous à la vie* (1978) — Allusion à l'un des grands débats du XVIIIe siècle, particulièrement dans les milieux allemands où l'on avait lu Rousseau : le « droit naturel », par opposition au « droit positif » (c'est-à-dire codifié et pratiqué), étant parfois abusivement assimilé au droit coutumier germanique, par opposition au droit romain (c'est l'un des thèmes du *Götz* de Goethe).

90. *le grand, le petit monde* (2012) — La médecine d'un Paracelse était fondée sur l'étude des interactions entre l'être humain (petit monde, microcosme) et le cosmos.

91. *Voyons le petit monde et puis après le grand* (2052) — Ici, au contraire, l'expression a son sens sociologique : du monde petit-bourgeois de Marguerite, Faust parviendra (dans la seconde partie) jusqu'à la cour de l'empereur. Mais on peut comprendre aussi que Faust atteindra des sommets d'où il embrassera du regard l'univers entier.

92. *Un peu d'air flamboyant* (2069) — Goethe mêle plaisamment au tapis volant des contes l'air chaud des montgolfières.

LA CAVE D'AUERBACH, A LEIPZIG

Ce tableau est le seul de toute l'œuvre dont le décor soit localisé avec précision. Il s'agit de la ville et de la taverne où, jeune étudiant, Goethe lui-même a séjourné, parmi de « joyeux compagnons » dont il a souvent fustigé la grossièreté bruyante. Les quatre personnages que rejoignent là Faust et Méphisto sont en effet, d'après leurs noms, de ces étudiants buveurs et querelleurs dont l'espèce s'est perpétuée, sous l'égide des « corporations », du Moyen Age au XXe siècle.

Dans le manuscrit du *Faust* primitif, ce tableau figurait déjà, mais en prose, et c'est Faust qui s'y livrait lui-même aux espiègleries tirées de la tradition. Dès le *Fragment* de 1790, Méphisto le relaie, et le tableau est versifié.

Des jouissances promises par le diable, le héros a droit ici aux plus vulgaires et à aucun moment l'on n'a le sentiment qu'il pourrait s'y arrêter. C'est bien plutôt le divertissement du spectateur qui motive ce réemploi de scènes traditionnelles, dont certaines étaient d'ailleurs représentées (depuis 1625) sur les murs de ladite taverne.

94. *Ce bon Saint-Empire Romain* (2090) — Le Saint-Empire sombrera officiellement en 1806, mais depuis longtemps déjà cette confédération fluctuante avait perdu son autorité et se faisait chansonner.

94. *Un pape ! Savez-vous par quelle qualité* (2098) — Plaisanterie aussi grossière que traditionnelle. Il s'agit de l'examen anatomique visant à éviter que ne soit élue une nouvelle papesse Jeanne.

98. *Pourquoi ce drôle marche-t-il à cloche-pied ?* (2184) — C'est la seule fois où Goethe fait boiter le diable.

98. *N'êtes-vous point partis de Rippach* (2189) — Jean de Rippach incarnait le type du paysan benêt dans les blagues des étudiants de Leipzig. Frosch s'imagine que l'allusion sera comprise seulement de ses camarades et Méphisto lui cloue le bec.

102. *Certe un bon Allemand a les Français en haine* (2272) — Goethe raille la francophobie de certains cercles, en particulier de jeunes admirateurs de Klopstock.

CUISINE DE SORCIÈRE

Pourquoi Goethe choisit-il de brosser ce tableau obscur et enfumé lorsqu'il séjourne, au printemps 1788, dans le jardin de la villa Borghese, à Rome ? Pourquoi Méphisto entraîne-t-il Faust dans ce lieu sordide et répugnant ? Que signifie le pittoresque bizarre de ce fatras confus et apparemment arbitraire ? Les commentateurs ont buté sur ces questions et, faute de réponses satisfaisantes à leurs propres yeux, ont conclu qu'il fallait bien rajeunir le savant chenu qu'était devenu Faust et que ce tableau était là pour lui faire boire le philtre. Pour le reste, il s'agirait de réminiscences picturales (Breughel, Teniers, Brouwer, etc.), relayées par des dessins de Goethe représentant des décors semblables, ou encore d'un élément fantastique dans le goût de Shakespeare, ce qui n'explique rien.

En vérité, le philtre de jouvence absorbé là par Faust est aussi un philtre d'amour : il le fera s'éprendre aussitôt après de la première venue. Et de même que Werther s'amourache de la fiancée d'un autre avant même de l'avoir vue et s'enferre dans un piège d'autant plus attirant qu'il ne saurait être que fatal aux yeux du narrateur, de même ici l'auteur nous fait pénétrer « dans l'envers du décor où se prépare l'alchimie de la passion » (J. Peyraube, voir bibliographie) : avec le même pessimisme que dans *Werther* et dans les *Affinités électives,* il nous fait entrevoir combien la naissance de l'amour est arbitraire et factice, sa nature illusoire (et même illusionniste), ses conséquences inéluctablement désastreuses. Ces sortilèges ont une double fonction de dénonciation et de prémonition.

108. *Rends-toi bien vite dans un champ* (2353) — Méphisto ironise de façon assez voltairienne sur un certain rousseauisme qu'on appellerait aujourd'hui macrobiotique ou écologique. Faust est d'un sentiment analogue.

108. *Vois cette espèce ravissante* (2378) — Goethe a souvent manifesté une répugnance irraisonnée pour ce qui est caricaturalement difforme : cela concerne pour lui des choses apparemment aussi différentes que certains aspects de la sculpture de l'Inde, de la littérature des romantiques, ou bien encore — comme on voit dans les *Affinités* — les singes ! Le choix de tels comparses, dans ce tableau, est donc très lourd de sens : il suffirait à condamner ce qui s'y passe.

109. *La soupe aux gueux* (2393) — Cette réplique et celle de Méphisto n'ont pas que leur sens littéral. Ce terme était courant pour désigner la sous-littérature dont le public était friand. Dans sa version de 1790, plus encore que dans celle de 1808, ce tableau était émaillé de tels sous-entendus satiriques.

110. *Si tu étais un voleur* (2417) — Une vieille superstition (sans doute fondée sur la rime des deux mots allemands) voulait qu'en regardant à travers un crible *(Sieb)* on découvrît, dans un groupe, qui était le voleur *(Dieb).*

111. *Dans ce miroir magique* (2430) — Motif universel de conte, le miroir figure aussi dans des toiles de maîtres que Goethe connaissait (Titien, Giorgione). Le contraste est saisissant

entre le ravissement de Faust et les propos triviaux qui précèdent : mais ce contraste sert à dénoncer l'illusion.

112. *J'en deviens fou* (2456) — Cette réplique (et quelques autres) ne concerne pas les bouffonneries des singes, mais bien la vision solitaire de Faust, qui en pressent obscurément le danger sans pouvoir s'empêcher d'y succomber.

113. *votre pied de cheval et de vos deux corbeaux* (2190-2191) — C'est le pied de bouc ou de cheval qui explique traditionnellement la boiterie du diable, mais les corbeaux sont plutôt, d'habitude, les oiseaux qui accompagnent le principal dieu du panthéon nordique et germanique : Odin ou Wotan.

115. *D'un faire dix* (2541) — Certains commentateurs retrouvent dans la comptine de la sorcière les chiffres de « carrés magiques » ; d'autres n'y voient qu'une parodie grotesque.

116. *Une antique et neuve recette* (2560) — Méphisto ironise, de façon voltairienne, sur le dogme trinitaire et la religion en général.

117. *La nuit de Walpurgis* (2590) — Annonce du tableau qui porte ce titre, p. 180.

118. *Tu croiras voir Hélène en chaque femme* (2604) — Ce personnage mythologique n'est mentionné ici que comme l'idéal de la beauté féminine ; mais cette mention prendra plus tard et rétrospectivement une valeur prémonitoire, par rapport à la deuxième partie de la tragédie, et en particulier à son acte III.

RUE

La « tragédie de Marguerite » qui débute ici est, si l'on peut dire, le second noyau du *Faust* dès sa version primitive : le premier étant la « tragédie du savant ». Les tableaux souvent brefs qui vont suivre maintenant figurent dans le *Urfaust* de 1775, à l'exception de « Forêt, caverne » (qui date du *Fragment* de 1790), de la mort de Valentin et des pages concernant la nuit de Walpurgis (1808).

Le thème des amants de classes sociales différentes, celui de la jeune fille séduite et abandonnée, et celui de l'infanticide étaient alors des plus actuels : on les trouve — isolément, groupés par deux ou enchaînés tous les trois — dans la littérature comme dans les annales judiciaires. Mais Goethe n'écrit pas plus un drame qu'une chronique et, s'il aborde ces thèmes, c'est sans porter de jugement sur l'un ou l'autre des deux personnages, qui sont chez lui, à proprement parler, les personnages d'une tragédie.

Les tableaux apparemment décousus de cette « tragédie de Marguerite » suivent en réalité un plan rigoureux. Après la première rencontre («Rue»), Goethe montre deux fois chacun des amants seul, et nous voyons se cristalliser la passion de part et d'autre. Puis deux scènes encore parallèles préparent le premier rendez-vous. Ensuite, trois scènes où ils apparaissent ensemble dans une exaltation grandissante sont entrecoupées de deux scènes où ils sont séparés. Dès lors, l'intérêt se concentre sur la jeune femme, que trois scènes montrent ployant graduellement sous le poids du malheur, tandis que son amant est irrésistiblement ramené vers elle et semble partager le même vertige devant la fatalité jusqu'au moment où il fuit pour l'oublier dans des plaisirs frelatés, dont il revient trop tard pour la sauver.

Une seule version de la légende (celle de Pfitzer, 1674) évoquait l'amour de Faust pour une jeune voisine, mais sa vertu résistait à toutes les séductions. Goethe a donc innové. On remarque de surcroît que, dans cette tragédie, le diable n'influe guère sur les événements, comme s'il n'en avait pas les moyens. Simple valet de comédie, il n'est que factotum et faire-valoir. Dans le tragique et la culpabilité, Faust gagne déjà en autonomie, par rapport à sa légende et même par rapport à la première partie de l'œuvre.

119. *Je ne suis point demoiselle* (2605) — Faust, ébloui ou flatteur, s'est adressé à une petite roturière en employant l'appellation réservée aux personnes de qualité. Marguerite rectifie.

119. *Cette fille! Il s'agit de me la procurer.* (2619) — On voit que le véritable «coup de foudre» qu'exprime la réplique précédente n'exclut pas chez Faust un cynisme brutal. Peut-être est-il de façade, peut-être aussi l'expression d'une pudeur, peut-être encore le signe que Faust n'est pas encore à la hauteur de l'amour qui vient de naître en lui.

120. *Je m'étais mis tout près du confessionnal* (2623) — Rien ne dit que Méphisto n'ait épié que cette seule confession, ni que la rencontre ait été prévue ou arrangée par lui.

121. *Un ruban pour nourrir ma fringale d'amour!* (2662) — Ce n'est déjà plus le langage d'un simple séducteur et le cynisme fait place à une sorte de perversion anodine et sincère.

LE SOIR

123. *Dans ce cachot, que de félicité!* (2694) — La félicité est celle de l'amour à venir, mais aussi le bonheur simple et pur de celle qui nous a été présentée d'emblée comme une bonne chrétienne. Le mot «cachot» n'en indique pas moins le besoin de fuir qu'éprouvera Faust, comme souvent Goethe lui-même, devant l'amour.

124. *Une troupe d'enfants* (2698) — On songe à la première apparition de Charlotte dans *Werther*.

124. *ciseler le sable* (2706) — Sur les sols sans revêtements, on répandait du sable en volutes plus ou moins artistiques.

126. *Un roi de Thulé* (2759) — Cette ballade, mise dans la bouche de Marguerite, a été écrite en 1774 indépendamment du *Faust*. Seckendorff l'a mise en musique en 1782, Hugo Wolf en 1816. Le thème de l'amour fidèle jusqu'à la mort n'est pas étranger aux dispositions de Marguerite. Le pays mythique appelé « ultima Thule », situé vers le nord au-delà des terres connues, a quelque chose d'ossianique.

PROMENADE

128. *Promenade :* le manuscrit de 1775 intitulait ce tableau « Allée », il s'agit donc d'un lieu où Faust attend Méphisto, qui est allé espionner Marguerite.

129. *Se fait-on du souci pour un cheval donné ?* (2828) — L'allemand connaît un proverbe analogue au proverbe français : « à cheval donné, on ne regarde pas les dents ».

129. *Et Gretchen ?* (2849) — Ce diminutif du prénom « Marguerite » est généralement réservé aux scènes tragiques.

LA MAISON DE LA VOISINE

Le personnage de Marthe Schwerdtlein, veuve un tantinet lubrique et volontiers entremetteuse, vient tout droit des farces populaires comme celles de Hans Sachs, auquel Goethe a emprunté aussi le vers qu'il emploie. Ce personnage double celui de la mère et, en quelque sorte, l'innocente, préservant ainsi toute la pureté du milieu propre à Marguerite.

131. *Et je n'ai même pas un billet de décès !* (2872) — Goethe est moins historien que juriste : le certificat de décès n'existait sans doute guère à l'époque du Faust historique mais la possibilité de lui substituer un double témoignage permet aux deux entremetteurs que sont Méphisto et Dame Marthe d'arranger leur petite affaire.

133. *Mais dites-moi comment s'est produit ce malheur.* (2924) — A rapprocher du *Marchand de Venise* de Shakespeare (III, l).

136. *Naple* (2982) — Allusion au « mal de Naples », la syphilis.

137. *Qu'on lise un petit mot sur lui dans la gazette* (3012) — Anachronisme évident, comme le certificat de décès.

RUE

La passion arrache à Faust le parjure auquel il se refuse d'abord. Méphisto emploie deux arguments : que le savant a souvent déjà affirmé pour certain ce qu'il ne savait pas, et qu'il jurera de même à sa belle des choses incertaines.

140. *Je la dis éternelle* (3065) — Faust lui-même avoue là qu'il peut ressentir l'éternité dans l'instant et prononcer ce mot sans y attacher la promesse que Marguerite croira y trouver.

JARDIN

Admirable scène de comédie, sur le schéma traditionnel opposant le couple des maîtres au couple des serviteurs. Tandis que Méphisto joue avec Dame Marthe (et qu'elle n'est pas complètement dupe), Faust ne joue pas avec Marguerite, mais est plutôt le jouet de sa passion grandissante.

Le tableau est découpé de telle sorte que le faux témoignage et le début de la rencontre sont censés avoir eu déjà lieu.

144. *C'est moi qui lui servis de mère* (3125) — La Charlotte de Werther était déjà, de la même façon, à la fois vierge et mère.

MAISONNETTE DANS UN JARDIN

Le tableau précédent (« Jardin ») se situait encore dans la même journée que la première rencontre dans la rue. Celui-ci, au contraire de ce que semble indiquer la proximité du décor et de ce que suggèrent les mises en scène habituelles, se situe quelques jours plus tard : le manuscrit de 1775 fait d'ailleurs dire là à Marguerite qu'elle aime Faust « déjà depuis longtemps », et d'ailleurs elle le tutoie, contrairement à ce qui se passait au tableau « Jardin ».

Ce recours à des tableaux très brefs est caractéristique de la manière des années 1770.

FORÊT, CAVERNE

Ce tableau rédigé en Italie figure dans le *Fragment* de 1790 après le tableau « A la fontaine », c'est-à-dire à un moment où Faust se sent coupable envers Marguerite et s'est enfui dans cette solitude afin de ne pas aggraver sa faute. Mais dans ce contexte, le monologue initial s'expliquait mal. En 1808, Goethe déplace donc ce tableau et lui donne la place qu'il occupe ici. En pleine « tragédie de Marguerite », le rappel de la « tragédie du savant » assure à l'œuvre une meilleure unité ; mais la culpabilité n'est encore motivée par rien.

Pour cette raison et quelques autres difficultés de détail qu'on va voir, ce tableau est généralement omis dans les représentations.

151. *Ainsi, sublime Esprit* (3217) — On admet, dans la plupart des commentaires, qu'il s'agit de l'Esprit de la Terre invoqué dans le tableau « Nuit ». Il faut avouer que les termes de l'invocation et la gratitude qu'elle exprime supposent, pour le moins, que Faust a obtenu de cet Esprit une réponse différente du mépris écrasant qui l'avait si fort affecté dans le premier tableau.

151. *la caverne sûre* (3232) — Elément du décor, cette caverne est aussi le lieu symbolique du recueillement où peut s'épanouir la connaissance de soi, complément et corollaire de la connaissance de l'univers évoquée dans les vers précédents.

151. *Le monde d'autrefois en formes argentines* (3238) — Plus que du passé personnel de Faust, il s'agit de l'histoire et en particulier de l'Antiquité d'où resurgira Hélène : d'une troisième dimension de la connaissance.

151. *Tu m'as donné ce compagnon* (3243) — Il y a là, par rapport au « Prologue au Ciel » et même au pacte, une contradiction impossible à gommer : Méphisto semble être une émanation de l'Esprit de la Terre ! La démonologie goethéenne est décidément peu précise : l'important n'est pas là, mais dans le débat de Faust avec Dieu ou avec lui-même.

152. *Et je chancelle entre désir et jouissance / Et dans la jouissance implore le désir* (3249 et s.) — Cette belle formule, tout à fait dans le ton du *Sturm und Drang*, montre en tout cas que le diable est loin d'avoir gagné son pari : cette dialectique perpétuelle ne semble pas près de s'arrêter sur un moment de parfaite satisfaction.

153. *Fi donc !* (3293) — Méphisto accompagne sa dernière phrase d'un geste obscène.

154. *corps même du Seigneur* (3334) — Allusion à l'eucharistie, et à la piété de Marguerite.

154. *ce couple jumeau paissant parmi les roses* (3337) — Le *Cantique des cantiques* désigne ainsi les seins de la femme.

155. *Je suis le fugitif, celui qui va sans cesse* (3348) — Toute cette tirade magnifique est, au sens français du terme, « romantique » ou, pour employer le terme allemand, *Sturm und Drang*, jusque dans l'image récurrente et presque emblématique du torrent qui se rue à l'abîme, contrastée avec celle de la chaumière ou de la hutte figurant la sécurité frileuse. Le sens de cette tirade

varie selon la place du tableau dans le cours de l'intrigue : l'abîme et le néant sont la faute à commettre encore, ou bien la condamnation humaine et divine.

CHAMBRE DE MARGUERITE

Ce court tableau, purement lyrique, fait pendant à la tirade de Faust qui le précède. Marguerite y exprime directement (au lieu d'emprunter le biais d'un récit objectif, comme dans la ballade du roi de Thulé) non pas la crainte d'être abandonnée, mais le désir déchirant qui l'occupe tout entière.

LE JARDIN DE MARTHE

Ce tableau comporte deux parties bien distinctes, mais elles sont plus étroitement liées qu'il n'y paraît d'abord. Dans la première, Marguerite s'inquiète de la religion de Faust : son amour ne supporte pas cette zone d'ombre, dans la mesure même où elle va se donner corps et âme. La réponse peu orthodoxe qu'elle obtient est sans doute fort proche de celle qu'aurait faite Goethe lui-même. Rassurée — parce qu'elle ne demande qu'à l'être — Marguerite, dans la seconde partie du tableau, consent à l'idée de se donner à Faust et même à donner à sa mère le somnifère qui assurera aux amants leur tranquillité. Il n'entre nul calcul dans les discours également sincères qui s'échangent là, et vont pourtant précipiter le cours tragique de l'intrigue.

160. *Comprends-moi bien* (3431) — Tirade justement célèbre, qui renonce à la versification régulière, comme souvent dans *Faust* lorsque s'exprime une émotion profonde.

160. *Le sentiment est tout* (3456) — Cette exclamation est fréquemment citée comme la devise même du *Sturm und Drang*. Elle fait écho à de semblables proclamations qu'on trouve dans *Werther* ou encore dans *Egmont*.

161. *Cet homme-là qui t'escorte* (3471) — Marguerite éprouve envers Méphisto une répugnance et une crainte irraisonnée que, chacun à sa manière, Faust et Méphisto comprennent et approuvent.

A LA FONTAINE

La rencontre et les conversations des femmes à la fontaine faisaient partie du quotidien. Voir *Werther*, par exemple, où le héros rapproche cette scène de passages bibliques.

166. *En chemin, à l'église, avoir sa pénitence* (3569) — La loi civile prescrivait en de tels cas la pénitence publique à l'église, et

c'est cette perspective terrifiante et humiliante que les contemporains eux-mêmes citent souvent comme le motif des infanticides. Les Etats de Saxe-Weimar et le conseil d'Etat débattirent longuement de cette question, jusqu'à l'abolition de cette règle qui intervint en 1786, avec l'appui de Goethe, mais contre l'opinion de son ami Herder.

166. *sa couronne au vent... nous sèmerons de la paille* (3575 et s.) — Seules les vierges devaient porter à leur mariage une couronne de myrte et les mariées qui la portaient indûment risquaient qu'on la leur arrache. La paille répandue devant la porte était une autre manifestation traditionnelle de la réprobation publique dont faisaient l'objet les relations sexuelles avant le mariage.

UNE BASTILLE

La scène est sur le chemin de ronde qui suit l'enceinte de la ville. L'image de la Vierge s'inspire du texte « Stabat mater dolorosa », qui a sa place dans la liturgie romaine : il s'inspire d'un passage de l'évangile de saint Luc et a été mis en musique par Pergolese, Palestrina, etc. Une prière à la « mater gloriosa » y fera écho à la fin de la seconde partie. Dans le premier *Faust*, c'est le troisième et dernier passage lyrique où Marguerite exprime, de plus en plus directement, l'évolution de sa passion. On admet généralement que le vers :

169. *Sauve-moi de la honte, épargne-moi la mort* (3616) — signifie que quelques mois ont passé.

NUIT

Ce tableau dramatique était esquissé dans la version primitive, mais toute trace en avait disparu en 1790 et c'est seulement en 1808, donc, que la culpabilité de Marguerite s'alourdit ainsi : elle occasionne la mort de son frère Valentin, qui intervient là pour être aussitôt tué de la main de Faust, que guide Méphisto. L'épisode a pour les deux amants des conséquences graves : Marguerite est publiquement dénoncée et maudite par son frère agonisant, qui n'hésite pas à la livrer ainsi à la vindicte populaire et même aux juges ; quant à Faust, il est coupable d'un meurtre et a plus que jamais besoin de l'aide diabolique.

171. *ce trésor enterré* (3664) — On devine que Faust ne s'en est pas tenu aux deux premiers coffrets de bijoux et qu'il a souvent eu recours aux dons de « leveur de trésor » que Méphisto met à son service pour faire des présents à Marguerite. La superstition voulait qu'en émergeant, un trésor brillât d'une vive lueur.

172. *Que fais-tu donc, Catherinette* (3682) — Byron fit reproche à Goethe d'avoir plagié là la chanson qu'Ophélie chante dans *Hamlet* (IV, 5) et Goethe en convint bien volontiers.

172. *Preneur de rats* (3699) — Ou bien Valentin soupçonne qu'il a affaire au « dieu des rats » qu'est le diable, ou bien il compare le chanteur de sérénade au « preneur de rats » de Hameln, parce qu'il cherche à entraîner des innocents à leur perte, comme ce personnage de légende.

175. *Plus de bijoux d'or* (3756) — Valentin ne fait pas que prédire à sa sœur la misère qui suivra sa déchéance : il s'agit aussi de prescriptions précises, en vigueur par exemple dans la ville natale de Goethe (Francfort) et interdisant aux filles publiques de porter des bijoux d'or, des tissus précieux, et les cantonnant au fond de l'église.

CATHÉDRALE

Dans le *Faust* primitif de 1775, ce tableau porte en sous-titre : « Obsèques de la mère de Marguerite ». Il ne comporte pas alors l'allusion à la mort de Valentin, celle-ci n'intervenant qu'ensuite. Le *Fragment* de 1790 supprime l'épisode de Valentin et s'arrête dans la cathédrale. Dans la version définitive, on ne sait plus s'il s'agit là des obsèques du frère ou de la mère. Comme aux pages 38 et s. (évocation de l'Esprit de la terre) et 160 (profession de foi de Faust), le vers libre emprunté à Klopstock correspond à un moment d'intense émotion.

177. L'ESPRIT MALIN (3776) — Il ne s'agit pas de Méphisto, mais de l'incarnation du remords qui tourmente Marguerite. Comme souvent dans le texte allemand, le diminutif « Gretchen » se substitue au prénom complet dans les scènes les plus tragiques.

177. *S'endormit dans un long martyre* (3788) — Il faut entendre que le somnifère administré à la mère de façon répétée a un jour, par empoisonnement lent ou bien par quelque erreur de dosage, provoqué sa mort subite, de telle sorte qu'elle n'a pu recevoir les sacrements. Sa fille se sent coupable (et non Faust !) non seulement de sa mort proprement dite, mais aussi de la mort de son âme ou du purgatoire qu'elle subit.

177. *Et sur ton seuil, quel est ce sang ?* (3789) — Allusion au meurtre de Valentin ; elle manquait dans les deux premières versions.

177. *Là, sous ton cœur* (3790) — Expression consacrée pour évoquer la grossesse : mais elle prend dans ce contexte une valeur nouvelle.

178. *Dies irae* (3798) — Ce célèbre chant liturgique datant du XIIIe siècle, partie intégrante des *requiems,* évoque le jour du Jugement dernier. Il est cité quatre fois au cours de ce bref tableau et fournit de surcroît quelques images aux répliques de l'Esprit Malin. Son début signifie : « Jour de colère que ce jour-là, il réduira le monde en cendres. »

178. *De cendre calme redevient flamme* (3804 et s.) — Il s'agit de la résurrection, qui tirera Marguerite de la tombe pour la livrer à l'enfer.

178. *Judex ergo* (3813 et s.) — « Quand donc le Juge siégera, tout ce qui est caché apparaîtra, rien ne restera invengé. »

179. *Quid sum miser* (3825 et s.) — « Malheureux que je suis, qu'aurai-je alors à dire ? Quel patron invoquerai-je, quand le juste lui-même sera à peine en sécurité ? »

179. *Votre flacon !* (3834) — Flacon de sels volatils qu'on respirait en cas de malaise.

NUIT DE WALPURGIS

Ce tableau constitue, avec le rêve qui lui fait suite, un long intermède dans la série des tableaux beaucoup plus brefs concernant Marguerite. Il est d'un ton et d'un caractère fort différent et, s'il renoue pour une part, comme la « Cuisine de Sorcière », avec le traitement traditionnel du thème de Faust, il exige d'évoquer bien d'autres sources et références.

Son titre et son thème font référence à la légende selon laquelle le Brocken, sommet du massif du Harz, est le lieu d'un grand sabbat annuel réunissant sorciers et sorcières autour du diable, dans la nuit du 30 avril au premier mai. C'est une région que Goethe fréquentait (le duché qu'il servait y possédait des mines) et dont il aimait le paysage, accidenté comme nul autre en Allemagne du Nord. Pour écrire ce tableau tumultueux et échevelé, il se documente avec un soin exceptionnel dans les ouvrages sur la sorcellerie. Il s'inspire aussi de dessins de Kraus datant de 1784 et, en particulier, d'une gravure de Michael Herr (1591-1661) dont une foule de détails se retrouvent dans ce texte. Enfin, d'innombrables allusions satiriques et polémiques à la vie culturelle émaillent ces vers, dont on peut heureusement goûter le pittoresque et la beauté sans que toutes ces références soient élucidées de façon exhaustive.

Faust atteint là le point le plus bas de sa destinée, celui où sa compromission avec les forces mauvaises est la plus grave. Il est clair néanmoins qu'il suit Méphisto sans lui céder et sans renier l'élan propre qui le définit.

La scène change au cours de ce tableau, qui s'articule en quatre moments principaux : l'ascension du Brocken, la description du sabbat, la danse, l'apparition de Marguerite.

180. *manche à balai... bouc...* (3835 et s.) — Ce sont les moyens qu'utilisent traditionnellement les sorcières pour se déplacer dans les airs ; mais le bouc est aussi le diable lui-même.

180. *Aller sur mes deux pieds* (3838) — D'emblée Faust se démarque de son guide et exprime un goût de la nature tout à fait étranger à Méphisto (mais très proche, en revanche, de celui de Goethe).

184. *Urian* (3959) — L'une des appellations du diable. Les grossièretés elliptiques qui suivent (p. 191) ne sont qu'un reflet très atténué de ce que Goethe trouvait dans ses sources concernant la sorcellerie : les obscénités scatologiques y abondent.

184. *Baubo* (3962) — Nom emprunté à la mythologie grecque : nourrice de Déméter, Baubo passait pour avoir tenté d'égayer celle-ci par des propos salaces. Les contemporains de Goethe (Herder p. ex.) employaient ce nom pour désigner une dévergondée.

186. *Maître Voland* (4023) — Vieille appellation du Malin.

188. Général, Ministre et Parvenu sont sans doute des émigrés français, des ci-devant nostalgiques. L'Auteur est un tenant des Lumières. La réponse et la mine de Méphisto sont parodiques.

190. *C'est Lilith* (4119) — La tradition talmudique, prenant en compte la contradiction entre les deux premiers chapitres de la *Genèse,* a inventé au premier homme une première femme (à laquelle aurait succédé Eve) et lui a donné le nom d'un esprit malin qui se trouve chez Isaïe (34, 14). Cette Lilith (la « nocturne ») est en quelque sorte le diable au féminin, le type de la « succube », évoquée dans plusieurs des sources consultées par Goethe pour décrire ce sabbat. Son charme réside dans sa chevelure : il en allait de même des sorcières, que les juges faisaient raser avant même d'instruire leur procès.

191. LE PROCTOPHANTASMISTE — Le nom de ce personnage et la teneur même du passage qui lui est là consacré désignaient à l'amusement des contemporains Friedrich Nicolaï. Cet ami de Lessing avait persévéré dans un rationalisme de plus en plus sectaire au fil des années ; sa condamnation sans nuance de *Werther* lui avait aliéné Goethe et Schiller, et les romantiques le prirent comme tête de Turc. Goethe fait ici allusion, dans ce contexte assez grivois, à un épisode où Nicolaï se ridiculisa : le rationaliste déclara qu'il s'était guéri des fantômes qui le tourmentaient en se faisant poser des sangsues à l'anus.

Il faut avouer que ce passage semble vouloir combler tant bien que mal le vide qui résultait de l'impossibilité de porter sur scène — et même d'imprimer — tous les excès de cette folle nuit, comme Goethe avait d'abord voulu le faire.

191. *Tegel* (4161) — C'est dans cet actuel faubourg de Berlin, dans la maison de Schlegel, que s'étaient produit les phénomènes étranges qui poussèrent Nicolaï à sa comique confession.

192. *Comme un Voyage* (4169) — Nicolai avait publié en 1783-1796 un *Voyage à travers l'Allemagne et la Suisse* dont les douze volumes étaient considérés comme un monument d'ennui. Ils constituent aujourd'hui un document très précieux.

193. *Un cordon rouge* (4204) — Goethe avait d'abord songé à faire voir à Faust une Marguerite décapitée, dont le sang jaillissant aurait même éteint le feu des sorcières. La prémonition est finalement réduite à cette trace sur le cou de cette sorte de fantôme, dont Méphisto détourne Faust par des discours mythologiques.

193. *Le Prater* (4211) — Célèbre parc d'attractions de Vienne.

194. *Un dilettante* (4217) — Concept important dans l'esthétique de Goethe et de Schiller, qui avaient projeté d'écrire sur ce sujet un traité dont il reste un schéma développé.

SONGE D'UNE NUIT DE WALPURGIS

Il s'agit cette fois d'un « intermède » où n'apparaît aucun des personnages intervenant dans l'action. Théâtre sur le théâtre, et sans rapport, même symbolique, avec l'intrigue ou le destin du héros. Hors-d'œuvre d'une grande virtuosité formelle et d'un esprit mordant (pour les contemporains cultivés), ces quarante-quatre quatrains ne sont jamais joués et ne sont guère jouables.

Cette scène satirique, qui date de 1797-98, devait être publiée à part, peut-être jouée sur le théâtre de Weimar dont Mieding (cf. premier quatrain) était le directeur, comme une mascarade ou une revue d'anniversaire. Goethe, en fin de compte, l'incorpora à la Nuit de Walpurgis, comme une « pièce dans la pièce », procédé coutumier à Shakespeare et dont celui-ci use notamment dans *Le Songe d'une nuit d'été.* C'est évidemment cette œuvre que rappellent le titre, *Songe d'une Nuit de Walpurgis* ainsi que les personnages : *Obéron* et *Titania,* roi et reine des elfes et des fées, époux souvent en dispute, puis *Puck,* leur génie familier, auquel, pour faire bonne mesure (et pour le contraste), Goethe ajoute *Ariel,* le gracieux esprit de l'air venu, lui, de *La Tempête.*

On notera qu'*Obéron* est aussi un poème épique (1780) de Wieland, écrivain important, baptisé « le Voltaire allemand » et qui avait fondé, avant Goethe, la renommée littéraire de Weimar. Wieland avait lu son œuvre en manuscrit au jeune Goethe. L'estime réciproque que se portaient les deux hommes devrait faire justice d'une tradition qui voudrait que le quatrain *« Petit Couple »* visât Wieland. Le dernier quatrain d'Ariel est d'ailleurs une allusion gracieuse à l'Obéron de Wieland, dont la demeure était « la Colline des Roses ».

Les *Dieux de la Grèce* (cf. *Orthodoxe*) sont un poème de Schiller que les théologiens du temps prirent ou feignirent de prendre assez au sérieux pour accuser d'impiété l'auteur. Le chasseur de Jésuites est le critique rationaliste Nicolaï, pédant dénonciateur de leur influence, qui prêtait déjà ses traits au « proctophantasmiste ».

Quant aux *Xénies*, c'était, on s'en souvient, le titre emprunté au poète latin Martial, des épigrammes mordantes dont Goethe et Schiller lardèrent en commun leurs médiocres rivaux et critiques, parmi ceux-ci Hennings, auteur d'un recueil poétique intitulé *Musagète* et éditeur de la revue : *Le Génie du Temps*, laquelle changea de nom par la suite. C'est l'explication du *Ci-devant Génie du Temps*. La grue est sans doute Lavater, le créateur de la physiognomonie, théologien ami de Goethe, qui avait pris parti pour la Révolution « s'égarant chez les diables », le *dogmatique* un adepte de la philosophie de Wolff ; l'*idéaliste* pourrait être Fichte pour qui le moi est à l'origine de tout ; le *surnaturaliste* serait Jacobi, critique du rationalisme, les *incapables* sont les anciens courtisans émigrés et les *feux follets*, les nouveaux « ténors » de la révolution, de même que les *« massifs »*, les meneurs populaires...

UN JOUR TRISTE DANS LES CHAMPS

Les trois derniers tableaux de *Faust I* étaient originellement écrits en prose. Goethe les écarte purement et simplement lorsqu'il publie le *Fragment* de 1790. Quand il remet l'ouvrage sur le métier, il explique à Schiller la nécessité de les versifier et il y réussit admirablement pour ce qui est du tableau final. En revanche, le présent passage demeure finalement en prose ; c'est donc le seul dans toute la pièce à témoigner encore de l'alternance shakespearienne de la prose et des vers.

202. *maintenant en prison* — Rien ne dit quand et comment Faust a connu le destin de Marguerite, à part la vision qu'il en a eue à la fin de la « Nuit de Walpurgis », mais dont il s'est tout de même laissé distraire par le « Songe ».

202 et 203. *Esprit infini... sublime Esprit* — Méphisto apparaît là de nouveau comme dépendant de l'Esprit de la Terre : trace de la première époque de rédaction, antérieure au « Prologue dans le Ciel ».

204. *Voilà ce que je puis* — Faust revendique l'aide du diable tout en l'injuriant ; celui-ci le renvoie à sa responsabilité et n'intervient que comme un assistant aux moyens limités. Par conséquent, aussi bien dans le dessein primitif de l'ouvrage que dans sa conception définitive (y compris la seconde partie), Faust est libre !

NUIT, EN PLEINS CHAMPS

Ce tableau extrêmement bref était déjà dans la version la plus ancienne. Sa puissance d'évocation poétique est telle qu'on ne sait même plus s'il est en vers ou en prose. Eugène Delacroix, entre autres, l'a illustré : sa lithographie plut beaucoup à Goethe Les commentateurs évoquent l'influence des sorcières de *Macbeth* ou encore de la célèbre ballade de Bürger intitulée « Lenore ».

PRISON

Sans doute l'une des parties les plus anciennes du *Faust :* dans sa version en prose, ce tableau date de janvier 1772. Pour l'édition de 1808, Goethe le versifie sans rien lui ôter de sa vigueur.

La scène change en cours de tableau : devant la porte, puis dans la cellule, et à la fin dehors à nouveau, puisque Marguerite crie « de l'intérieur ».

206. *Ma mère la prostituée* (4412) — Comme l'Ophélie d'*Hamlet,* Marguerite à demi-folle chante une chanson populaire où apparaissent des mots grossiers que, dans son état normal, elle n'emploierait pas. Il s'agit ici de la chanson du « genévrier », que Goethe connaissait depuis sa jeunesse et que les frères Grimm feront figurer dans leurs contes. C'est l'histoire d'une marâtre qui tue un enfant et le fait manger à son père ; la demi-sœur recueille les os et les enterre sous un genévrier, d'où s'envole ensuite un bel oiseau qui, selon les versions, lâche une pierre qui tue la marâtre, ou bien chante toute l'histoire. Marguerite s'identifie à la fois à la victime et à l'oiseau.

207. *Ma couronne en lambeaux* (4436) — C'est la couronne de myrte interdite aux mariées qui n'étaient plus vierges, et qu'on leur arrachait, et c'est aussi une métaphore traditionnelle de la virginité perdue.

207. *On m'a mise en chansons* (4448) — Il était d'usage de composer sur les faits divers des « moritats » ou complaintes : Marguerite les confond avec ce qu'elle vient elle-même de chanter.

208. *Aux pieds des saints patrons, oh ! oui, prosternons-nous.* (4453) — Marguerite s'est méprise sur le geste de Faust, qui s'est jeté à ses pieds.

210. *Dieu ! qu'as-tu fait ?* (4515) — Marguerite impute à Faust le meurtre de Valentin, mais non la mort de sa mère ni celle de l'enfant.

213. *La baguette se brise* (4590) — En signe de condamnation irrévocable, le juge brisait une baguette au-dessus de la tête du

condamné, puis en jetait les morceaux à ses pieds. Expression restée proverbiale.

213. *Que vient-il donc faire au Saint-Lieu* (4603) — Plus que jamais, Marguerite a senti la présence du diable. Or le lieu du supplice est pour elle sacré, car c'est là seulement qu'elle va pouvoir expier ses fautes.

213. *Elle est jugée* (4611) — Les spectacles traditionnels sur le Docteur Faust se terminaient par *« judicatus es »* (« tu es jugé »). En déplaçant ce jugement de Faust sur Marguerite, et en le récusant par la « Voix d'en haut » qui répond « elle est sauvée », Goethe ménage la possibilité d'une suite.

SECONDE PARTIE DE LA TRAGÉDIE

ACTE PREMIER

PAYSAGE AGRÉABLE

Le Faust qui se réveille là comme d'un mauvais rêve, nous ne savons combien de temps il a dormi. Goethe dira à Eckermann qu'à la fin de cette seconde partie, son héros a cent ans : mais comme l'action de cette seconde partie est elle-même d'une durée impossible à mesurer, rien n'indique si Marguerite est morte ici depuis des heures ou des années.

Dans ce paysage alpestre (Goethe dit avoir songé au Lac des Quatre-Cantons), Faust est comme régénéré par le sommeil, l'oubli et les énergies de la nature, où il puise un élan plus puissant encore que dans « Forêt, Caverne » (p. 151). La symétrie est frappante avec le début de la première partie : comme alors, Faust est seul et monologue, mais le décor est cette fois aussi lumineux et aéré qu'il était sombre et oppressant. Dans une note, Goethe caractérise ainsi l'étape atteinte par son héros : « Disparue, la dépendance antérieure vis-à-vis de la sensualité et de la passion. L'esprit, purifié et frais, s'efforçant vers ce qu'il y a de plus haut. » Cela concerne tout le premier acte, et ceci, confié à Eckermann, concerne ce premier tableau : « Si l'on songe quelles atrocités, à la fin de la première partie, s'abattaient sur Marguerite et, en retour, ébranlaient inévitablement toute l'âme de Faust, je ne pouvais m'en tirer qu'en paralysant le héros, comme je l'ai fait, en le considérant comme anéanti et en rallumant une vie nouvelle à partir de cette mort apparente. Ce faisant, je dus recourir à de puissants esprits bienfaisants, tels que sont traditionnellement les elfes dans leur aspect et leur nature profonde. Tout est compassion, pitié la plus profonde. Il n'y a là nul tribunal, nulle question sur le fait que Faust l'ait ou non mérité, comme ce pourrait être le cas de la part de juges humains. »

219. ARIEL (4613) — Ce personnage emprunté à *La Tempête* de Shakespeare figurait déjà dans le « Songe de la Nuit de Walpurgis » (p. 195).

220. *Lorsque la tiédeur des brises* (4634) — Selon le compositeur Eberwein, les quatre strophes qui suivent portaient, dans le manuscrit original, les titres suivants : Serenade, Notturno, Matutino, Reveille *(sic)*.

220. *Ecoutez ! écoutez des Heures la tempête !* (4666) — Souvenir de l'*Iliade* (v.749 et s., etc.) et du tableau de Guido Reni intitulé *L'Aurore*.

221. *Un sang plus frais* (4679) — Ce monologue grandiose est écrit, sur le modèle de la *Divine Comédie*, en « terzarima ». Bien que Goethe n'ait pas séparé typographiquement les stances de trois vers, le schéma des rimes est bien ababcbcdc... Le traducteur a réussi l'impossible en faisant de même en français.

222. *Ce reflet coloré n'est autre que la vie* (4727) — Il s'agit non seulement de « l'arc irisé », mais plus généralement d'un dépassement du platonisme.

SALLE DU TRÔNE DANS LE PALAIS IMPÉRIAL

Les « schémas » prévoyaient entre le tableau précédent et celui-ci une conversation où Méphistophélès évoquerait devant Faust la cour impériale et le carnaval qui y bat son plein, bien que les caisses soient vides ; Faust, tenté par ce nouveau champ d'action offert à ses aspirations, aurait envoyé Méphisto préparer son arrivée. Le diable résout de se déguiser en bouffon, Faust en dieu Plutus, le dieu de la richesse, pour amener sa proposition de réforme monétaire... Dès cette première césure entre les tableaux, nous voyons donc s'accentuer la dramaturgie non classique qui néglige les transitions au profit des oppositions tranchées et des contrastes significatifs.

223. L'EMPEREUR — On sait que Goethe songeait à l'empereur Maximilien, dit « le dernier des chevaliers », qui porta la couronne de 1493 à 1519 et se heurta à de graves difficultés financières. Mais Goethe a manifestement préféré gommer cette référence historique et faire de l'empereur un type intemporel.

223. *Il a roulé dans l'escalier soudain* (4733) — C'est Méphisto qui l'a éliminé pour prendre sa place.

224. CHANCELIER (4772) — Le chancelier d'Empire était souvent un ecclésiastique, par exemple l'archevêque de Mayence. A l'acte IV, il apparaîtra comme « archevêque-archichancelier ».

230. *S'il se sent chatouiller la plante* (4983) — Allusion à la sensibilité radiésthésique. Goethe s'y intéressait, comme on voit dans les *Affinités électives*.

VASTE SALLE...

234. *Mascarade* — Il s'agit du grand défilé du Mardi Gras, mais le Héraut annonce d'emblée qu'il sera moins allemand qu'italien et, en particulier, florentin.

241. *Les poètes de la Nuit...* — Allusion à la littérature d'épouvante importée par les romantiques, à partir de l'Angleterre en particulier: Goethe en reconnut parfois l'intérêt (à propos de Hoffmann, par exemple), mais au fond tout cela lui répugnait et il y préférait de beaucoup le classicisme, comme il est dit aussitôt ici.

245. *Ce qui vient à présent ne vous ressemble pas* (5394) — Après les figures mythologiques viennent maintenant des allégories. La première est celle du pouvoir, gigantesque éléphant (inspiré du « Triomphe de Jules César » de Mantegna) conduit par la sagesse, et auquel sont enchaînées la peur et l'espérance.

247. ZOÏLO-THERSITE (5457) — Invention de Goethe, qui joint en un seul être le critique d'Homère et le personnage de l'*Iliade* qui critique les héros devant Troie: c'est le dénigreur par excellence.

249. L'ENFANT-GUIDE (5520) — Goethe avait pensé l'identifier à Euphorion, incarnation de la poésie ; mais il renonça à faire apparaître ici un personnage qui ne naît qu'à l'acte III, des amours de Faust et d'Hélène !

250. *Et celui-là* (5552) — Voici Faust, déguisé en Plutus.

251. *Je fais claquer mes doigts* (5582 et s.) — Cette réplique et la réponse du Héraut constituent une sorte d'art poétique.

252. *Ce rameau vert qui vient de toi* (5627) — Les lauriers de la gloire.

257. *Aux bonnes mœurs contrevenir* (5794) — Après s'être vraisemblablement déguisé en Zoïlo-Thersite, Méphisto a maintenant le masque de l'avare, et il vient de modeler (vieille coutume des carnavals) un phallus.

257. *A leur Grand Pan faisant la fête* (5804) — On comprend ensuite que le déguisement cache l'empereur.

261. *Tout un groupe de masques qui brûle* (5943) — Réminiscence du « bal des ardents » où, en 1393, faillit périr le roi de

France Charles VI : le feu avait pris aux costumes de satyres que portaient plusieurs seigneurs et le roi lui-même.

JARDIN DE PLAISANCE

Jusqu'à l'entrée du Maréchal (p. 264), le texte du premier acte date de 1827 ; le reste n'apparaît que dans l'édition posthume et complète de 1832. Contrairement à la césure entre le premier et le deuxième tableau, celle-ci est brève : le changement de costumes mis à part, la conversation enchaîne sur le carnaval précédent. Faust jouit déjà de la faveur de l'empereur, dont il ne tirera vraiment profit qu'à l'acte IV. C'est surtout Méphisto qui parle, bien que Faust ait tenu le premier rôle auparavant ; c'est sans doute le vestige d'une conception antérieure, où le diable devait jouer à la cour le personnage de Faust.

263. *un peuple salamandre* (6002) — L'empereur, que la magie a fait prendre l'incendie pour un triomphe, se réfère à la légende qui veut que les salamandres restent indemnes dans le feu.

266. *Car chacun désormais est heureux par ce signe* (6082) — Non sans ironie, cette prosopopée des « bons sur le trésor » ou du papier-monnaie se conclut là par une allusion au « signe » qui apparut à l'empereur Constantin au début du IVᵉ siècle, entraînant sa conversion au christianisme et celle de l'Empire ! Goethe, qui n'était né que vingt ans après la mort de Law et qui, surtout, avait assisté à la rapide dépréciation des divers assignats qui avaient eu cours en Allemagne à l'époque révolutionnaire et napoléonienne, n'était guère partisan des monnaies fiduciaires. Celle qu'ont lancée Faust et Méphisto n'est d'ailleurs gagée que sur d'hypothétiques trésors à découvrir !

GALERIE SOMBRE

Ce tableau constitué d'un seul dialogue a pour unique fonction d'amorcer une partie importante de l'intrigue, celle qui concerne Hélène de Troie, idéal antique et donc parfait de la beauté féminine et de toute beauté. L'empressement que met Faust à satisfaire au caprice de l'empereur n'est sans doute pas dû à la seule docilité.

Méphisto fait partie du monde chrétien et n'a pas accès aux enfers de l'Antiquité ; Faust est un mortel, incapable de réitérer l'exploit d'Orphée. Il faut donc un détour pour évoquer Hélène. Et ce sera le voyage vers les « Mères », pure invention de Goethe (sur un mot qu'il trouve chez Plutarque et des idées universellement présentes dans toutes sortes de cosmologies) : matrices originelles de toutes les essences, passages obligés de toutes les réincarnations, idées platoniciennes mais aussi noyau concret de toute réalité. C'est de ces divinités mystérieuses entre toutes que

Faust devra obtenir non pas le retour de l'Hélène réelle, mais l'apparition de la pure idée d'Hélène.

On voit donc que c'est sur un plan tout nouveau que Goethe renouera avec la tradition populaire des amours de Faust et d'Hélène. C'est ce plan qu'évoque, non sans lyrisme, ce tableau.

SALLES BRILLAMMENT ÉCLAIRÉES

Ce tableau n'est guère plus qu'un intermède où le diable fait assaut d'insolence et d'espièglerie aux dépens de la sottise — en attendant que Faust revienne.

278. *Semblable sur semblable* (6336) — Allusion parodique à la règle édictée en 1810 par le fondateur de l'homéopathie, Hahnemann : « similia similibus curantur ».

278. *Un sabot de cheval* (6339) — Attribut traditionnel du diable, souvent mis en relation avec sa boiterie.

279. *un bûcher* (6357) — Un bûcher où l'on brûlait les sorcières et autres suppôts de Satan, à moins — puisque c'est le diable qui l'attise — qu'il ne s'agisse de l'enfer lui-même.

SALLE DES CHEVALIERS

Goethe donne à la scène traditionnelle d'évocation la forme d'une représentation théâtrale, et le texte tout entier repose sur le contraste entre l'exaltation de Faust et la mesquinerie futile de la cour. L'idée de ce contraste vient en partie d'une nouvelle médiocre intitulée *« L'Enchanteur Faust »*, d'un Français nommé Hamilton. Devant la reine d'Angleterre et deux grands seigneurs, Faust y fait apparaître les plus célèbres beautés de l'Antiquité, qui ne récoltent que des critiques : ainsi, le pied d'Hélène est jugé trop lourd. Le récit s'achève sur une explosion qui laisse le magicien inanimé.

Rappelons qu'il s'agit là de « l'idée » d'Hélène : l'échec vécu là par Faust, un peu comme devant l'Esprit de la Terre, l'incitera au contraire à poursuivre sa quête pour atteindre plus qu'une idée.

280. *mon vieux métier d'annonceur* (6377) — Ce héraut, de cour ou de carnaval, est dépassé par la magie du spectacle qui s'annonce. Aussi bien, le titre ne sera donné qu'à la fin, et par l'astrologue.

281. *Au zénith ogival* (6413) — Dans les années 1770, Goethe s'était enthousiasmé pour le gothique, qu'on croyait alors typiquement allemand. Mais cinquante ans plus tard, il était plus attiré par le néo-classicisme d'un Palladio, et cette tirade est parodique, avec peut-être une pointe d'anticléricalisme.

281. *C'est impossible, aussi c'est bien digne de foi* (6420) — Même ironie chez l'astrologue : la formule rappelle Tertullien et la phrase qu'on lui prête à tort (voire à saint Augustin) : *credo quia absurdum*.

282. *un Mage* (6436) — Une version antérieure donnait là : « un poète ».

284. *miroir magique* (6496) — Rappel de la p. 111.

287. *Mais c'est toi qui le fais, ce spectacle d'esprits !* (6546) — Forte parole de Méphisto, qui se montre aussi perspicace que dans la cuisine de la sorcière quant à l'alchimie du désir. C'est Faust en effet qui a ramené Pâris en même temps qu'Hélène, et il faut la menace du rival pour que son amour prenne toute sa violence.

287. *double Empire* (6555) — Non seulement l'empire des idées (auquel participe cette apparition d'Hélène), mais l'empire de la réalité même.

DEUXIÈME ACTE

Faust est donc à nouveau plongé dans le sommeil, d'où il va émerger avec un sursaut d'enthousiasme. Ce deuxième acte, qui est de beaucoup le plus long, surenchérit sur le symbolisme déjà sensible dans le premier et nous entraîne, en l'absence du héros comme en sa présence, dans des sphères fort étrangères au réalisme de la scène. Mais en même temps, il renoue avec le problématique de la connaissance qui constituait l'ouverture de la première partie, dont il replante le décor et réintroduit les personnages (Wagner et l'étudiant). Ces 1.922 vers sont d'une richesse et d'une complexité qui défient le résumé. Tout au plus peut-on évoquer les grandes lignes, comme le fait par exemple Erich Trunz (1949, p. 552) : « Le deuxième acte donne forme, en des variations répétées, à la relation entre l'esprit et la vie, à la créativité comme relevant de la conscience et de l'inconscient, comme pensée et comme nature ; et une secrète communauté de leurs lois relie l'évolution du cosmos et l'élaboration de l'œuvre d'art. Les scènes qui se déroulent dans le laboratoire et celles qui se passent en Hellade sont étroitement liées. Le devenir en esprit (le voyage vers les Mères) reflète le devenir cosmique (la Nuit de Walpurgis classique), le devenir d'Homunculus reflète celui d'Hélène. Nous ne voyons Faust que dans trois tableaux : sombrant dans l'inconscience, se réveillant en Grèce, rencontrant Hélène. Le désir naît, trouve une voie, trouve son but. Tout le reste est exprimé par d'autres personnages, qui symbolisent ce qui est produit là par l'éros créateur. »

CHAMBRE GOTHIQUE...

Il s'agit donc du décor des premiers tableaux de *Faust I*.

291. *garçon... jeune homme* (6584 et s.) — Quelques années seulement se seraient écoulées depuis les événements de la première partie. Rappelons que, même encore à l'époque de Goethe, on arrivait fort jeune à l'université : Goethe a seize ans à peine quand il s'inscrit à celle de Leipzig.

292. *Monsieur le Principal* (6617) — Le patron de la maison et du collège, mais c'était aussi le directeur d'une troupe théâtrale qu'on appelait ainsi.

292. LE FAMULUS — C'était le rôle (d'assistant et de laborantin) que tenait jadis Wagner auprès de Faust. A son tour, Wagner a maintenant un famulus, encore plus ridicule qu'il ne l'était.

295. BACCALAUREUS — L'écolier qui avait reçu du diable sa première leçon dans *Faust I* a obtenu depuis lors son premier grade universitaire : il est bachelier.

298. *La jeunesse ? Voilà son très sublime sens* (6793) — Le brillant couplet qui suit parodie non seulement la prétention juvénile, mais aussi le culte de l'individualité « géniale » auquel Goethe lui-même avait souscrit au début des années 1770.

LABORATOIRE

Le grand Œuvre annoncé dans le tableau précédent est la fabrication d'un homme artificiel, que Goethe dénomme « homunculus ». Comme l'Esprit de la Terre, c'est une invention du poète, qui reprend des éléments fournis par la tradition (Paracelse, en particulier), les enrichit et les réinterprète pour illustrer les aspirations de Faust. A noter que la facticité n'est pas marquée ici par quelque stigmate dévalorisant, même si l'ouvrier reste dépeint de façon partiellement ironique.

301. *hommes cristallisés* (6864) — Allusion obscure. Pour les uns, Goethe se moque des géologues (en particulier français) qui ne s'occupaient plus que de cristallographie ; d'autres voient là une perfidie à l'égard d'un homonyme et peut-être modèle du personnage de Wagner, un certain Johann Jacob Wagner (1774-1841), qui prétendait obtenir des hommes artificiels par cristallisation ; d'autres encore pensent que Méphisto se souvient de la femme de Loth, changée en statue de sel. Il se pourrait aussi que le diable désigne par cette métaphore des individualités figées et sclérosées.

302. *l'âme et le corps* (6894) — En la matière, Goethe était résolument moniste, et la réplique de Méphisto n'est pas loin de traduire ce que pense l'auteur.

303. *Un groupe, de l'eau pure?* (6903) — Homunculus étant (presque) un pur esprit, perçoit directement ce que Faust est en train de rêver. Méphisto même en est incapable. L'admirable évocation qui suit est inspirée trait pour trait du tableau du Corrège représentant « Léda et le Cygne »: or le cygne est Zeus et il engendre là Hélène.

304. *Bien sûr, car le Nord t'a vu naître* (6923) — La tirade condamnant le Nord au profit du Midi, l'Allemagne au bénéfice de l'Italie et de la Grèce, correspond bien à ce que ressentait Goethe, et pas uniquement au moment du départ et du séjour en Italie. Sa véhémence sur ce sujet préfigure souvent celle de Nietzsche.

304. *La Nuit de Walpurgis classique* (6941) — Le terme, et l'idée d'un pendant grec au sabbat médiéval, sont évidemment des inventions de Goethe. S'annonce ici la suite de tableaux qui va constituer près des trois derniers quarts de cet acte II.

304. *Le spectre romantique* (6946) — Le terme « romantique » et son opposition au terme « classique » n'ont pas encore le sens étroitement littéraire que s'efforceront de définir les historiens du XIXe siècle. L'opposition fait plutôt songer au Chateaubriand du *Génie du Christianisme*, mais avec une appréciation inverse. Et « romantique » signifie : chrétien, médiéval et germanique. Il en va de même quand Goethe dit à Eckermann, le 16 décembre 1829 : « Vous constaterez que, tout au long de ces premiers actes, le classique et le romantique se font entendre et s'expriment de telle sorte que cela monte comme un terrain en pente vers l'épisode d'Hélène, où ces deux formes de poésie se manifestent nettement et trouvent une sorte de compromis. »

305. *Pénée* (6952), *Pharsale* (6955) — Le Pénée (en grec Peneios) est le principal fleuve de Thessalie, région de Grèce où se trouve la ville de Pharsale (comportant une vieille ville et une ville nouvelle), près de laquelle César battit Pompée en 48 av. J.-C.

305. *esclavage, tyrannie* (6957) — Tyrannie est à prendre au sens antique et désigne le pouvoir des triumvirs, tandis que l'esclavage caractérise le régime impérial.

305. ASMODÉE (6961) — Le nom (persan, puis hébreu) de ce démon spécialisé dans les affaires matrimoniales (cf. Tobie, III, 8) désigne ici le diable lui-même. Ce nom avait été popularisé par Lesage et par Wieland.

305. *Les sorcières de Thessalie* (6965) — Elles avaient une réputation fort ancienne de lascivité

306. *le petit point sur l'i* (6994) — Ce qui manque à Homunculus, c'est un corps et un sexe.

NUIT DE WALPURGIS CLASSIQUE

Ces quinze cents vers environ, Goethe les nomme volontiers « antécédents à Hélène », et c'est bien l'une de leurs trois fonctions. Mais cette pièce à l'intérieur de la pièce poursuit en même temps le destin propre de Faust et le destin d'Homunculus. Pour marquer dans la forme même l'atmosphère antique, Goethe use d'abord en allemand d'un vers exceptionnellement long imité du trimètre iambique. Le traducteur en a tenu compte en français.

Comme pour la première Nuit de Walpurgis, Goethe, dont la culture classique était déjà plus que solide, s'est tout spécialement documenté, relisant la *Pharsale* de Lucain et la *Vie* de Pompée chez Plutarque, s'informant grâce au récit de voyage en Grèce de Dodwell, et compulsant deux éditions distinctes du dictionnaire de mythologie de Hederich.

CHAMPS DE PHARSALE

Erichtho est mentionnée par Lucain et par Ovide : Pompée l'aurait consultée sur l'issue de la bataille de Pharsale. Son monologue, tout empreint de pessimisme historique, annonce que va se produire à nouveau, en ce même lieu, un événement considérable dans l'histoire de l'humanité. Mais avant même qu'il intervienne, un reflet de la célèbre bataille persiste et se répète en ces lieux quasi hantés : la loi de la rivalité violente est universelle, son histoire incessante.

307. *l'aiguille hésitante* (7023) — L'aiguille de la balance, qui montre quel plateau va peser plus lourd.

307. *la légion de l'hellénique légende* (7028) — Aux légions de César et de Pompée se substituent les figures de la mythologie grecque.

308. *météore... sphère* (7034 et s.) — Le météore est la fiole contenant Homunculus, la sphère est le manteau enveloppant Faust et Méphisto.

310. *nouvel Antée* (7077) — Faust reprend force en touchant le sol de la Grèce.

SUR LE PENEIOS SUPÉRIEUR

Ce titre manque dans les manuscrits et la première édition, tout comme le suivant. On les rétablit par référence au titre qui intervient ensuite p. 328, et qui est suivi de la mention « comme plus haut ».

312. ARIMASPES (7106) — Ce peuple légendaire avait dérobé l'or que les griffons gardaient ; Goethe substitue les fourmis à ces derniers, parce qu'Hérodote dit que certaines, en Inde, sont de la taille des renards et creusent des terriers dans l'or.

312. *Old Iniquity* (7123) — Allégorie de « mystère », assez abusivement identifiée au diable.

313. *Nécessaire au méchant* (7132) — La solution de cette devinette, c'est le diable lui-même.

317. *Interroge Chiron* (7199) — Le célèbre centaure qui va servir de guide à Faust se distingue de ses congénères par son caractère bienfaisant ; il a formé Asclépios et éduqué Achille.

317. *Alcide* (7219) — Les oiseaux du lac Stymphale furent abattus par Hercule, qui était « fils d'Alcée ».

318. *Lamies* (7235) — Goethe, s'appuyant sur Hederich, met au pluriel et transforme en séductrices de jeunes gens ce qui était plutôt dans l'Antiquité une sorte de croquemitaine à l'usage des enfants. Ces personnages, Méphisto les « retrouvera » en effet plus loin.

SUR LE PENEIOS INFÉRIEUR

L'importance et le caractère du décor naturel, ainsi que la grâce des personnages, marquent une différence avec le passage précédent et un progrès en direction d'Hélène.

319. *Roseaux, élevez vos murmures* (7249) — C'est le fleuve qui parle et il faut remarquer, en français comme en allemand, les harmonies imitatives.

320. *Une troupe de cygnes* (7285 et s.) — Nouvelle évocation de Léda et du cygne, donc de la conception d'Hélène.

323. *Au sein des nobles Argonautes* (7365 et s.) — Cette réplique et la suivante font état de faits mythologiques bien connus, et qui se trouvent partout.

326. *Ici Rome et la Grèce ont livré leurs combats* (7465) — C'est à Pydna qu'en 168 av. J.-C., Persée de Macédoine fut battu par le consul Æmilius Paullus, et son « empire » incorporé à la « république » (bourgeoise) de Rome.

327. *Pénètre, audacieux* (7489) — Goethe renoncera au récit de cette descente aux enfers Il en sentait la difficulté, comme il l'avoue à Eckermann le 15 janvier 1827 (« tout cela n'est pas facile à faire… »), et peut-être surtout l'inutilité dans l'économie générale de ce « mystère », où Hélène est certes une étape essentielle, mais non pas le but ultime.

SUR LES BORDS DU PENEIOS SUPÉRIEUR

Tandis que Faust s'enfonce dans les entrailles de la terre, voici un véritable intermède, où la virtuosité du poète est mise au service de ses conceptions géologiques. Goethe était un tenant du « neptunisme », pour qui l'écorce terrestre s'était lentement constituée à partir de l'eau, et il combattait la thèse opposée qui faisait du feu central l'élément premier. Bien que ce « plutonisme » ou « vulcanisme » marquât des points, Goethe répugna jusqu'au bout à admettre sa vérité, qui lui semblait excessivement violente et catastrophique.

328. *engeance infortunée* (7498) — Les vulcanistes.

328. *deux fois lumineuse* (7513) — Parce qu'elle se reflète dans l'eau, l'élément qui lui est apparenté.

329. *Le vieillard* (7532) — C'est Poséidon qui fit émerger l'île de Délos, refuge où Léto mit au monde Apollon et Diane, enfants de Zeus. Mais Goethe prend soin de désigner le dieu de la mer par l'épithète de « séismos », qui le relie au feu plus qu'à l'eau !

332. *L'armée ait des armes* (7633) — Toute l'activité des griffons, des fourmis, des Pygmées, etc. qui extraient, amassent et transforment les métaux produits par le feu central ne sert que la guerre. Jusqu'aux hérons qu'on abat ensuite pour orner de leurs plumes les casques, à la grande indignation des grues. Le vulcanisme, c'est la violence.

332. LES GRUES D'IBYCUS (7660) — Dans le poème de Schiller qui porte ce titre, ces oiseaux (dont la mythologie rapporte qu'une guerre les opposa aux Pygmées) appellent à venger le meurtre.

333. *Blocksberg* (7678) — Comme dans la « Nuit de Walpurgis » de la première partie, le texte joue sur des noms de lieux situés dans le Harz : Ilsenstein (Pierre d'Ilse), Heinrichshöhe (Hauteur d'Henri), Elend (Misère), die Schnarcher (les Ronfleurs).

335. UNE EMPOUSE (7732) — Monstre féminin de la tradition grecque, susceptible de multiples transformations. La tête d'âne est une invention de Goethe, sans doute sous l'influence du *Songe* de Shakespeare.

338. UNE ORÉADE (7811) — Nymphe d'une montagne primitive (non volcanique).

339. ANAXAGORE (*à Thalès*) (7851 et s.) — Le premier de ces « philosophes de la nature » est chargé de défendre la thèse vulcaniste, le second la thèse neptuniste. S'agissant d'Anaxagore, Goethe simplifie quelque peu les choses.

343. LA DRYADE / *Les Phorkyades* (7967) — Les dryades sont des divinités des arbres. Les trois phorkyades des monstres féminins institués gardiens de leurs sœurs les gorgones. Elles n'ont qu'une dent et qu'un œil pour trois.

BAIES ROCHEUSES DE LA MER ÉGÉE

Ce dernier tableau couronne la Nuit de Walpurgis classique par une véritable fête de la mer, d'où sont absents Faust et Méphisto. Seul Homunculus fait office de personnage principal au milieu de cette foule mythologique.

347. *ces grands Dieux, les Cabires* (8074) — Ces divinités archaïques, d'origine sans doute phénicienne, avaient fait l'objet de controverses aventureuses, en particulier entre Creuzer et Schelling. Goethe en sourit au passage.

347. *Nérée* (8094 et s.) — Le père des Néréides est l'un des dieux les plus anciens de la théogonie hellénique. Prophète comme tous les dieux de la mer, il est spécifiquement bienfaisant.

349. *Allez trouver Protée* (8152) — Aquatique et prophétique comme Nérée, Protée se dérobe sans cesse et se métamorphose indéfiniment, comme la matière elle-même.

351. *Ils sont sept en réalité* (8194 et s.) — Goethe se moque des controverses entre mythologistes concernant les Cabires.

355. TELCHINES (8275) — Premiers habitants mythiques de Rhodes. Goethe s'inspire là et dans la suite d'une description des îles de Rhodes, de Crète et de Chypre par le Hollandais Meursius (1675).

357. *C'en est, à jamais, fait de toi* (8332) — Protée présente sous un jour ironique et pessimiste le corollaire de l'évolutionnisme goethéen, qui n'est rien moins que pessimiste : une fois atteinte la phase de l'humanité, les métamorphoses et l'évolution qu'elles dessinent ne sont plus organiques, mais spirituelles, et c'est pourquoi Protée n'en a cure. Mais Goethe pense que l'homme est le couronnement de l'évolution, quand par exemple il écrit à Riemer (le 23 nov. 1806) : « La nature, pour parvenir à l'homme, exécute un long prélude d'êtres et de formes auxquels il manque encore beaucoup par rapport à l'homme. »

360. *Tout est sorti de l'eau* (8435) — De cette grande fête érotique et marine, Thalès retient la confirmation de sa thèse « neptuniste ».

TROISIÈME ACTE

Cet acte central, que Goethe appelait couramment « Hélène », est la partie la plus ancienne de *Faust II*. Suggéré par la tradition populaire, cet épisode est le noyau autour duquel Goethe compose les quatre autres actes, et il en demeure le sommet.

Il commence comme une tragédie grecque. Lichtenberger écrivait pertinemment : « Par le dialogue qui s'aiguise souvent en stychomythies, par le coloris de la langue où l'on observe à tout instant, dans le vocabulaire, dans la syntaxe, dans la composition verbale, l'imitation de l'antique, par la recherche constante de la symétrie, de l'effet plastique, des attitudes expressives, parfois aussi par le ton sentencieux de l'expression qui présente volontiers les choses sous le caractère de la généralité et se mue parfois en parabole, Goethe s'efforce de communiquer au spectateur la sensation qu'il assiste réellement à la représentation d'un drame grec. »

Précisons que Goethe fait parler l'héroïne non seulement dans un style proprement sublime, mais en des vers exceptionnellement longs et savamment « antiques » ; et que l'emploi du chœur, confronté à des personnages principaux toujours peu nombreux, vient aussi tout droit de la tragédie grecque. Mais bientôt le ton de Méphisto (en Phorkyade) ou de Faust (dans son monologue lyrique), le contenu philosophique des chœurs et le caractère du décor viennent mêler à l'héritage antique de plus en plus d'éléments nordiques, modernes, romantiques, et la figure d'Euphorion — ce fils de Faust et d'Hélène qui ressemble à Byron — vient incarner ce mélange de deux mondes.

De la tragédie grecque ou de l'épopée, l'on passe à un drame lyrique, voire un opéra.

DEVANT LE PALAIS DE MÉNÉLAS A SPARTE

Ce premier des trois décors de l'acte est celui, traditionnel, du retour d'Hélène après la guerre de Troie.

366. *Le Phrygien* (8512) — Le Troyen Pâris.

369. PANTHALIS (8638) — Suivante d'Hélène chez Pausanias ; Goethe en fait la choryphée.

369. *les puissances stygiennes* (8653) — Celles qui hantent les enfers, où coule le fleuve Styx.

374. *Parle-nous de ton père l'Erèbe* (8812 et s.) — La Phorkyade et le chœur s'accusent mutuellement d'appartenir aux enfers.

377. *Mais ne prétend-on pas aussi que tu pris une double forme* (8872) — Au rappel des aventures connues d'Hélène succède maintenant la fable euripidienne du dédoublement d'Hélène, puis la légende de ses amours posthumes avec Achille revenu lui aussi des enfers. « Idole » signifie effigie, ombre, simulacre.

382. *une race hardie* (8999 et s.) — Intervient ici l'un des plus surprenants anachronismes auxquels se complaît le symbolisme du *Faust.* Nous nous retrouvons en effet dans l'empire latin d'Orient, fondé à l'occasion de la quatrième croisade, au début du XIIIe-siècle, et dont certains établissements ne céderont à la conquête turque qu'au cours du XVe siècle. Faust va apparaître comme le chef de ces chevaliers francs installés dans le Péloponnèse sous l'autorité de Geoffroi de Villehardouin, qui fut aussi leur historien. Mais à ces données médiévales vont se combiner des faits beaucoup plus récents : la guerre d'indépendance grecque, où Byron trouva la mort le 19 avril 1824, à Missolonghi. Antiquité, Moyen Âge et modernité, mais aussi Orient et Occident, tels sont les mondes convoqués ici autour de la problématique du désir qui anime l'individu Faust.

382. *un burg puissant* (9001) — On peut songer à la forteresse franque de Mistra, non loin de Sparte.

INTÉRIEUR DU CHÂTEAU FORT

Comme le montrent plusieurs lettres et divers témoignages, Goethe concevait ce deuxième tableau comme un véritable opéra, où des chanteurs relaieraient les comédiens, sur une musique qu'il imaginait de Meyerbeer, tandis qu'Eckermann songeait à Rossini... Même si le texte allemand comporte des passages en vers antiquisants difficiles à chanter, la musique devait sûrement jouer là un rôle très important et permettre cette audacieuse synthèse de l'antique et du médiéval.

387. *Où donc es-tu, Pythonisse* (9135) — Hélène s'adresse à la Phorkyade, qui a disparu, sans doute pour rejoindre Faust et le laisser seul rencontrer Hélène.

389. LYNCÉE *(le veilleur de la tour)* (9218) — Cet « œil de lynx » n'a rien à voir avec le pilote des Argonautes, ni même peut-être avec le personnage homonyme qui apparaîtra à l'acte V.

394. *on dirait qu'un son s'accorde à l'autre* (9369) — Suit une leçon de poétique, où Faust va expliquer à Hélène ce qu'est la rime, fondée selon lui sur une harmonie plus que formelle. Et l'élève va aussitôt se mettre elle-même à rimer. C'est le mariage de la poésie antique et de la poésie moderne. Mais c'est en même temps le signe de la rencontre des amants.

395. *Qui l'eût cru* (9385 et s.) — L'épithalame ou hyménée qu'entonne le chœur décrivant les caresses de Faust et d'Hélène a fait scandale auprès de certains critiques du XIXe siècle.

397. *Pylos* (9454) — L'actuel Navarin, principal port du Péloponnèse.

BOCAGE OMBRAGÉ

Dans ce troisième décor, annoncé par la description bucolique de Faust, la synthèse de la beauté antique et de la poésie moderne finit de s'accomplir. Euphorion va en être l'incarnation.

403. *Chantait du fils de Maïa* (9644) — Le chœur, à la description que fait de l'enfant la Phorkyade, se remémore les récits légendaires sur la naissance d'Hermès, qui dès le premier instant fut en possession de tous ses moyens.

410. *A vous, qu'engendra cette terre* (9843 et s.) — La signification d'Euphorion peu à peu se précise tout en se diversifiant. Il n'est pas douteux qu'il incarne (au grand effroi de ses parents) le subjectivisme le plus impérieux et le plus débridé, avec les risques de violence qu'il implique.

410. *Poésie immortelle* (9863 et s.) — Euphorion est non seulement le subjectivisme, mais la poésie subjective des modernes : produit à la fois de l'Antiquité païenne et de la Chrétienté.

412. *Icare* (9901) — Cette dernière figure d'Euphorion dit assez clairement l'infinité du désir qui l'animait et l'inévitable désastre où ce désir le pousse.

412. (une figure connue) (entre 9902 et 9903) — Cette figure est celle de Byron, auquel est dédié le thrène qui suit et au terme duquel la musique se tait.

414. *Ce qui reste suffit à sacrer des poètes* (9958) — La beauté antique ne peut subsister, une fois qu'a échoué l'enfant issu de son mariage avec l'Occident : Hélène doit disparaître avec Euphorion. Mais les dépouilles dont la Phorkyade dit à Faust la valeur ne sont pas que les oripeaux dérisoires de quelque néo-classicisme : celles d'Hélène au moins soutiendront encore l'élan de Faust.

415. *Nous, parmi ces mille rameaux* (9992 et s.) — Bien qu'elles fussent revenues des enfers avec Hélène, les choreutes l'y laissent repartir seule et préfèrent se dissoudre dans la nature. Comme l'idée d'une hiérarchie dans les enfers, cette conception n'a rien d'antique. Elle exprime plutôt une sorte de sentiment religieux de la nature qui n'est pas sans évoquer le bouddhisme.

416. *Voguez vous autres à votre gré* (10011 et s.) — Certains commentateurs ont voulu interpréter cette quatrième partie du final comme le naufrage du monde antique dans quelque dionysisme. En fait, ce brillant final est un hymne à la vie et à toutes les énergies qui œuvrent à sa perpétuation, comme l'*éros* qui a dominé tout ce troisième acte. Une partie du chœur se fera dryades dans les arbres, une autre oréades et écho dans les

montagnes, une troisième naïades dans les sources, une quatrième bacchantes. Et loin que tout s'effondre ou s'arrête, tout va pouvoir continuer. C'est bien pourquoi la Phorkyade révèle enfin son vrai visage : celui de Méphistophélès.

QUATRIÈME ACTE

Le premier *Faust* montrait un individu confronté au problème de la connaissance et à l'expérience de l'amour ; les trois premiers actes du second *Faust* reprenaient jusqu'à un certain point ces deux grands thèmes et les prolongeaient en direction de l'histoire, de la culture et de l'art. Voici que les deux derniers actes vont pénétrer dans un autre domaine, poser une autre problématique et, du même coup, proprement dépasser celle qui prévalait jusque-là : au lieu d'affronter des sortes d'absolus en sujet individuel lui-même quasiment absolu, Faust va en effet se trouver peu à peu confronté enfin aux autres hommes, sur le terrain de la société et de la politique, et se poser les problèmes de l'action, du pouvoir et de la violence.

Nous ne quittons pas pour autant un univers largement symbolique ; mais Faust et Méphisto regagnent (qui dans un nuage, qui avec les bottes de sept lieues) l'Allemagne impériale esquissée deux actes plus tôt.

HAUTE MONTAGNE

Goethe resserre quelque peu les fils de l'intrigue dramatique. Non seulement il va, pour la première fois depuis longtemps, mettre Faust en face à face avec Méphisto, mais la première vision de ce tableau rappelle tour à tour Hélène, puis Marguerite. Même si le nom de cette dernière n'est pas prononcé, son image radieuse est reconnaissable.

420. *Lorsque le Seigneur Dieu* (10075 et s.) — Méphisto fait la profession d'un vulcanisme (ou plutonisme) qu'il explique et motive par sa nature d'ange déchu. On a vu que Goethe était, au contraire, neptuniste et voyait un allié en Thalès. Faust va également récuser une conception qu'il juge excessivement violente et convulsive.

420. *Ep. Ephésiens VI, 12* (10094) — Les références bibliques qui figurent ainsi dans le texte même sont peut-être de Goethe, ou bien, plus vraisemblablement, de F.W. Riemer, qui édita, avec Eckermann, les œuvres posthumes. — Celle-ci se rapporte, assez malicieusement peut-être, aux six derniers vers, puisqu'elle dit : « Car nous n'avons pas à lutter contre la chair et le sang, mais contre les princes, contre les puissances, contre les dominateurs de ce monde de ténèbres, contre les esprits mauvais répandus dans l'air. » (Trad. Crampon.)

422. *Matth.* 4. (10131) — Allusion à la tentation du Christ au terme de ses quarante jours de jeûne, et en particulier à Matth., IV,8: « Le diable, de nouveau, l'emmena sur une montagne très élevée, et lui montrant tous les royaumes du monde, avec leur gloire, il lui dit: Je vous donnerai tout cela... »

425. *Repousser loin du bord la mer dominatrice* (10229) — Le projet d'endiguer et de faire reculer la mer n'est pas encore explicitement lié à une finalité économique et sociale. Il s'agit plutôt d'une synthèse entre le titanisme désireux d'affronter les forces naturelles, et la volonté d'ordre et de beauté qu'Hélène a confortée.

426. *Gouverner et jouir ensemble* (10251 et s.) — L'anarchie de l'empire (à plusieurs époques, et Goethe ne précise pas à laquelle on se trouve ici) reçoit une explication qui ne doit rien à une morale austère (selon laquelle la jouissance amollirait), elle tient à l'idée que le pouvoir isole nécessairement celui qui l'exerce, tandis que le plaisir a l'effet inverse. Le prince qui veut jouir manque à son statut.

428. *Gardons son trône... le rivage infini* (10304-10306) — Le diable résume d'avance l'intrigue qui sous-tend le quatrième acte et le début du dernier.

428. *De l'antique vigueur humaine du vieux mont* (10317) — Il s'agit des robustes montagnards ci-dessous.

428. *Peter Squenz* (10321) — Titre et héros d'une comédie baroque de Gryphius, où l'on voit des rustres tenter de jouer la comédie.

429. LES TROIS VAILLANTS (10323) — La référence biblique (aux héros qui aident David contre les Philistins) est un élément supplémentaire d'ironie. Les noms tonitruants dont s'affublent ici ces matamores n'ont évidemment rien à voir avec les noms des Vaillants de David.

SUR LES CONTREFORTS DES MONTAGNES

Le récit circonstancié de la bataille rangée entre les armées impériales (assistées par les sortilèges de Méphisto) et les troupes de l'Anti-César est une caricature dans le goût des guerres picrocholines, ou peu s'en faut. Dès les premiers vers s'étalent l'incompétence grandiloquente des acteurs et la sottise du rituel guerrier, que l'interférence de la magie va bientôt faire paraître encore plus bouffon. Goethe en profite, au passage, pour ridiculiser la mode romantique du clinquant médiéval. Si l'on doutait encore de l'ironie de l'auteur, l'emploi qu'il fait d'un alexandrin pompeux trahit sans ambiguïté son intention. Il n'empêche que s'expriment çà et là des idées plus sérieuses, mais la plupart des commentateurs n'ont vu qu'elles.

434. *Tu sais comme est savant le peuple des montagnes* (10425) — Le monde des montagnes et des mines (car la langue allemande les réunit) fascinait l'époque romantique (qu'on songe à Novalis) et Goethe lui-même. De là à créditer ses habitants de pouvoirs extraordinaires, il n'y avait qu'un pas.

434. *Vaillant homme* (10438) — Faust ne s'est pas présenté à visage découvert, et l'empereur ne reconnaît pas le visiteur du premier acte. L'histoire du magicien de Nurcia que l'empereur aurait sauvé du bûcher n'a aucun fondement historique, ni — il faut bien le dire — d'autre intérêt que de faire apparaître la crédulité et la vanité de l'empereur.

438. *Voilà le Moyen Age enfin revigoré* (10562) — Walter Scott avait bien des imitateurs en Allemagne et la description caricaturale que fait Méphisto a aussi une signification littéraire.

440. *ce maître très-haut* (10606) — Le magicien de Nurcia, sauvé par l'empereur, qui en parle ensuite comme d'une « vieille barbe grise ». Méphisto semble mettre une certaine malice à priver Faust du mérite de la victoire qui se dessine !

440. *Comment donc un griffon, animal de la Fable* (10627 et s.) — Faust ironise discrètement sur ce qui caractérise très précisément la bataille en cours : la victoire de l'illusion sur la réalité !

441. *Voici venir mes deux corbeaux* (10664) — Comme dans la Cuisine de la Sorcière, Méphisto s'arroge ces animaux de Wotan.

LA TENTE DE L'ANTI-EMPEREUR

Le troisième et dernier tableau de cet acte dénonce, après la sottise et l'impéritie des grands, leur cupidité, leur vanité et leur ingratitude : ils n'ont rien à envier aux personnages de moindre rang qui occupent d'abord la scène !

Goethe exploite là son expérience de haut fonctionnaire à Weimar, mais aussi ses connaissances juridiques sur le Saint Empire : en particulier la Bulle d'Or de Charles IV (1356) qui en avait défini la loi organique, et dont Goethe emprunte un commentaire à la bibliothèque ducale en juillet 1831. Rappelons en effet que c'est le tableau que Goethe a rédigé en dernier lieu.

449. *mes quatre Grands* (10872) — La Bulle d'Or statuait sur les titres et fonctions impériales des quatre princes électeurs laïques : le prince de Saxe était archi-maréchal, le margrave de Brandebourg archi-chambellan, le comte palatin archi-écuyer et le roi de Bohème archi-échanson. Quant aux trois princes électeurs qui étaient d'Eglise, les archevêques de Mayence, de Cologne et de Trèves, Goethe les confond en un seul, qui exerce la fonction d'archi-chancelier.

453. LE PRINCE SPIRITUEL (10977) — Il s'agit justement de l'archi-chancelier, archevêque de Mayence. La scène qui suit montre de façon savoureuse quel soin il prend des intérêts de l'Eglise. L'empereur s'incline en gémissant.

454. *Pardon, tu concédas les plages de l'Empire* (11036) — La deuxième fausse sortie du pointilleux prélat nous apprend que Faust a obtenu ce qu'il cherchait en aidant à la victoire : la concession des rivages qu'il va assécher et mettre en valeur.

CINQUIÈME ACTE

On aurait tort de s'attendre ici à un final rigoureusement construit pour couronner tous les thèmes qui ont parcouru ce long ouvrage et qui se combineraient là dans une architecture savamment équilibrée jusqu'à son extrême pointe. Le *Faust* est pour cela bien trop romanesque : fantaisie et contingence épiques déterminent sa démarche jusque dans le symbolisme le plus quintessencié. Et il est sans doute aussi trop lyrique et trop théâtral pour que la rhétorique et la logique y freinent l'émotion ou y entravent le spectacle.

Goethe, en tout cas, après avoir souvent dit qu'il redoutait d'aborder et d'achever ce cinquième acte, s'en est déclaré content. Il serait donc vain et injurieux de rêver d'une autre fin que celle-ci. Elle est à prendre telle quelle, avec ses énigmes, mais aussi — et l'on s'en est sans doute trop peu avisé — avec son humour.

EN PLEIN AIR

Ce premier tableau fait arriver un voyageur anonyme et épisodique chez un vieux couple aux noms célèbres : Philémon et Baucis. Ces noms qui viennent d'Ovide doivent simplement évoquer l'idylle d'un long amour et d'une vie tranquille, que Faust (qui pourtant a lui-même cent ans maintenant, d'après ce que rapporte Eckermann !) va détruire avec une impatience titanesque encore fort juvénile, commettant là son dernier péché.

460. *Fit place au paradis sur terre* (11086) — Faust ne s'est pas contenté de faire reculer l'élément liquide, comme il le disait à l'acte IV, il a colonisé ces terres. Cette dimension altruiste et communautaire est caractéristique du Goethe de la dernière période.

461. *Beaucoup de louche, assurément* (11114 et s.) — Alors que le vieillard regrette que son âge lui ait interdit de mettre la main à ces grands travaux, son épouse les condamne et y soupçonne l'intervention du Malin, comme le confirme sa réplique suivante.

462. *L'homme est sans dieu ; il voudrait prendre / Notre cabane, notre bois* (11131 et s.) — L'impiété reprochée à Faust concerne la nature et les hommes en même temps que Dieu.

PALAIS

Ce tableau enchaîne immédiatement sur le précédent : Faust s'irrite de la cloche dont vient de parler Philémon.

463. LYNCÉE (11143) — Rien n'oblige à l'identifier avec son homonyme de l'acte III. Il se définira lui-même au début du tableau suivant.

464. *Nous avons fait des coups de maître* (11171 et s.) — Il apparaît vite que les trois Vaillants (qui ont combattu pour l'empereur à l'acte IV) sont maintenant pirates sous les ordres de Méphisto et pour le compte de Faust.

465. *nos beaux oiseaux des îles* (11217) — Cette métaphore désigne selon certains les bateaux eux-mêmes, selon d'autres des prostituées. D'autres enfin pensent qu'il s'agit d'oiseaux...

466. *Ici ! Place maudite !* (11233 et s.) — L'insatisfaction foncière du titan se heurte et se blesse à un obstacle dérisoire, dont Méphisto ne manque d'ailleurs pas de se moquer aussitôt.

468. *La vigne de Naboth* (11287) — Au chapitre XXI du premier livre des Rois, on voit Achab envier la vigne de son voisin Naboth, qui refuse de la céder. Jézabel, voyant son époux dépérir de dépit, fait tuer Naboth. C'est donc, dans la bouche de Méphisto, un présage sinistre.

NUIT PROFONDE

La première chanson de Lyncée est une véritable confession de Goethe, et une confession magnifique de simplicité. Dans l'intrigue, elle signifie que Faust a une fois encore manqué de cette souveraine hauteur de vue et de cet amour de la vie qui étaient le credo du poète. Mais il faut tout de suite rappeler qu'un tel amour de la vie risquerait fort de le faire tomber rapidement sous le coup du « pacte »...

471. *Partagez la faute entre vous !* (11373) — Faust n'envisage pas ici sa propre culpabilité, bien qu'il dise dans sa réplique suivante : « Ordonné vite, exécuté trop vite aussi ! »...

MINUIT

Les quatre figures allégoriques qui se présentent ici (et la cinquième qu'elles annoncent : la Mort) sont traditionnelles, depuis l'Antiquité jusqu'au baroque, en passant par les mystères médiévaux. Elles vont pourtant, et surtout le Souci, déclencher une décision inouïe, qu'a fait mûrir par ailleurs la mort des trois innocents : renoncer à la magie. Ce faisant, Faust retombe sous la coupe du Souci, qui est la norme de la condition humaine, telle qu'il l'avait lui-même éprouvée lors de la toute première scène nocturne. Mais comme il ne renonce pas pour autant au perpétuel désir d'aller plus loin et plus haut, le Souci ne peut que l'aveugler, mais non l'asservir.

474. *Je n'ai fait que courir la terre* (11433 et s.) — Magnifique confession générale de Faust, mais identique foncièrement à sa profession de foi constante.

GRAND PÉRISTYLE DU PALAIS

Contraste, délibérément imité de l'antique ou encore du médiéval, entre le funèbre grandiose et le grotesque grimaçant.

477. LÉMURES (11515) — Spectres privés de repos que Goethe a trouvés dans ses sources mythologiques, mais aussi dans un bas-relief romain trouvé près de Cumes et qu'il a décrit ailleurs.

479. *J'aimerais contempler ce peuple qui se presse* (11579 et s.) — Faust abjure là son titanisme dominateur et rêve de fondre son activité dans le travail collectif d'une communauté libre. Et c'est ce rêve qui lui arrache le cri de bonheur constituant, aux termes du pari pris avec le diable, l'aveu de sa défaite et l'acceptation de sa damnation. Mais le diable est-il vainqueur ? Il ne paraît pas en être certain lui-même, puisqu'il dit du mourant :

479. *Comblé de nul plaisir, de nul bonheur content* (11587 et s.) — Ainsi, l'issue du « pacte » ou du pari ne va se décider qu'au cours des deux derniers tableaux.

MISE AU TOMBEAU

Ce tableau et le suivant doivent sans doute beaucoup aux fresques du Campo Santo de Pise, à Dante et aux mystères médiévaux. Au-delà même des termes et des images, qu'il est difficile de considérer comme un simple habillage, il n'est pas douteux que le débat autour du salut de Faust apparaît là d'un catholicisme quasi provocant.

481. *Quelle maison !* (11604 et s.) — Comme déjà plus haut, la chanson des lémures est inspirée par la chanson du fossoyeur de *Hamlet*.

481. *L'esprit va s'évader* (11612 et s.) — Après avoir manifesté son nihilisme à la fin du précédent tableau, Méphisto se montre ici sceptique et, si l'on peut dire, désespéré. Ce qui ne va pas freiner pour autant sa verve humoristique.

482. *Allons, gredins pansus* (11656 et s.) — La distinction des diables gras et maigres est évidemment une plaisanterie inventée par Goethe.

483. LA COHORTE CÉLESTE (11676 et s.) — Toute la fin du tableau est un somptueux final d'opéra, une lutte grandiose entre le Bien et le Mal, mais où l'humour est sans cesse présent. C'est la dernière apparition de Méphistophélès.

RAVINS DANS LA MONTAGNE

Le décor a été inspiré à Goethe par les fresques de Pise déjà citées, et sans doute également par la description que lui avait faite Humboldt, dans une lettre, du Montserrat. Mais le décor est inondé d'une lumière sublime et les impressions visuelles sont transcendées par la musique et par la méditation mystique. Il est assez vain de chercher à identifier les différents Pères de l'Eglise qui apparaissent ici : leurs désignations traditionnelles par des adjectifs latins n'ont pas été réservées à tel ou tel.

492. *Qui toujours à lutter s'obstine* (11936 et s.) — Goethe dit à Eckermann, le 6 juin 1831 : « Ces vers contiennent la clé du salut de Faust : chez Faust lui-même une activité toujours plus haute et plus pure jusqu'à la fin, et d'en haut l'amour éternel qui lui vient en aide. C'est parfaitement en harmonie avec notre conception religieuse, selon laquelle nous ne sommes pas seulement sauvés par notre propre force, mais par le surcroît de la grâce divine. »

493. DOCTEUR MARIANUS (11989) — Ainsi ont éte appelés saint Anselme, Duns Scot et Bernard de Clairvaux. On peut songer plus particulièrement à ce dernier si l'on se rappelle, comme Goethe sans doute, la magnifique prière à la Vierge que lui prête Dante au XXXIIIe chant de la *Divine Comédie*.

494. *Mater gloriosa* (12032) — Cette apparition de la Vierge répond à la *Mater dolorosa* que priait Marguerite.

495. MAGNA PECCATRIX (12037) — Comme l'indique la référence à l'évangile de Luc, il s'agit de celle que, par un amalgame très ancien avec Luc, VIII,2, Marc, XVI,9, et Jean, XX, l'on a nommée Marie-Madeleine.

497. CHORUS MYSTICUS (12104 et s.) — Marguerite, pardonnée au même titre que les grandes pécheresses de la tradition, et Hélène elle-même sont subsumées dans la figure radieuse de la Vierge.

ELÉMENTS BIBLIOGRAPHIQUES

Une bonne introduction à Goethe a été donnée, sous une forme agréable et très accessible, par Mme Ancelet-Ustache, aux Editions du Seuil (coll. « Ecrivains de Toujours »).
En allemand, l'ouvrage qui continue à faire autorité est la monographie en trois volumes de Emil Staiger, *Goethe* (1952-59).

Le meilleur commentaire français du *Faust* est celui qu'a donné Henri Lichtenberger, en tête de sa traduction juxtapaginaire en trois volumes (Paris, 1932-33).
En allemand, on se reportera à :

Goethe Sämtliche Werke. Jubiläums-Ausgabe. Bd. 13 : *Faust I*. Bd. 14 : *Faust II*. Hrsg. v. Erich Schmidt. Stuttgart und Berlin, 1903/1906.

Goethes Faust. Hrsg. v. Georg Witkowski. 2 Bde. Leipzig, 1907 etc.

Goethes Faust. Kritisch durchgesehen und erläutert v. Robert Petsch. Leipzig, 1924.

Goethe, Faust und Urfaust; Erläutert v. Ernst Beutler. Leipzig, 1939.

Goethes Werke; Bd III : *Faust*. Hrsg. v. Erich Trunz, Hamburg, 1949 etc.

Th. Friedrich, L.J. Scheithauer, *Kommentar zu Goethes Faust*. Stuttgart, 1959.

Signalons le dernier en date et l'un des meilleurs parmi les grands ouvrages sur le *Faust :*

R. Eppelsheimer, *Goethes Faust. Das Drama im Doppelreich*. Stuttgart 1982.

Sur la problématique générale du désir et, particulièrement, sur les pages 107-118, on se reportera à Jacques Peyraube, « Naissance de la passion et cuisine de la Sorcière », in : *Etudes germaniques*, avril-juin 1981, pp. 146-166.

REPÈRES BIOGRAPHIQUES

1749 (28 août) : Naissance à Francfort-sur-le-Main, riche ville commerçante directement soumise à l'autorité impériale, c'est-à-dire libre. Famille de bonne bourgeoisie.

1765-1768 : Etudes de droit à Leipzig. Premiers poèmes, dans le goût anacréontique et le style dit « rococo ».

1768-1770 : Retour à Francfort pour des raisons de santé. Initiation à l'alchimie, ainsi qu'au piétisme.

1770-1771 : Goethe achève ses études de droit à Strasbourg. Rencontre décisive avec Herder. Découverte d'Ossian, du passé et du folklore allemand, de Pindare, etc. Idylle avec Frédérique Brion. Production lyrique d'un ton tout nouveau.

1772 : Stage auprès du Tribunal d'Empire de Wetzlar. De ce séjour date l'intrigue qui sera transposée dans le roman *Werther* (1774), qui connaîtra un immense succès.

1773-1775 : A Francfort de nouveau, période d'intense création lyrique et surtout dramatique. Le texte le plus célèbre reste le drame historique *Götz de Berlichingen*.

Après avoir rompu ses fiançailles avec Lili Schönemann, Goethe accepte l'invitation du duc de Saxe-Weimar, dont il devient l'ami, le conseiller, le ministre.

A Weimar, il partage ses activités entre l'administration, les sciences et une grande production littéraire.

L'amitié amoureuse qui le lie à Charlotte von Stein joue un rôle certain dans son évolution vers une morale moins subjectiviste et une esthétique plus classique.

1786-1788 : Voyage en Italie, entrepris comme une véritable fugue, et qui sera la seule infidélité à Weimar. Goethe songe à se consacrer aux beaux-arts (dessin, peinture et sculpture) ; il découvre ou redécouvre avec ravissement l'héritage de Rome et de la Renaissance.

Il en revient avec de nouvelles versions de ses grandes pièces de théâtre : *Egmont, Iphigénie, Tasso.*

Le retour à Weimar est un nouveau départ : réductions des tâches administratives, rupture avec Mme de Stein, mariage scandaleux avec une femme de condition modeste, Christiane Vulpius.

Goethe publie les *Elégies romaines,* les *Epigrammes vénitiennes, Faust — un fragment,* mais aussi la *Métamorphose des Plantes.*

1794-1805 : Amitié avec Schiller, très fructueuse en plusieurs domaines, en particulier en matière de théorie littéraire.

1797 : Le grand roman *Les Années d'Apprentissage de Wilhelm Meister.*

1805 : La mort de Schiller marque le début d'années de travail serein et toujours divers, à peine troublé par les guerres napoléoniennes, et d'une vieillesse où la solitude croît au rythme des deuils, et de rencontres amoureuses dont Goethe se résigne (ou se délecte) à constater la brièveté.

Parmi les plus grandes œuvres de cette dernière période, il faut citer :

1808 : *Faust I.*

1809 : *Les Affinités électives,* le troisième grand roman.

1810 : *Théorie des Couleurs.*

1816 : Le grand recueil poétique *Divan occidental et oriental.*

A partir de 1811, Goethe rédige ses mémoires, *Poésie et Vérité.*

La fin de cette longue vie est consacrée pour une part importante au roman *Les Années de Voyage de Wilhelm Meister* et à l'achèvement de la vaste tragédie de *Faust.*

1832 : Goethe meurt à Weimar le 22 mars.

TABLE DES MATIÈRES

PUBLICATIONS NOUVELLES

AGEE
La Veillée du matin (508).

ANDERSEN
Les Habits neufs de l'Empereur (537).

BALZAC
Les Chouans (459). La Duchesse de Langeais (457). Ferragus. La Fille aux yeux d'or (458). Sarrasine (540).

BARRÈS
Le Jardin de Bérénice (494).

CHEDID
Nefertiti et le rêve d'Akhnaton (516). *** Le Code civil (523).

CONDORCET
Esquisse d'un tableau historique des progrès de l'esprit humain (484).

CONRAD
Au cœur des ténèbres (530).

CONSTANT
Adolphe (503).
*** Les Déclarations des Droits de l'Homme (532).

DEFOE
Robinson Crusoe (551).

DESCARTES
Correspondance avec Elisabeth et autres lettres (513).

FRANCE
Les Dieux ont soif (544) Crainquebille (533).

GENEVOIX
La Dernière Harde (519).

GOGOL
Le Revizor (497).

KAFKA
La Métamorphose (510). Amerika (501)

LA HALLE
Le Jeu de la Feuillée (520). Le Jeu de Robin et de Marion (538).

LOTI
Le Roman d'un enfant (509) Aziyadé (550)

MALLARMÉ
Poésies (504).

MARIVAUX
Le Prince travesti L'Ile des esclaves. Le Triomphe de l'amour (524).

MAUPASSANT
La Petite Roque (545).

MELVILLE
Bartleby. Les Iles enchantées. Le Campanile (502). Moby Dick (546).

MORAND
New York (498).

MORAVIA
Le Mépris (526).

MUSSET
Lorenzaccio (486).

NODIER
Trilby. La Fée aux miettes (548).

PLATON
Euthydème (492). Phèdre (488). Ion (529).

POUCHKINE
La Fille du Capitaine (539).

RIMBAUD
Poésies (505). Une saison en enfer (506). Illuminations (517)

STEVENSON
Le Maître de Ballantrae (561).

TCHEKHOV
La cerisaie (432)

TOCQUEVILLE
L'Ancien Régime et la Révolution (500).

TOLSTOÏ
Anna Karenine I et II (495 et 496)

VOLTAIRE
Traité sur la tolérance (552)

WELTY
L'Homme pétrifié (507)

WHARTON
Le Temps de l'innocence (474) La Récompense d'une mère (454)

GF GRAND-FORMAT

CHATEAUBRIAND
Mémoires d'Outre-Tombe. Préface de Julien Gracq (4 vol.)

FORT
Ballades françaises

GRIMM
Les Contes (2 vol.)

GUTH
Histoire de la littérature française (2 vol.)

HUGO
Poèmes choisis et présentés par Jean Gaudon

LAS CASES
Le Mémorial de Sainte-Hélène (2 vol.).

MAURIAC
Mémoires intérieurs et Nouveaux Mémoires intérieurs

Vous trouverez chez votre libraire le catalogue complet de notre collection.

GF — TEXTE INTÉGRAL — GF

2923-IX-1990. — Imp. Bussière, St-Amand (Cher).
N° d'édition 12865. — Juin 1990. — Printed in France.